Viktor Pelewin

Generation P

Roman

Aus dem Russischen
von Andreas Tretner

Verlag Volk & Welt
Berlin

Titel der russischen Originalausgabe
Generation »P«
Erschienen im Verlag »Vagrius«, Moskau 1999.
Die deutsche Übersetzung berücksichtigt nachträgliche Änderungen des Autors.

Nachdichtung Seite 15 – Elke Erb

Dem Andenken an den Mittelstand

Sämtliche im Text vorkommenden Handelsmarken gehören ihren verehrten Besitzern, denen alle Rechte vorbehalten sind. Produkt- und Politikernamen bezeichnen keine real auf dem Markt existierenden Erzeugnisse, sondern ausschließlich dem Einzelverstand induktiv aufgezwungene Projektionen von Elementen des wirtschaftspolitischen Informationsraumes, weshalb der Autor sie in keiner anderen als dieser Eigenschaft anzusehen bittet. Alle weiteren Übereinstimmungen sind zufällig. Meinungen des Autors muß dieser nicht unbedingt teilen.

I'm sentimental, if you know, what I mean;
I love the country but I can't stand the scene.
And I'm neither left or right.
I'm just staying home tonight,
getting lost in that hopeless little screen.
Leonard Cohen

Generation P

Es gab eine Zeit, da lebte in Rußland tatsächlich eine unbekümmerte junge Generation, die dem Sommer, der Sonne und dem Meer zulächelte – und Pepsi wählte.

Wie es dazu kam, läßt sich heute kaum mehr feststellen. An den geschmacklichen Qualitäten des Produkts wird es nicht ausschließlich gelegen haben. Auch nicht am Koffein, das die jungen Leute nach immer neuen Dosen verlangen läßt und schon von Kindesbeinen an ins Kokainfahrwasser lockt. Vermutlich gab nicht einmal banales Schmiergeld den Ausschlag – der Parteibürokrat, von dem die Unterzeichnung des entsprechenden Vertrags abhing, wird die prickelnde dunkle Flüssigkeit einfach liebgewonnen und mit allen Poren seiner vom Kommunismus abgefallenen Seele genossen haben.

Der entscheidende Grund dürfte gewesen sein, daß die Ideologen der UdSSR damals immer noch der Meinung waren, es könne nur eine einzige Wahrheit geben. Darum hatte die Generation P eigentlich keine Wahl, und die Kinder der sowjetischen siebziger Jahre wählten Pepsi auf die gleiche Art, wie ihre Eltern Breshnew wählten.

Jedenfalls lagen diese Kinder den Sommer über am Strand, verguckten sich in den wolkenlos blauen Horizont, tranken lauwarme Pepsi-Cola, abgefüllt im südrussischen Noworossijsk, und träumten davon, daß die ferne, verbotene Welt jenseits des Meeres irgendwann einmal in ihr Leben treten würde.

Es vergingen zehn Jahre, und diese Welt trat ein – zaghaft zunächst und mit höflichem Lächeln, dann immer forscher und anmaßender. Eine ihrer Visitenkarten war jener Pepsi-Cola-Werbespot, der, wenn man Experten glauben darf, zu einem Wendepunkt in der Entwicklung der Weltkultur wurde. Darin stellten sich zwei Affen dem Vergleich. Der eine soff »gewöhnliche Cola« und sah sich in der Folge zu einfachsten logischen Operationen mit Würfeln und Stäbchen in der Lage. Der andere war Pepsi-Cola-Trinker. Sich fröhlich auf die Brust trommelnd, düste er mit seinem Jeep in Richtung Meer davon, im Arm mehrere Jungfern, die augenscheinlich bereit waren, auf die Gleichberechtigung der Frau zu husten. (Im intimen Umgang mit Primaten sollte man sich derlei Dinge ohnehin aus dem Kopf schlagen, denn Gleichberechtigung ist genauso schmerzlich wie Nichtgleichberechtigung.)

Im Grunde hätte einem schon damals klar sein können, daß es nicht um Pepsi-Cola ging, sondern um das Geld, das dahinterstand. Erstens sprach die klassische Freudsche Assoziation dafür, wie die Farbe des Produkts sie auslöst, zweitens die suggerierte Logik, daß der Genuß von Pepsi-Cola den Erwerb teurer Autos ermöglicht. Doch verzichten wir an dieser Stelle auf eine tiefer gehende Analyse des Spots (obwohl sich vielleicht Hinweise ergäben, warum die Protagonisten der Generation P von den sogenannten Altsechzigern hartnäckig als Scheißeschlucker tituliert werden). Für uns soll hier nur wichtig sein, daß der Affe im Jeep zum ultimativen Symbol für die Generation P geworden ist.

Dabei war es durchaus ein wenig kränkend zu sehen, wie die Jungs von den Werbeagenturen auf der Madison Avenue sich ihre Zielgruppe vorstellten. Andererseits konnte man ihre tiefe Kenntnis des Lebens nur bewundern. Denn just dieser Spot war es, der der großen Zahl vor sich hin dämmernder Affen in Rußland zu verstehen gab, daß es an der Zeit war, von den Bäumen herunterzukommen, sich in die Jeeps zu setzen und den Menschentöchtern einen Besuch abzustatten.

Hierin die Spuren einer antirussischen Verschwörung sehen zu wollen wäre dumm. Zwar ist es unbestreitbar, daß eine antirussische Verschwörung existiert, nur leider ist die gesamte volljährige Bevölkerung Rußlands in sie involviert. Pepsi-Cola hat damit absolut nichts zu tun. Nein, die Ereignisse waren Teil eines weltweiten Prozesses, der in einer Vielzahl von Büchern beschrieben worden ist. (Zwei Beispiele seien genannt: Andrej Bitows *Erwartung der Affen* und William Boyds *Brazzaville Beach*.) Dieser Prozeß machte um Amerika keinen Bogen, obwohl dort alles ganz anders ausging – Coca-Cola verdrängte Pepsi-Cola vollständig, endgültig und unwiderruflich aus dem Rotbereich des Farbspektrums, was jedem wissenden Menschen so schicksalhaft wie ein Waterloo erscheinen mußte. Es bestand ein Zusammenhang mit dem Wirken der religiösen Rechten, die in den Vereinigten Staaten eine Macht darstellen. Sie sind Gegner der Evolutionstheorie; mithin fügt sich Coca-Cola weit besser in ihr Weltbild ein: Ein Affe bleibt ein Affe, er kann trinken, was er will. Aber es fällt auf, daß wir hier schon zu lange von Affen reden – dabei wollten wir einen Menschen suchen.

Als Babilen Tatarski geboren wurde, lag jener historische Sieg des Roten über das Rote noch in ferner Zukunft. Darum gehörte er automatisch und ohne es die längste Zeit zu ahnen zur Generation P. Hätte ihm seinerzeit irgendwer auf den Kopf zugesagt: »Wenn du einmal groß bist, wirst du Copywriter!« – ihm wäre vor Verblüffung die Cola-Flasche aus der Hand gerutscht und auf die heißen Kiesel des Pionierlagerstrands geknallt. In jenen Tagen hatten die Kinder gefälligst noch dem blitzenden Helm des Feuerwehrmannes oder dem weißen Kittel des Arztes entgegenzueifern. Da war schon das harmlose Wort Designer ein verdächtiger Neologismus, dem hehren Russischen behelfsweise und im Rahmen eines linguistischen Kontingents implantiert, bevor sich die internationale Lage zum erstenmal ernsthaft verschärfte.

Verdächtig und seltsam war in jenen Tagen so manches – in der Sprache wie überhaupt im Leben. Das fing schon beim Namen an. Babilen war eine künstliche Paarung aus Jewgeni Jewtuschenkos Enthüllungsgedicht *Babi Jar* und Lenin. Tatarski hatte ihn seinem Vater zu verdanken, in dessen Gemüt der Glaube an den Kommunismus und die romantisch-hemdsärmeligen Ideale der Sechziger einhergingen: Sich einen wackeren Leninisten vorzustellen, der Jewtuschenkos lyrischem Werk mit Freuden die Botschaft entnimmt, es habe sich beim Marxismus ursprünglich um ein Synonym für die freie Liebe gehandelt, oder aber einen mit allen Wassern des Jazz gewaschenen Ästheten, den ein besonders vertrackter Riff auf dem Saxophon zu der Erleuchtung führt, daß der Kommunismus siegen wird – dies war für Tatarskis Vater anscheinend kein Problem gewesen. Und nicht nur für ihn, solcherart war die ganze Sowjetgeneration der Fünfziger und Sechziger beschaffen, die der Welt eine neue Spezies, den Liedermacher, geschenkt und den ersten Sputnik ins schwarze All ejakuliert hatte: das vierschwänzige Spermatozoon einer dann doch nicht eingetretenen Zukunft.

Tatarski schämte sich seines Namens außerordentlich. Den Freunden log er später in die Tasche, sein Vater sei auf den Namen verfallen, weil er sich für fernöstliche Mystik begeistert und also die Stadt Babylon im Sinn gehabt habe, das alte Babel, dessen geheime Überlieferung ihm, Babilen, somit in die Wiege gelegt sei. Und Jewtuschenko mit Lenin in einen Topf geschmissen habe sein Vater deshalb, weil er dem Manichäismus und der Naturphilosophie angehangen und seine Pflicht darin gesehen habe, zwischen dem Lichten und dem Dunklen einen Ausgleich zu schaffen. Ungeachtet dieser glänzenden Herleitung verlor Tatarski, als er achtzehn war, mit Vergnügen seinen ersten Personalausweis; der zweite wurde ihm auf den Namen Wladimir ausgestellt.

Danach schien sein Leben in ganz normale Bahnen zu geraten: Er nahm ein Studium an einer technischen Fachschule auf. Nicht, daß ihm die Technik (seine Spezialrichtung waren irgendwelche Elektroschmelzöfen) besonders am Herzen gelegen hätte - er wollte nur nicht zur Armee. Mit einundzwanzig jedoch gab ihm das Schicksal einen Fingerzeig.

Es war Sommer, er machte Ferien auf dem Land und las ein Bändchen mit Gedichten von Boris Pasternak. Bis dahin hatte er sich nie viel aus Versen gemacht - die hier erschütterten ihn in einem Maße, daß er Wochen hindurch an nichts anderes denken konnte und schließlich selbst welche zu schreiben anfing. Das rostige Skelett eines Autobusses, das da mit eingesunkenem Heck irgendwo in der Moskauer Provinz am Waldrand stand, würde er für immer in Erinnerung behalten, denn daneben hatte er gesessen, als ihm die erste Gedichtzeile seines Lebens einfiel: *Sardinenwolken südwärts schwärmen.* (Später fand er, daß das ganze Gedicht nach Fisch stank.) Kurzum, ein typischer Fall, der sein typisches Ende nahm - Tatarski wechselte an das Literaturinstitut. Allerdings schaffte er es nicht bis in die Lyrikklasse, sondern mußte mit Nachdichtungen aus den Sprachen der Völker der UdSSR vorliebnehmen. Dies war die Zukunft, die Tatarski sich ungefähr auszumalen hatte: tagsüber im leeren Seminarraum des »Litinstituts« sitzen, vor sich Rohübersetzungen aus dem Usbekischen oder Kirgisischen, aus denen termingemäß Reime zu schmieden waren; abends dichten für die Ewigkeit.

Dann ging still und leise etwas vor sich, was seine Zukunft wiederum maßgeblich beeinflussen sollte. Die UdSSR, die zu erneuern und zu vervollkommnen man ungefähr zu dem Zeitpunkt begonnen hatte, als Tatarski das Institut zu wechseln beschloß, erneuerte und vervollkommnete sich so sehr, daß sie zu existieren aufhörte. (Wenn es möglich war, daß ein Staat ins Nirwana fallen konnte, so war dieser Fall eingetreten.) Folglich war auch an Nachdichtungen aus den Sprachen der Völker der UdSSR nicht mehr zu denken. Dies war ein Schlag - Tatarski steckte ihn weg. Es blieb ihm ja noch der Dienst an der Ewigkeit, und mit dem hatte er genug zu tun.

Und da geschah das Unvorhersehbare. Auch mit der Ewigkeit, welcher Tatarski seine Werke und Tage zu widmen entschieden hatte, ging etwas vor. Das konnte Tatarski nun gar nicht verstehen. War denn die Ewigkeit nicht die unverrückbare, unabhängig von jeglichen temporären irdischen Konstellationen existierende Konstante? Und den kleinen Pasternak-Band zum Beispiel, da er einmal in die Ewigkeit Eingang gefunden und sein, Tatarskis, Leben verändert hatte, konnte doch wohl keine Macht auf Erden aus dieser Ewigkeit wieder herauskicken? So hatte er gedacht.

Doch Tatarski mußte erfahren, daß dem nicht so war. Er mußte erfahren, daß die Ewigkeit nur so lange existierte, wie er fest an sie glaubte – jenseits dieses Glaubens gab es sie im Grunde nicht. Um fest an die Ewigkeit zu glauben, mußten andere dasein, die diesen Glauben teilten – denn ein Glaube, den man mit niemandem teilt, heißt Schizophrenie. Diesen anderen aber (und allen voran jenen, die ihn an der Ewigkeit Maß zu nehmen gelehrt hatten) widerfuhr Seltsames.

Nicht, daß sie ihre früheren Anschauungen revidiert hätten, nein. Der Raum selbst, auf den diese früheren Anschauungen hinausliefen (denn Anschauungen haben es an sich, daß sie auf irgend etwas hinauslaufen), schrumpfte und verblaßte, bis von ihm nur mehr ein mikroskopisch kleines Fliegenpünktchen auf der Windschutzscheibe des Verstandes übrigblieb. Darum herum tauchten gänzlich andere Landschaften auf.

Tatarski versuchte sich zu widersetzen, so zu tun, als sei in Wirklichkeit nichts geschehen. Zunächst schien dies zu glücken. Im engen Zirkel Gleichgesinnter konnte man die Illusion eine Weile pflegen. Das Ende kam unversehens.

Einmal beim Spazierengehen blieb Tatarski vor einem Schuhgeschäft stehen, das gerade Mittagspause hatte. Hinter dem Schaufenster, auf das die Sonne knallte, sah er die liebreizende dicke Gestalt der Verkäuferin vorbeischwimmen, die er insgeheim sogleich Mariechen taufte; und dann sah er zwischen all der bunten türkischen Ramschware ein Paar Schuhe stehen, das unzweifelhaft noch aus Vorwendezeiten stammte.

Tatarski erkannte es augenblicklich wieder, und das Gefühl, das er dabei empfand, saß tief. Die Schuhe waren spitz und mit hohen Absätzen. Aus gutem Leder gefertigt, gelblichbraun, mit hellblauem Faden abgesteppt und mit großen goldenen Broschen in Harfenform verziert. Sie geschmacklos oder vulgär zu nennen traf es nicht. Deutlich verkörperten sie das, was ein ewig beschwipster Dozent für Sowjetliteratur am Institut, frei nach Schiller, »lebendige sowjetische Geschtalt« zu nennen beliebte; es war so kläglich und komisch und anrührend (die Harfen vor allem), daß Tatarski die Tränen kamen. Auf den Schuhen lag eine dicke Staubschicht - man sah, sie waren der Epoche zu nichts nütze.

Tatarski, der wußte, daß auch er der Epoche zu nichts nütze war, hatte sich bislang mit diesem Wissen abzufinden und gar eine bittersüße Freude aus ihm zu ziehen vermocht. Hierfür lieferten Marina Zwetajewas Verse den Schlüssel:

> Die in der Läden Staub verloren scheinen
> (Wo niemand sie gekauft hat, niemand kauft)
> Für meine Verse wie für alte Weine
> Kommt noch die Zeit herauf.

Und wenn in diesem Gefühl etwas Erniedrigendes lag, dann weniger für ihn als für seine Umgebung. Doch nun, da er, ohne sich zu rühren, vor dem Schaufenster stand, begriff er mit einemmal, daß er nicht als alter Wein unter diesem Himmel verstaubte, sondern als Schuh mit Harfenschnalle. Und er begriff noch etwas: Die Ewigkeit, an die er früher so felsenfest geglaubt hatte, konnte nur existieren, solange sie vom Staat gestützt wurde - oder von ihm verboten war, was auf das gleiche herauskam. Und sie überlebte allenfalls in der verschwommenen Form, in der sie im Kopf dieser oder jener Schuhverkäuferin abgelagert war. Der man nämlich - wie im übrigen auch ihm - diese zweifelhafte Ewigkeit im Dreierpack mit Naturkunde und anorganischer Chemie eingetrichtert hatte. Die Ewigkeit war reine Willkür. Hätte zum Beispiel nicht Stalin Trotzki umgebracht, sondern umgekehrt, hätten es sich andere Populationen in ihr gemütlich gemacht. Und nicht darauf kam es an, denn eines war Tatarski klar: Wie die Sache auch ausging, Mariechen hatte keine Zeit mehr, sich um die Ewigkeit zu kümmern, und sollte sie eines Tages ganz aufhören, an sie zu glauben, dann war es mit der Ewigkeit vorbei – wo hätte sie hinsollen? Oder wie er es, nach Hause zurückgekehrt, so schön in sein Notizbüchlein schrieb:

`Kommt das Ewigkeitssubjekt abhanden, so mit ihm auch alle ihre Objekte – und einzig der bleibt ein Subjekt der Ewigkeit, der wenigstens hin und wieder an sie zurückdenkt.`

Von da an schrieb er keine Gedichte mehr: Mit dem Dahinscheiden der Sowjetmacht hatten sie allen Sinn und Wert verloren. Seine allerletzten Verse, bald nach diesem Erlebnis niedergeschrieben, waren jahreszeitlich inspiriert von einem Lied der Gruppe *DDT* (*Herbst, was ist das schon*) und dem späten Dostojewski. Das Gedicht endete so:

Ewigkeit – was ist das schon?
Ein alter Stuhl, der keinen Leim hat.
Wenn Mariechen es einfällt
Und sie ihn vor die Tür stellt –
Was wird dann aus uns und unserer Heimat?

Draft Podium

Kaum war die Ewigkeit verschwunden, fand sich Tatarski in der Gegenwart wieder. Und es stellte sich heraus, daß er überhaupt nichts wußte von der Welt, die sich in den letzten Jahren um ihn herum zusammengeschoben hatte.

Diese Welt war sehr sonderbar. Äußerlich hatte sich wenig geändert. Gut, es gab mehr Bettler in den Straßen, außerdem hatte man den Eindruck, als wären all die Dinge - Häuser, Bäume, Bänke - mit einemmal heftig gealtert und heruntergekommen. Daß die Welt im Kern eine andere geworden war, ließ sich ohnehin nicht behaupten, denn da war gar kein Kern mehr. In allem lag eine beängstigende Ungewißheit. Jedenfalls riß der Strom von Mercedes und Toyota auf den Straßen nicht ab, in denen kernige junge Männer saßen, absolut überzeugt von sich und dem, was um sie her abging, und wenn man den Zeitungen glauben wollte, gab es sogar etwas wie eine Außenpolitik.

Ansonsten zeigte das Fernsehen dieselben Visagen, von denen einem schon die letzten zwanzig Jahre übel geworden war. Und aus ihnen tönte haargenau das, wofür sie die anderen früher eingelocht hatten, nur viel forscher, bestimmter und radikaler. Tatarski drängte sich die Vorstellung auf, wie in Deutschland anno sechsundvierzig ein Herr Doktor Goebbels mit hysterisch brüllender Stimme übers Radio verkündet, die Faschisten hätten die Nation in den Abgrund geführt, der Ex-Kommandant von Auschwitz leitet die Kommission zur Verfolgung von Naziverbrechern, SS-Generäle predigen in einfachen und eingängigen Worten das liberale Werteverständnis, und bei alledem hat ein zu Weisheit und Vernunft gekommener Gauleiter Ostpreußen das Sagen. Tatarski hatte die Sowjetmacht gehaßt, und zwar so ziemlich in allen Existenzformen, dennoch war er sich nicht sicher, ob sich der ganze Aufwand gelohnt hatte: das Imperium des Bösen abzuschaffen, damit aus ihm eine Bananenrepublik des Bösen wird, die noch dazu Bananen aus Finnland importiert.

Im übrigen war Tatarski noch nie ein großer Moralist gewesen, weswegen ihn die Bewertung dessen, was da vor sich ging, weit weniger beschäftigte als die Frage, wie man überlebte. Über Beziehungen, die ihm diesbezüglich hätten helfen können, verfügte er nicht, und so stellte er sich dem Problem auf die nächstliegende Weise: Er verdingte sich als Verkäufer in einem der privaten Kioske unweit seiner Wohnung.

Die Tätigkeit war simpel, aber sie nervte. In dem Büdchen war es schummrig und kalt wie in einem Panzer; die einzige Verbindung zur Welt bestand in der klitzekleinen Luke, durch die sich gerade einmal eine Flasche Champagner zwängen ließ. Vor denkbaren Unannehmlichkeiten schützten Gitter aus kräftigen Stahlruten, die grob vor die Außenwände geschweißt waren. Abends erschien ein älterer Tschetschene mit dickem Goldring am Finger, dem er die Tageseinnahmen aushändigte; manchmal hatte er Glück und verdiente zum Festgehalt noch etwas dazu. Von Zeit zu Zeit beehrte ein Nachwuchsgangster seinen Stand und forderte mit mutierender Stimme ein Schutzgeld. Dann verwies Tatarski ihn mit müder Geste an Hussein. Hussein war ein kleiner, hagerer Kerl, dessen Augen ewig vom Opium verschleiert waren und der die meiste Zeit in seinem karg möblierten Wohnwagen am Ende der Budenreihe auf der Matratze lag und Sufi-Musik hörte. Außer der Matratze gab es nur noch einen Tisch und einen mannshohen Tresor, worin ein Haufen Geld lag und daneben die Maschinenpistole: eine raffinierte Kalaschnikow-Version mit Granatgerät unter dem Lauf.

Während der Zeit im Kiosk (sie währte ein knappes Jahr) erwarb Tatarski zwei neue Eigenschaften. Zynismus war das eine – so grenzenlos wie die Aussicht vom Fernsehturm Ostankino. Das andere war erstaunlicher und schwer zu erklären. Tatarski mußte nur einen kurzen Blick auf die Hände des Kunden werfen, um zu wissen, ob und in welchem Ausmaß er übers Ohr zu hauen war, ob man ihm frech kommen durfte, wie groß die Wahrscheinlichkeit war, eine gefälschte Banknote hereingereicht zu bekommen oder ihm selbige ungestraft mit dem Wechselgeld andrehen zu können. Ein klares System gab es hierbei nicht. Manchmal erschien eine Faust in der Luke, die aussah wie ein behaarter Kürbis, doch war sonnenklar, daß sich ihr Besitzer locker auf den Leim führen ließ; und wiederum kam es vor, daß ihm beim Anblick einer schmalen Frauenhand mit manikürten Nägeln das Herz vor Schreck in die Hosen rutschte.

Einmal verlangte jemand eine Schachtel Davidoff. Die Hand, die den zerknitterten Hunderttausendrubelschein auf die Theke legte, war mäßig interessant. Tatarski bemerkte ein schwaches, kaum wahrnehmbares Zittern der Finger, sah die sorgsam gefeilten Nägel und wußte, daß der Kunde Drogenmißbrauch trieb. Es hätte ein Gangster mittleren Kalibers sein können und ebensogut ein Geschäftsmann – oder, wie es meistens zu sein pflegt, von beidem etwas.

»Welche Davidoff? Normale oder Lights?« fragte Tatarski nach.

»Lights«, erwiderte der Kunde und hielt den Kopf vor die Luke.

Tatarski zuckte zusammen: Draußen stand Sergej Morkowin, sein Kommilitone vom Literaturinstitut. Er war ein Star unter den Studenten des Jahrgangs gewesen, mit einem ausgeprägten Touch Majakowski – einen gelben Pullover tragend und anzügliche Gedichte verfassend. (*Mein Vers stößt in die Furche wie ein Pflug* ... oder *O Mata Hari! – Matter Harri!*) Er hatte sich kaum verändert, nur daß die Haare jetzt akkurat gescheitelt waren und das eine oder andere davon inzwischen grau.

»Wladimir?« fragte Morkowin erstaunt. »Was machst du denn hier?«

Tatarski war um eine passende Antwort verlegen.

»Ich seh schon«, sagte Morkowin. »Laß uns von hier verduften.«

Tatarski ließ sich nicht lange bitten, sperrte seinen Kiosk ab und ging, nicht ohne einen bangen Seitenblick nach Husseins Wohnwagen, mit Morkowin zu dessen Auto. Sie fuhren zu einem teuren China-Restaurant, *Tempel des Mondes*, aßen zu Abend, tranken nicht wenig, und Morkowin erzählte, womit er sich die letzte Zeit befaßt hatte. Nämlich mit Werbung.

»Wladimir«, sagte er mit blitzenden Augen und hielt Tatarski beim Arm gepackt, »ich sag dir, das ist eine ganz besondere Zeit. So eine hat's noch nie gegeben, und sie kommt auch nicht wieder. Das reinste Klondike-Fieber. In spätestens zwei Jahren ist alles verteilt. Im Moment aber hast du die reale Chance, direkt von der Straße weg in das System einzusteigen. Was glaubst du, in New York rackern sie ein halbes Leben, um einmal mit den richtigen Leuten essen zu gehen, wogegen hier bei uns ...«

Viel von dem, was Morkowin zu erzählen hatte, blieb Tatarski schleierhaft. Das einzige, was er dem Vortrag entnehmen konnte, war, nach welchem Schema das Busineß in Zeiten der ursprünglichen Akkumulation des Kapitals funktionierte und welcher Stellenwert hierbei der Werbung zukam.

»Im großen ganzen läuft die Sache so«, erläuterte Morkowin. »Jemand nimmt einen Kredit auf. Davon mietet er sich ein Büro, kauft sich einen Cherokee-Jeep und acht Kartons Smirnoff. Wenn der Smirnoff alle ist, stellt sich heraus, daß der Cherokee in Klump gefahren, das Büro vollgekotzt und der Kredit fällig ist. Also wird ein zweiter Kredit aufgenommen – die dreifache Summe. Mit dem wird der erste Kredit beglichen, ein Grand Cherokee und sechzehn Kartons Absolut gekauft. Wenn der Absolut ...«

»Schon kapiert«, unterbrach ihn Tatarski. »Und wie geht die Sache aus?«

»So oder so. Wird seine Gläubigerbank von Ganoven geführt, kriegt er irgendwann eins über die Rübe. Da es bei uns nur solche Banken gibt, ist das der Regelfall. Wenn aber der Mann selbst ein Ganove ist, wird der letzte Kredit auf die Staatsbank umgeschrieben, und der Mann stellt einen Konkursantrag. Dann kommen die Gerichtsvollzieher ins Büro, setzen die leeren Flaschen und das bekotzte Fax auf ihre Liste, und er kann nach einer gewissen Zeit von vorne anfangen. Zwar ist die Situation in letzter Zeit etwas unübersichtlicher geworden, weil die Staatsbank ihre eigenen Ganoven hat, aber im Grunde läuft alles wie gehabt.«

»Aha«, sagte Tatarski versonnen. »Ich verstehe bloß nicht, was das Ganze mit Werbung zu tun hat.«

»Das ist der springende Punkt. Wenn, sagen wir, die Hälfte vom Smirnoff oder vom Absolut noch da ist, und der Jeep fährt noch, und der Tod ist ein fernes und abstraktes Ding, geschieht im Kopf des Menschen, der das alles eingerührt hat, eine eigenartige chemische Reaktion. In ihm erwacht ein unermeßlicher Größenwahn, und er bestellt einen Werbespot. Wobei der Spot unbedingt geiler sein muß als alles, was die anderen Idioten zu bieten haben, das ist Bedingung. Geldmäßig geht dafür rund ein Drittel des Kredits drauf. Psychologisch leuchtet einem das vollkommen ein: Wenn einer schon seine kleine Firma *Everest* gegründet hat, will er sein hübsches Logo auch im Fernsehen sehen, und zwar im Ersten Programm, zwischen BMW- und Coca-Cola-Werbung, dafür tut er sonstwas. Und in dem Moment, wo im Kopf des Kunden die Reaktion abläuft, stehen wir bei ihm auf der Matte.«

Das Wörtchen »wir« hörte Tatarski mit Freuden.

»Die Situation ist die«, fuhr Morkowin in seinen Erläuterungen fort. »Studios, die solche Filmchen drehen, gibt es etliche. Die suchen immer nach fähigen Skriptschreibern, denn von denen hängt heutzutage alles ab. Der Job läuft so, daß die Leute vom Studio einen Kunden aufgabeln, der sich im Fernsehen vorführen möchte. Den guckst du dir an. Er redet was. Du hörst zu. Dann schreibst du das Treatment. Meistens nicht mehr als eine Seite, die Spots sind ja kurz. Das kann dich zwei Minuten kosten, aber du läßt dich frühestens nach einer Woche wieder bei ihm sehen – er soll annehmen, du wärst die ganze Zeit im Zimmer auf und ab gerannt, die Hände vor den Kopf geschlagen, und hättest gebrütet. Er liest, was du aufgeschrieben hast, und je nachdem, ob ihm das Treatment gefällt oder nicht, bestellt er den Film bei deinen Leuten oder geht woandershin. Deswegen bist du für das Studio, das dich engagiert hat, der allerwichtigste Mann. Mit dir steht und fällt der Auftrag. Und wenn du es schaffst, den Kunden zu hypnotisieren, kriegst du zehn Prozent vom Endpreis.«

»Und was kostet so ein Film?«

»Normalerweise zwischen fünfzehn- und dreißigtausend. Sagen wir, zwanzig im Schnitt.«

»Zwanzig was?« fragte Tatarski zweifelnd.

»Ach, du lieber Gott. Nicht Rubel natürlich. Zwanzigtausend Dollar.«

Tatarski benötigte keine Sekunde, um auszurechnen, wieviel zehn Prozent von zwanzigtausend waren, er schluckte und warf Morkowin einen Hundeblick zu.

»Das bleibt natürlich nicht lange so«, meinte Morkowin. »Laß ein, zwei Jahre vergehen, dann sieht die Sache völlig anders aus. Anstatt daß die Leute für jeden Wichs einen lächerlichen Kredit aufnehmen, lassen sie sich Millionen Grüne aufs Mal vorschießen. Anstatt daß sie Jeeps gegen Laternenpfähle setzen, haben sie Schlösser in Frankreich und Inseln im Pazifik. Und anstatt Freibeuter gibt es seriöse Büros. Aber dem Wesen nach passiert in diesem schönen Land immer ein und dasselbe. Und darum ändert sich das Prinzip unserer Tätigkeit niemals.«

»Mein Gott«, sagte Tatarski. »So viel Geld. Das macht einem beinahe angst.«

»Die alte Dostojewskische Frage!« Morkowin lachte. »Bin ich eine zitternde Kreatur, oder habe ich Ansprüche?«

»Sieht so aus, als hättest du darauf eine Antwort.«

»Ja«, sagte Morkowin. »Sieht ganz so aus.«

»Und die wäre?«

»Ganz einfach. Eine Kreatur mit unveräußerlichen Ansprüchen. Und mit Geld in der Tasche. Apropos, soll ich dir was borgen? Du siehst irgendwie verwahrlost aus. Kannst es mir ja wiedergeben, wenn's mal besser läuft.«

»Danke, vorläufig hab ich noch«, sagte Tatarski.

Am nächsten Tag lotste Morkowin Tatarski an einen recht merkwürdigen Ort. *Draft Podium* stand auf dem Schild. (Nach kurzem Kopfzerbrechen gab Tatarski den Versuch auf dahinterzusteigen, was der Name bedeuten mochte.) Draft Podium befand sich im Keller eines alten Backsteingebäudes in Zentrumsnähe. Durch eine schwere Stahltür gelangte man in ein mit Technik vollgestopftes Kämmerchen. Ein paar junge Männer erwarteten ihn. Sergej, ein unrasierter Bursche, der aussah wie der junge Dracula, war der Boß. Von ihm erfuhr Tatarski, daß der kleine Würfel aus blauer Plastik, der da auf dem leeren Pappkarton stand, ein Silicon-Graphics-Computer war und ein Heidengeld kostete. Das Programm *Soft Image*, das auf ihm installiert war, kostete noch mal so viel. Silicon war der Kronschatz in diesem Höhlenreich. Daneben gab es noch ein paar Computer einfacherer Art, mehrere Scanner und irgendeinen kompliziert ausschauenden Videorecorder mit vielen Anzeigefeldern. Ein Detail beeindruckte Tatarski besonders: An dem Recorder war ein Rad mit Kurbel, ähnlich wie bei einer alten Nähmaschine, mit dem man die Bilder von Hand weiterspulen konnte.

Draft Podium hatte gerade einen besonders verheißungsvollen Kunden an der Angel.

»Das Objekt ist zirka fünfzig Jahre alt«, sagte Sergej und zog an seiner Mentholzigarette. »Ehemaliger Physiklehrer. Als das Chaos anfing, hat er kurzerhand einen Bäckereibetrieb gegründet, spezialisiert auf Vogelmilch-Törtchen, und in zwei Jahren so viel Geld gemacht, daß er jetzt das ganze Backwarenkombinat Lefortowo unter Vertrag hat. Vor kurzem hat er einen großen Kredit aufgenommen. Seit vorgestern säuft er. Dauert bei ihm so um die zwei Wochen.«

»Wo habt ihr das alles her?« fragte Tatarski neugierig.

»Die Sekretärin«, sagte Sergej. »Kriegen müssen wir ihn also jetzt und ihm ein Treatment vor die Nase halten, solange er noch nicht wieder runter ist. Im nüchternen Zustand sind seine Taschen wie zugenäht. Morgen um eins haben wir einen Termin in seinem Büro.«

Tags darauf klingelte Morkowin in alle Frühe an Tatarskis Tür. Er hatte eine große knallgelbe Plastiktüte dabei. Darin war ein weinroter Sakko aus einer Art Mantelstoff, auf dessen Brusttasche ein kompliziertes Wappen prangte, dem Emblem auf der Marlboro-Schachtel nicht unähnlich. Dies sei eine Klubjacke, wurde er von Morkowin aufgeklärt. Tatarski verstand Bahnhof, zog sie jedoch gehorsam an. Außerdem holte Morkowin aus der Tüte noch ein affiges, in Leder gebundenes Notizbuch, einen unglaublich dicken Kugelschreiber mit der Aufschrift *Zoom* und einen Pager – so etwas gab es in Moskau erst seit allerneuestem.

»Den schnallst du dir an den Gürtel«, sagte Morkowin. »Du triffst dich mit dem Kunden Punkt eins, um zwanzig nach piepse ich dich damit an. Wenn das Ding losgeht, nimmst du es vom Gürtel und guckst bedeutungsvoll drauf. Und während der Kunde redet, machst du dir immerzu in dem Planer Notizen.«

»Wozu das alles?« wollte Tatarski wissen.

»Blöde Frage. Der Kunde zahlt eine Menge Geld – für nichts als ein Blatt Papier mit ein paar Spritzern aus der Druckerpatrone drauf. Er muß sich hundertprozentig sicher sein, daß vor ihm tausend andere denselben Preis für dieselbe Leistung gezahlt haben.«

»Ich finde ja, Planer und Pager und dieser ganze Plunder müßte ihn eher zweifeln lassen.«

Morkowin winkte ab. »Das siehst du zu kompliziert. Das Leben ist einfacher und bescheuerter. Ach, noch was.«

Er zog ein schmales Etui aus der Tasche, klappte es auf und hielt es Tatarski unter die Nase. Darin lag eine schwere Armbanduhr aus Gold und Stahl, die ebenso prächtig wie monströs war.

»Eine Rolex Oyster. Sie ist falsch, sei vorsichtig, daß du nicht das Gold abschlägst. Ich benutze sie nur geschäftlich. Während du mit dem Kunden redest, kannst du ein bißchen damit herumwedeln. Das hilft.«

Tatarski war schwer beeindruckt, wie man ihm unter die Arme griff. Um halb eins trat er aus der Metro. Die jungen Leute von Draft Podium warteten in der Nähe des Ausgangs. Sie waren in einem langen schwarzen Mercedes vorgefahren. Inzwischen hatte Tatarski genügend Einblick ins Geschäft, um zu wissen, daß das Auto für zwei Stunden gemietet war. Sergej hatte sich immer noch nicht rasiert, was ihm nun aber – im Zusammenspiel mit der Fliege und den unglaublich schmalen Revers seines schwarzen Sakkos – eine düstere Eleganz verlieh. Neben ihm saß Lena, die sich um die Verträge und die Buchhaltung kümmerte. Kein Schmuck, kein Make-up – sie trug ein schlichtes schwarzes Kleid und hielt eine Mappe mit kleinem goldenem Verschluß im Arm. Als Tatarski einstieg, sahen die drei sich an; dann sagte Sergej zum Fahrer:

»Ab geht's!«

Lena war nervös. Die ganze Fahrt über erzählte sie kichernd von irgendeinem Asadowski – anscheinend der Lover ihrer Freundin. Von diesem Asadowski schien sie regelrecht verzückt zu sein: Er war aus der Ukraine nach Moskau gekommen, hatte sich bei ihrer Bekannten einquartiert und nach kurzer Zeit auch polizeilich angemeldet, hatte anschließend aus Dnepropetrowsk seine Schwester nebst zwei Kindern kommen lassen, die er ebenso ungeniert ins Melderegister zauberte. Das Ende war, daß er nicht diese, aber eine andere Wohnung gerichtlich zugesprochen bekam und die Freundin im Zimmer einer Gemeinschaftswohnung landete.

»Der Mann wird es zu was bringen!« sagte Lena.

Besonders stark fand sie es, daß die Schwester mit den Kindern gleich im Anschluß an dieses Manöver zurück nach Dnepropetrowsk expediert worden war; überhaupt spickte Lena ihren Bericht mit so viel Einzelheiten, daß es Tatarski nach den zwanzig Minuten Fahrt so vorkam, als hätte er sein halbes Leben in einer Wohnung mit Asadowski und dessen Sippe verbracht. Im übrigen war er nicht weniger nervös als Lena.

Der Kunde (sein Name blieb ein Geheimnis) entsprach verblüffend genau dem Bild, das Tatarski sich nach dem gestrigen Gespräch von ihm gemacht hatte: ein kleiner, bulliger Typ mit listigem Gesicht, worin sich die Nachwehen des Alkohols eben verflüchtigten – vermutlich hatte er kurz vor dem Termin sein erstes Glas an diesem Morgen gehabt.

Nach einem knappen Austausch von Liebenswürdigkeiten (wobei in erster Linie Lena zum Zuge kam – Sergej saß in einer Ecke, ein Bein über das andere geschlagen, und rauchte) wurde Tatarski als Skriptschreiber vorgestellt. Er nahm direkt gegenüber dem Kunden Platz, stemmte die Rolex auf den Tisch und klappte den Planer auf. Sehr bald war klar, daß der Mann nicht viel zu sagen wußte. Um sich von den Einzelheiten seines Busineß inspirieren zu lassen, hätte man ein kräftiges Halluzinogen benötigt – am längsten hielt er sich bei irgendwelchen Kuchenblechen mit Fluoräthylenbeschichtung auf, an denen nichts anbuk. Den Kopf etwas zur Seite gewandt, lauschte Tatarski, nickte hin und wieder und malte sinnlose Kringel in seinen Block. Aus den Augenwinkeln sah er sich im Zimmer um – auch hier gab es nichts Interessantes, abgesehen von einer sichtlich teuren silberblauen Rentierpelzmütze, die auf dem obersten Bord eines ansonsten vollkommen leeren Glasschranks lag.

Wie verhießen, piepste nach einigen Minuten der Pager an seiner Hüfte. Tatarski schnallte die kleine schwarze Plastikbox vom Gürtel. In dem Fensterchen standen die Worte: *Welcome to the route 666.*

Witzig, witzig! dachte Tatarski.

»*Video International*?« fragte Sergej aus seiner Ecke.

»Nein, nein«, nahm Tatarski die Steilvorlage auf, »diese Clowns rufen mich Gott sei Dank nicht mehr an. Slawa Saizew. Der Modezar. Er sagt für heute alles ab.«

»Wieso?« fragte Sergej und hob die Brauen. »Wenn er denkt, wir hätten ihn nötiger als ...«

»Reden wir später drüber«, sagte Tatarski.

Unterdessen hielt der Kunde den umflorten Blick auf die Rentierpelzmütze im Glasschrank gerichtet. Tatarski sah auf seine Hände. Die Finger lagen verschränkt auf dem Tisch, nur die Daumen drehten sich geschwind umeinander, so als hätten sie einen unsichtbaren Faden aufzuspulen. Dies war der Augenblick der Wahrheit.

»Haben Sie keine Angst, daß das alles mal ein Ende haben könnte?« fragte Tatarski. »Sie wissen ja, wie die Zeiten sind. Plötzlich fällt alles zusammen.«

Der Kunde zog die Stirn kraus und warf einen kurzen, verwunderten Blick auf Tatarski, dann auf dessen Kollegen. Die Daumen standen nun still.

»Natürlich hab ich Angst«, erwiderte er und sah ihm in die Augen. »Wer hat die nicht. Sie stellen Fragen.«

»Pardon«, sagte Tatarski. »Ich meinte nur so.«

Fünf Minuten später war das Gespräch beendet. Sergej nahm ein Formular mit Briefkopf entgegen – das Logo bestand aus einer stilisierten Pirogge im ovalen Rahmen, darunter die Buchstaben *BKL.* Nach acht Tagen wollte man sich wiedertreffen; Sergej sagte für diesen Termin ein fertiges Treatment zu, außerdem irgendwelche Storyboards und Bilanzen.

»Was ist mit dir, du hast sie wohl nicht alle?« fragte er Tatarski, als sie wieder auf der Straße standen. »Wer stellt denn solche Fragen!«

»Laß mal«, sagte Tatarski. »Dafür weiß ich jetzt, was er will.«

Der Mercedes brachte sie zur nächsten Metrostation.

Zu Hause schrieb Tatarski in wenigen Stunden das Gewünschte nieder. Er war lange nicht mehr in so kreativer Stimmung gewesen. Das Treatment hatte keinen konkreten Plot – es bestand aus einer Abfolge historischer Reminiszenzen und Metaphern: der Turm zu Babel, wie er wächst und in sich zusammenfällt, der Nil, wie er über die Ufer tritt, das brennende Rom, irgendwelche Hunnen, die wie besengt durch die Steppe rasen – während im Hintergrund der Zeiger einer großen, transparenten Uhr sich dreht.

»Die Geschlechter kommen und gehen«, sagt eine dumpfe, dämonische Stimme aus dem Off. »Doch die Erde bleibt bestehen.«

Allerdings versinkt auch die Erde mitsamt den Trümmern aus Imperien und Zivilisationen am Ende im bleiernen Ozean; über den tosenden Wogen erhebt sich ein einsamer Felsen, der irgendwie die Form des Turms zu Babel wiederaufnimmt. Die Kamera fährt auf den Felsen zu, sichtbar wird das in die Felswand gehauene Relief einer Pirogge samt den Buchstaben *BKL* und darunter ein Spruch (Tatarski hatte ihn dem Büchlein *Geflügeltes Latein* entnommen):

Mediis tempestatibus placidus
Ein Fels in den Stürmen der Zeit
BACKWARENKOMBINAT LEFORTOWO

Bei Draft Podium rief sein Kunstwerk Entsetzen hervor.

»Technisch wäre das machbar«, meinte Sergej. »Ein paar Sequenzen aus alten Filmen schnipseln, nachfärben, bißchen strecken und fertig. Aber es ist die blanke Idiotie. Irgendwie zum Lachen.«

»Stimmt. Die blanke Idiotie und irgendwie zum Lachen«, bestätigte Tatarski. »Du mußt mir nur sagen, was du haben willst: die Goldene Palme von Cannes oder den Auftrag?«

Nach einigen Tagen brachte Lena dem Kunden das Treatment in mehreren, von anderen Leuten stammenden Varianten. Darin agierten zum Beispiel ein Bäckerbursche mit unbestimmter sexueller Orientierung (der unbestimmte Slogan dazu: *Schöner könnte man ihn nicht backen!*), mehrere schwarzglänzende Mercedes, ein dollargefüllter Koffer und ähnliche volksnahe Klischees und Archetypen des kollektiven Unbewußten. All dies verwarf der Kunde ohne nähere Angabe von Gründen. In ihrer Verzweiflung zeigte Lena ihm schließlich Tatarskis Skript.

Sie kehrte mit einem unterschriebenen Vertrag über fünfunddreißigtausend Dollar ins Studio zurück, zwanzigtausend davon als Vorschuß. Das war Rekord. Wenn man Lena glauben wollte, hatte der Kunde sich nach der Lektüre des Skripts aufgeführt wie eine Hamelner Ratte unter den Klängen eines ganzen Flötenorchesters.

»Man hätte glatt vierzig rausschlagen können«, sagte sie. »Ich war zu blöd, es gleich zu schnallen.«

Fünf Tage später war das Geld auf dem Konto, und Tatarski bekam seine ehrlich verdienten zweitausend auf die Hand. Sergej und sein Team waren schon drauf und dran, nach Jalta zu fahren, einen passenden Felsen aufzunehmen, an dem im Finale die in Granit gehauene Pirogge prangen sollte, da entdeckte man den Auftraggeber tot in seinem Büro. Jemand hatte ihn mit dem Telefonkabel erdrosselt. Am Körper fanden sich die traditionellen Bügeleisenspuren, im Mund klemmte eine unbarmherzig hineingestopfte Nocturne-Torte (likörgetränkter Biskuitteig mit melancholischem Bitterschokoladenüberzug, ein Reif aus Kokosraspel als tragische Note).

»Die Geschlechter kommen und gehen«, erging Tatarski sich philosophisch, »aber das Hemd ist einem näher als der Rock.«

So wurde Tatarski zum Werbetexter. Seine früheren Arbeitgeber ließ er im unklaren, legte einfach bloß die Schlüssel des Kiosks vor Husseins Wagentür. Er hatte läuten hören, daß die Tschetschenen für einen Ausstieg aus dem Geschäft hohe Auslösesummen verlangten.

Rasch schuf er sich einen neuen Bekanntenkreis und arbeitete für mehrere Studios zugleich. Volltreffer wie der mit dem als Fels in den Stürmen der Zeit ruhenden Backwarenkombinat Lefortowo ließen sich leider nur selten landen. Tatarski begriff recht bald, daß er froh sein konnte, wenn am Ende eines von zehn Projekten erfolgreich war. Geld verdiente er nicht sonderlich viel, doch immerhin mehr als im Einzelhandel. An seine allererste Arbeit in der Branche dachte er nur mit unguten Gefühlen zurück; er fand, daß er peinlich schnell bereit gewesen war, das Wertvollste, was er in sich trug, in billiger Münze zu verschleudern. Denn als ein Auftrag dem anderen folgte, wurde ihm klar, daß man in diesem Geschäft keine Eile an den Tag legen durfte – so verdarb man die Preise, und das war dumm. Das Höchste und Heiligste mußte man so teuer wie möglich verkaufen, hinterher hatte man nichts mehr anzubieten. Wobei Tatarski wußte, daß diese Regel nicht für alle und jeden galt: Die wahren, die virtuosesten Meister des Genres, die er manchmal im Fernsehen erleben konnte, hatten den Dreh heraus, ihr Höchstes und Heiligstes täglich neu unter die Leute zu bringen, allerdings so, daß ihnen keiner hätte nachsagen können, sie hätten überhaupt irgend etwas verkauft, und am nächsten Tag konnten sie getrost wieder von vorn beginnen. Wie man das anstellte, hatte Tatarski nicht die leiseste Ahnung.

Allmählich lernte er auch eine andere, äußerst unangenehme Praxis kennen: Ein Auftraggeber kriegte von Tatarski einen Entwurf geliefert, erklärte höflich, dies sei doch nicht ganz das, was er sich vorgestellt habe, und vier oder sechs Wochen später kam Tatarski irgendwo ein Spot unter die Augen, der eindeutig auf seine Idee zurückging. In solchen Fällen sein Recht fordern zu wollen war sinnlos.

Tatarski beratschlagte sich mit seinen neuen Bekannten und versuchte daraufhin, in der Hierarchie der Werbebranche ein Treppchen nach oben zu springen, indem er ganze Werbekonzeptionen entwickelte. Diese Tätigkeit unterschied sich von der vorigen nur wenig. Es gab ein Zauberbuch, nach dessen Lektüre man alle Hemmungen und Zweifel hinter sich ließ. *Positioning: a battle for your mind* hieß die Schwarte, und sie stammte aus der Feder zweier amerikanischer Magier, die es zu etwas gebracht hatten. Im Kern war die Sache auf Rußland natürlich nicht anwendbar. Soweit Tatarski es beurteilen konnte, wurden hier keine Schlachten zwischen Waren geschlagen, um Nischen in den aufgekratzten Hirnen seiner Landsleute zu besetzen; die Szenerie ähnelte eher einer rauchenden Landschaft the day after. Und doch war das Buch zu gebrauchen. Es gab darin nämlich eine Menge schicker Ausdrücke (zum Beispiel: *line extention*!), die man in die Konzepte und auch in die mündliche Rede einflechten konnte. Außerdem sah Tatarski nun, worin sich die Ära des faulenden Imperialismus von der Epoche der ursprünglichen Akkumulation des Kapitals unterschied: Im Westen war es das gemeinsame Ziel von Werbefirmen und Werbekunden, den Endverbrauchern ihrer Produkte blauen Dunst vorzumachen, während eine Werbefirma in Rußland es darauf anlegte, ihrem Kunden etwas ins Hirn zu blasen. Und Tatarski begriff, daß Morkowin recht hatte: Diese Situation würde sich niemals ändern. Eines Tages (er hatte ein sehr gutes Gras zum Rauchen erwischt) entdeckte er zufällig das ökonomische Grundgesetz der postsozialistischen Gesellschaftsordnung:

Die ursprüngliche Akkumulation des Kapitals ist die definitive.

Vor dem Einschlafen blätterte Tatarski hin und wieder in seiner Positionierungsfibel; sie war für ihn wie eine Heilige Schrift. Der Vergleich war um so mehr am Platze, als man in ihr Anklängen von Religiosität begegnete, die auf seine unverdorbene Seele besonders stark wirkten: *Die romantischen Copywriter der Fünfziger, die längst schon im Himmel ihre große Werbeagentur betreiben ...*

Tiamat 2

Morkowins Prophezeiung begann sich zu bewahrheiten – für Einzelgänger blieb in der Werbung immer weniger zu tun. Allmählich trat in Tatarskis Karriere eine Flaute ein. Die Jobs gingen an Agenturen, die ihre eigenen Copywriter angestellt hatten, außerdem sogenannte Kreative. Solche Agenturen schossen wie Pilze aus dem Boden – oder wie Spermien aus den Hoden (diesen Kalauer hatte Tatarski in einer seiner Konzeptionen stehen).

Inzwischen hatte der Führer des Weltproletariats die angestammten Sockel verlassen, waren seine Standbilder auf Armeekippern vor die Stadt transportiert worden (es hieß, irgendein Oberst sei auf die Idee gekommen, sie einzuschmelzen, und habe mit dem Buntmetall eine Menge Geld gemacht, bevor er hochgegangen sei) – doch rückte an ihre Stelle eine derart graue Greulichkeit, daß die liebe Sowjetseele davon nur immer morscher wurde und schnell in sich zusammensackte. Die Zeitungen gaben sich Mühe zu versichern, daß diese Greulichkeit aller Welt innewohnte und die vielen schönen Dinge auf Erden hervorbrächte und auch das liebe Geld, und nur die Sowjetmentalität hinderte einen, das zu begreifen.

Was genau die Sowjetmentalität darstellte und jener sakramentale Sowok, der sie angeblich in sich trug, war Tatarski nicht restlos klar, doch gebrauchte er das Wort häufig und mit Begeisterung. Und nach Ansicht seines neuen Arbeitgebers Dmitri Pugin ging es gar nicht darum, daß etwas klar war. Es ging darum, diese Mentalität zu haben. Genau darin nämlich bestand der Sinn von Tatarskis neuer Arbeit: westliche Werbekonzepte der Mentalität des russischen Konsumenten anzupassen. Der Job war free lance – ein Ausdruck, den Tatarski für sich mit »freier Landsknecht« übersetzte – besonders, wenn er an die Bezahlung dachte.

Pugin, ein Mann mit schwarzem Schnauzer und funkelnd schwarzen Knopfaugen, trat zufällig in sein Leben, sie trafen sich bei einem gemeinsamen Bekannten. Der Auskunft, daß Tatarski in der Werbebranche arbeite, begegnete er mit gemäßigtem Interesse. Tatarski wiederum hegte Pugin gegenüber sofort ein irrational hohes Maß an Respekt – vor allem, daß dieser Mann seinen langen schwarzen Mantel zum Teetrinken nicht ablegte, frappierte ihn.

Man kam auf die Sowjetmentalität zu sprechen. Pugin gab zu, sie in vergangenen Tagen gleichfalls besessen zu haben, doch war er ihrer während jener Jahre, die er in New York als Taxifahrer gearbeitet hatte, komplett verlustig gegangen. Die salzigen Winde von Brighton Beach hatten ihm die schimmligen sowjetischen Konstruktionen aus dem Schädel geblasen und den unaufhaltsamen Drang zum Erfolg eingepflanzt.

»In New York spürst du besonders deutlich«, sagte er Tatarski bei einem Gläschen Wodka, zu dem sie nach dem Tee übergegangen waren, »daß es möglich ist, dein ganzes Leben in einer engen, miefigen Küche zu verbringen und miese Buletten zu kauen, mit Blick auf einen dreckigen, vollgeschissenen Hof. Du stehst am Fenster so wie jetzt, glotzt runter auf diese Scheiße und merkst nicht, wie das Leben verstreicht.«

»Die Frage ist«, erwiderte Tatarski nachdenklich, »wieso man dafür erst nach New York fahren muß?«

»Weil es dir in New York auffällt und hier in Moskau nicht«, fiel Pugin ihm ins Wort. »Stimmt, hier gibt es solche miefigen Küchen und verschissenen Höfe in noch viel größerer Zahl. Nur daß du hier partout nicht merkst, wie in alledem dein ganzes schönes Leben dahingeht. So lange nicht, bis es wirklich vorbei ist. Und das ist, nebenbei gesagt, ein Grundzug der sowjetischen Mentalität.«

Pugins Ansichten waren einigermaßen angreifbar, dafür war das, was er ihm vorschlug, einfach, klar und logisch, geradezu ein Musterbeispiel amerikanischen Unternehmergeistes – soweit Tatarski dies aus den Abgründen seiner Sowjetmentalität zu beurteilen vermochte.

»Du mußt das so sehen«, sagte Pugin, während er mit zusammengekniffenen Augen über Tatarskis Kopf hinweg in die Ferne sah, »der Sowok produziert so gut wie gar nichts mehr selber. Aber was zu essen und anzuziehen brauchen die Leute ja trotzdem, nicht wahr? Also werden hier sehr bald Waren aus dem Westen anlanden. Und gleichzeitig wird eine Flut von Werbung über uns kommen. Wobei man die nicht einfach so aus dem Englischen ins Russische übersetzen kann, denn hier herrschen ganz andere ... wie hieß das noch mal ... *cultural references* ... kurz, die Werbung muß für den russischen Verbraucher umgebacken werden. Und jetzt paß auf, was wir zwei beide tun werden. Wir setzen uns hin und bereiten im voraus – das ist der Witz, hörst du: im voraus! – die Konzepte für alle wichtigen Marken vor. Und wenn es soweit ist, marschieren wir mit unserer Mappe in deren Büro und machen den Deal. Das wichtigste ist, vorzusorgen und ausreichend Hirnmasse auf Lager zu haben!«

Was Pugin mit einem Hieb der flachen Hand auf die Tischplatte bekräftigte – offenbar meinte er vorgesorgt zu haben. Tatarski hingegen hatte das flaue Gefühl, daß ihn schon wieder jemand über diesen Tisch zu ziehen suchte. Die Perspektiven, wie Pugin sie vor ihm ausbreitete, waren recht nebulös – auch wenn es um einen handfesten Job zu gehen schien, blieb unklar, wann und wieviel dafür gezahlt werden würde.

Als Testballon ließ Pugin ihn eine Werbekonzeption für Sprite entwerfen – anfangs hatte er gleich noch Marlboro dazulegen wollen, es sich aber plötzlich anders überlegt und gemeint, dies sei für Tatarski noch zu früh. Und prompt, so stellte Tatarski im nachhinein fest, war wieder die sowjetische Mentalität angesprungen, um derentwillen er hier gebraucht wurde:

All seine Skepsis gegenüber Pugin ging augenblicklich in der Entrüstung auf, daß sein neuer Chef ihm nicht gleich Marlboro anvertraute, wobei die Kränkung von der Freude aufgewogen wurde, daß Sprite ihm immerhin geblieben war; vom Strudel dieser Gefühle mitgerissen, stellte er sich keinen Moment die Frage, mit welchem Recht ein dahergelaufener Taxifahrer aus Brighton Beach, ohne Tatarski bislang eine Kopeke gezahlt zu haben, bestimmte, ob er über eine Marlboro-Konzeption nachdenken durfte oder nicht.

In seinen Sprite-Entwurf legte Tatarski all das hinein, was er über die belemmerten historischen Geschicke seines Vaterlandes wußte. Bevor er an die Arbeit ging, las er noch einmal einige ausgewählte Kapitel seiner Bibel – *Positioning: a battle for your mind* –, dazu einen Haufen Zeitungen verschiedenster Couleur. Letzteres hatte er eine Ewigkeit nicht mehr getan, und das Gelesene verwirrte ihn sehr. Was dem Ergebnis natürlich anzumerken war.

Vorrangig in Betracht zu ziehen ist, daß die gegenwärtig in Rußland herrschende Situation nicht lange Bestand haben kann. Für die nahe Zukunft steht zu erwarten, daß ein Großteil der lebensnotwendigen Produktionen zum Erliegen kommt; mit einer Finanzkrise und ernsthaften sozialen Erschütterungen ist zu rechnen, was wiederum unweigerlich die Errichtung einer Militärdiktatur nach sich ziehen dürfte. Die künftige Diktatur wird, ganz gleich, welches politische und ökonomische Programm sie verfolgt, auf nationalistische Losungen zurückgreifen; zur gültigen Staatsästhetik wird der pseudoslawische Stil erklärt. (Dieser Terminus sei hier nicht negativ-wertend gebraucht. Im Unterschied zum slawischen Stil, der in natura nicht existiert, folgt der pseudoslawische Stil einem klaren, entwickelten Paradigma.) In seinem semiotisch-symbolischen Geltungsbereich ist westliche Reklame herkömmlicher Form nicht denkbar. Sie wird hier entweder strikt verboten oder aber einer strengen Zensur unterworfen sein. Dies gilt es zu beachten, wenn eine einigermaßen längerfristige Strategie zu entwickeln beabsichtigt ist.

Betrachten wir den klassischen Positionsslogan Sprite - The Uncola. Seine Verwendung in Rußland erscheint äußerst zweckmäßig, wenn auch aus anders gelagerten Ursachen als in Amerika. Bekanntlich positioniert der Terminus Uncola (svw. Nicht-Cola) die Marke Sprite ausnehmend erfolgreich gegenüber Pepsi-Cola und Coca-Cola, verschafft dem Produkt eine exklusive Nische im Bewußtsein des westlichen Konsumenten. Nun ist aber Coca-Cola in den Ländern Osteuropas viel eher ein ideologischer Fetisch als ein Erfrischungsgetränk. Sie hat den »Geschmack der Freiheit«, wie dies von der Phalanx osteuropäischer Überläufer in den siebziger und achtziger Jahren immer wieder verkündet wurde. Mithin wäre der Begriff Uncola für unseren einheimischen Konsumenten stark antidemokratisch und antiliberal konnotiert, was ihn für eine Militärdiktatur wiederum ausgesprochen attraktiv und verheißungsvoll machte.

Ins Russische übersetzt, würde Uncola zu Nje-Cola. Im Klang (der an den Vornamen Nikola erinnert) ebenso wie in den geweckten Assoziationen schreibt sich das Wort hervorragend in die Ästhetik der zu gewärtigenden Zukunft ein. Mögliche Slogans:

Sprite. Die NjeCola für Nikola

(Nachzudenken wäre, ob man den Konsumenten mit einer Figur namens Nikola Spritow konfrontiert – analog Ronald McDonald, jedoch ausgesprochen national im Geiste.)

Sprite. Die NjeCola.
Für die läßt Nikola die letzte Kohle da.

(Letztere Variante ist randgruppenfokussiert.)

Ferner sollte unbedingt über ein verändertes Produktdesign für den russischen Markt nachgedacht werden. Auch hier ließen sich Elemente des pseudoslawischen Stils verwenden. Als ideales Symbol bietet sich die Birke an. In diesem Fall wäre die traditionelle Dosengrundfarbe Grün durch eine Birkenstamm-Imitation – weiß mit schwarzen Streifen – zu ersetzen. Textbeispiel für einen Werbespot:

Ich ging im Wald so für mich hin
Nach Birken-Sprite stand mir der Sinn ...

Pugin überflog das von Tatarski mitgebrachte Manuskript und sagte:

»Der Claim *The Uncola* gehört übrigens SevenUp, nicht Sprite.«

Danach sagte er eine Weile nichts und ließ seine Knopfaugen auf Tatarski ruhen. Dieser schwieg ebenfalls und versuchte sich zu erinnern, wie oft er in seinem Leben in einer vergleichbar peinlichen Situation gewesen war.

»Macht aber nichts«, erbarmte sich Pugin endlich zu sagen. »Läßt sich trotzdem gebrauchen. Wenn nicht für Sprite, dann eben für SevenUp. Du kannst die Prüfung als bestanden ansehen. Jetzt probier dich ruhig mal an einer anderen Marke aus.«

»An welcher denn?« fragte Tatarski erleichtert.

Pugin überlegte, wühlte in den Taschen und reichte ihm schließlich eine halb aufgerauchte Schachtel Parliament.

»Du kannst dir gleich noch ein Plakat dazu ausdenken.«

Parliament war schwieriger zu packen. Für den Anfang schrieb Tatarski das Übliche aufs Papier:

Zweifellos ist bei der Erarbeitung einer seriösen Werbekonzeption zuvörderst in Betracht zu ziehen, daß

An dieser Stelle blieb er für lange Zeit hängen. Was zuvörderst in Betracht zu ziehen war, ließ sich in Wirklichkeit kaum sagen. Die einzige Assoziation, die er dem Wort Parlament nach längeren Kämpfen abrang, waren Cromwells Schlachten im alten England – so wäre es wohl jedem russischen Durchschnittsverbraucher gegangen, der in seiner Kindheit Dumas gelesen hatte. Eine halbe Stunde Höchstanspannung aller geistigen Kräfte gebar lediglich einen billigen Hackstück-Slogan:

Ein paar lamentieren immer.

Unterdessen war die Schachtel Parliament leer, Tatarski suchte nach Zigaretten. Er stellte die ganze Wohnung auf den Kopf, bis er schließlich eine alte Packung Prima fand. Nach zwei Zügen schmiß er die Zigarette ins Klo und stürzte zum Schreibtisch. Eine Textzeile war geboren, die ihm im ersten Moment wie die Lösung vorkam:

Parliament – The Unprima

Aber ein englischer Slogan war nicht gefragt. Tatarski plagte sich lange, bis er auf eine Puschkinzeile kam:

Was wird der nächste Tag uns bringen?
PARLIAMENT. OBERPRIMA!

Als er merkte, daß er kaum mehr als eine schwache Paraphrase auf das Wort Uncola zustande gebracht hatte, war er nahe daran aufzugeben. Da plötzlich kam der rettende Einfall. Einst hatte er am Literaturinstitut eine Jahresarbeit in Geschichte geschrieben. Thema: *Kurzer Abriß der Geschichte des Parlamentarismus.* Was in ihr stand, wußte er nicht mehr, war sich jedoch ziemlich sicher, daß Material für mehr als nur eine Konzeption darin schlummern mochte. Euphorisch tänzelte Tatarski über den Flur zum Einbauschrank, wo der alte Papierkram lagerte.

Nach einer halben Stunde war klar, daß er die Jahresarbeit nicht finden würde. Fürs erste kratzte ihn das nicht mehr. Beim Durchwühlen der im Wandschrank gestapelten Altlasten waren ihm nämlich ein paar Objekte in die Hände gefallen, die dort seit der Schulzeit auf dem hintersten Bord herumlagen: eine von den Hieben einer Fahrtenaxt verunstaltete Leninbüste (Tatarski erinnerte sich, sie nach der Exekution eigenhändig an diesem stillen Ort verborgen zu haben – aus Angst vor Bestrafung), ein mit Zeichnungen von Panzern und Atompilzen gefülltes Staatsbürgerkunde-Heft und etliche alte Bücher.

All diese Funde erfüllten ihn mit so abgrundtiefer Nostalgie, daß der Gedanke an seinen Arbeitgeber Pugin nur mehr Haß und Ekel in ihm hervorrief und mitsamt seiner Parliament kurzerhand aus dem Bewußtsein verdrängt wurde.

Selig entsann sich Tatarski, daß er die gefundenen Bücher damals dem Altpapier entwendet hatte, das zu sammeln sie nach dem Unterricht durch die Straßen gezogen waren. Das Bändchen eines in den sechziger Jahren erschienenen linken französischen Existentialisten war darunter, ein prächtig ausgestatteter Aufsatzband zur theoretischen Physik – *Unendlichkeit und Universum* – und ein Papp-Schnellhefter. *Tiamat* stand in großen Buchstaben darauf.

An *Unendlichkeit und Universum* konnte Tatarski sich erinnern, an den Hefter nicht. Er klappte ihn auf und las auf der ersten Seite:

Tiamat 2
Das irdische Meer
Zeittafeln und Kommentare

Die in den Hefter geklemmten Blätter entstammten sichtlich der Vor-Computer-Ära. Tatarski konnte sich an viele Samisdat-Bücher erinnern, die in dieser Form kursiert waren: je eine maschinengeschriebene Doppelseite auf die Hälfte verkleinert und auf ein Blatt kopiert. Was er in der Hand hielt, nahm sich wie die Anlage einer Dissertation zur Geschichte des Altertums aus. Allmählich dämmerte es Tatarski: Vermutlich hatte er als Schüler nie hineingesehen, da er *Tiamat* für eine Abart von *Diamat* oder *Histmat* – Dialektischer und Historischer Materialismus – hielt. Wohl überhaupt nur des schönen Schnellhefters wegen hatte er dieses Opus an sich genommen und alsbald vergessen.

Nun zeigte sich, daß Tiamat der Name einer alten Gottheit oder aber eines Meeres oder beides zusammen war. Aus einer Fußnote erfuhr Tatarski, daß sich das Wort ungefähr mit »Chaos« übersetzen ließ.

Den meisten Raum nahmen in dem Hefter die Königstafeln ein. Sie waren ziemlich langweilig: eine Auflistung unaussprechlicher Namen, römisch beziffert, nebst Auskünften, wer, wo, gegen wen Schlachten geschlagen, eine Mauer errichtet, eine Stadt eingenommen hatte und so weiter. Manchmal wurden verschiedene Quellen zu Rate gezogen und verglichen, und die Schlußfolgerung war, daß gewisse Ereignisse, die als aufeinanderfolgend in die Geschichte eingingen, in Wahrheit miteinander identisch seien – Vorfälle nämlich, die Zeitgenossen und deren Nachfahren so beeindruckten, daß ihr Echo sich verdoppelte und verdreifachte, wonach jedes davon sein eigenes

Leben fortlebte. Dem pathetisch-rechtfertigenden Tonfall war anzumerken, daß der Verfasser diese Erkenntnis für revolutionär, geradezu ikonoklastisch hielt, was Tatarski wieder einmal Anlaß gab, über die Eitelkeit allen menschlichen Tuns zu meditieren. Die Tatsache, daß Assuretilsamersituballistu II. in Wirklichkeit Nebukadnezar III. war, vermochte ihn nicht zu erschüttern – und daß der unbekannte Historiker sie mit solchem Pathos verkündete, war einigermaßen komisch. Die Könige waren auch komisch – da man doch nicht einmal sicher sein konnte, ob sie überhaupt Menschen oder nur Fehler beim Abschreiben der Tontäfelchen gewesen waren, diese Täfelchen schienen das einzige, was von ihnen geblieben war. Tatarski hatte jedenfalls nie von ihnen gehört, und das Wort Nebukadnezar klang in seinen Ohren wie das erste defätistische Räuspern am Morgen nach durchzechter Nacht.

Auf die Zeittafeln folgten umfangreichere Anmerkungen zu einem nicht vorhandenen Text (außerdem gab es in der Mappe viele aufgeklebte Photographien irgendwelcher Altertümer). Die zweite oder dritte dieser Anmerkungen, die Tatarski aufschlug, trug den Titel

BABYLON: Die drei chaldäischen Rätsel

Unter dem *O* im Wort *BABYLON* war noch ein verwischtes *E* zu erkennen – ein korrigierter Tippfehler, weiter nichts, doch für Tatarski ein Grund zur Aufregung. Sein Name, den er bei der Geburt verliehen bekommen und bei Erreichen der Volljährigkeit wieder abgelegt hatte, holte ihn in diesem Moment wieder ein und mit ihm jene Schicksalsrolle, die die babylonischen Geheimlehren für ihn spielen sollten (so hatte er es den Mitschülern immer weisgemacht) und an die er schon lange nicht mehr gedacht hatte.

Unter dem Titel fand sich das Photo eines Siegelabdrucks: eine vergitterte Tür auf dem Gipfel eines Berges oder einer gezackten Pyramide und daneben ein bärtiger Mann, der einen Rock und um die Schultern eine Art Umhang trug. Tatarski meinte zu erkennen, daß er zwei abgeschlagene Köpfe am dünnen Haupthaar hielt. Der eine hatte kein Gesicht, der andere lächelte freundlich. Dann las Tatarski die Bildunterschrift: Chaldäer mit Maske und Spiegel auf der Zikkurat. Er ließ sich auf dem Stapel der dem Schrank entnommenen Bücher nieder und begann zu lesen, was unter dem Photo geschrieben stand.

S. 123. Spiegel und Maske sind die rituellen Insignien der Ischtar. Als kanonische Darstellung, die die Sakralsymbolik im betr. Kult am umfassendsten ausdrückt, gilt Ischtar hinter goldener Maske, sich im Spiegel betrachtend. Das Gold sei der Leib der Göttin, seine negative Projektion das Sternenlicht. Von daher wird verschiedentlich gemutmaßt, daß als drittes göttliches Insigne der Fliegenpilz zu gelten hat, dessen Hut eine natürliche Sternkarte zeigt. In diesem Fall wäre *Amanita* mit einem hie und da in Texten auftauchenden Himmelspilz gleichzusetzen. Eine indirekte Bestätigung findet diese Hypothese durch Details in dem Mythos von den drei großen Zeitaltern - dem roten, dem blauen und dem gelben Himmel. Über den roten Fliegenpilz *A. muscaria* nimmt der Chaldäer Kontakt zur Vergangenheit auf, Weisheit und Kraft des Zeitalters des roten Himmels werden durch ihn erfahrbar. Der braune Fliegenpilz (*A. pantherina*, Pantherpilz; für »braun« und »gelb« gibt es im Akkadischen nur ein Wort) stellt die Verbindung zur Zukunft her, über ihn wird man all ihrer unerschöpflichen Energie teilhaftig.

Tatarski blätterte aufs Geratewohl einige Seiten weiter; dort war erneut von Fliegenpilzen die Rede.

S. 145. Die drei chaldäischen Rätsel (Die drei Rätsel der Ischtar). Die Legende von den drei chaldäischen Rätseln besagte, daß ein jeder Bewohner Babylons die Göttin habe ehelichen können. Zu diesem Zweck mußte er ein gewisses Getränk zu sich nehmen und ihre Zikkurat aufsuchen. Ob hierbei an eine zeremonielle Besteigung des realen Bauwerks oder aber eine halluzinatorische Reise gedacht war, ist nicht gewiß. Für letztere Vermutung spricht, daß das Getränk nach recht exotischem Rezept zu brauen war: Zutaten waren beispielsweise *Urin des roten Esels* (der in der alten Alchimie traditionell gebrauchte Zinnober?) sowie *Himmelspilze* (verm. Fliegenpilze – vgl. *Spiegel und Maske*).

Der Legende nach führte der Weg zu Reichtum und vollkommener Weisheit (zwischen diesen Begriffen machten die Babylonier keinen Unterschied, betrachteten sie vielmehr als ineinander übergehende Phänomene, zwei Aspekte ein und desselben) über den Sexualkontakt mit dem goldenen Idol der Ischtar, welches sich im höchstgelegenen Zimmer der Zikkurat befand. Es hieß, der Geist der Ischtar lasse sich zu bestimmten Zeiten in diesem Idol nieder.

Wer zum Idol vorgelassen zu werden wünschte, hatte die drei Rätsel der Ischtar zu lösen. Der Inhalt der Rätsel ist nicht überliefert. Verwiesen sei auf die strittige Annahme Claude Grecos (vgl. *11, 12*), der zufolge es sich bei einer Anzahl rhythmisierter und allein aufgrund ihrer Homonymie polysemer Beschwörungsformeln in altakkadischer Sprache, die bei Ausgrabungen in Ninive gefunden wurden, um besagte Rätsel handelt.

Weitaus überzeugender erscheint demgegenüber die auf mehreren Quellen fußende Vermutung, daß die drei Rätsel der Ischtar in drei symbolischen Objekten bestanden, welche jedem Babylonier, der ein Chaldäer zu werden wünschte, ausgehändigt wurden. Er hatte die Bedeutung dieser Gegenstände zu ergründen (Motiv der symbolischen Botschaft). Auf dem Treppenwendel zur Zikkurat hinauf gab es drei Absätze, wo dem Kandidaten jeweils eines dieser Objekte präsentiert wurde. Wer auch nur ein Rätsel falsch löste, wurde durch die Wachen von der Zikkurat gestoßen, was den sicheren Tod bedeutete. (Es gibt Grund zu der Annahme, daß der späte, auf ritueller Selbstentmannung gründende Kybele-Kult aus dem Ischtar-Kult abzuleiten ist; hierbei ist die Selbstentmannung wohl als Ersatzopfer anzusehen).

Nichtsdestoweniger fanden sich Kandidaten in großer Zahl, denn die richtigen Antworten, dank deren man bis auf die Höhe des Zikkurats vordringen und sich mit der Göttin vereinigen durfte, gab es durchaus. Alle Jahrzehnte einmal glückte es jemandem, sie zu finden. Mit den drei Lösungen gelangte er bis ganz hinauf und begegnete dort der Göttin, womit er zum geheiligten Chaldäer und zu ihrem rituellen Gemahl auf Erden wurde (von denen es möglicherweise mehrere gab).

Einer Version zufolge existierten des Rätsels Lösungen auch in schriftlicher Form. An besonderen Orten in Babylon wurden versiegelte Täfelchen gehandelt, auf denen die drei Antworten standen (eine andere Version spricht von einem magischen Siegel, in das sie hineingeschnitten waren). Herstellung und Verkauf der Täfelchen oblag den Priestern des Haupttempels Enkidus, des Schutzgottes der Lotterie. Es hieß, Enkidu sei derjenige, durch dessen Vermittlung Ischtar Gelegenheit erhielt, ihren nächsten Gemahl zu wählen. Damit war der Beilegung des bereits im alten Babylon wohlbekannten Konflikts zwischen göttlicher Vorsehung und freiem Willen gedient. Die meisten derer, die sich auf die Zikkurat wagten, hatten also die Tontäfelchen mit den Lösungen dabei; das Siegel brechen durfte man erst beim Aufstieg.

Diese Praxis hieß auch die Große Lotterie (als Terminus eingeführt durch etliche schöngeistige Autoren, die sich von dieser Legende inspirieren ließen; »Spiel ohne Namen« wäre die genauere Übersetzung). Welches Los nicht gewann, auf dem stand der Tod. Es soll Hasardeure gegeben haben, die sich ohne soufflierende Täfelchen auf die Zikkurat wagten.

Eine weitere Interpretation geht davon aus, Ischtars Fragen nicht als Rätsel, sondern eher als symbolische Wegmarken zu sehen, die ihrerseits auf bestimmte Lebenssituationen verwiesen. Indem der Kandidat sie absolvierte, hatte er dem Zikkuratwächter einen Beweis seiner Lebenserfahrung zu liefern, was ihn der Begegnung mit der Göttin ein Stück näher brachte. (In diesem Fall wäre der Aufstieg auf die Zikkurat wohl als Metapher zu verstehen.) Schließlich kursierte auch ein Aberglaube, dem zufolge die Antworten auf die drei Fragen der Ischtar im Text sogenannter Marktgesänge verborgen gewesen wären, wie sie tagtäglich auf dem babylonischen Basar erklangen; diese Gesänge und entsprechende Gebräuche sind nicht bezeugt.

Tatarski wischte den Staub von der Kladde und stellte sie zurück in den Schrank. Er nahm sich vor, sie bald einmal ganz zu lesen.

Die Jahresarbeit zur Geschichte des russischen Parlamentarismus blieb unauffindbar. Wobei Tatarski gegen Ende der Suche selbst darauf kam: Die Geschichte des Parlamentarismus in Rußland gipfelt in dem einfachen Umstand, daß das Wort Parlamentarismus allenfalls für eine gewisse Zigarettenwerbung zu gebrauchen ist – und selbst da kommt man, nüchtern betrachtet, ohne allen Parlamentarismus aus.

Die drei Rätsel der Ischtar

Am nächsten Tag traf Tatarski – mit den Gedanken noch ganz in die Zigarettenkonzeption vertieft – eingangs der Twerskaja-Straße seinen alten Schulfreund Andrej Girejew, von dem er jahrelang nichts mehr gehört hatte. Girejews Aufzug war eigentümlich: tiefblaue Mönchskutte, bestickte Nepal-Weste. In Händen hielt er etwas wie eine große, mit tibetischen Schriftzeichen bedeckte und mit bunten Bändern behangene Kaffeemühle, deren Kurbel er drehte; jedes einzelne Accessoire wirkte ausgesprochen exotisch, zusammengenommen schienen sie sich jedoch zum Eindruck größter Natürlichkeit zu neutralisieren. Keiner der Passanten schenkte Girejew Beachtung; in Ermangelung eines visuellen Informationsgehalts entging er ihrer Wahrnehmung ebenso wie ein Laternenpfahl oder eine Pepsi-Cola-Reklame.

Auch Tatarski hatte erst das Gesicht erkennen müssen, ehe ihm Girejews Staffage auffiel. Ein tiefer Blick in die Augen sagte ihm, daß mit Girejew etwas nicht stimmte. Betrunken schien er aber nicht zu sein, wirkte vielmehr gesammelt, still und vertrauenerweckend.

Er sagte, daß er außerhalb der Stadt wohne, im Dorf Rastorgujewo, und lud ihn ein mitzukommen. Tatarski war einverstanden. Sie tauchten in die Metro ab und stiegen auf dem Bahnhof Warschawskaja in die S-Bahn um. Während der Fahrt sprachen sie kein Wort; nur manchmal wandte Tatarski den Blick von dem, was vor dem Fenster vorüberzog, und sah zu Girejew hinüber. In seiner wunderlichen Kluft wirkte er wie das letzte versprengte Exemplar einer untergegangenen Zivilisation – nicht der sowjetischen (dort waren keine tibetischen

Wanderastrologen vorgekommen), nein, einer anderen Welt, die parallel zur sowjetischen existiert hatte, vielleicht sogar als eine Gegenwelt, aber gemeinsam mit ihr untergegangen war. Sie konnte einem leid tun – denn vieles, was Tatarski einmal gefallen, ihn im Innersten berührt hatte, stammte aus dieser parallelen Welt, von der man immer gemeint hatte, sie wäre durch nichts und niemanden zu erschüttern. Und doch war es um sie geschehen: auf ungefähr gleiche, unauffällige Weise, wie es um die sowjetische Ewigkeit geschehen war.

Girejew wohnte in einem windschiefen schwarzen Haus mit einem verwilderten Garten davor, wo übermannshoch der Bärenklau wucherte. Dem Komfort nach nahm dieser Wohnsitz eine Mittelposition zwischen Dorf und Stadt ein: Beispielsweise konnte man durch das Loch im Toilettenhäuschen nasse, schleimige Kanalisationsrohre erkennen, die über die Jauchegrube hinwegliefen, ohne daß klar war, woher und wohin sie führten. Andererseits gab es im Haus einen Gasherd und ein Telefon.

Girejew ließ Tatarski am Tisch in der Veranda Platz nehmen und ging daran, ein flockiges Pulver aus einer roten Blechbüchse mit weißer estnischer Aufschrift in die Kanne zu streuen, die normalerweise für den Teesud bestimmt schien.

»Was ist das?« wollte Tatarski wissen.

»Fliegenpilze«, gab Girejew zur Antwort und goß kochendes Wasser auf. Im Zimmer begann es nach Pilzsuppe zu riechen.

»Sag bloß, das willst du trinken?«

»Keine Bange«, sagte Girejew, »braune sind nicht dabei.«

Es klang, als wären damit alle nur denkbaren Einwände ausgeräumt, und Tatarski wußte nichts weiter zu sagen. Einen Moment lang zögerte er, dann fiel ihm ein, was er tags zuvor über Fliegenpilze gelesen hatte, und es gelang ihm, seine Zweifel niederzukämpfen. Der Fliegenpilztee erwies sich als recht schmackhaft.

»Und was hat man davon?«

»Das wirst du sehen«, antwortete Girejew. »Bestimmt legst du dir noch einen Wintervorrat davon an.«

»Was machen wir jetzt?«

»Was du willst.«

»Reden?«

»Von mir aus.«

Die nächste halbe Stunde verging im belanglosen Gespräch über gemeinsame Bekannte. Wie nicht anders zu erwarten, war keinem in der Zwischenzeit etwas Aufregendes passiert. Die Ausnahme war Ljoscha Tschikunow, der, mit mehreren Flaschen finnischem Wodka intus, in einer sternenklaren Januarnacht im Hüttchen auf dem Kinderspielplatz erfroren war.

»Der ist ins Walhall eingegangen«, war Girejews lakonischer Kommentar.

»Woher willst du das wissen?« fragte Tatarski, doch da fielen ihm die fliehenden Rentiere und der rote Sonnenball auf dem Flaschenetikett ein, und er gab Girejew im stillen recht. Er holte sein Notizbüchlein hervor und schrieb:

Werbeanzeige Finlandia-Wodka - basierend auf deren Slogan: In meinem früheren Leben war ich kristallklares Quellwasser. Ergänzungsvariante: Schneewehe mit Erbrochenem (gefroren). Text:

IN MEINEM FRÜHEREN LEBEN WAR ICH FINLANDIA.

Unterdessen hatte eine leise, heitere Entspanntheit von seinem Körper Besitz genommen. Ein angenehmes Vibrieren ging in Wellen durch die Brust, drang zum Unterleib und in die Arme vor und verebbte, bevor es die Fingerspitzen erreicht hatte. Tatarski wünschte sich auf einmal sehnlichst, daß es dort ankommen möge. Er begriff, daß er zu wenig getrunken hatte. Doch die Kanne war bereits leer.

»Ist noch was da?«

»Ha!« machte Girejew. »Hab ich's nicht gesagt!«

Er erhob sich, verließ die Veranda und kam mit einer ausgebreiteten Zeitung voll getrockneter Fliegenpilzschnipsel wieder. An manchen klebten noch Fetzchen von roter Haut mit schrumpligen weißen Klecksen, an anderen Fasern von Zeitungspapier und spiegelverkehrte Buchstaben.

Tatarski warf sich ein paar Stücken in den Mund, kaute und schluckte. Getrocknete Fliegenpilze schmeckten ein bißchen wie Kartoffelschalen, nur besser. Tatarski kam auf die Idee, daß man sie als Chips hätte verkaufen können, in Folie verpackt. Offenbar ein weiterer brachliegender Weg zum schnellen Reichtum – Jeep, Werbespot und Totschlag inklusive. Während er tüftelte, wie der Clip hätte aussehen müssen, schob er eine neue Portion nach und blickte sich um. Einige der Gegenstände, die die Veranda verschönten, fielen ihm erst jetzt auf. Zum Beispiel hing an gut sichtbarer Stelle ein Bogen Papier an der Wand – darauf ein verschnörkelter Buchstabe, Zwischending aus Sanskrit und Tibetisch, wie ein Drache mit geschwungenem Schweif.

»Was ist das?« fragte er Girejew.

Girejew sah zur Wand.

»Das Hum.«

»Wozu ist das gut?«

»Ich reise damit.«

»Wohin?«

»Schwer zu erklären«, sagte Girejew. »Hum. Wenn du aufhörst zu denken, wird dir vieles klar.«

Ohnehin hatte Tatarski seine Frage schon vergessen. Eine Woge von Dankbarkeit ergriff ihn – dafür, daß Girejew ihn hierher mitgenommen hatte.

»Ich stecke momentan in einer schwierigen Phase, weißt du«, sagte er. »Ewig nur Banker und Werbekunden vor der Nase. Die strengen furchtbar an. Dagegen bei dir hier ... Mir ist, als wäre ich nach Hause gekommen.«

Girejew schien zu verstehen, was in Tatarski vorging.

»Kinkerlitzchen«, sagte er. »Denk nicht dran. Zu mir sind letzten Winter zwei solche Banker gekommen, die wollten ihr Bewußtsein erweitern. Sind nachher barfuß durch den Schnee gerannt. Gehen wir spazieren?«

Mit Freuden stimmte Tatarski zu. Sie liefen durch die Pforte und längs einiger frisch ausgehobener Gräben querfeldein. Ein Pfad führte zum Waldrand und schlängelte sich weiter zwischen den Bäumen hindurch. Das Kribbeln in den Armen wurde stärker, doch bis in die Fingerspitzen reichte es noch immer nicht. Als Tatarski die vielen Fliegenpilze zwischen den Bäumen bemerkte, ließ er sich zurückfallen und riß ein paar davon aus dem Waldboden. Sie waren nicht rot, sondern dunkelbraun und sahen sehr hübsch aus. Tatarski verschlang sie und eilte Girejew hinterher, der nichts bemerkt zu haben schien.

Der Wald hörte schnell wieder auf. Sie traten auf freies Feld hinaus - ein Kolchoseacker, der sich bis zum Fluß hinabzog. Tatarskis Blick ging aufwärts: Hoch über dem Feld hingen große, reglose Wolken, und einer jener unaussprechlich melancholisch stimmenden Sonnenuntergänge, wie sie zur Herbstzeit rings um Moskau zu erleben sind, färbte den Himmel orangerot. Sie folgten einem Weg, der längs des Feldrains verlief, setzten sich schließlich auf einen umgefallenen Baumstamm. Zum Reden hatten sie keine Lust.

Tatarski war inzwischen eine Werbekonzeption für Fliegenpilze eingefallen. Sie ging von der gewagten Hypothese aus, die höchste Form der Selbstverwirklichung eines Fliegenpilzes könnte der Atompilz sein - ein immaterieller Leuchtkörper, zu dem ein paar besonders mystisch veranlagte Myzelien vorgestoßen sind. Die Menschheit wäre als niederes Leben anzusehen, Mittel zum Zweck, dessen sich der Fliegenpilz zur Erreichung seines Ideals bedient, so wie man den Schimmel für den Käse braucht. Tatarski hob den Blick, die orangefarbenen Pfeile der untergehenden Sonne stachen ihm in die Augen, und der Gedankenstrom brach ab.

»Du«, brach Girejew nach einigen Minuten das Schweigen, »ich muß grad noch mal an Ljoscha Tschikunow denken. Schade um ihn, nicht?«

»Kann man wohl sagen«, erwiderte Tatarski.

»Wie eigenartig – er ist tot, und wir leben. Obwohl ich ja den Verdacht habe, daß wir jedesmal sterben, wenn wir uns schlafen legen. Die Sonne verschwindet auf Nimmerwiedersehen, und die Geschichte hat ein Ende. Bis das Nichts sich selber auf den Wecker geht, und wir erwachen. Und die Welt entsteht neu.«

»Wie kann das Nichts sich auf den Wecker gehen?«

»Mit dem Erwachen tauchst du aus dem Nirgendwo. Alles übrige genauso. Der wahre Tod ist, wenn an die Stelle des normalen Morgenrituals etwas anderes tritt, an das auch nur zu denken ganz unmöglich ist. Wir haben dafür kein Instrument, unser Geist und die Welt sind ja eins.«

Tatarski suchte dahinterzukommen, was das heißen sollte, und bemerkte bei dieser Gelegenheit, daß das Denken schwierig zu werden begann, anscheinend sogar gefährlich – seine Gedanken hatten so viel Freiheit und Kraft getankt, daß er sie nicht mehr unter Kontrolle hatte. Was er hätte antworten wollen, stand augenblicklich als dreidimensionale geometrische Figur vor ihm. Tatarski sah seinen Geist: eine grellweiße Kugel, sonnenartig, dabei absolut ruhig und unbeweglich. Aus der Kugelmitte nach außen verliefen einige dunkle Zwirnsfäden. Das mußten seine fünf Sinne sein. Der etwas stärkere Faden war das Sehen, ein etwas dünnerer das Hören – die übrigen waren so hauchdünn, daß man sie kaum sah. Um diese feststehenden Fäden wand sich und tanzte eine Spirale, dem Wendel einer Glühlampe ähnlich; hin und wieder verschmolz sie für einen Augenblick mit einem der Fäden, dann wieder rollte sie sich ein, so daß ein Leuchtfleck entstand – wie der, den eine schnell rotierende Zigarette in der Dunkelheit hinterläßt. Dies war der Gedanke, mit dem der Geist sich gerade abgab.

Es gibt also gar keinen Tod, dachte Tatarski erfreut. Weil nämlich, wenn die Fäden verschwinden, die Kugel trotzdem bleibt!

Daß es ihm gelungen war, die Antwort auf eine die Menschheit seit Jahrtausenden bewegende Frage in so schlichter und jedermann verständlicher Form zu formulieren, machte ihn glücklich. Er wollte Girejew in seine Eingebung einweihen, faßte ihn bei der Schulter und versuchte, den letzten Satz laut zu sagen. Doch sagte sein Mund etwas anderes, Sinnloses - die nötigen Laute waren vorhanden, doch chaotisch durcheinandergeworfen. Vielleicht muß ich ein bißchen Wasser trinken! dachte er - und sagte zu Girejew, der ihn erschrocken ansah:

»Ich bisse trink was gernchen würder einen!«

Girejew begriff offenbar nicht, was los war. Klar war nur, daß es ihm nicht behagte.

»Biß wadde trich giss eichen tschincher würsen!« wiederholte Tatarski fromm seinen Wunsch und versuchte ein Lächeln.

Er hätte es gern gesehen, wenn Girejew zurückgelächelt hätte. Doch der benahm sich eigenartig - er sprang auf, wich zurück, und Tatarski wußte nun, was der Ausdruck »auf seinem Gesicht malte sich Entsetzen« bedeutet. Dieses Entsetzen war überdeutlich. Girejew tat ein paar vorsichtige Schritte rückwärts, drehte auf dem Absatz um und rannte davon. Das kränkte Tatarski tief.

Währenddessen hatte es zu dämmern begonnen. Girejews Nepal-Weste, die aus dem blauen Dunst zwischen den Bäumen hervorleuchtete, ließ an einen großen Schmetterling denken. Ihn zu jagen war Tatarski ein verlockender Gedanke. Er stürmte Girejew hinterdrein, in großen, hohen Sätzen, um nicht über irgendeinen Wurzelstock oder Erdhubbel zu stolpern. Bald zeigte sich, daß er sehr viel schneller war als Girejew - einfach unvergleichlich schneller. Als er ihn einige Male überrundet hatte, bekam er mit, daß es sich nicht um Girejew, sondern um einen dürren, abgebrochenen Baumstamm in Menschengröße handelte. Das ernüchterte Tatarski einigermaßen, und er trudelte einen Pfad entlang in die Richtung, wo seiner Ansicht nach die Bahnstation liegen mußte.

Unterwegs nahm er noch einige Fliegenpilze zu sich, die hinter den Bäumen hervorlugten, und stieß alsbald auf einen breiten Hohlweg, zu dessen einer Seite ein Drahtzaun verlief.

Ein Passant kam ihm entgegen. Tatarski lief zu ihm hin und fragte höflich:

»Kitten sir bar mönne siegen, zieh stich kar unbution womme? Zar ussbeen?!«

Der Fremde guckte Tatarski an, schwankte zur Seite und sah zu, daß er fortkam. Anscheinend reagierten heute alle gleich auf ihn. Tatarski fiel sein vormaliger tschetschenischer Arbeitgeber ein, und er dachte fröhlich: Jetzt müßte Hussein auftauchen! Ob der wohl auch so einen Schreck kriegte?

Als gleich darauf Hussein am Wegrand stand, war es Tatarski, der erschrak. Hussein stand schweigend im Gras und übersah den näher kommenden Tatarski geflissentlich. Der hingegen verlangsamte seinen Schritt, ging brav wie ein Kind hinüber und baute sich schuldbewußt vor Hussein auf.

»Ist was?« fragte Hussein.

Vor Schreck achtete Tatarski nicht darauf, ob er die Worte nun wieder richtig herausbrachte oder nicht. Was er sagte, war jedenfalls völlig unpassend:

»Nur eine Frage. Mich würde interessieren, welche Assoziationen bei dir als Repräsentant der Zielgruppe das Wort Parlament hervorruft.«

Hussein zeigte keine Verwunderung. Er überlegte kurz, dann sagte er:

»Da gab es so ein Gedicht von al-Ghazzali. Das Parlament der Vögel. Da ging es drum, daß dreißig Vögel sich aufmachen, den Simurgh zu suchen. Den König aller Vögel und großen Meister.«

»Wozu brauchten die einen König, wenn sie ein Parlament hatten?«

»Das mußt du sie selber fragen. Außerdem war Simurgh nicht bloß König, sondern kostbare Wissensquelle. Was man vom Parlament nicht behaupten kann.«

»Und wie hat es geendet?« fragte Tatarski.

»Nachdem dreißig Prüfungen bestanden waren, erfuhren sie, daß das Wort Simurgh nichts anderes als ›dreißig Vögel‹ bedeutet .«

»Von wem?«

»Gottes Stimme hat es ihnen gesagt.«

Tatarski nieste. Hussein verstummte augenblicklich, sein Gesicht verfinsterte sich, er wandte sich ab. Eine ganze Weile wartete Tatarski auf die Fortsetzung, bis ihm auffiel, daß Hussein ein Mast war – mit einem angenagelten, im Dunkeln schwer zu entziffernden Schild: *Kein Feuer anzünden!* Darüber geriet er etwas außer sich – Girejew und Hussein schienen unter einer Decke zu stecken. Husseins Geschichte hatte ihm gefallen, doch da mit weiteren Einzelheiten nicht zu rechnen war, ließ sie sich für eine Zigarettenkonzeption wohl nicht verwenden. Tatarski lief weiter und grübelte, was ihn dazu bewegt haben mochte, so ängstlich vor dem Hussein-Mast Aufstellung zu nehmen, ohne daß dieser ihn darum gebeten hatte.

Die Erklärung, die er fand, war nicht eben schmeichelhaft: Es lag wohl an dem nicht vollständig aus ihm herausgepreßten Sklaven, ein Rudiment der sowjetischen Epoche. Nach weiterer Überlegung kam Tatarski zu dem Schluß, daß der Sklave in der Seele eines Sowjetmenschen nicht in konzentrierter Form und an einen bestimmten Bereich gebunden vorliegt; vielmehr färbt er alles, was sich auf ihrem zwielichtigen Gelände abspielt, gleichmäßig mit dem Pigment einer zählebigen Psycho-Peritonitis ein, weswegen es keine Chance gibt, den Sklaven tropfenweise, wie der gute alte Tschechow es verlangte, aus sich herauszupressen, ohne daß kostbare seelische Substanz dabei beschädigt würde. Dieser Gedanke schien ihm im Lichte der anstehenden Zusammenarbeit mit Pugin von Gewicht zu sein, er wühlte lange in den Taschen nach einem Stift, um ihn festzuhalten. Da war aber keiner.

Dafür näherte sich schon wieder ein Fußgänger - und diesmal sichtlich keine Halluzination. Tatarski ersah es aus dessen Verhalten, nachdem er ihn um einen Stift gebeten hatte: Der Mann ergriff die Flucht; er rannte wirklich schnell und ohne sich umzusehen.

Tatarski konnte sich nicht erklären, womit er den Leuten solche Angst einjagte. Vielleicht war es die merkwürdige Dysfunktion seiner Rede: daß seine Sätze in Bruchstücke zerfielen, die sich dann auf willkürliche Weise neu verkitteten. Doch war an diesen unangemessenen Reaktionen durchaus etwas Schmeichelhaftes.

Plötzlich kam Tatarski ein derart verblüffender Gedanke, daß er stehenblieb und sich an die Stirn schlug. Der Turmbau zu Babel! dachte er. Wahrscheinlich haben die so ein Fliegenpilzgebräu gesoffen, und die Wörter sind ihnen im Mund zerbröselt wie mir. Und das nannten sie dann Sprachverwirrung. Vielleicht sollte man es eher Zungenverwirrung nennen.

Tatarski spürte in seinem Denken eine ungeheure Wucht. Jeder Gedanke ein Flöz Realität - dem abendlichen Wald, durch den er ging, absolut ebenbürtig. Mit dem Unterschied, daß der Wald ja nur ein Gedanke war, den zu denken er nicht lassen konnte, so sehr er sich auch Mühe gab. Andererseits war an dem, was in seinem Geist vor sich ging, der Wille fast nicht beteiligt. Als seine Gedanken bei der Sprachverwirrung angekommen waren, stand schon fest, daß die Erinnerung an Babel das einzig mögliche Babel war; indem er daran dachte, erweckte er es zum Leben. Und wie Kipper auf eine Baustelle transportierten die Gedanken in seinem Kopf das Material, auf daß der Turm zu Babel immer höher und majestätischer wurde.

»Sprachverschwirrung. Turmbau futschi. Sturmfrau lutschi. Brautschau. Raubbau. Bauzaun. Da geht's rein. Na also.«

In dem Drahtzaun, an dem Tatarski schon geraume Zeit entlanglief, gab es nun ein großes Tor, das mit zwei roten Reliefsternen geschmückt war. Darüber hing eine Baulampe, deren grellweißes Licht die Graffiti, mit denen das grüne Torblech übersät war, zum Leuchten brachte. Tatarski blieb stehen.

Während der nächsten ein, zwei Minuten studierte er die für die mittleren russischen Breiten typischen Versuche, einschlägige Ortsnamen in lateinische Buchstaben zu transkripieren, ferner irgendwelche Personennamen mit grob aufgesetzter Krone, symbolische Penis- und Vulvadarstellungen, die englischen Verben für »Ficken« und »Blasen« in der dritten Person Singular Präsens, jedoch mit unmotivierten Apostrophen versehen, sowie zahllose Handelsmarken aus der Musikbranche. Dann stieß sein Blick auf etwas Sonderbares.

Da war eine große – alles andere weit überragende, annähernd die ganze Breite des Tors einnehmende – Inschrift in orangener Leuchtfarbe (die im Scheinwerferlicht erstrahlte):

THIS GAME HAS NO NAME

Kaum hatte Tatarski das gelesen, nahm sein Bewußtsein das restliche hier versammelte ethnographische Material nicht mehr wahr; nichts war da mehr außer diesen fünf leuchtenden Wörtern. Er hatte das Gefühl, die Botschaft bis in die diffizilsten Nuancen hinein zu verstehen. Nicht, daß er in der Lage gewesen wäre, sie irgendwem zu erläutern, doch es gab keinen Zweifel: Die Inschrift verlangte von ihm, über diesen Zaun zu klettern. Und nichts war leichter als das.

Hinter dem Tor war ein verlassener Bauplatz: weitläufige

Wüste mit raren Spuren vormaliger Anwesenheit von Menschen. In ihrer Mitte erhob sich eine Bauruine – es hätte das Fundament einer kosmischen Radarstation sein können oder auch nur eine Art Parkhaus. Die Arbeiten waren eingestellt worden, als gerade das Tragwerk und die Mauern standen. Das Bauwerk ähnelte einem Stufenzylinder aus mehreren übereinanderliegenden Betonkammern. Eine von Eisenbetonpfeilern getragene Auffahrt führte in einer Spirale um sie herum und bis zur obersten Kammer hinauf; diese war von einem kleinen würfelförmigen Turm mit rotem Leuchtfeuer gekrönt.

Tatarski vermutete, daß es sich um eines jener vielen in den siebziger Jahren begonnenen militärischen Objekte handelte, die das Imperium nicht zu retten vermocht, dafür aber wenigstens die Star-War-Ästhetik mitbegründet hatten. Der asthmatisch keuchende Darth Vader fiel ihm ein, eigentlich ein prächtiges Sinnbild für einen Karrierekommunisten: Bestimmt hatte der in seinem Raumschiff irgendwo eine künstliche Niere stehen, und zwei Kardiologenteams waren in Bereitschaft; diesbezüglich gab es, wie Tatarski sich dunkel entsann, im Film sogar Andeutungen. Im übrigen war es in seinem Zustand fahrlässig, an Darth Vader zu denken.

Den halbfertigen Bau bestrahlten drei oder vier Scheinwerfer – in ihrem Kegel traten Teile der Betonmauern und der Auffahrt sowie das obere Türmchen mit dem Leuchtfeuer aus dem Halbdunkel hervor. Wäre dieses blinkende rote Lämpchen nicht gewesen, hätte die Unfertigkeit des Bauwerks im Dämmerlicht als Verfall und Verwitterung durchgehen können – man hätte ihm gut und gern ein Alter von tausend, wenn nicht zehntausend Jahren gegeben. Wobei Tatarski der Gedanke gefiel, daß das Lämpchen von einer uralten Elektrizität hätte gespeist sein können, unterirdisch herangeführt aus dem alten Ägypten – oder aus Babel.

Jüngere Spuren von Menschenhand gab es nur dort, wo er gerade stand. Hier beim Tor befand sich eine Art Militärvorposten: ein paar Wohnwagen, ein Turnreck, eine Tafel mit Feuerlöscheimer und Brecheisen sowie eine Plakatwand, worauf deckungsgleiche Soldaten mit einem Ausdruck merkwürdiger Introvertiertheit in den Gesichtern die Exerziervorschriften demonstrierten. Der Riesenpilz mit Blechhut und Telefon setzte Tatarski nicht in Erstaunen: Offensichtlich war dies der Platz für den Wachposten. Zunächst glaubte er, daß niemand auf Posten war; als er jedoch bemerkte, daß der spitz zulaufende Hut rot angestrichen und mit symmetrischen weißen Flecken verziert war, wurde er unsicher.

»Alles nicht so einfach«, flüsterte er.

Im selben Augenblick hörte er eine leise, spöttische Stimme neben sich sagen:

»This game has no name. It will never be the same.«

Tatarski fuhr herum. Niemand war da, es mußte eine akustische Täuschung gewesen sein. Ein wenig bekam er es mit der Angst; andererseits reizte ihn die Spannung, die von alledem ausging.

»Vorwärts«, befahl er sich flüsternd und schlitterte eilig und in gebückter Haltung durch das Dunkel zu dem Steig, der auf die Zikkurat hinaufführte. »Aber ich kann mir nicht helfen«, dachte er, »es sieht doch nach einem Parkhaus aus.«

»Mit hängenden Gärten«, gab die Stimme in seinem Kopf leise ihren Senf dazu.

Daß die Stimme jetzt russisch redete, ließ Tatarski noch fester an eine Halluzination glauben, doch auch der Gedanke an die Sprachverwirrung meldete sich noch einmal. Und wie zur Bestätigung hob die Stimme in einem unbekannten, mit Zischlauten reich gesegneten Idiom zu reden an, der Satz wollte nicht aufhören. Tatarski beschloß, ihn zu ignorieren, zumal er die Spirale schon betreten hatte.

Aus der Entfernung hatte er die Dimensionen des Gebäudes unterschätzt. Die Auffahrt war so breit, daß zwei Lastkraftwagen bequem hätten aneinander vorbeifahren können. (»Oder

Streitwagen!« ergänzte die Stimme in aufgeräumtem Ton, »Vierspänner! Das waren noch Zeiten!«) Sie bestand aus vielen einzelnen Betonplatten, die Fugen waren unverputzt. Kräftige Pflanzen wuchsen daraus hervor, deren Namen Tatarski nicht wußte, doch hatte er sie schon als Kind gekannt, die Stengel waren so fest, daß sie als Schnürsenkel taugten. In der Wand zur Rechten gab es von Zeit zu Zeit eine breite Öffnung, durch die man ins Innere der Zikkurat gelangte. Dort waren große, finstere Räume, in denen Bauschutt lagerte. Da der Steig immerzu um die Ecke führte, lief man ständig Gefahr, ins Leere (man konnte meinen: in den Himmel) zu treten; Tatarski war auf der Hut und hielt Kontakt zur Wand. Die eine Seite des Turms war von den Baulampen beschienen, die andere vom Mond, der mitten im Fenster einer hohen Wolke hing. Irgendwo oben klappte eine offenstehende Tür im Wind; selbiger wehte fernes Hundegebell heran. Tatarski verlangsamte den Schritt noch mehr, tastete sich vorwärts.

Unter seinem Fuß knisterte es – eine leere Zigarettenschachtel. Er hob sie auf, trat damit in ein Lichtfeld und sah: Parliament. Mit Mentholgeschmack. Was ihn noch mehr erstaunte, war ein aus drei Palmen bestehendes Hologramm auf der Vorderseite der Schachtel.

»Alles fügt sich«, flüsterte er und ging weiter, wobei er aufpaßte, wo er hintrat.

Den nächsten Fund machte er eine Ebene weiter oben. Schon aus der Entfernung sah er die Münze im Mondlicht glänzen, eine, die er nie zuvor gesehen hatte: drei Pesos der Republik Kuba, mit dem Porträt von Che Guevara. Daß sich auf einer sowjetischen Baustelle eine kubanische Münze fand, wunderte Tatarski nicht: Er entsann sich gut, daß im Finale von *Der Mann, der James Bond war* irgendwo vor der Küste der Insel der Freiheit eine Riesenantenne sowjetischer Bauart aus dem Wasser aufgestiegen war. Die mußte ja irgendwie bezahlt worden sein. Er legte die Münze in die Zigarettenschachtel, steckte diese in die Jackentasche und war sicher, daß weitere Überraschungen auf ihn warteten.

Und er hatte sich nicht geirrt. Der Steig endete bei der obersten Kammer, vor deren Zugang ein Haufen Schutt und einige kaputte Kisten lagerten. In dem Müll steckte ein seltsamer Würfel, den Tatarski aufhob. Es war ein Bleistiftspitzer aus Plastik in Form eines Fernsehers, auf dessen Bildschirm jemand mit Kugelschreiber ein Auge gekritzelt hatte. Der Spitzer mußte schon recht alt sein – solche waren in den Siebzigern hergestellt worden, und man konnte nur staunen, wie gut erhalten er war.

Tatarski befreite den Spitzer vom anhaftenden Schmutz, schob ihn in die Brusttasche und blickte sich um – er wußte nicht recht, was er nun tun sollte. Die Kammer mochte er nicht betreten: Dort war es stockdunkel, leicht hätte man in irgendein Loch fallen und sich den Hals brechen können. Wieder klappte vom Wind droben die Tür, und Tatarski fiel ein, daß es auf der obersten Plattform jenes Türmchen mit dem roten Blinklicht gab. Von seinem jetzigen Standpunkt konnte er es nicht sehen, doch es gab eine Feuerleiter, die hinaufführte.

Offenbar war das Türmchen als Maschinenraum für die Fahrstuhlmotoren vorgesehen gewesen. Die Tür stand offen. Gleich dahinter gab es einen Schalter an der Wand. Tatarski knipste, das Licht ging an. Zu besichtigen waren die Hinterlassenschaften lustigen Soldatenlebens: ein hölzerner Tisch, zwei Hocker, leere Bierflaschen in der Ecke. Auf lustiges Soldatenleben ließen vor allem die Pin-up-Girls an den Wänden schließen. Tatarski nahm sich Zeit, sie zu betrachten. Eines der Mädchen, das splitternackt und schokoladenbraun einen tropischen Sandstrand entlangtollte, fand er besonders hübsch. Weder das Gesicht noch die Figur waren dafür entscheidend, sondern die erstaunliche, unbestimmbare Freiheit der Bewegung, die der Photograph eingefangen hatte. Sand, Meer und Palmwedel auf dem Photo stachen so ins Auge, daß Tatarski unwillkürlich seufzte – der dürftige Moskauer Sommer war lange vorbei. Er schloß die Augen, und einige Sekunden schien es ihm, als hörte er von ferne das Meer rauschen.

Er setzte sich an den Tisch, breitete seine Fundstücke vor sich aus und unterzog sie einer nochmaligen Betrachtung. Die Palmen auf der Parliament-Schachtel und die auf dem Photo an der Wand glichen einander sehr; gewiß wuchsen sie an einem Punkt der Erde, wo er nie im Leben hinkommen würde – nicht einmal mit dem Panzer, wie es russische Sitte war. Oder allenfalls zu einem Zeitpunkt, da er von dieser Frau, diesem Strand, diesem Meer und sich selber nichts mehr zu erwarten hatte. Die Melancholie, in die dieser Gedanke ihn zog, war so tief, daß er an ihrem Grund unverhofft Licht sah: Plötzlich war der gesuchte Slogan für die Parliament-Zigaretten da, und die Idee für das Plakat dazu. Hastig zog er das Notizbuch hervor (der Stift steckte doch darin!) und schrieb:

Bildvorlage für das Plakat: Ansicht der Moskwa-Promenade, von der Brücke aus photographiert, wo im Oktober 93 die historischen Panzer standen. Anstelle des Weißen Hauses eine Riesenschachtel Parliament (Computermontage). Drum herum jede Menge Palmen. Slogan (Zitat Gribojedow):

Süß ist der Rauch des Vaterlands
PARLIAMENT
(Variante: Motherland's smoke number one!)

Er steckte das Büchlein zurück, sammelte seine Schätze wieder ein und ließ einen letzten Blick durch die Kammer schweifen. Einen Moment überlegte er, das Bild mit dem Strandmädchen an sich zu nehmen, doch er ließ es sein. Er löschte das Licht und trat auf das Dach hinaus, wo er erst einmal stehenblieb, um das Auge an die Dunkelheit zu gewöhnen. »Was nun?« fragte er sich und wußte die Antwort: »Zur Bahnstation.«

Arme Leute

Der abenteuerliche Waldspaziergang vor Moskaus Toren verlieh Tatarskis Professionalität einen Schub. Treatments und Konzeptionen gingen ihm nun viel leichter von der Hand. Für den Parliament-Slogan ließ Pugin sogar einen kleinen Vorschuß springen. Tatarski habe damit ins Schwarze getroffen, meinte er, denn vor 93 habe eine Schachtel Parliament genauso viel gekostet wie eine Schachtel Marlboro, erst seit den bekannten Ereignissen sei Parliament die populärste Zigarettensorte in der Stadt und koste jetzt doppelt soviel. Was nichts daran änderte, daß der Rauch des Vaterlands, von Homer kommend (*Dulcis fumus patriae*, wie Tatarski aus seinem *Geflügelten Latein* erfuhr), recht schnell die Lethe hinunterging (vermutlich auf glattem Eis, der Winter war schon hereingebrochen). Einziges, zwiespältiges Echo dieses Slogans auf Moskaus verschneiten Werbeflächen war der Spruch *Vom Schiff auf den Ball* – in einer Mentholzigarettenreklame, dominiert von Jacht, Wellenblau, einer Mütze voll Krabben und langen Beinen, konnte man ihn eine Zeitlang lesen. Hier hatte sich ein unbekannter Kollege frech in derselben Klassikerschublade bedient: Puschkin, Gribojedow, *Verstand schafft Leiden*. Tatarski litt, allerdings nur mäßig, was daran liegen mochte, daß das für die Mentholreklame ausgesuchte Mädchen einen zweifelhaften Eindruck machte und man den Slogan instinktiv anders las: *Vom Schiff auf den Hund*.

Die in sein Nervenkostüm eingeflossene Fliegenpilzenergie entlud sich vornehmlich in Zigarettenwerbung – vielleicht nach demselben Mechanismus, wie das erste große sexuelle Erlebnis, die erste positive Drogenerfahrung eines Menschen seine Vorlieben für das ganze Leben prägen. Tatarskis nächster Treffer (was auch Pugin fand, der ihn erneut mit einem kleinen Sümmchen überraschte) war ein Text für die Marke Davidoff, was einigen Symbolwert hatte, da seine Karriere ja gewissermaßen mit ihr einmal begonnen hatte. Der Vorschlag nahm Bezug auf die Davidoff-Classic-Werbung, die gerade alle Tafeln im Zentrum besetzt hielt. Sie war in düsteren Tönen gehalten und zeigte in Großaufnahme ein welkendes Gesicht, aus den Augen sprach irgendeine lastende Gewißheit, darunter stand der Spruch:

the more you know
DAVIDOFF CLASSIC

Als Tatarski das weise, zerfurchte Antlitz zum erstenmal sah, fragte er sich, was dieser fremde Raucher wohl wissen mochte. Auf Anhieb fiel einem dazu nur eine recht finstere Variante ein: Röntgentermin im onkologischen Zentrum, Befund positiv.

Tatarskis Entwurf war vollkommen diametral: auf hellem Fond ein jugendliches Gesicht, ahnungslos selig, dazu die weiße Packung mit den schwebenden Goldbuchstaben und der Text:

Was ich nicht weiß, macht mich nicht heiß.
Zu viel Wissen verdirbt den Geschmack.
DAVIDOFF LIGHTS

Pugin meinte, ein Davidoff-Vertreter würde das wohl kaum gutheißen, aber mit großer Wahrscheinlichkeit irgendein anderer Zigarettendealer. »Ich werde mit Asadowski reden«, warf er lässig hin, »der hält sechzehn Brands exklusiv«. Tatarski meinte den Namen schon gehört zu haben; den Satz schrieb er sich sogleich in sein Büchlein, um ihn später einige Male ins Gespräch mit den Kunden einzuflechten; darin, daß er die Zahl der Brands für sich in der Regel halb so hoch veranschlagte, äußerte sich seine angeborene Schüchternheit.

Die Arbeit, mit der er seine Basisversorgung abdeckte, war öde, ermüdend und manchmal sogar ein bißchen peinlich:

```
Boris K. ist baß erstaunt:
Klappgaragen im Discount!
```

Oder:

```
Da hilft kein Beten mehr!
Pantene Pro-V muß her!
```

Der rudimentär erhaltene literarische Geist aus alten Redaktions- und Verlagsstuben, ein weißes Restrauschen der Sowjetpsyche sozusagen, trug immer noch seine kleinen Früchte.

Als der Winter kam, hatte Tatarski seine Einzimmerwohnung einigermaßen auf Vordermann gebracht. (Natürlich erblaßten die kornblumenblauen Fliesen aus Sowjetzeiten angesichts der teuren italienischen Mischbatterie, die aussah wie ein Goldzahn im Mund eines Aussätzigen, und sie fielen von der Wand; für eine Generalrenovierung fehlte das Geld.) Außerdem schaffte er sich einen neuen Computer an, wiewohl dafür keine rechte Notwendigkeit bestand – es gab Probleme mit dem Ausdruck der im guten alten Textverarbeitungsprogramm erstellten Manuskripte, das war alles. Und schon hatte Bill Gates einen stöhnenden Knecht mehr unter seiner eisernen Ferse. Tatarski grämte sich nicht sonderlich, auch wenn er den zutiefst symbolischen Charakter dessen, was da geschah, erkannte: Das Betriebssystem war zur zentralen Botschaft avanciert, fraß Unmengen Speicherplatz und Energien und glich darin jenem neuen Russen, der so dreist gewesen war, die staatlichen Lehrergehälter über seine Bank umzuleiten.

Je tiefer Tatarski in den Werbedschungel vordrang, um so mehr Fragen stellten sich ihm, auf die Al Ries' Schlachtenratgeber und dessen Nachfolger *The Final Positioning* keine Antwort wußten. Ein Kunstwissenschaftler im Kenzo-Look schwor Tatarski, daß sämtliche bei Al Ries nicht angerissenen Themen in David Ogilvys *Geständnissen eines Werbemannes* erschöpfend behandelt seien. Dabei hatte Tatarski diesen Ogilvy längst im Herzen wohnen – insgeheim stand für ihn nämlich fest, daß es sich um jenen tapferen Mann handeln mußte, der Big Brothers ergebenem Diener Winston Smith in Georg Orwells *1984* im Geiste erschienen und dort auch gleich den virtuellen Heldentod gestorben war. Daß Genosse Ogilvy seiner zwiefachen Irrealität zum Trotz doch nicht im Ozean des Nichtseins ertrunken, sondern ans Ufer zurückgeschwommen war, sich ein Pfeifchen angezündet, ein Tweed-Jackett angezogen hatte und nunmehr als Werbefachmann von Weltruf firmierte, erfüllte Tatarski seinem neuen Berufsstand gegenüber mit einem geradezu mystischen Weihegefühl.

Am meisten nützte ihm allerdings ein anderes Buch, der Verfasser hieß Rosser Reeves. Ihm verdankte Tatarski zwei Grundbegriffe – hilfreich überall dort, wo es darauf ankam, jemandem etwas vorzumachen. Den ersten Entwurf, der auf diese beiden Begriffe setzte, schrieb er zu Nescafé Gold – da waren die gesicherten Erkenntnisse, die er darin formulierte, für ihn selbst noch keine zwanzig Minuten alt:

Die Effektivität einer Werbekampagne mißt sich bekanntlich an zwei grundlegenden Quoten: Infiltration und Konversion. Die Infiltrationsquote bezeichnet den Prozentsatz an Leuten, die eine Werbung im Gedächtnis behalten. Die Konversionsquote ist der Prozentsatz an Leuten, die mittels dieser Werbung angehalten werden, das Produkt zu konsumieren. Das Problem liegt darin, daß eine Werbung mit hohem Skandalwert, der eine hohe Infiltrationsquote garantiert, durchaus nicht automatisch eine umfassende Konversion erwirkt. Umgekehrt kann eine Kampagne, die sich darauf konzentriert, die Qualitäten des Produkts klug ins Bild zu setzen und auf diesem Weg für eine hohe Konversionsquote sorgt, nicht mit einer hohen Infiltrationsquote rechnen. Aus diesem Grund schlagen wir an dieser Stelle eine gewissermaßen binär wirkende Werbestrategie vor, in der die Funktionen von Infiltration und Konversion durch unterschiedliche Informationsblöcke bedient werden. Betrachten wir diese Strategie am Beispiel einer Werbekonzeption für Nescafé Gold.

Schritt eins der Kampagne richtet sich ausschließlich auf die Infiltration der Produktmarke im Bewußtsein möglichst vieler Leute. (Wir gehen davon aus, daß hierfür alle Mittel erlaubt sind.) Beispielsweise ließe sich die fiktive Unterminierung einiger - möglichst vieler - größerer Einkaufszentren und Bahnhöfe inszenieren. Bei den Dienststellen des Ministeriums des Inneren und den Geheimdiensten gehen Anrufe einer anonymen terroristischen Organisation ein, mit denen die Anbringung von Sprengsätzen kundgegeben wird. Bei Durchsuchungen an den von den Terroristen angegebenen Orten kann die Polizei allerdings nur einen größeren Posten in Tüten und Taschen verpackter Nescafé-Gold-Dosen sicherstellen. Am nächsten Morgen bringen Presse, Rundfunk und Fernsehen diese Nachricht, womit die Infiltrationsetappe als abgeschlossen betrachtet werden kann. (Ihr Erfolg ist direkt abhängig vom Ausmaß, sprich: der Massenwirksamkeit der Aktion.) Unmittelbar im Anschluß wird die zweite, auf Konversion abzielende Etappe gestartet. Dabei greift die Kampagne auf die klassischen Mittel zurück; als Bindeglied zwischen beiden Strategien fungiert nur der Claim: Nescafé Gold - die Geschmacksexplosion! Hier das Treatment des entsprechenden Werbespots:

Auf der Parkbank einer kleinen Grünanlage sitzt ein junger Mann in rotem Jogginganzug, mit harten, entschlossenen Gesichtszügen. Jenseits der Straße vor einer schicken Villa parken ein Mercedes 600 und zwei Jeeps. Der junge Mann sieht auf die Uhr. Schnitt. Einige Männer in strengen schwarzen Anzügen und Sonnenbrillen - als Security Guard zu erkennen - verlassen die Villa. Sie postieren sich zu verschiedenen Seiten der Limousine, einer erteilt ein Kommando ins Funkgerät. Aus der Villa tritt ein kleiner, dicker Mann mit verderbtem Gesicht, sieht sich ängstlich um und eilt die Stufen zum Wagen hinunter. Als er hinter den getönten Scheiben des Mercedes verschwunden ist, steigt die Guard in die Jeeps. Der Mercedes fährt an, in diesem Moment erfolgen kurz nacheinander drei mächtige Detonationen. Trümmer fliegen in alle Richtungen, die Stelle, wo eben noch die Autos standen, ist in Qualm gehüllt. Schnitt. Der junge Mann auf der Bank entnimmt seiner Tasche eine Thermoskanne und einen roten Becher mit Goldrand. Er gießt sich einen Kaffee ein, schließt beim ersten Schluck genußvoll die Augen. Stimme aus dem Off:

Gut eingerührt.
NESCAFÉ GOLD.
Die Geschmacksexplosion!

Doch nicht nur für den Job ließ sich der Begriff der Konversion gebrauchen. Tatarski sah sich zu prinzipielleren Erwägungen darüber veranlaßt, wen er da eigentlich wohin konvertieren ließ und, was noch viel wichtiger war, von wem er selbst konvertiert wurde.

Das erste Mal suchten ihn diese bohrenden Fragen heim, als er einen Artikel über sogenannte Kultpornofilme in die Finger bekam, mit einer plüschigen Nabokov-Zeile als Titel: *Es keimt im schwellenden Kitzel die Lust.* Sasha Blo hieß der Verfasser. Dem Text nach zu urteilen, handelte es sich hier um ein abgebrühtes, blasiertes Individuum unbestimmten Geschlechts, das zwischen den Orgien zur Feder griff, um seine Ansichten jenen paar Dutzend gefallenen Übermenschen kundzutun, die ihm gewachsen waren. Denn daran ließ der gewählte Ton keinen Zweifel: De Sade und Sacher-Masoch hätten es in Sasha Blos Klub nicht einmal zum Türsteher gebracht, und Charlie Manson wäre mit Ach und Krach zum Fackelhalten bestellt worden. Kurz: Dieser Artikel war der blanke Sündenapfel – so perfekt und makellos, daß Ihre Hoheit die biblische Schlange höchstselbst sich herabgelassen haben mußte, ihn in den Zustand der Wurmstichigkeit zu versetzen.

Tatarski war jedoch lange genug im Geschäft, um erstens zu wissen, daß Äpfel dieser Sorte gerade mal dazu taugen mochten, ein paar Vorstadt-Teenies aus dem Paradiesgärtlein ihrer Kindheit zu locken, und um zweitens an der Existenz irgendwelcher Kultpornofilme so lange seine Zweifel zu haben, wie er noch keinem ihrer Kultgänger leibhaftig begegnet war. Drittens – und das war das Entscheidende – wußte er, wer dieser Sasha Blo war.

Sasha Blo hieß eigentlich Eddi und war ein nicht mehr ganz junger, kahlköpfiger, trübseliger Vater dreier Kinder. Um die Miete hereinzubekommen, schrieb er unter drei oder vier Pseudonymen gleichzeitig für mehrere Zeitschriften und zu beliebigen Themen. Das Pseudonym Blo hatten Tatarski und er gemeinsam kreiert – als sie nämlich, auf der Suche nach dem von Eddis Frau versteckten Wodka, unter der Badewanne auf ein mit himmelblauem Fensterputzmittel gefülltes Fläschchen gestoßen waren, das diesen Namen trug. In dem Wort Blo schien die Essenz unerschöpflicher Lebenskraft zu stecken, jedoch mit einem durchaus nichthumanoiden Ferment. Darum setzte Eddi es sparsam ein. Mit *Blo* zeichnete er nur Artikel, die vor grenzenloser Freiheit und, soll man sagen: Ambivalenz? so sehr strotzten, daß Iwanow oder Petrow einfach blöd gewirkt hätten. Die Moskauer Hochglanzpostillen zeigten sich an derlei Ambivalenz interessiert, ja, sie waren so scharf darauf, daß man sich fragte, wer hier die Infiltration betrieb; dachte man über diese Frage richtig nach, konnte einem angst und bange werden. Tatarski jedoch, als er den Artikel zur Lust im schwellenden Kitzel gelesen hatte, wußte Bescheid: Kein dämonischer Spion war hier am Werk und kein heruntergekommener Cherub mit menschlichem Antlitz, sondern schlicht und einfach Eddi.

Natürlich nicht er allein. In Moskau mußte es an die zwei-, dreihundert solcher Eddis geben: Universalgenies im Küchenmief, mit Kind als Klotz am Bein. Mitnichten verlief deren Leben zwischen Kokainlinien, Sexparties und Disputen über Burroughs und Warhol, wie ihre Ergüsse es glauben machten, sondern zwischen Windeltöpfen und den unausrottbaren Moskauer Kakerlakenpopulationen. Von snobistischem Hochmut, züngelnder Geilheit, kaltem Dandytum und luziferischen Anwandlungen nicht die Spur – nicht einmal ein Mikro Acid einzuwerfen, zeigten sie rechte Lust, wogegen sie es sich angewöhnt hatten, mehrmals am Tag etwas *ätzend* zu finden. Geplagt von Verdauungs-, Finanz- und Wohnraumproblemen, sahen sie Danny de Vito ähnlicher als Gary Oldman, auch wenn ihr Œuvre anderes hätte erwarten lassen.

Tatarski mochte also keinen gläubigen Blick in die von Sasha Blo aufgezeigte Ferne werfen, da er selbige physiologisch herzuleiten, das heißt, auf Eddis gestreßten Kahlkopf zurückzuführen wußte. Eddi war an seinen Computer gekettet wie weiland die Habsburger Soldaten an ihre Maschinengewehre. Ihm sein Produkt abzunehmen fiel schwerer, als beim Telefonsex auf Touren zu kommen, wo man auch sicher sein konnte, daß nicht die vom Werbephoto verhießene Blondine sich hinter dem lasziven Röcheln am anderen Ende der Leitung verbarg, sondern eine verschnupfte Mitfünfzigerin, die ihre paar Standardsätze beim Sockenstricken vom Spickzettel herunterlas, derweil es ihr aus der Nase auf den Hörer tropfte.

Doch woher nehmen solche wie Eddi und ich die Ahnung, wozu die Leute bekehrt werden wollen? stellte Tatarski sich die nächste Frage. Okay - ein gut Teil Intuition ist dabei. Von einem bestimmten Grad der Verzweiflung an muß man niemanden mehr fragen, was zu tun und zu lassen ist. Der knurrende Magen verrät einem, wohin der sogenannte Trend geht. Nur, wie entsteht dieser Trend? Wer denkt ihn sich aus? Wo alle Welt doch genug damit zu tun hat, ihm hinterherzuhecheln, ihn zu checken und zu verkaufen, so wie Eddi und ich und die ganze Hochglanzjournaille?

Dies war finsteres Gedankengut, das sich im wenig später verfaßten Treatment für einen Ariel-Waschmittelwerbespot niederschlug.

Die Szene operiert mit Personal aus Shakespeares Drama *Der Sturm*. Setting: nächtliche Steilküste. Musik: düster und pathetisch. Wellenbrecher im fahlen Mondschein. Altes Schloß im Hintergrund, auch vom Mond beschienen. Vorn am Felsrand steht ein Mädchen, bezaubernd schön: Miranda. Middle-Ages-Fassion - Kleid aus rotem Samt, hohe Haube mit wallendem Schleier. Sie hebt die Arme gen Mond und spricht einen dreifachen, rätselhaften Schwur. Beim drittenmal grollt ferner Donner. Die Musik wird lauter und gefährlicher. Aus dem Spalt zwischen zwei düsteren Wolken fällt ein Mondlichtkegel auf den Felsgrat zu Mirandas Füßen. Bestürzung auf ihrem Gesicht: Man sieht, gleich wird etwas geschehen, das sie fürchtet und zugleich begehrt. Bänglich-seliger Gesang (Frauenstimmen) - Spiegel ihres Befindens. Ein Schatten kommt den Lichtkegel herabgefahren und entpuppt sich im Crescendo der Musik als stolzer, vornehmer Geist im wehenden Gewande, mit langem, vom Mond versilbertem Haar, das Haupt von einem schmalen Kranz aus Diamanten geschmückt: Ariel. Kurz vor Miranda macht er halt, reicht die Hand zum Gruß hernieder. Nach sekundenlangem Kampf streckt Miranda die ihre entgegen. Schnitt. Die sich begegnenden Hände in Großaufnahme. Von unten links die blasse, zarte Hand Mirandas, von oben rechts die ätherische, strahlende Geisterhand. Sie berühren sich, alles versinkt in gleißendem Licht, der Luftgeist hat sich in ein Waschpulverpaket verwandelt. Männliche Stimme aus dem Off:

Der Wind hat ihr ein Lied erzählt. Ariel.

Es konnte gut sein, daß die konkreten Bildlösungen für diesen Clip von einem großen Plakat in Schwarzweiß inspiriert waren, das Tatarski über dem Schreibtisch hängen hatte, Werbung für irgendeine Boutique: darauf ein langhaariger junger Mann mit gepflegtem Dreitagebart, den weiten Mantel lässig über die Schultern geworfen; der Wind hat das edle Stück aufgebläht, was mit dem Segel des am Horizont zu sehenden Bootes schön korrespondiert. Die Wellen, die sich an den Steinen brechen und gegen das Ufer schäumen, rollen kurz vor den Spitzen seiner Lackschuhe aus. Das Gesicht ist zur düsteren, schroffen Grimasse erstarrt. Irgendwie fühlte Tatarski sich an irgendwelche Adler oder Möwen auf der jüngsten Photoshop-CD-ROM erinnert, die sich mit ausgebreiteten Flügeln in den nebelverhangenen Himmel schwangen – recht betrachtet, dieselbe Soße, aus der dieses Boot hier am Horizont hervorgeschwommen kam.

Die Komposition war von Romantik so übervoll und gleichzeitig so ernüchternd, daß Tatarski, dem Blickfang tagelang ausgesetzt, zu einer Überzeugung gelangte: Die Weltanschauung, auf die sich diese Photographie zu stützen suchte, entstammte dem neunzehnten Jahrhundert, Reste davon waren dem zwanzigsten zusammen mit den Reliquien eines Grafen von Monte Christo überkommen – doch an der Schwelle zum einundzwanzigsten war das gräfliche Erbe endgültig durchgebracht. Zu oft hatte der menschliche Geist sich selbst diese Romantik anzudrehen versucht, als daß damit noch irgendein Geschäft zu machen gewesen wäre. Bei jedem noch so treuherzigen Versuch, sich auf den Arm zu nehmen, blieb der Glaube an die Kongruenz von Veräußertem und Verinnerlichtem auf der Strecke. Die Form hielt längst nicht mehr, was ihr Nennwert versprach, sie war hohl, von Motten zerfressen. Beim Anblick des Hilfsnibelungen im Studioambiente ergriff einen beileibe nicht der hehre gotische Geist, wie Gischt und Backenbart ihn vorspiegeln wollten – man fragte sich vielmehr, wie teuer der Photograph gewesen war, wieviel sie dem Model für die Session gezahlt und ob sie ihm die versehentlichen Flecken von Gleitgel am Hosenboden (Frühjahrskollektion!) in Rechnung gestellt hatten. Und nicht nur dieses blöde Photo über seinem Schreibtisch, nein, ausnahmslos alle Bilder, die einem als Kind das Herz hatten höher schlagen lassen, all die Palmen, Schaufelraddampfer, tiefblauen Abendhimmel waren davon betroffen; man mußte ein klinischer Idiot sein, um sich die Fähigkeit erhalten zu haben, seine Sehnsüchte nach dem Unerreichbaren auf derlei konfektionierte Handelsmuster zu projizieren.

Tatarski war nahe daran, sich in seinen eigenen Spekulationen zu verstricken. Einerseits ließ sich nicht leugnen, daß Eddi und er damit beschäftigt waren, den Leuten ein künstliches Lebenspanorama zu schustern (vergleichbar jenen Schlachteninszenierungen im Museum, wo zu Füßen des Betrachters ein paar Schippen Sand ausgebreitet und diverse löchrige Stiefel und Patronenhülsen darüber verstreut, Panzer und Detonationen hingegen an die Wand gemalt sind), und daß sie sich einzig und allein von ihrem Riecher leiten ließen, was man ihnen abkaufen würde und was nicht. Mit vielen anderen Konkurrenten im schlauchenden Werbegeschäft hielten sie den Bereich Bild und Information besetzt und suchten ihn so zu manipulieren, daß die fremde Seele ihren Beutel öffnete. Das Ziel war sonnenklar: einen winzigen Bruchteil dessen, was ihm entsprang, in die eigene Tasche zu leiten. Andererseits investierte man dieses Geld in den Versuch, der Objekte besagten Panoramas teilhaftig zu werden. Das war im Grunde so einfältig, als versuchte man in eine an die Wand gemalte Landschaft hineinzulaufen. Erst recht, wenn man das Bild selbst mitgemalt hatte. Der Haken war, daß man als reicher Mann, wie es Tatarski schien, durchaus die Chance hatte, in die fingierte Wirklichkeit vorzudringen. Die Scheiben des für arme Schlucker obligatorischen Schaukastens ließen sich durchschreiten. Wie die Welt der Reichen von innen aussah, hatte Tatarski allerdings keine genaue Vorstellung. In seinem Bewußtsein gingen sehr verschwommene Bilder um, Klischees aus der Werbung, von ihm selbst seit langem in Umlauf gehalten, weshalb er ihnen nur mißtrauen konnte. Daß man sich an die Reichen selbst halten mußte, um zu erfahren, welche Horizonte ein gut gefülltes Bankkonto offerierte, schien klar. Es war reiner Zufall, daß Tatarski einmal Einblick bekam.

Er saß im Szenelokal *Arme Leute* und vertrank irgendein kleines Honorar, als er die Unterhaltung zweier bekannter Gesichter aus dem Fernseh-Showgeschäft am Nachbartisch mitbekam. Es war weit nach Mitternacht, die beiden schienen ein anderenorts begonnenes Besäufnis hier fortzusetzen. Tatarski saß wenige Meter entfernt, doch sie scherten sich so wenig um ihn, als wäre er ein ausgestopfter Copywriter, den man zur Belebung des Interieurs an den Tresen genagelt hatte.

Der Umstand, daß die Typen stark angetrunken waren, tat ihrer schillernden Präsenz keinen Abbruch. Jede Falte ihrer Klamotten strahlte wie in holographischem Glanz, Tatarski hatte den Eindruck, als sähe er die beiden nicht leibhaftig am Nebentisch sitzen, sondern auf einem direkt vor ihm aufgestellten Riesenbildschirm. Ein Effekt, an dem nicht zu zweifeln war, wiewohl Tatarski ihn sich nur schwer erklären konnte. Ihm kam der Gedanke, daß man im Höllenbad wohl lange zu scheuern haben würde, bis der letzte Rest öffentlicher Aufmerksamkeit aus den Poren dieser Seelen entfernt war. Er ließ den Gedanken ins Leere laufen und hörte nur noch zu.

Die Stars redeten vom Geschäft – der eine schien Probleme mit seinem Vertrag zu haben.

»Wenn sie ihn wenigstens noch bis nächstes Jahr verlängern würden«, sagte er und drückte sich beide Daumen.

»Selbst wenn«, erwiderte der andere. »Was wäre hinterher? Ein Jahr geht rum, dann geht dasselbe von vorne los, und du schluckst wieder Validol ...

»Ich horte mein Geld«, sprach der erste leise, man wußte nicht, ob der verschwörerische Ton ernst gemeint war.

»Wozu?«

»Ich habe da einen seriösen, ausgeklügelten Plan.«

Er ließ sich schwer auf die Tischplatte fallen und goß Wodka nach.

»Mir fehlen noch fünfhundert Mille«, verkündete er. »Die will ich mir noch krallen.«

»Was ist das für ein Plan?«

»Es bleibt doch unter uns? Paß auf.«

Er fuhr sich mit der Hand in die Jackentasche, wühlte eine Zeitlang und förderte schließlich ein doppelt gefaltetes Stück Hochglanzpapier zutage.

»Da steht es drin. Königreich Bhutan. Das einzige Land auf der Welt, wo Fernsehen verboten ist. Richtig verboten, verstehst du! Die schreiben, in der Nähe der Hauptstadt gäbe es eine ganze Siedlung, wo ehemalige Fernsehgrößen wohnen. Wenn du dein ganzes Leben in dem Laden gearbeitet hast und willst am Ende raus aus dem Geschäft, dann ist es das Größte, was du tun kannst, deinen Kram zu packen und nach Bhutan zu gehen.«

»Und dafür brauchst du fünfhundert Mille.«

»Nein. Die müßte ich hierlassen, damit sie mich in Bhutan nicht suchen. Kannst du dir das vorstellen? Verboten! Nirgends ein Fernseher, außer bei der Spionageabwehr! Und in den Botschaften!«

Der andere nahm ihm das Blatt aus der Hand, entfaltete es und fing an zu lesen. Währenddessen konnte der erste den Mund nicht halten:

»Das heißt, wenn irgendwer einen Fernseher bei sich zu stehen hat, und die Behörden kriegen Wind davon, dann kommt ihm die Polizei ins Haus, verstehst du? Sie verhaften den Arschficker und stecken ihn in den Knast. Oder erschießen ihn an Ort und Stelle.«

Das Wort Arschficker zischte bei ihm wie ein geschwungener Säbel – so wie es nur ein Klemmschwuler zuwege bringt, der sich die Freuden der Liebe im Namen eines verquer interpretierten Gesellschaftsvertrages verdrückt. Sein Gegenüber verstand alles und sagte nichts dazu – er vertiefte sich in den Artikel.

»Aha. Wirklich interessant«, sagte er. »Wer ist dieser Eduard Debirsjan, der das geschrieben hat?«

Tatarski fiel fast vom Stuhl. Er nutzte die Gelegenheit, sich zu erheben und aufs Klo zu gehen. Nicht das Verhältnis der Fernsehleute zu ihrer Arbeit war es, was ihn in Erstaunen setzte, wiewohl das Ausmaß an geistigem Verfall bei diesem Menschenschlag hätte vermuten lassen können, daß mancher von ihnen sogar gern tat, was er tat. Etwas anderes hatte ihn umgehauen. Sasha Blos Eigenart war es nämlich, Artikel, die er für besonders gelungen hielt, mit seinem richtigen Namen zu zeichnen. Und über alles in der Welt liebte er es, die Ausgeburten seiner durchgeknallten Phantasie als Reportagen aus der Wirklichkeit zu verkaufen – wobei er sich diesen Luxus recht selten leistete.

Tatarski legte sich seine Kokainspur direkt auf den kühlen weißen Spülkasten, ließ die Klumpen Klumpen sein, inhalierte das Ganze mit einem zusammengerollten Hundertrubelschein (die Dollars waren ihm ausgegangen). Dann holte er sein Büchlein hervor und schrieb:

Die Wand, an die das Schaubild einer nichtexistierenden Welt gemalt ist, verändert sich selbst nicht. Doch für eine größere Summe Geld kann man eine aufgemalte Sonne, eine lasurblaue Bucht, eine schöne Abendstimmung als Fensterblick für sich erwerben. Wobei dieses Fragment leider von Eddi stammt – was keine Rolle spielt, denn das Fenster, zu dem man den Ausblick erworben hat, ist auch bloß gemalt. Die Wand am Ende gar auch? Aber womit und worauf?

Er sah auf zur Klowand, als müßte dort die Antwort zu finden sein. An den Kacheln stand, schwungvoll mit rotem Marker gemalt, der bündige Slogan:

TRAPPED? MASTURBATE!

Er kehrte ins Lokal zurück, setzte sich an einen anderen Tisch, weg von den Unterhaltungskünstlern, und versuchte der Volksweisheit zu gehorchen, die empfahl: Entspanne dich und hab deinen Spaß. Allerdings schlug der Versuch fehl – wie üblich.

Das greuliche Moskauer Kokain, gestreckt von den ungewaschenen Händen einer ganzen Dealerkette, hatte im Nasen-Rachen-Raum diverse Apothekengerüche und -geschmäcker hinterlassen, ein Bouquet von Streptomycin bis Aspirin, und weiter unten zu schwerem Krampf und Zittern geführt. Es hieß, daß dieser Stoff, der in Moskau für einhundertfünfzig Dollar das Gramm gehandelt wurde, überhaupt kein Kokain war, sondern ein Mix aus estnischem Speed und russischer Medikamentenliste; obendrein bekam man das Zeug bei jedem zweiten Dealer in eine Anzeige für Toyota Camry gewickelt, und Tatarski wurde den quälenden Verdacht nicht los, daß die Typen sich außer mit der Gesundheit anderer Leute auch noch von einer PR-Abteilung bezahlen ließen. Warum er und andere soviel Geld dafür hinlegten, sich dieser demütigenden, unhygienischen Prozedur unterziehen zu dürfen, die im Grunde keine einzige reale Sekunde Genuß einbrachte, sondern nur den unmittelbar einsetzenden und allmählich nachlassenden Abriß, fragte sich Tatarski jedesmal neu. Die einzige Erklärung, die ihm einfiel, war, daß die Leute sich nicht eigentlich den Koks, sondern das Geld reinzogen, und das Röllchen aus einer Hundertdollarnote, die das ungeschriebene Ritual forderte, war womöglich wichtiger als der Stoff. Wäre das Kokain in Apotheken zu haben, dachte er, zwanzig Kopeken das Gramm, als Einreibung gegen Zahnschmerz beispielsweise, dann zögen allenfalls ein paar Punks es sich rein – wie es ja zu Anfang des zwanzigsten Jahrhunderts tatsächlich war. Und käme das von minderjährigen Moskauer Schnüffelkids bevorzugte Fläschchen Moment-Kleber plötzlich tausend Dollar, führe augenblicklich die ganze hauptstädtische Jeunesse dorée darauf ab, und auf diversen Präsentationen und Partys gälte es als chic, eine Chemiefahne hinter sich herwallen zu lassen, das Absterben der Neuronen im Kleinhirn zu beklagen und sich für längere Zeit auf die Toilette zurückzuziehen; Lifestyle-Magazine widmeten der Ästhetik einer über den Kopf gezogenen Plastiktüte die schrägsten Cover-Stories (mutmaßlicher Autor: Sasha Blo) und brächten ihre Uhren-, Unterhosen- und Parfümwerbung auf subtile Weise darin unter.

»Oh!« entfuhr es Tatarski, er schlug sich an die Stirn, zog sein Büchlein hervor, öffnete es unter *O*, schlug sich noch einmal gegen die Stirn, wechselte zu *D* und schrieb:

Düfte, youth line (alle Marken). Auf den Nenner Geld und den römischen Kaiser Vespasian bringen (Abortsteuer, Begründung: Geld stinkt nicht!) Visualisierung beliebig. Beispiel:

Geld stinkt!
BENJAMIN
Der neue Duft von Hugo Boss

Er verstaute das Büchlein wieder, horchte in sich hinein und spürte, daß das Ärgste überstanden und er durchaus in der Lage war, zum Tresen zu gehen und sich ein Getränk zu holen. Er hatte an einen Tequilla gedacht und wußte nicht, warum er nun, vor dem Barkeeper stehend, einen Smirnoff verlangte: Normalerweise konnte er dieses Gesöff nicht ausstehen. Er kippte ihn gleich im Stehen und verlangte noch einen, mit dem er zum Tisch zurück ging. Hier hatte inzwischen jemand Platz genommen: Bartträger um die Vierzig, die Haare lang und fettig, bekleidet mit einer unförmigen, buntbestickten Kutte – ein Alt-Hippie augenscheinlich, einer von denen, die weder in die Vergangenheit, noch in die Gegenwart paßten. An seinem Hals baumelte ein großes, kupfernes Kreuz.

»Entschuldigen Sie«, sagte Tatarski, »hier habe ich gesessen.«

»Dann setz dich doch und sehr zum Wohl!« kam die Antwort. »Oder brauchst du zum Trinken den ganzen Tisch?«

Schulterzuckend setzte Tatarski sich ihm gegenüber.

»Ich heiße Grigori«, sagte der Mann freundlich.

Tatarski sah ihn mit müden Augen an.

»Wladimir«, erwiderte er.

Grigori fing den Blick auf, runzelte die Stirn und schüttelte mitfühlend den Kopf.

»Junge, du siehst vielleicht mitgenommen aus«, sagte er. »Sniffst du?«

»Kommt hin und wieder vor«, bestätigte Tatarski.

»Schön dumm. Überleg doch mal, die Nasenschleimhäute, das ist fast wie das offene Hirn ... Und wo dieses Zeug überhaupt herkommt und wer da mit welchen Körperteilen reingelangt hat, hast du darüber schon mal nachgedacht?«

»Gerade eben«, gab Tatarski zu. »Aber was heißt: mit welchen Körperteilen – welche kämen denn in Frage, von der Nase mal abgesehen?«

Grigori sah sich nach allen Seiten um, zog eine Wodkaflasche unter dem Tisch hervor und tat einen kräftigen Schluck.

»Kennst du zufällig einen amerikanischen Schriftsteller namens Harold Robbins?« fragte er, während er die Flasche wieder versteckte.

»Kenne ich nicht.«

»Ein ziemliches Arschloch. Aber alle Englischlehrerinnen lesen ihn. Deswegen ist das Englisch der Kinder so mies. Von dem kursieren in Moskau massenhaft Schwarten. In dem einen Roman kommt ein Neger vor, so ein Fickprofi, der sich die reichen weißen Weiber vornimmt. Also der streut sich, bevor es losgeht, immer reines Kokain auf seinen ...«

»Bitte, ich habe verstanden«, unterbrach ihn Tartarski. »Ich muß gleich kotzen.«

»... auf seinen schwarzen Riesendödel«, sprach Grigori seinen Satz genußvoll zu Ende. »Was der Neger jetzt soll, willst du wissen? Ich sag es dir. Letztens hab ich wieder mal den guten alten Daniil Andrejew gelesen, die *Weltrose*, weißt du, die Stelle, wo es um die Seele Rußlands geht. Andrejew meint, daß es eine Frau ist, und sie heißt Navna. Ich hatte auf einmal eine Vision: Sie liegt da wie schlafend auf so einem weißen Marmorblock, und über sie gebeugt steht so etwas Schwarzes, Undeutliches, mit Stummelflügeln, Gesicht nicht zu erkennen, und tut sie ...«

Grigori zog etwas wie ein großes, unsichtbares Lenkrad an seinen Unterleib.

»Sol ich dir sagen, was ihr da konsumiert?« wisperte er und rückte mit seinem verzerrten Gesicht auf Tatarski zu. »Das – genau das! Was er bei sich draufstreut. Und in dem Moment, wo er ihn reinschiebt, haltet ihr den Arm oder die Nase hin. Und wenn er ihn wieder rauszieht, kommt ihr gerannt und guckt, wo ihr Neues herkriegt. Und er – immer rein, raus, rein, raus.«

Tatarski beugte sich in den Spalt zwischen Tisch und Bank und übergab sich. Dann schielte er betreten zum Barkeeper hinüber: Der redete mit einem Gast und schien nichts bemerkt zu haben. Als Tatarski sich umsah, fiel sein Blick auf ein Werbeplakat an der Wand. Der Dichter Fjodor Tjuttschew war darauf abgebildet, mit Kneifer im Gesicht, Mantel auf den Knien und Glas in der Hand. Sein durchdringend melancholischer Blick war aus dem Fenster gerichtet, mit der freien Hand streichelte er einen Hund, der neben ihm saß. Das Seltsame war, daß Tjuttschews Armstuhl nicht auf dem Boden stand, sondern kopfüber an der Decke klebte. Tatarski ließ die Augen nach unten wandern, denn dort stand etwas:

Verstand wird Rußland nie verstehen.
An Rußland kann man nichts als glauben.
SMIRNOFF

Alles war friedlich. Tatarski richtete sich wieder auf. Er fühlte sich jetzt bedeutend besser. Grigori saß zurückgelehnt und tat einen weiteren Schluck aus seiner Flasche.

»Ekelhaft«, konstatierte er. »Man muß ein sauberes Leben führen.«

»Ach ja? Wie soll das denn gehen?« fragte Tatarski, während er sich den Mund mit einer Serviette wischte.

»Nur LSD. Nur durch den Darm. Und nur mit Gebet.«

Tatarski schüttelte den Kopf wie ein Hund, der aus dem Wasser kommt.

»Wo soll man das hernehmen?«

»Was heißt hier wo!« Grigori klang beleidigt. »Komm, setz dich endlich rüber!«

Gehorsam stand Tatarski auf, ging um den Tisch und setzte sich zu ihm.

»Ich sammle seit acht Jahren«, sagte Grigori und holte aus der Innentasche seiner Jacke ein kleines Briefmarkenalbum hervor.

»Guck dir's an!«

Tatarski klappte das Album auf.

»Das gibt's ja nicht«, sagte er. »So viele verschiedene!«

»Das ist noch gar nichts«, sagte Grigori. »Das sind nur die zum Tauschen und Verkaufen. Bei mir zu Hause stehen zwei Reihen solcher Alben im Regal.«

»Wirkt da etwa jede anders?«

Grigori nickte.

»Und wie kommt das?«

»Erstens ist die chemische Zusammensetzung verschieden. Ich stecke nicht so tief in der Materie, aber irgendwas ist immer dazugemixt. Ein Phenaminchen oder ein Barbiturat oder was weiß ich. Im Zusammenwirken ergibt sich ein Kumulationseffekt. Aber die Hauptsache ist und bleibt das Bild. Um den Fakt, daß du gerade einen Mel Gibson schluckst oder einen Mitsubishi, kannst du einfach keinen Bogen machen, verstehst du? Deinem Geist prägt es sich ein. Und wenn die Säure an ihm kratzt, und es geht los, läuft alles in vorbestimmten Bahnen. Schwer zu erklären, das Ganze. Hast du irgendwann schon mal?«

»Nein«, sagte Tatarski. »Ich komme mehr von der Fliegenpilzfront.«

Grigori schauderte, er schlug ein Kreuz.

»Dann lohnt es nicht, viel zu erzählen«, sagte er, wobei er Tatarski argwöhnisch ansah. »Man muß es erlebt haben.«

»Ist schon klar«, sagte Tatarski lässig. »Und die hier, mit Schädel und Knochen, gehen die auch weg? Gibt's dafür Liebhaber?«

»Für jede Sorte gibt es die. So wie es jede Sorte Menschen gibt.«

Tatarski blätterte um.

»Hoi! Welche Pracht«, sagte er. »Alice im Wunderland, nicht wahr?«

»Genau. Ist aber ein Block. In fünfundzwanzig Dosen. Der ist teuer. Die hier ist gut, mit der Kreuzigung. Ich weiß bloß nicht, wie sich das mit deinen Fliegenpilzen verträgt. Den Hitler da würde ich nicht empfehlen. Der geht gut los, aber ein paar Sekunden ewige Höllenqualen im Anschluß sind garantiert.«

»Was soll das heißen: ein paar Sekunden ewige Qualen? Entweder Sekunden oder ewig.«

»Das denkst du. Wer es erlebt hat, weiß es. Na ja. Falls er es noch ...«

»Verstehe.« Tatarski blätterte weiter. »Und dein Trip mit der Weltrose, der kam von welcher? Ist die hier dabei?«

»Kein Trip. Eine Vision«, verbesserte ihn Grigori. »Nein, die ist nicht dabei. Das war eine sehr seltene Marke, mit dem heiligen Georg drauf, wie er vom Drachen besiegt wird – aus einem deutschen Satz: *Der Horrortrip des Evangelisten Johannes* heißt der. Könnte ich auch nicht empfehlen. Die sind etwas höher und schmaler als normal, außerdem irgendwie hart. Keine richtigen Marken, eher Plättchen, mit Aufkleber. Zu happig. Weißt du, zu welcher ich dir raten würde? Die hier, mit dem blauen Osho. Die ist weich und gut. Besonders, wenn du vorher was getrunken hast.«

Tatarski war unterdessen von drei identischen kleinen Quadraten abgelenkt, die fliederfarben zwischen einer Marke mit der Titanic und einer mit einer lachenden fernöstlichen Gottheit steckten.

»Die drei gleichen hier – was sind das für welche?« wollte er wissen. »Wer ist da drauf? Bart und Mütze. Man weiß nicht recht. Wie eine Mischung aus Lenin und Uncle Sam.«

Grigori ließ ein anerkennendes Brummen hören.

»Hast ein gutes Näschen!« sagte er. »Wer auf dem Bild ist, weiß ich nicht. Aber das Zeug ist super. Das Besondere ist, daß da ein Stoffwechselhormon beigemischt ist. Darum setzt die Wirkung sehr schnell und heftig ein, schon nach zwanzig Minuten ungefähr. Und eins von den Dingern langt für einen ganzen Zug Soldaten. Wenn ich nicht wüßte, daß du Fliegenpilzerfahrung hast, würde ich es dir nicht geben.«

Tatarski bemerkte, daß der Türsteher gespannt zu ihnen herübersah.

»Die will ich haben«, sagte er. »Was kostet sie?«

»Fünfundzwanzig Dollar.«

»Ich habe nur noch hundert Rubel übrig.«

Grigori zögerte eine Sekunde und winkte ab.

»Gib schon her.«

Tatarski reichte ihm den zum Röllchen gedrehten Schein, nahm die Marke und versenkte sie in der Brusttasche.

»Fein«, sagte Grigori und packte das Album weg. »Und zieh dir bloß nicht mehr diesen Dreck rein. Der ist noch keinem gut bekommen. Nichts als schwere Glieder, Reue und Nasenbluten.«

»Schon mal was von relativer Positionierung gehört?« fragte Tatarski.

»Nein. Was soll das sein?«

»Eine Werbetechnik. Darin bist du ein ziemlicher Meister.«

Grigori wollte etwas erwidern, als plötzlich der kolossale Rumpf des Türstehers über ihnen hing.

»Jungs«, sagte er, »ihr solltet euch lieber einen dunklen Hausflur suchen. Ich gebe euch vierzig Sekunden dafür.«

Der Weg zu dir

Anderentags wurde Tatarski vom Telefon geweckt. Im ersten Moment empfand er Widerwillen – das Klingeln hatte ihn aus einem sonderbaren, sehr schönen Traum gerissen. Tatarski war dabei gewesen, eine Prüfung abzulegen. Nacheinander hatte er drei Fragen gezogen und war jedesmal ein Stockwerk höher gestiegen, über ein großes Treppenwendel, wie es ihm aus seinem ersten Institut, wo er Schmelzofentechnologie studiert hatte, noch in Erinnerung war. Den Prüfer konnte er allerdings nie finden; immer, wenn er eine der Türen öffnete, lag dahinter kein Hörsaal, sondern freies Feld – jenes, wo er an einem denkwürdigen Abend mit Girejew spazierengegangen und die Sonne so schön versunken war. Das wunderte ihn doch sehr, zumal er auf der Suche nach dem Professor schon etliche Treppen erstiegen hatte.

Als er dann richtig wach war, kamen ihm sogleich Grigori und dessen Album wieder in den Sinn. Oje! durchfuhr es ihn, ich werde das Ding doch nicht gleich ... Er sprang aus dem Bett, lief zum Tisch, zog den obersten Kasten auf und sah dort die Marke liegen, das fliederfarbene Gesicht lächelte ihn an. Also doch nicht. Gott sei Dank! dachte er. Er schob die Marke in den hintersten Winkel des Kastens und deponierte eine Schachtel Buntstifte darauf.

Das Telefon hörte unterdessen nicht auf zu klingeln. Pugin! vermutete Tatarski und nahm ab.

»Hallo«, sagte eine unbekannte Stimme, »kann ich bitte mit Herrn, äh, Tatarski sprechen?«

»Am Apparat.«

»Guten Tag. Wladimir Chanin von der Agentur *Konspiration*

und Kooperation. Dima Pugin hat Ihre Nummer hinterlassen. Könnten wir uns heute noch treffen? Am besten gleich.«

»Was ist denn los?« fragte Tatarski. Die merkwürdige Formulierung »hinterlassen« beunruhigte ihn, es klang, als wäre Pugin etwas zugestoßen.

»Dima ist tot. Ich weiß, daß Sie mit ihm zusammengearbeitet haben. Und er mit mir. So daß wir sozusagen indirekt miteinander bekannt sind. Jedenfalls sind ein paar Ihrer Arbeiten, die Pugin bestellt hatte, auf meinem Tisch gelandet.«

»Wie ist es denn passiert?«

»Darüber nachher«, sagte die indirekte Bekanntschaft. »Notieren Sie die Adresse?«

Anderthalb Stunden später betrat Tatarski den riesigen Gebäudekomplex des Kombinats *Prawda*, in dem früher beinahe sämtliche sowjetischen Zeitungen ihre Redaktionen gehabt hatten. An der Pforte lag ein Passierschein für ihn bereit. Er begab sich in die achte Etage und fand das Zimmer mit der angegebenen Nummer; an der Tür hing ein Metalltäfelchen: *Abteilung Ideologie* – ein offensichtliches Erbe aus Sowjetzeiten. Oder auch nicht! dachte Tatarski.

Chanin war allein im Zimmer. Mittleres Alter, sympathisches Bartgesicht. Er saß hinter seinem Tisch und schrieb hastig.

»Kommen Sie rein, setzen Sie sich«, sagte er, ohne den Kopf zu heben. »Ich bin gleich soweit.«

Tatarski hatte noch keine drei Schritte in den Raum hinein getan, als sein Blick auf ein mit Klebestreifen an der Wand befestigtes Werbeplakat fiel – es fehlte nicht viel, und er hätte sich am eigenen Speichel verschluckt. Dem Text unter dem Photo war zu entnehmen, daß hier eine neue Urlaubsvariante angepriesen wurde, bei der mehrere Parteien eine Ferienwohnung anmieteten und wechselweise bewohnten. Tatarski hatte davon gehört und wußte, daß es eine Form von Gaunerei war – wie alles im Leben. Darum ging es nicht. Das überdimensionale Photo zeigte drei Palmen auf irgendeiner paradiesischen Insel, und diese drei Palmen entsprachen haargenau der Holographie auf der Parliament-Schachtel, die er auf der Zikkurat gefunden hatte. Und auch das war noch gar nichts. Unter dem Photo stand in großen schwarzen Lettern:

IT WILL NEVER BE THE SAME!

»Ich sagte doch, setzen Sie sich! Da ist ein Stuhl.«

Chanins Stimme holte Tatarski aus der Versenkung. Er setzte sich und drückte linkisch die ihm über den Schreibtisch entgegengestreckte Hand.

»Gibt's da was Besonderes?« fragte Chanin und spähte zur Wand.

»Nein, nein«, sagte Tatarski. »Nur ein Déjà-vu.«

»Ach so, verstehe«, sagte Chanin in einem Ton, als hätte er tatsächlich verstanden. »Also. Erst einmal zu Pugin.«

Tatarski faßte sich allmählich wieder und konnte zuhören.

Es war allem Anschein nach ein geplanter Raubüberfall gewesen, jemand mußte einen Tip gegeben haben, denn die Gangster schienen zu wissen, daß Pugin in New York lange als Taxifahrer gearbeitet hatte. Die Geschichte klang bizarr und nicht sehr glaubhaft: Pugin hatte sich eben in sein Auto gesetzt, war dabei, den Motor anzulassen, als zwei Männer hinten zustiegen und eine Adresse ansagten: Second Avenue, Ecke 27th Street. In einer Art hypnotischem Reflex fuhr Pugin los, bog in eine Seitenstraße – und das war alles, was er der Polizei und den Ärzten noch hatte sagen können. Sein Körper trug sieben Einschüsse, direkt durch die Lehne des Fahrersitzes hindurch. Verschwunden waren ein paar tausend Dollar, die Pugin bei sich gehabt hatte, und irgendeine Mappe – von ihr hatte er in seinen letzten Minuten unaufhörlich phantasiert.

»Dabei ist die Mappe gar nicht weg«, sagte Chanin traurig. »Sie ist hier. Er hatte sie bei mir liegenlassen. Willst du einen Blick hineinwerfen? Ich muß noch ein paar Anrufe erledigen.«

Tatarski nahm den Schnellhefter aus farblosem Karton entgegen. Er sah Pugins Gesicht vor sich: ebenso blaß wie der Hefter, dessen schwarze Plastiknieten an die Knopfaugen in diesem Gesicht denken ließen. Enthalten waren offenbar Pugins eigene Arbeiten – er hatte oft genug betont, daß er nicht aus der Warte eines Außenstehenden über fremde Leistungen urteilte. Einiges war in Englisch. Wahrscheinlich hatte er schon in New York damit angefangen. Während Chanin sich am Telefon über irgendwelche Preislisten ausließ, stieß Tatarski beim Blättern auf zwei wahre Meisterwerke. Das erste war für Calvin Klein.

Hamlet – elegant, leicht feminin (Unisex Styling), schwarze Leggins, lichtblaue Bundjacke auf dem nackten Oberkörper – schlendert über einen Friedhof. Vor einem der Gräber bleibt er stehen, beugt sich nieder und nimmt einen rosa Totenschädel aus dem Gras. Groß: Hamlet, Stirn leicht gerunzelt, in Betrachtung des Schädels. Schnitt. Groß von hinten: das CK-Logo auf Hamlets knackigem Hintern. Schnitt. Groß: Schädel, Hand, CK-Logo auf der blauen Jackenbrust. Schnitt. Hamlet wirft den Schädel ins Gras und kickt mit der Hacke dagegen. Der Schädel fliegt in hohem Bogen durch die Luft und landet wie im Basketballkorb in einem bronzenen Kranz, den ein marmorner Grabengel in der Hand hält. Slogan:

Just be. CALVIN KLEIN

Der zweite Slogan, der Tatarski zusagte, war für die Moskauer Filialen der Supermarktkette Gap bestimmt; Zielgruppe war der rund vierzigtausend Personen umfassende anglophone Bevölkerungsanteil der Stadt. Die Plakatidee bestand aus drei Teilen. Zunächst ein Doppelporträt Anton Tschechows, einmal im Nadelstreifenanzug und einmal im Nadelstreifenjackett, jedoch ohne Hose; dabei ergab der Zwischenraum zwischen seinen dürren nackten Beinen die Form einer altertümlichen Sanduhr. Schließlich ein Bild selbiger Sanduhr ohne Tschechow, ein Großteil des Sands im unteren Glas. Und folgender Text:

Russia was always notorious for the gap
betweem culture and civilization. Now there is
no more culture. No more civilization.
The only thing that remains is the Gap.
THE WAY THEY SEE YOU.

Einige Blätter weiter stieß Tatarski auf seinen eigenen Text für Parliament. Augenblicklich wurde ihm klar, daß alles übrige in dem Hefter auch nicht von Pugin war. Seine Phantasie hatte zu diesem Zeitpunkt bereits ein Porträt des Meisters entworfen: maskierter Titan der Werbekunst, der auf Shakespeare ebenso wie auf die russische Geschichte einen Unterhosenreim zu machen verstand. Doch wie bei einem jener Schwermetalle in der untersten Reihe des Periodensystem der Elemente dauerte es nur Sekunden, bis der virtuelle Meister in Tatarskis Bewußtsein wieder zerfiel.

Chanin hatte sich verabschiedet und aufgelegt. Tatarski sah zu ihm hin und registrierte mit Verwunderung, daß mittlerweile eine Flasche Tequilla, zwei Gläser und ein Tellerchen Zitronenscheiben auf dem Schreibtisch standen. Anscheinend hatte Chanin diese Vorbereitungen beim Telefonieren zuwege gebracht.

»Friede seiner Seele«, sagte er.

Tatarski nickte. Sie stießen an und tranken. Während Tatarski ein Stück Zitrone zwischen den Fingern quetschte und angestrengt einen passenden Satz zu formulieren suchte, klingelte das Telefon erneut.

»Was? Wie?« fragte Chanin den Hörer. »Weiß ich nicht. Das

ist eine sehr heikle Angelegenheit. Da fahrt ihr am besten gleich ins Institut für Bienenzucht. Na klar, in den Turm.«

Er legte auf und sah Tatarski scharf an.

»Und jetzt, wenn du nichts dagegen hast«, sagte er, während er die Flasche wieder wegräumte, »sehen wir uns mal deine letzten Arbeiten an. Daß sie von Dima an mich gegangen sind, hattest du mitbekommen?«

Tatarski nickte.

»Also. Zu Parliament habe ich keine Einwände. Das ist gut. Obwohl: Wenn du schon ein solches Thema aufgreifst – warum dann so zurückhaltend? Laß dich gehen – und aufs Ganze! Auf jedem der vier Panzer müßte ein Jelzin stehen, mit einer Rose in der einen Hand und einem Whisky in der anderen.«

»Das wäre eine Idee«, stimmte Tatarski begeistert zu; er bekam das Gefühl, daß da ein kompetenter Mann vor ihm saß. »Aber dann sollten wir das Parlament weglassen und eine Whisky-Reklame draus machen. Der mit den vier Rosen drauf, wie hieß der gleich?«

»Four Roses Bourbon? Hm. Warum nicht. Schreib's auf.«

Nun nahm er sich ein paar zusammengeklammerte Blätter vor, in denen Tatarski unschwer seinen Entwurf für die Tampaco Co. erkannte, der ihn viel Schweiß gekostet hatte. Die Firma produzierte Säfte und beabsichtigte aus irgendeinem Grund, ins Aktiengeschäft einzusteigen. Er hatte Pugin den Entwurf vor zwei Wochen gegeben. Es war kein Treatment, sondern eine Konzeption, fiel also in ein etwas paradoxes Genre: Der Autor erläutert gewissermaßen ein paar schwerreichen Leuten, wie das Leben weitergehen soll, und bittet aus diesem Anlaß um ein wenig Geld. Die Blätter mit dem vertrauten Text waren voller roter Anstriche.

»Ah ja«, sagte Chanin, während er die Randbemerkungen überflog, »hier fangen für uns die Probleme an. Erstens haben sie dir einen gewissen Ratschlag schwer übelgenommen.«

»Welchen?«

»Ich les es dir vor. Wo ist es?« Chanin blätterte. »Es war rot angestrichen, aber das ist ja hier fast alles - ah, da haben wir's, dreimal unterstrichen, hör zu. Demnach gibt es zwei Methoden, für ein Aktienangebot zu werben: Entweder man entwirft dem potentiellen Anleger das Bild des Emittenten, oder man entwirft ihm sein Selbstbild als Anleger. In der Sprache der Profis heißen diese beiden Wege 1) wo investieren? und 2) mit wem investieren? Ihre konsequente Anwendung erfordert ein hohes Maß an ... - nein, das fanden sie gerade gut. Aber hier kommt es: Unserer Ansicht nach wäre es zweckmäßig, vor Beginn der Kampagne über eine Änderung des Firmennamens nachzudenken - aus dem einfachen Grund, daß im russischen Fernsehen intensiv für Hygieneartikel der Marke Tampax geworben wird. Sie ist im Bewußtsein des russischen Konsumenten bereits so fest verankert, daß ihre Verdrängung und Substituierung einen Riesenaufwand erforderte. Die Tampax-Assoziation erscheint für Tampaco als Getränkehersteller äußerst unvorteilhaft. Unserer Ansicht nach wäre ein einfacher Vokalwechsel in der mittleren Silbe, etwa: Tampaco oder Tampaco, hinreichend, um die unerwünschte Assoziation zu tilgen.«

Chanin sah auf.

»Du hast dir eine Menge feine Wörter zugelegt, gratuliere«, sagte er. »Aber was fällt dir ein, so einen Vorschlag zu machen? Du müßtest dir doch denken können, daß in diesem Tampaco ihr ganzes Herzblut steckt. Das ist für die wie ... Na, jedenfalls identifizieren sich diese Leute hundertprozentig mit ihrem Produkt, und du machst ihnen solche unsittlichen Anträge. Als sagte man zu einer stolzen Mama: Okay, Ihr Sohnemann ist zwar eine Mißgeburt, aber wir könnten ihm das Lärvchen ein bißchen zurechtschminken, dann geht es.«

»Ist doch aber wirklich ein gräßlicher Name!«

»Wen möchtest du glücklich machen: deine Kunden oder dich selbst?«

Chanin hatte recht. Tatarski war von seinem Fehler um so peinlicher berührt, als er Gleiches schon am Anfang seiner Laufbahn den Leuten von Draft Podium zu erklären versucht hatte.

»Und die Konzeption an sich?« fragte er. »Da steht doch noch mehr drin.«

Chanin blätterte eine Seite weiter.

»Wie soll ich sagen. Hier gibt es noch eine Anstreichung – ganz am Ende, wo es wieder um die Aktien geht. Ich zitiere dich: `Die Frage »wo investieren?« wird also beantwortet mit: Amerika. Die Frage »mit wem investieren?« beantworten wir so: gemeinsam mit all jenen, die ihr Geld nicht in die einschlägigen Pyramidensysteme stecken, sondern abwarten wollen, bis man es in Amerika deponieren kann. Dies psychologisch klar herauszukristallisieren ist Ziel der ersten Phase unserer Kampagne, wobei anzumerken ist, daß die Werbung nicht etwa versprechen soll, das Geld der Anleger nach Amerika zu transferieren, sie muß nur das Gefühl hervorrufen` ... Das kommt dir wohl sehr klug vor, daß du es so dick unterstreichst, sag mal? Na gut, weiter ... `Dieser Effekt wird durch ausgiebige Verwendung von Symbolen wie Stars and Stripes, Dollar und Adler erzielt. Als primäres Symbol wird allerdings ein Mammutbaum empfohlen, der anstelle der Blätter Hundertdollarnoten trägt. Dies bewirkt eine unterschwellige Assoziation zum Geldbaum aus dem russischen Buratino-Märchen.`«

»Und? Was ist daran nicht in Ordnung?« fragte Tatarski.

»Der Mammutbaum hat keine Blätter. Es ist ein Nadelbaum.«

Tatarskis Schweigen währte einige Sekunden, während deren seine Zungenspitze ein eben entdecktes Loch im Zahn betastete. Dann sagte er:

»Na und? Man könnte die Geldscheine zu Röllchen drehen. Das wäre sogar besser, weil es eine zusätzliche positive Komponente in den psycho...«

»Du weißt nicht zufällig, was das Wort Schlemassel bedeutet?« fragte Chanin.

»Nein.«

»Ich auch nicht. Es steht hier am Rand: `Dieser Schlemassel soll seine Finger von unseren Aufträgen lassen`. Merkst du was? Die mögen dich nicht.«

»Verstehe«, sagte Tatarski, »die mögen mich nicht. Und was, wenn sie in vier Wochen den Namen wechseln? Und in acht machen sie alles genau so, wie ich es ihnen vorgeschlagen habe? Was dann?«

»Dann hast du Pech gehabt«, sagte Chanin. »Das weißt du doch.«

»Natürlich.« Tatarski seufzte. »Wie steht's mit den anderen Aufträgen? Da war noch eine Zigarettenwerbung für West.«

»Auch ein Reinfall«, sagte Chanin. »Dabei hattest du bis jetzt mit Zigaretten immer Erfolg, aber diesmal ...«

Er blätterte noch ein paar Seiten weiter.

»Was soll ich sagen. Es geht um die bildliche Umsetzung. Wo war das nun wieder ... Hier: `Zwei nackte Männer, ein großer und ein kleiner, Rückenansicht, die Arme einander um die Hüften gelegt, hitch-hiking auf dem Highway. Der Kleine hat eine Schachtel West in der Hand, der andere hält den Daumen heraus, um ein Auto anzuhalten. Es nähert sich ein himmelblauer Cadillac. Der Arm des Kleinen mit der Zigarettenschachtel liegt auf derselben Linie wie der herausgehaltene Arm des Großen, was eine ›choreographische‹ Bedeutungslinie herausstreicht:`

Die Kamera liefert das flüchtige Standbild eines emotionsgeladenen Tanzes, den der Vorgeschmack auf die nahe Freiheit entfacht. Slogan: Go West. Das hast du doch aus dem Song von diesen ... Sex Shop Dogs, nicht? Wo sie unsere Nationalhymne verbraten haben? Wirklich stark, keine Frage. Aber dann folgt bei dir ein langer Abschnitt, wo es um den heterosexuellen Teil der Zielgruppe geht. Wozu hast du das reingenommen?«

»Na, ich wollte ... Ich dachte, falls beim Kunden diese Frage aufkommt, sollte er wissen, daß wir auch daran ...«

»Beim Kunden ist eine ganz andere Frage aufgekommen. Der Kunde ist ein Gangster aus Rostow, dem ein Erzbischof seine zwei Millionen Dollar Schulden in Zigaretten ausbezahlt hat. Der – also der Gangster, nicht der Bischof – hat hier neben das Wort heterosexuell an den Rand geschrieben: Meint der die schwulen Wichser oder wie? Und hat die Konzeption in Bausch und Bogen abgelehnt. Schade um dein Meisterwerk. Im umgekehrten Fall – also wenn zum Beispiel der Gangster beim Bischof Schulden gehabt hätte – dann wäre es goldrichtig gewesen. Da herrscht ja doch eine ganz andere Kultur. Aber was soll man machen. Unser Geschäft ist eine Lotterie.«

Tatarski schwieg. Chanin rollte eine Zigarette zwischen den Fingern, ehe er sie anzündete.

»Eine Lotterie«, wiederholte er mit bedeutungsvoller Stimme. »Und du hast in letzter Zeit irgendwie kein Glück im Spiel. Und ich kann dir auch sagen, warum.«

»Dann sagen Sie es mir.«

»Es gibt in diesem Spiel eine Kleinigkeit zu beachten«, erläuterte Chanin. »Du versuchst immer als erstes herauszukriegen, was den Leuten gefallen würde, und schiebst es ihnen dann als Fake unter. Die Leute wollen aber, daß du es ihnen in Echt unterschiebst.«

Mit einer solchen Offenbarung hatte Tatarski nun nicht gerechnet.

»Was soll das heißen: in Echt?«

»Du glaubst nicht an das, was du tust. Du bist nicht mit Leib und Seele dabei.«

»Ganz bestimmt nicht«, bestätigte Tatarski. »Das wäre ja noch schöner. Was wollen Sie denn? Daß ich mir Tampaco zu Herzen nehme? Das tut doch keine Hure auf dem Puschkinplatz!«

»Bitte keine Theatralik!« Chanin schaute finster drein.

»Nein, nein«, sagte Tatarski, der sich schon wieder in der Gewalt hatte, »Sie verstehen mich falsch. Theater spielen wir sowieso alle, die Frage ist, wie man sich richtig positioniert, nicht wahr?«

»Richtig.«

»Was ich mit den Huren meine, ist: Es geht doch nicht darum, daß man etwas widerwillig tut. Die Sache ist die, daß eine Hure ihr Geld so oder so verdient: ob es dem Kunden gefallen hat oder nicht. Ich hingegen muß zuerst mal ... na, Sie wissen, was ich meine. Und hinterher kann der Kunde entscheiden, ob er zahlt oder nicht. Zu solchen Bedingungen würde keine Hure arbeiten, das steht fest.«

»Eine Hure vielleicht nicht. Wir aber müssen es tun, wenn wir in dem Geschäft überleben wollen. Wir werden noch ganz andere Dinge tun müssen.«

»Ich weiß nicht«, sagte Tatarski. »Da wäre ich mir nicht so sicher.«

»Doch, mein lieber Babilen«, sagte Chanin und sah ihm in die Augen.

Tatarski spitzte die Ohren.

»Woher haben Sie das?«

»Von Pugin. Und was die Positionierung angeht ... Sehen wir es einstweilen so, daß du dich ordentlich positioniert hast und ich deine Position verstanden habe. Willst du bei mir als Fester arbeiten?«

Tatarski ließ den Blick noch einmal zu dem Plakat mit den

drei Palmen hinüberwandern, das der englischsprachigen Bevölkerung die ewigen Metamorphosen versprach.

»In welcher Funktion?«

»Als Kreativer.«

»Mit anderen Worten – als Autor?«

Chanin zeigte ein mildes Lächeln.

»Autoren können uns hier gestohlen bleiben«, sagte er. »Als Kreativer, Babi. Das ist etwas ganz anderes.«

Tatarski trat ins Freie und lief gemächlich Richtung Zentrum.

Die Freude über die unverhoffte Anstellung hielt sich in Grenzen. Da war etwas, das ihn beunruhigte: Er war sich beinahe sicher, daß er Pugin die Geschichte um seinen wahren Vornamen nie erzählt, sondern sich einfach mit Wladimir vorgestellt hatte. Freilich konnte er sich bei irgendeinem heftigen Besäufnis unter vier Augen (wovon es mehrere gegeben hatte) verquatscht und es anschließend wieder vergessen haben. Möglich, aber nicht sehr wahrscheinlich. Andere mögliche Erklärungen waren so verquickt mit seiner genetisch kodierten Angst vor dem KGB, daß er sie sofort verwarf.

Es war wohl auch ziemlich egal.

»This game has no name«, flüsterte er und ballte die Fäuste in den Jackentaschen.

Die unvollendete sowjetische Zikkurat war in der Erinnerung wiederauferstanden, und zwar so detailliert, daß Tatarski das beinahe schon vergessene Fliegenpilzzittern ein paarmal in den Fingern zu spüren meinte. Die mystische Kraft tat allerdings des Guten zuviel, indem sie seiner verschreckten Seele eine erdrückende Zahl an Verweisen zumutete: erst das Plakat mit den Palmen und der bekannten Textzeile, hernach die von Chanin vor einigen Minuten wie zufällig gebrauchten Worte Turm und Lotterie und dann auch noch dieses Babilen, das ihn am meisten in Aufruhr versetzte.

Vielleicht habe ich mich auch verhört! dachte Tatarski, oder es liegt an seiner Aussprache. Aber ich habe ihn ja gefragt, woher er weiß, daß ich Babilen heiße, und er hat gesagt, von Pugin. Trotzdem, so besoffen kann man gar nicht sein.

Nach vierzig Minuten in dieser verhaltenen, gedankenschweren Gangart stand er vor dem Majakowski-Denkmal. Er blieb stehen und betrachtete es gründlich. Das Bronzejackett, das die Sowjetmacht dem Dichter für die Ewigkeit verpaßt hatte, war inzwischen wieder in Mode – Tatarski erinnerte sich, kürzlich in einer Kenzo-Reklame einen ähnlichen Schnitt gesehen zu haben.

Während er das Standbild umrundete und sich an dem kräftigen Hintern des Krakeelers und Vorzeigepoeten ergötzte, gelangte Tatarski zu der Überzeugung, daß seine Seele von einer Depression heimgesucht worden war. Erfahrungsgemäß ließ sie sich auf zweierlei Art ausräumen: a) durch den Genuß von etwa einhundert Gramm Wodka oder b) durch den schnellen Erwerb irgendeiner Ware im Wert von etwa einhundert Dollar. (Die erstaunliche Tatsache war Tatarski schon vor einiger Zeit aufgefallen: Beide Verrichtungen führten zu einem vergleichbaren Zustand leichter Euphorie, der etwa anderthalb Stunden vorhielt.)

Auf Wodka hatte er keine Lust – die eben heraufbeschworenen Erinnerungen an die Besäufnisse mit Pugin waren noch zu gegenwärtig. Tatarski blickte sich um. Läden gab es im Umkreis jede Menge, doch waren sie allesamt irgendwie zu speziell. Jalousien beispielsweise konnte er beim besten Willen nicht gebrauchen. Er spähte nach den Ladenschildern auf der anderen Seite der Twerskaja – und war baff. Das war nun wirklich starker Tobak: Von einer Fassade direkt an der Ecke zum Ring leuchtete ein weißes Schild herüber, auf dem – eindeutig trotz des schrägen Winkels – das Wort ISCHTAR zu lesen war.

Ein, höchstens zwei Minuten später stand er leicht schnaufend vor dem Eingang des winzigen Lädchens. Ein Provisorium, das noch die Zeichen der übereilten Eröffnung in einer vormaligen Imbißstube und schon das nahende Ende erkennen ließ: Ein Plakat im Fenster verkündete Preissenkungen von 50 %.

Das Ladeninnere, dessen Enge sich durch die Wandspiegel nur verdoppelte, barg einige lange Kleiderstangen mit diversen Jeans sowie ein langes Schuhregal, das hauptsächlich mit Turnschuhen bestückt war. Tatarski – ganz der Lermontowsche Dämon – maß all die Pracht von Leder und Gummi mit einem gelangweilten Blick, seine hohe Stirn zeigte keine Regung. Nichts, gar nichts gab Anlaß zu vermuten, daß man hier nicht betrogen wurde wie überall. Zehn Jahre war es her, daß ein neues Paar Turnschuhe, das ihm entfernte Verwandte von hinter den sieben Bergen mitgebracht hatten, zum Ausgangspunkt einer neuen Ära in seinem Leben geworden war: Die Zeichnung auf der Sohle war ihm vorgekommen wie die Linien auf einer Hand, an denen sich die Zukunft für mindestens ein Jahr prophezeien ließ. Das Glücksgefühl, das eine solche Neuerwerbung damals hervorrief, war riesig. Wollte man heute ein ähnlich starkes Gefühl haben, mußte man sich einen Jeep leisten, wenn nicht ein Haus. Dafür hatte Tatarski nicht das Geld, es war in absehbarer Zeit auch nicht zu erwarten. Turnschuhe hätte er sich kaufen können, womöglich eine ganze Waggonladung, doch das machte die Seele nicht froh. Tatarski stand, die Stirn in Falten gelegt, eine Weile da und suchte sich zu erinnern, welche fachsprachliche Bezeichnung es für dieses Phänomen gab; als es ihm einfiel, holte er sein Büchlein hervor, schlug es auf unter *I*, wo die Kategorie Immobilien zu finden war, und schrieb flüchtig hinein:

Glück inflationiert! Man muß heute für die gleiche Menge mehr bezahlen als früher. Diesen Gedanken in der Immobilienwerbung verwenden:

Damen und Herren!
Hinter diesen Wänden wird Sie niemals eine

KOGNITIVE DISSONANZ ereilen!
(Darum müssen Sie auch gar nicht wissen,
was das ist.)

»Kann ich Ihnen helfen?« sprach die junge Verkäuferin ihn an.

Tatarski tat eine beschwichtigende Geste, blätterte zur letzten Seite, wo er eintrug, was in keine Kategorie paßte, und schrieb:

Spot für Charterflüge und Butterfahrten nach Istanbul. Fürst Oleg der Weise: erster Schnäppchenjäger in der russischen Geschichte, außerdem Mafioso (Chasaren ausgeschaltet). Bildlösung: Fürst Oleg und die todbringende Schlange. Sprechblase Oleg: »Nicht lieber ein Schnäppchen in Konstantinopel?« Slogan:

Das hat in Rußland Tradition.

Variante:

Back To The East.

»Was suchen Sie denn?«

Die junge Verkäuferin ließ nicht locker. Daß da ein Kunde in ihrem Laden stand und etwas in ein Büchlein schrieb, behagte ihr überhaupt nicht, denn so etwas konnte immer mit einer Heimsuchung enden – beispielsweise in Form einer Inspektion.

»Ich bräuchte Schuhe«, erwiderte Tatarski höflich lächelnd, »leichte, für den Sommer.«

»Halbschuhe? Turnschuhe? Leder oder Textil?«

»Textil? Au ja!« sagte Tatarski. »So was habe ich schon seit Jahren nicht mehr gesehen.«

Das Mädchen führte ihn zum Regal.

»Da!« bedeutete sie ihm. »Mit Plateausohle.«

Tatarski nahm einen der hohen weißen Schuhe in die Hand.

»Und was ist das für eine Marke?«

»No Name«, sagte das Mädchen. »Eine englische.«

»Ja, wie denn nun?« fragte Tatarski irritiert.

Das Mädchen drehte den Schuh um, und er sah an der Sohle einen Gummibutton mit der Aufschrift *NO NAME*.

»Haben Sie Größe dreiundvierzig?« fragte Tatarski.

Er verließ den Laden mit neuen Turnschuhen an den Füßen – die alten Halbschuhe steckten in einer Plastiktüte. Inzwischen war er sich sicher, daß sein heutiger Weg nicht vom Zufall geleitet sein konnte; er hatte darum große Angst, einen Fehler zu machen und die falsche Richtung einzuschlagen. Nach einigem Zögern lief er langsam die Sadowaja hinunter.

Etwa fünfzig Meter weiter kam er an einen Zigarettenkiosk. In der Auslage bemerkte er ein überraschend großes Sortiment an Kondomen, wie man es eher in einer Apotheke erwartet hätte. Aus all den malaysischen Kamasutra-Super-Shakti-Varianten stach ein bizarrer Apparat aus halbtransparentem blauen Gummi hervor, besetzt mit einer Vielzahl dicker Dornen – er sah aus wie eine Büste des *Hellraiser*-Chefdämonen. *Wiederbenutzbar!* stand auf dem Schildchen darunter.

Am meisten fasziniert war Tatarski jedoch von einer exakt quadratischen schwarz-rot-gelben Packung mit deutschem Wappenadler, siegelartig in einem zweifachen schwarzen Kreis plaziert, und der Aufschrift *SICO*. Es hatte etwas von einer kleinen Standarte und gefiel Tatarski so sehr, daß er zwei davon kaufte. Auf der Rückseite der Verpackung stand zu lesen: *Beim Erwerb von SICO-Präservativen können Sie auf traditionelle deutsche Wertarbeit und Gütekontrolle vertrauen.*

Das ist schlau! dachte Tatarski. Sehr schlau!

Einige Minuten reflektierte er über dieses Thema und bastelte an einem Spruch. Am Ende stand der gesuchte Satz klar und deutlich vor ihm. »Sico. Ein Porsche in der Welt der Präser«, raunte er ihn vor sich hin und zückte das Notizbuch. Die Ausbeute kam unter *P*. Dort stand schon ein anderer Spruch zum selben Marktsegment, den er vor Zeiten einmal für die weinroten Präservative der Marke Passions (polnisch-indonesische Koproduktion!) ausgeklügelt und vergessen hatte:

`Klein, aber bourdeaux.`

Tatarski steckte das Büchlein wieder ein und blickte sich um. Er stand auf der Sadowo-Triumfalnaja, an der Ecke einer vom Ring wegführenden Seitenstraße. Direkt vor ihm an der Hauswand prangte ein Plakat:

Der Weg zu dir

– mit einem um die Ecke weisenden gelben Pfeil. Ein Moment der Verwirrung trat ein, ehe Tatarski die finstere Tatsache begriff, daß es sich um den Namen eines Geschäfts handelte.

»Hat mir noch gefehlt!« murmelte Tatarski.

Erst nach einigem Umherirren auf mehreren, ineinander übergehenden Höfen gelang es ihm, den Laden zu finden – kurz vor dem Ziel fiel ihm ein, daß Girejew diese Lokalität erwähnt, jedoch die alberne Abkürzung Wezudi verwendet hatte. Es gab kein auffälliges Ladenschild, lediglich einen handgeschriebenen Zettel an der Tür eines unscheinbaren zweistöckigen Häuschens: *Geöffnet.* Kein Zeichen von Schlampigkeit – das war klar. So wurden esoterische Vorgefühle geschürt. Wobei ihn diese Weisheit nicht davor bewahren konnte, daß die Methode anschlug: Beim Hinaufsteigen in den Laden verspürte er ein gelindes Weihegefühl.

Kaum hatte er die Schwelle überschritten, wußte er, daß sein Instinkt ihn an den richtigen Ort geführt hatte. Über dem Ladentisch hing ein schwarzes T-Shirt mit Che-Guevara-Porträt und dem Aufdruck *Rage Against The Machine.* Daneben ein Schildchen: *Bestseller des Monats!* Auch darüber mußte man sich nicht wundern. Tatarski wußte (und hatte gar in irgendeiner

Konzeption darüber geschrieben), daß in den Sphären der radikalen Jugendkultur nichts soviel Anklang fand wie der cool verkaufte, politisch korrekte Protest gegen eine Welt von Political correctness und coolem Kommerz.

»Welche Größen haben Sie davon?« fragte er die Verkäuferin, ein sehr hübsches Mädchen mit irgendwie babylonisch-assyrischem Einschlag.

»Es ist das letzte«, lautete die Antwort. »Extra für Sie!«

Er bezahlte und steckte das Shirt in die Tasche; zögernd blieb er vor dem Ladentisch stehen.

»Kristallkugeln haben wir reinbekommen, greifen Sie zu, solange noch welche da sind«, maunzte das Mädchen und fing an, einen Stapel Kinderlätzchen mit aufgedruckten Runen umzusortieren.

»Wozu sind die Kugeln gut?« fragte Tatarski.

»Zur Kontemplation.«

Tatarski lag die blöde Frage auf der Zunge, ob man in die Kugeln hinein oder durch sie hindurch zu kontemplieren hatte – da entdeckte er plötzlich an der Wand (wo zuvor das T-Shirt gehangen hatte) ein kleines Regal. Dort lagen, unter einer recht unübersehbaren Staubschicht, zwei Objekte recht undurchschaubarer Natur.

»Sagen Sie bitte, was ist das da oben? Eine Art fliegende Untertasse vielleicht? Hat das Muster eine Bedeutung?«

»Das ist ein Frisbee für die höhere Praxis«, sagte das Mädchen, »und was Sie Muster nennen, ist der blaue Buchstabe Hum.«

»Was tut man damit?« fragte Tatarski, in dessen Hinterkopf sich eine düstere Erinnerung an Girejew und die Fliegenpilze regte. »Worin besteht der Unterschied zum gemeinen Frisbee?«

Das Mädchen verzog ein wenig den Mund.

»Beim Frisbee mit dem blauen Hum werfen Sie nicht bloß eine Plastikscheibe durch die Gegend. Sie erzeugen Verdienste. Zehn Minuten Frisbee mit dem blauen Hum ist äquivalent drei Stunden Samatha- oder einer Stunde Vipassana-Meditation.«

»Aha«, gab Tatarski gedehnt seiner Skepsis Ausdruck. »Verdienste worin?«

»Wie - worin?« fragte das Mädchen zurück und zog die Brauen hoch. »Wollen Sie es kaufen oder sich bloß unterhalten?«

»Kaufen natürlich«, bestätigte Tatarski. »Aber ich muß doch wissen, was ich kaufe. Rechts neben der höheren Praxis, was ist das?«

»Das ist eine Planchette. Klassische Ausführung.«

»Die nimmt man wozu?«

Das Mädchen seufzte. Man sah, daß sie für heute genug von diesen Idioten hatte. Sie nahm die Planchette herunter und stellte sie vor Tatarski auf den Ladentisch.

»Sie setzen sie auf einen Bogen Papier«, erläuterte sie. »Hier über die Klemmen läßt sich ein Drucker anschließen. Hier wird das Papier eingezogen, hier stellen Sie auf langsamen Zeilenvorschub. Bequemer ist es von der Rolle. Hier in die Nut kommt der Stift, am besten ein Kugelschreiber. Oben legen Sie die Hände auf - so wie ich jetzt. Dann kontaktieren Sie den Geist und lassen die Hände sich frei bewegen. Der entstehende Text wird vom Stift aufgezeichnet.«

»Bitte seien Sie mir nicht böse«, sagte Tatarski, »aber ich wüßte gar zu gern, was für einen Geist man kontaktieren soll?«

»Wenn Sie es kaufen, sage ich es Ihnen.«

Tatarski zog das Portemonnaie hervor und zählte die nötigen Scheine ab. Für ein Stück lackiertes Sperrholz auf drei Rädern erschien der Preis gepfeffert, doch war es gerade diese Unangemessenheit im Verhältnis von Geld und Ware, die Vertrauen weckte - mehr, als irgendwelche noch so tiefsinnigen Erklärungen hätten wecken können.

»So«, sagte er, als die Scheine auf dem Tisch lagen. »Welchen Geist kontaktiere ich nun?«

»Das hängt von der Stärke Ihres persönlichen Kraftfeldes ab«, sagte das Mädchen, »und insbesondere von Ihrem Glauben an die Existenz von Geistern. Gelingt es Ihnen mit der Methode von Castaneda, Band zwo, Ihren inneren Dialog zum Stillstand zu bringen, dann werden Sie mit dem Geist des Abstrakten in Kontakt treten. Als Christ oder Satanist können Sie mit konkreten verkehren. Für welche interessieren Sie sich?«

Tatarski antwortete mit einem Schulterzucken.

Das Mädchen hob den Kristall, der ihr an einem schwarzen Lederriemchen um den Hals hing, und schaute zwei, drei Sekunden hindurch auf Tatarskis Stirn.

»Was sind Sie? Ich meine, was machen Sie beruflich?«

»Werbung.«

Das Mädchen fuhr mit der Hand unter den Tisch und zog ein kariertes Schulheft hervor, in dem sie längere Zeit blätterte; die Seiten waren voller Tabellen, ihre Spalten mit winziger Schrift gefüllt.

»Für Sie wäre es am besten«, befand sie schließlich, »den empfangenen Text als freien Output der unbewußten psychischen Energie mit Hilfe der antrainierten Schreibmotorik zu lesen. Die Ausmistung der Augiasställe eines Werbemannes sozusagen. Eine solche Herangehensweise kränkt die Geister nicht gar zu sehr.«

»Sie müssen schon entschuldigen«, sagte Tatarski, »aber wollen Sie damit behaupten, die Geister könnten beleidigt sein, wenn sie erführen, daß ich für die Werbung arbeite?«

»Ich denke schon. Und vor dem Zorn der Geister schützen Sie sich am besten, indem Sie deren Existenz überhaupt in Zweifel ziehen. Letzten Endes ist alles auf dieser Welt eine Frage der Interpretation, und die quasiwissenschaftliche Beschreibung einer spiritistischen Sitzung ist genauso authentisch wie jede andere. Außerdem würde jeder aufgeklärte Geist der Behauptung, daß er nicht existiert, beipflichten.«

»Interessant. Und woran erkennen die Geister, daß ich bei der Werbung arbeite? Steht mir das etwa auf der Stirn geschrieben?«

»Nein«, sagte das Mädchen. »Es steht in der Werbung geschrieben, daß Sie Ihrer Stirn entsprungen ist.«

Tatarski war nahe daran, sich ob dieser Worte gekränkt zu fühlen, überlegte es sich aber anders und war geschmeichelt.

»Wissen Sie was? Wenn ich wieder mal eine Konsultation in Geistesfragen brauche, komme ich bestimmt zu Ihnen. Falls Sie nichts dagegen haben.«

»Alles liegt in Allahs Hand«, erwiderte das Mädchen.

»Entschuldigen Sie«, wurde das Mädchen von einem jungen Mann mit geweiteten Pupillen angesprochen, der eben noch friedlich in eine Riesenkristallkugel geblickt hatte. »Wieso denn alles? Was ist mit dem Geist Buddhas? Allahs Hand ist doch nur im Geist Buddhas. Das werden Sie doch nicht bestreiten?«

Das Mädchen hinter dem Ladentisch lächelte höflich.

»Nein, nein. Der Witz ist nur, daß der Geist Buddhas auch wieder in Allahs Hand liegt.«

»Wie schon Isikawa Takuboku schrieb: Laß ab, laß ab von diesem Streit«, mischte sich ein mephistophelisch dreinschauender Typ in das Gespräch. »Sagen Sie, ich habe gehört, hier gibt es das Büchlein von Swami Shigalkin *Sommergedanken eines sansarischen Wesens* zu kaufen. Könnten Sie nachschauen? Bestimmt auf dem Regal dort vorn, nein, weiter hinten, links, unter der Knochenflöte.«

Homo zappiens

Auf Tatarskis Tisch wirkte die Planchette wie ein Panzer auf dem Marktplatz einer mitteleuropäischen Kleinstadt. Die daneben stehende, unangebrochene Flasche Johnny Walker war das Rathaus. Auch der Rote, an dem Tatarski gerade trank, ließ sich einbeziehen: Die lange, schlanke Flasche glich einem gotischen, von der Stadtparteileitung zweckentfremdeten Kirchturm; die um sich greifende Leere im Inneren der Flasche ließ an die ideologische Verschlissenheit des Kommunismus denken, an die Sinnlosigkeit jedweden Blutvergießens und die Krise der russischen Idee im allgemeinen. Tatarski setzte an, trank den Rest aus und feuerte die leere Flasche in den Papierkorb. Velvet Revolution! war sein Gedanke dabei.

Er saß in seinem neuen *Rage Against The Machine*-Shirt am Tisch und kämpfte sich durch die Gebrauchsanleitung für die Planchette. Der Kugelschreiber, den er an der Metrostation erstanden hatte, paßte glatt in die Nut und wurde dort festgeschraubt. Er war nun mit einer schwachen Feder verbunden, die die Aufgabe hatte, ihn auf das Papier zu drücken. Dieses – ein ganzer Stapel – lag unter der Planchette bereit. Es konnte losgehen.

Nach einem letzten Blick durch das Zimmer war er schon im Begriff, die Hände auf das Brett zu legen, sprang noch einmal nervös auf, lief im Zimmer hin und her, riß den Vorhang vor das Fenster. Nach kurzem Überlegen stellte er eine Kerze auf den Tisch und zündete sie an. Weitere Vorkehrungen wären lächerlich gewesen. Lächerlich wie die, die er gerade getroffen hatte.

Er nahm wieder Platz und legte die Hände auf die Planchette.

So! dachte er, und was nun? Muß etwas gesagt werden oder nicht?

»Geist Che Guevara bitte kommen! Geist Che Guevara bitte kommen!« sagte er – und im selben Moment fiel ihm ein, daß es wohl nicht genügte, den Geist zu rufen, man mußte ihn etwas fragen. »Ich würde gern wissen, ob ... na, ob es Neuigkeiten gibt im Bereich Werbung, die noch nicht bei Al Ries und Genossen Ogilvy stehen«, ergänzte er. »Damit ich topp informiert bin.«

Sofort fing das Brett unter seinen Händen epileptisch zu zucken an, und der in der Nut sitzende Stift malte große Druckbuchstaben auf den oberen Teil des Blattes:

DER IDENTIALISMUS
ALS HÖCHSTE FORM DES DUALISMUS

Tatarski zog die Hände zurück und starrte einige Sekunden erschrocken auf die Schrift. Dann legte er die Hände wieder hin. Die Planchette geriet erneut in Bewegung, wobei die Buchstaben unter dem Stift diesmal kleiner und akkurater ausfielen:

Nachfolgende Betrachtungen waren ursprünglich für das Organ der kubanischen Streitkräfte *Oliva Verde* bestimmt. Doch wäre es töricht, auf derlei Nebensächlichkeiten zu bestehen, da wir uns doch inzwischen sicher sein dürfen, daß der gesamte Existenzplan, nach welchem Zeitschriften erscheinen und Streitkräfte agieren, nur eine Abfolge von Momenten der Vergegenwärtigung ist, die wiederum nur dadurch miteinander in Zusammenhang stehen, daß jeder neue Moment das Wissen um den vorherigen einschließt. Wiewohl diese Kontinuität seit undenkbaren Zeiten ungebrochen anhält, ist die Vergegenwärtigung selbst nicht in der Lage, sich zu vergegenwärtigen. Darum ist des Menschen Befindlichkeit im Leben so beklagenswert.

Doch hat der große Kämpfer für die Befreiung der Menschheit Siddharta Gautama in zahlreichen Arbeiten nachgewiesen, daß der Hauptgrund für des Menschens beklagenswerte Befindlichkeit in der Vorstellung selbst zu suchen ist, die der Mensch von seiner Existenz, seinem Leben und seiner beklagenswerten Befindlichkeit hegt, in jenem Dualismus also, der in Subjekt und Objekt zu teilen nahelegt, was nie zu teilen war und nimmer zu teilen sein wird.

Tatarski zog das vollbeschriebene Blatt heraus, legte die Hände auf die Planchette, die daraufhin wieder zu rattern anfing:

Siddharta Gautama wußte diese einfache Wahrheit vielen Menschen nahezubringen, denn ihre Gefühle waren zu seiner Zeit schlicht und stark und ihre innere Welt ungetrübt und klar. Ein gehörtes Wort vermochte das Leben eines Menschen von Grund auf zu ändern, ihn augenblicklich zum anderen Ufer zu tragen, hin zur uneingeschränkten Freiheit. Doch sind seither viele Jahrhunderte vergangen. Auch wenn Buddhas Worte heute jedem zugänglich sind, ist Erlösung den wenigsten beschieden. Zweifelsohne liegt dies an der neuen kulturellen Situation, die von den Urtexten aller Religionen übereinstimmend als das dräuende »dunkle Zeitalter« prophezeit worden war.

Brüder im Kampf!

Dieses dunkle Zeitalter ist angebrochen. Was wiederum in erster Linie auf den Stellenwert zurückzuführen ist, den jüngst im Leben des Menschen die sogenannten optopsychischen Generatoren eingenommen haben, auch Objekte zweiter Ordnung genannt.

Als Buddha davon sprach, daß der Dualismus durch die gedankliche Teilung der Welt in Subjekt und Objekt verursacht sei, hat er die Subjekt-Objekt-Teilung Typ 1 im Sinn gehabt. Indes hat die sogenannte Subjekt-Objekt-Teilung Typ 2, die zu Buddhas Zeiten schlicht noch nicht existierte, einen maßgeblichen

Einfluß auf das Leben des Menschen gewonnen und ist zum Hauptcharakteristikum des dunklen Zeitalters geworden.

Um zu erläutern, was wir unter Typ-1- und Typ-2-Objekten verstehen, sei ein einfaches Beispiel angeführt: der Fernseher. Im ausgeschalteten Zustand ist der Fernseher ein Typ-1-Objekt. Es ist ein Kasten mit Mattscheibe, auf die zu schauen oder nicht zu schauen uns überlassen bleibt. Fällt der Blick des Menschen auf den schwarzen Bildschirm, wird die Augenbewegung ausnahmslos von eigenen Nervenimpulsen und den in seinem Bewußtsein ablaufenden psychischen Prozessen gesteuert. So könnte diesem Menschen zum Beispiel auffallen, daß der Bildschirm voller Fliegendreck ist. Oder er überlegt, ob er sich vielleicht lieber einen neuen Fernseher mit doppelt so großer Bildröhre kaufen sollte. Oder ob es besser wäre, den Apparat in eine andere Zimmerecke zu stellen. Der ausgeschaltete Fernseher unterscheidet sich in keiner Weise von anderen Gegenständen, mit denen es die Menschen seit Buddhas Zeiten zu tun haben: einem Stein, dem Tautropfen auf einem Grashalm, einem Pfeil mit gespaltener Spitze - alledem, was Buddha in seinen Gesprächen als Beispiel heranzog.

Wird der Fernseher jedoch eingeschaltet, verwandelt er sich aus einem Typ-1-Objekt in ein Typ-2-Objekt. Er wird zu einem Phänomen völlig anderer Art. Der Fernsehende mag die alltägliche Metamorphose gar nicht bemerken, doch sie ist grandios. Der Fernseher verschwindet für ihn als materielles, Gewicht, Abmessungen und physische Eigenschaften aufweisendes Objekt. Statt dessen hat er nun das Gefühl, in einem anderen Raum zu weilen - ein Gefühl, das allen hier Versammelten bestens bekannt ist.

Tatarski sah sich unwillkürlich im Zimmer um, als müßte er die Versammelten dort gewärtigen. Dem war selbstverständlich nicht so. Als er das nächste Blatt unter der Planchette hervorgezogen und abgeschätzt hatte, wie lange das Papier noch reichen mochte, kehrten seine Hände auf die hölzerne Tafel zurück.

Brüder im Kampf!

Die Frage ist nun, wer es ist, der in diesem fremden Raum weilt. Ist es wirklich der, der vor dem Fernseher sitzt? Wir wollen diese Frage wiederholen, denn sie ist sehr wichtig: Stimmt es, daß derjenige fernsieht, der auf den Fernseher sieht?

Wir behaupten: nein. Und zwar aus folgendem Grund. Wenn einer auf den ausgeschalteten Fernseher blickt, dann sind - wir sagten es schon - Augenbewegung und geistige Aufmerksamkeit von Impulsen des eigenen Willens gelenkt, so chaotisch sie immer sein mögen. Der schwarze Bildschirm ohne Bild hat darauf keinen oder doch nur einen sehr zurückgenommenen Einfluß.

Ein eingeschalteter Fernseher hingegen liefert praktisch niemals ein stehendes Bild aus fester Kameraposition, und deshalb kann das von ihm gelieferte Bild nicht als Hintergrund dienen. Dieses Bild verändert sich im Gegenteil außerordentlich schnell. Alle paar Sekunden erfolgt entweder ein Bildwechsel oder ein Kameraschwenk auf einen anderen Gegenstand oder ein Umschnitt auf eine andere Kamera - das Bild wird vom Kameramann beziehungsweise dem hinter ihm stehenden Regisseur unaufhörlich modifiziert. Diese Art Bildänderung wird als Technomodifikation bezeichnet.

Wir bitten an dieser Stelle um besondere Konzentration, denn die nachfolgende These ist recht schwierig nachzuvollziehen, wenngleich in ihrem Kern sehr einfach. Es könnte außerdem der Trugschluß entstehen, daß es sich um eine belanglose Tatsache handelt. Wir versteigen uns demgegenüber zu der Behauptung, daß von einem - wenn nicht dem! - essentiellen psychischen Phänomen ausgangs des zweiten Jahrtausends die Rede sein soll.

Dem beschriebenen, durch verschiedene Technomodifikationen erzeugten Bildwechsel auf dem Fernsehbildschirm ist ein psychischer Vorgang zuzuordnen, bei dem der Zuschauer genötigt wird, sein Augenmerk ständig von einem Ereignis auf ein anderes umzufokussieren und dabei das herauszufiltern, was ihn interessiert - und das heißt, es in der Weise zu verändern, wie es den Produzenten vorschwebte. Dieser Vorgang erzeugt ein virtuelles Subjekt, das, solange die Sendung andauert, an die Stelle des Menschen tritt, der den Fernseher eingeschaltet hat, das in ihn hineinfährt wie die Hand in einen Gummihandschuh.

Es läßt sich dieses recht gut vergleichen mit der Besessenheit durch einen Geist - mit dem Unterschied, daß kein Geist existiert; vorhanden sind lediglich die Symptome der Besessenheit. Der Geist ist nicht existent, doch in dem Moment, da der Fernsehzuschauer dem Produktionsteam erlaubt, sein Augenmerk willkürlich von dem einen Objekt auf das andere abzuziehen, wird er gewissermaßen selbst zu diesem Geist; der Geist, den es in Wirklichkeit nicht gibt, beherrscht ihn und mit ihm Millionen anderer Zuschauer.

Der Vorgang ließe sich treffend als kollektive Nichtseinserfahrung bezeichnen, da das virtuelle Subjekt, welches das ureigene Bewußtsein des Zuschauers vertritt, absolut gesehen nicht existiert - es ist nur ein Effekt, der durch die kollektive Anstrengung von Kameraleuten, Szenenbildnern und Regisseuren zustande kommt. Andererseits gibt es für den Fernsehenden nichts Wahrhaftigeres als dieses virtuelle Subjekt.

Und damit nicht genug. Lapsang Suchong aus dem Kloster Pu Erh ist der Meinung, daß, wenn eine bestimmte Sendung - sagen wir: ein Fußballspiel - gleichzeitig von mehr als vier Fünfteln der Weltbevölkerung gesehen werde, der virtuelle Effekt so einschneidend sei, daß die gemeinsame karmische Vision eines Planes menschlicher Existenz aus dem Kollektivbewußtsein der Menschheit verdrängt werde, was unabsehbare Folgen nach sich ziehe. (Denkbar sei, daß zur Hölle der Metallschmelze und zur Hölle der Messerbäume eine dritte hinzukomme: die Hölle der Ewigen Fußballweltmeisterschaft.) Freilich sind diese Hypothesen nicht verifiziert, und außerdem sind wir noch nicht so weit. Hier sollen uns nicht die erschreckenden Aussichten auf den morgigen Tag interessieren, sondern die kaum weniger erschreckenden Realitäten der Gegenwart.

An dieser Stelle sei eine erste Schlußfolgerung gezogen. Einem Typ-2-Objekt, wie der laufende Fernseher es darstellt, entspricht ein Typ-2-Subjekt, ein virtueller Zuschauer nämlich, der sein Augenmerk genauso steuert, wie das Produktionsteam es vorgibt. Gedanken und Gefühle, der Ausstoß von Adrenalin und anderen Hormonen im Organismus des Zuschauers werden von fremden Erwägungen geleitet, von einem Bildproduzenten diktiert. Und natürlich nimmt ein Typ-1-Subjekt den Moment, da es vom Typ-2-Subjekt verdrängt wird, nicht wahr, es ist ja im nächsten schon nicht mehr da, nicht mehr real.

»Nicht real« zu sein ist etwas, was sich im Grunde über die ganze menschliche Welt sagen ließe. In unserem Fall ist der Grad der Nichtrealität mit Worten nicht zu beschreiben. Es ist die Stapelung zweier Nichtexistenzen, es ist ein Luftschloß, das auf einem Abgrund ruht. Die Frage könnte sich also stellen: Wozu die Nase in diese Nichtexistenzen stecken, den Grad ihrer Nichtrealität gegeneinander abwägen? Doch nein: Der Unterschied zwischen Subjekten erster und zweiter Ordnung ist wesentlich.

Ein Typ-1-Subjekt glaubt, die Realität bestünde aus Materie. Ein Typ-2-Subjekt hingegen glaubt, die Realität bestünde aus im Fernsehen gezeigter Materie.

Als Produkt einer fälschlichen Subjekt-Objekt-Teilung ist auch ein Typ-1-Subjekt illusorisch. Doch die chaotische Bewegung seiner Gedanken und Stimmungen hat immerhin einen Zuschauer – metaphorisch ließe sich sagen, ein Typ-1-Subjekt sieht fortlaufend eine Fernsehsendung über sich selbst, vergißt allmählich, daß es nur zuschaut, identifiziert sich mit dem, was es sieht.

Aus dieser Perspektive betrachtet, ist ein Typ-2-Subjekt etwas wirklich Unerhörtes und Unbeschreibliches. Es ist eine Fernsehsendung, die eine andere Fernsehsendung sieht. Gefühle und Gedanken sind an diesem Vorgang zwar beteiligt, aber einer, in dessen Bewußtsein das Ganze angesiedelt sein könnte, fehlt ganz und gar.

Das schnelle Weiterschalten von einem Fernsehkanal auf den anderen – ursprünglich ein Verfahren, mit dem man das Ansehen von Werbeblöcken zu vermeiden suchte – nennt man Zappen. Die bürgerliche Geisteswissenschaft hat sich recht ausgiebig mit der psychischen Verfassung eines Menschen befaßt, der dem Zappen verfallen ist, wie auch mit dem entsprechenden Denken, das nach und nach in der modernen Welt die Oberhand gewinnt. Die Form von Zappen, die dabei gemeint ist, wird jedenfalls von den Fernsehzuschauern selbst betrieben.

Etwas gänzlich anderes ist das vom Produzenten betriebene Zappen des Fernsehzuschauers (gemeint ist die zwangsweise Induktion eines Typ-2-Subjekts infolge Technomodifizierung) – eine Form von Gewalt, deren Erforschung in sämtlichen Ländern der Welt praktisch auf dem Index steht – mit Ausnahme von Bhutan, wo Fernsehen ja verboten ist. Dieses Zwangszappen, bei dem der Zuschauer praktisch durch den Fernseher fernbedient wird, ist nicht bloß eine Methode der Erzeugung und Kombination von Bildsequenzen, sondern Grundlage aller Fernsehübertragung und die hauptsächliche Form, in der der Werbe- und Informationssektor auf das Bewußtsein Einfluß nimmt. Darum wollen wir unser Subjekt zweiter Ordnung resp. Typ-2-Subjekt von nun an als Homo zappiens (HZ) bezeichnen.

Noch einmal diese äußerst wichtige Konklusion: So wie der Fernsehzuschauer umschaltet, wenn er beispielsweise den Werbeblock nicht sehen will, so wird er seinerseits immerfort durch jähe, unberechenbare Technomodifikationen des Bildes umgeschaltet. Als Homo zappiens wird er selbst zum fernbedienten Fernsehprogramm. Und in diesem Zustand verbringt er einen beträchtlichen Teil seines Lebens.

Brüder im Kampf!

Die Lage des modernen Menschen ist nicht bloß beklagenswert, sie ist gewissermaßen gegenstandslos, denn dieser Mensch ist so gut wie nicht vorhanden. Nichts ist da, worauf man zeigen könnte und sagen: Da! Das ist der Homo zappiens. Der HZ ist das Nachleuchten einer entschlafenen Seele; er ist ein Film, der vom Drehen eines anderen Filmes handelt und im Fernsehen gezeigt wird, und der Fernseher steht in einem unbewohnten Haus.

Zwangsläufig erhebt sich die Frage: Wie konnte der moderne Mensch in eine solche Situation geraten? Wer zieht hier die Fäden und verwandelt den ohnehin schon desorientierten Homo sapiens in einen Festmeter Vakuum im Zustand des HZ?

Die Antwort ist natürlich klar, sie lautet: niemand. Doch wollen wir es nicht beim bitteren Konstatieren der absurden Situation bewenden lassen. Um zu einem tieferen Verständnis zu gelangen, sollten wir uns zunächst der Tatsache erinnern, daß Fernsehen vor allem deshalb existiert, weil es als Werbeträger funktioniert, also mit Geldbewegungen verbunden ist. Wir kommen nicht umhin, uns im folgenden einer Stoßrichtung des menschlichen Intellekts zuzuwenden, die man als Ökonomie zu bezeichnen pflegt.

Unter Ökonomie ist jene Pseudowissenschaft zu verstehen, die die illusorischen Beziehungen zwischen Subjekten erster und zweiter Ordnung hinsichtlich des eingebildeten Prozesses ihrer imaginären Bereicherung untersucht.

Vom intradisziplinären Standpunkt aus stellt jeder Mensch eine Zelle in dem Organismus dar, den die Ökonomen des Altertums Mammon nannten. In den Lehrmitteln der Front der Vollständigen und Endgültigen Befreiung VEB (B) heißt er hingegen ORANUS (eine Kompilation aus Os und Anus, der gemeine Russe sagt Freßloch dazu), was seiner wahren Natur angemessener ist und weniger Raum für mystische Spekulationen läßt. Jede dieser Zellen, jeder auf seine ökonomischen Eigenschaften reduzierte Mensch also, verfügt über eine spezielle psychosoziale Membran, durch die das Geld (welches im Organismus des Oranus die Rolle des Blutes resp. der Lymphe spielt) in beide Richtungen diffundieren kann. Vom Standpunkt der Ökonomie ist es die Aufgabe jeder mammonitischen Zelle, durch diese Membran so viel wie möglich Geld herein- und so wenig wie möglich davon hinauszulassen.

Nun verlangt aber der existentiale Imperativ des Oranus als eines Ganzen, daß seine Zellstruktur von einem stetig anschwellenden Geldstrom durchspült wird. Daher hat der Oranus im Zuge seiner Evolution (in welcher er nicht weiter fortgeschritten ist als, sagen wir, ein Weichtier) eine Art primitives Nervensystem ausgebildet, das sogenannte Media. Dieses System verbreitet im virtuellen Organismus Nervenimpulse, die die Funktion der Zellmonaden steuern.

Drei Formen von Impulsen sind zu unterscheiden: 1. der orale, 2. der anale und 3. der verdrängende Wow!-Impuls (hergeleitet von der kommerziellen Interjektion wow!).

Der orale Wow!-Impuls regt die Zelle an, Geld zu schlingen, um das Leiden am Konflikt zwischen dem Selbstbild einerseits und dem von der Werbung erzeugten Idealbild, dem Über-Ich, andererseits aus der Welt zu schaffen. Anzumerken ist, daß es nicht um die Waren geht, die man sich für Geld kaufen kann, um dieses ideale Ich zu verkörpern – es geht um das Geld an sich. Zwar laufen viele Millionäre in Lumpen herum und fahren billige Autos – doch um sich dies leisten zu können, muß man Millionär sein. Wer wenig hat, litte in dieser Situation unsäglich an kognitiver Dissonanz, weshalb viele arme Leute ihr letztes Geld am liebsten für gute und teure Kleidung ausgeben.

Der anale Wow!-Impuls regt die Zelle zur Ausscheidung von Geld an, was die lustvolle Verschmelzung der oben erwähnten Bilder bewirkt.

Da die beiden beschriebenen Vorgänge – die Aufnahme und die Ausscheidung von Geld – einander zuwiderlaufen, funktioniert der anale Wow!-Impuls verdeckt; der Mensch nimmt ernsthaft an, die Lust komme nicht vom Geldausgeben, sondern vom Erwerb dieses oder jenes Gegenstandes – wiewohl einleuchten müßte, daß einem zum Beispiel eine Uhr, die fünfzigtausend Dollar kostet, in ihrer physischen Beschaffenheit kaum mehr Lust verschaffen kann als eine für fünfzig. Die Geldsumme ist das Entscheidende.

Oraler und analer Wow!-Impuls tragen ihre Bezeichnungen in Analogie zu gewissen Ring- und Schließmuskelfunktionen, wiewohl ein Vergleich mit dem Vorgang des Ein- und Ausatmens präziser wäre – die begleitenden Empfindungen lassen sich sehr gut als eine Art psychische Atemnot resp. Hyperventilation sehen. Ein Maximum an Intensität erreicht die oral-anale Erregung am Spieltisch im Casino oder im Spekulationsfieber an der Aktienbörse, doch ist das Spektrum wirksamer Wow!-Stimulatoren unendlich groß.

Der verdrängende Wow!-Impuls schließlich unterdrückt und entfernt aus dem Bewußtsein des Menschen alle diejenigen psychischen Abläufe, die der vollständigen Identifizierung mit einer Oranus-Zelle im Wege stehen. Er springt überall dort ein, wo der psychische Reizauslöser keine oral-analen Anteile aufweist. Der verdrängende Wow!-Impuls wirkt wie ein Störsender, der unerwünschte Radioprogramme mit kräftigem Rauschen überlagert. Auf den Punkt gebracht, ist seine Wirkung in Volksweisheiten wie »Money talks, bullshit walks« (wo das Geld spricht, fällt die Predigt aus) und »If you are so clever show me your money!« (wenn du so ein Schlaumeier bist, kannst du mir ja mal deinen Bankauszug zeigen). Ohne diesen Impuls wäre der Oranus gar nicht fähig, die Menschen als Zellen für sich zu rekrutieren. Unter seiner Einwirkung werden alle psychischen Mikroprozesse lahmgelegt, die nicht unmittelbar mit dem Geldverkehr zusammenhängen, so daß die Welt als vollkommene Hypostase des Oranus wahrgenommen werden kann. Dies führt zu erschreckenden Resultaten. Wie beschrieb doch ein Broker der

Londoner Immobilienbörse seine vom verdrängenden Wow!-Impuls hervorgerufene Vision: »Die Welt – das ist der Ort, wo Busineß und Geld sich begegnen.«

Daß dieser psychische Zustand weit verbreitet ist, wird man ohne Übertreibung sagen dürfen. Soziologie, Wirtschafts- und Kulturwissenschaften tun heute im Grunde nichts anderes, als Somatik und Transferprozesse im Oranus zu beschreiben.

Der Oranus ist seiner Natur nach ein primitiver virtueller Organismus parasitären Charakters. Er unterscheidet sich von anderen Parasiten jedoch dadurch, daß er nicht irgendeinem einzelnen Wirtsorganismus anhängt, sondern eine Vielzahl fremder Organismen sich einverleibt und zu Zellen des eigenen Körpers macht. Jede dieser Zellen ist für sich genommen ein menschliches Wesen – mitsamt seinen unbegrenzten Möglichkeiten und seinem natürlichen Recht auf Freiheit. Das Paradoxe ist, daß der Oranus als organisches System auf einer weit niedrigeren Stufe der Evolution steht als jede der Zellen, aus denen er besteht. Er ist weder zu abstraktem Denken noch zur Selbstreflexion fähig. Das berühmte Auge im Dreieck, wie man es von den Ein-Dollar-Banknoten kennt, kann in Wirklichkeit nicht sehen. Es ist ein von einem Spaßvogel aus Odessa auf die Außenhaut der Pyramide gezeichnetes Cartoon, fertig. Um die latent schizoiden Konspirologen nicht zu verunsichern, hätte man es besser mit einer schwarzen Augenbinde verdecken sollen.

Tatarski war etwas eingefallen. Er nahm die Hände von der Planchette, griff nach dem Stift, der noch dalag, weil er mit ihm den Korken in die Rotweinflasche gedrückt hatte, und kritzelte in kaum zu entziffernder Schnellschrift auf die Ecke des letzten von der Planchette beschriebenen Blattes:

1) Clip für Ray-Ban-Brillen: die Befreiung Mussolinis. Schlußbild: Otto Skorzeny in Großaufnahme; Ray-Ban-Logo auf der Augenklappe. 2) Nicht

vergessen: W.spot/Plakat Sony Black Trinitron. Freiheitsstatue. Anstelle der Fackel eine leuchtende Bildröhre in der Hand.

Tatarski dachte nach, ersetzte Sony durch Panasonic und ergänzte:

– und anstelle des Buches die Fernsehzeitung!

Dann legte er, nicht ohne ein dezentes Schamgefühl, die Hände zurück auf die Planchette. Diese war anscheinend tatsächlich gekränkt und bewegte sich nicht. Tatarski wartete ungefähr eine Minute. Nichts geschah. Nun ja: Daß der Profi in ihm den Romantiker im Griff hatte, mußte seinen Preis haben. Schon beinahe überzeugt, daß der Geist ihm den Verrat nicht nachsehen würde, versuchte er es noch einmal. Und kaum hatten seine Finger die kühle Holzplatte berührt, fing die Planchette zu rucken an.

Der Oranus hat weder Augen, Nase, Ohren noch Verstand. Und natürlich ist er nicht die Inkarnation des Bösen und nicht die Ausgeburt der Hölle, wozu ihn viele Vertreter des religiösen Business abstempeln wollen. Er hat keinerlei Ansprüche, ist zu abstraktem Wünschen gar nicht fähig. Er ist ein sinnloser Polyp ohne Emotionen und Absichten, der das Nichts schlingt und das Nichts absondert. Wobei jede seiner Zellen potentiell in der Lage wäre zu begreifen, daß sie nicht als Oranus-Zelle geboren, sondern im Gegenteil der Oranus nur eine nichtswürdige Hervorbringung ihres eignen Verstandes ist. Und um diese Einsicht zu blockieren, benötigt der Oranus den verdrängenden Wow!-Impuls.

Früher verfügte der Oranus lediglich über ein vegetatives Nervensystem; mit dem Aufkommen elektronischer Massenmedien gelang ihm der evolutionäre Schritt zum Zentralnervensystem.

Das wichtigste Nervenende des Oranus, mit dem er jeden Menschen erreicht, ist heute der Fernseher. Wir sprachen bereits darüber, daß das Bewußtsein des Fernsehzuschauers durch das des virtuellen Homo zappiens ersetzt wird. Im folgenden soll nun der Wirkmechanismus der drei Wow!-Impulse untersucht werden.

Ein Mensch im Normalzustand ist theoretisch in der Lage, Wow!-Impulse zu sondieren und ihnen zu widerstehen. Der unbewußt mit dem Fernsehprogramm verschmolzene Homo zappiens hingegen ist schon keine Persönlichkeit mehr, sondern ein bloßer Modus. Ein Typ-2-Subjekt ist genausowenig zur Selbstanalyse fähig wie die Tonbandaufnahme eines Hahnenschreis. Selbst die gelegentliche Illusion einer kritischen Bewertung dessen, was sich auf dem Bildschirm abspielt, ist nur Teil des induzierten psychischen Vorgangs.

In Abständen von wenigen Minuten werden in jedem Fernsehprogramm (dementsprechend im Bewußtsein des Typ-2-Subjekts) Werbeblöcke abgefahren – eine raffinierte Kombination aus analen, oralen und verdrängenden Wow!-Impulsen, die auf je unterschiedliche Kulturschichten der Psyche ausgerichtet sind.

Will man wiederum eine vergröbernde Analogie zu physischen Vorgängen wagen, so bietet sich der Vergleich mit einem Patienten an, der zunächst eingeschläfert (Verdrängung des Typ-1-Subjekts durch das Typ-2-Subjekt) und dann einer Blitzhypnose unterzogen wird, deren einzelne Schritte sich reflektorisch verankern.

Irgendwann stellt das Typ-2-Subjekt den Fernseher ab und wird wieder zum Typ-1-Subjekt, einem normalen Menschen. Nunmehr erreichen ihn die drei Wow!-Impulse nicht mehr auf direktem Wege. Doch ergibt sich ein der Restmagnetisierung vergleichbarer Effekt. Der Verstand erzeugt die gleichen Impulse selbsttätig. Sie entstehen spontan und im Hintergrund, vor dem die übrigen Gedanken ablaufen. Während also ein Subjekt im Zustand des HZ den drei Wow!-Impulsen direkt ausgesetzt ist, wechselt es nun, bei Rückkehr in den Normalzustand, in den Wirkungsbereich dreier Wow!-Faktoren, wie sie sein Hirn automatisch generiert.

Wer sich regelmäßig in den HZ-Zustand versetzen und mit verdrängenden Wow!-Impulsen bestrahlen läßt, der bildet in seinem Bewußtsein ein eigentümliches Filter, das einzig mit oral-analen Wow!-Inhalten gesättigte Informationen resorbiert. Dies läßt die Möglichkeit, sich die Frage nach seiner wahren Natur zu stellen, gar nicht erst zu.

Worin aber besteht sie, seine wahre Natur?

Einer Reihe von Umständen halber, auf die hier nicht näher eingegangen werden kann, ist diese Frage nur von jedem selbst zu beantworten. In welch erbärmlicher Verfassung ein Mensch auch sein mag – die Antwort liegt bei ihm. Für ein Typ-2-Subjekt sieht die Sache insofern anders aus, als es ja real nicht existiert. Trotzdem (und womöglich gerade deshalb) trägt das Media-System des Oranus, welches die drei Wow!-Impulse im Informationsraum verbreitet, die Frage der Selbstverständigung an den HZ heran.

Und hier geschieht nun das eigentlich Interessante und Paradoxe. Da ein Typ-2-Subjekt über keinerlei Innenwelt verfügt, kann es die Frage nach seiner wahren Natur nur auf eine einzige Weise beantworten: Es muß sich eine Identität schaffen – nämlich vermittels der Kombination verschiedener im Fernsehen gezeigter materieller Objekte, die mit ihm offenkundig weder im ganzen noch in Teilen identisch sind. Man könnte diesen Vorgang apophatisch nennen, in Anlehnung an jene Art Gottesdienst, bei dem Gott durch das bezeichnet wird, was er nicht ist – nur daß wir es hier mit einer apophatischen Anthropologie zu tun hätten.

Für ein Typ-2-Subjekt ist Antwort auf die Frage »Was bin ich?« nur in dieser Form denkbar: »Ich fahre das und das Auto, wohne in so und so einem Haus, trage die und die Kleidung.« Es kann sich lediglich durch die Liste von Produkten identifizieren, die es konsumiert, und es transformiert seine Identität durch die Änderung der Liste. Darum werden in der Werbung die meisten Artikel mit einem bestimmten Persönlichkeitstyp, einem Charakterzug, einer Neigung oder Eigenart in Verbindung gebracht. Im Endergebnis entsteht eine durchaus überzeugende Kombination dieser Eigenarten, Neigungen usw., die den Eindruck einer realen Persönlichkeit erwecken kann. Die Zahl möglicher Kombinationen ist praktisch unbegrenzt, das Sortiment nicht minder. Die Werbung formuliert es so: »Ich bin ein ruhiger, selbstsicherer Mensch und kaufe darum rote Pantoffeln.« Das Subjekt zweiter Ordnung, das seine Kollektion von Eigenschaften durch Ruhe und Selbstsicherheit ergänzt sehen möchte, bewerkstelligt dies, indem es sich auf die Notwendigkeit besinnt, rote Pantoffeln zu kaufen, und selbiges unter Einwirkung des analen Wow!-Faktors auch tut. Im Idealfall wird die oral-anale Stimulation zum geschlossenen Kreislauf, die Katze beißt sich auf klassische Weise in den Schwanz: Eine Million Dollar sind nötig, um sich ein Haus in einem teuren Viertel zu kaufen; das Haus ist nötig, damit man weiß, wo man mit seinen roten Pantoffeln herumlaufen soll, die Pantoffeln sind nötig, um Ruhe und Selbstsicherheit zu gewinnen, die man nämlich braucht, um eine Million Dollar zu verdienen, um sich ein Haus zu kaufen, in dem man mit den roten Pantoffeln herumläuft, die einem Ruhe und Selbstsicherheit verschaffen.

Wenn sich die oral-anale Stimulation solchermaßen kurzschließt, darf der Zweck der magischen Werbehandlung als erfüllt angesehen werden: Die Illusion einer Struktur ist entstanden, die kein Zentrum hat, wiewohl alle beteiligten Dinge und Eigenschaften um ein fiktives Zentrum kreisen, und die Fiktion heißt Identität.

Identität – das ist ein Subjekt zweiter Ordnung auf so weit fortgeschrittener Entwicklungsstufe, daß es autonom zu existieren vermag, ohne ständig die drei Wow!-Impulse aktivieren zu müssen – es genügt die Anwesenheit der drei rudimentären Wow!-Faktoren, die das Hirn selbsttätig generiert.

Identität – das ist ein gefälschtes Ego, und damit ist alles gesagt. Das die Lage des modernen Menschen analysierende bürgerliche Denken hält es für eine geistige Großtat, via Identitätsbildung zum eigenen Ego zurückzufinden. Dem mag so sein, insofern beide – ein Ego, relativ gesehen, und eine Identität, absolut gesehen – nicht existieren. Die Crux ist, daß das Woher, das Wohin wie auch das Subjekt in diesem Selbstfindungsprozeß erfunden sind. Trotzdem darf man Losungen wie »Zurück zum Ego!« resp. »Vorwärts zum Ego!« in dieser Situation wenn auch keinen Sinn, so doch eine ästhetische Rechtfertigung zugestehen.

Der Umstand, daß die drei Wow!-Impulse subtileren Prozessen in der menschlichen Psyche aufmoduliert werden, fabriziert die ganze mittelmäßige Bandbreite der modernen Kultur. Eine besondere Rolle spielt hierbei der verdrängende Wow!-Impuls. Er ist wie das Krachen eines Vorschlaghammers, das alles Klingen übertönt. Alle hereindringenden Reize mit Ausnahme des oralen und des analen Wow! werden ausgefiltert, und der Mensch wird gleichgültig gegenüber allem, was keine orale resp. anale Komponente in sich birgt. Auch wenn wir den sexuellen Aspekt der Werbung in dieser kleinen Abhandlung außer acht lassen wollen, sei doch angemerkt, daß Sex oft nur noch aus dem Grund attraktiv ist, weil er die vitale Energie symbolisiert, die zu Geld transformiert werden kann – nicht etwa umgekehrt. Jeder gescheite Psychoanalytiker wird das bestätigen. Letzten Endes mißtraut der moderne Mensch praktisch allem und jedem, was nicht der Aufnahme und Ausscheidung von Geld dient.

Ein äußerliches Indiz dafür ist, daß das Leben zunehmend langweiliger und die Menschen immer trockener und berechnender werden. Die bürgerliche Wissenschaft pflegt den neuen Verhaltenscode so zu erklären, daß man emotionale Energie zu bewahren und zu konservieren versuche und damit den Forderungen der korporativen Ökonomie und der modernen Lebensweise Genüge tue. In Wirklichkeit ist an Emotionen im menschlichen Leben auch heute kein Mangel. Doch führt die stete Einwirkung des verdrängenden Wow!-Faktors dazu, daß die gesamte emotionale Energie des Menschen sich in den psychischen Prozessen verausgabt, die auf die orale und anale Wow!-Thematik eingehen. Viele bürgerliche Experten nehmen instinktiv den Anteil wahr, den die Massenmedien an dem vor sich gehenden Paradigmenwandel haben – doch, um es mit den Worten des Compagnero Allende jun. zu sagen, »suchen sie eine schwarze Katze, die es niemals gegeben hat, in einem finsteren Zimmer, das es niemals geben wird«. Auch dort, wo sie es wagen, das Fernsehen als Prothese für ein ausgedörrtes, abgehalftertes Ich zu bezeichnen, wo sie kundtun, das Media bausche eine mittlerweile irreal gewordene Persönlichkeit auf, gehen sie am Wesentlichen vorbei.

Irreal zu werden bleibt einer Persönlichkeit vorbehalten, die irgendwann einmal real war. Ausdörren und abhalftern läßt sich nur ein real existierendes Ich. Wie grundsätzlich falsch eine solche Prämisse ist, haben die bisherigen Ausführungen gezeigt (wie auch einige unserer früheren Arbeiten, siehe z. B. *Sendero Luminoso und die russische Frage*).

Der verdrängende Wow!-Faktor reduziert Kunst und Kultur im dunklen Zeitalter auf die oral-anale Thematik. Die Programmatik dieser Kunst läßt sich auf einen Punkt bringen: Lochfraß.

Ein schwarzer, mit Packen Hundertdollarscheinen vollgestopfter Aktenkoffer ist mittlerweile zum wichtigsten Kultursymbol und zentralen Element der meisten Filme und Bücher avanciert; die Bahn, die er durch unser Leben zieht, ist primär sujetbildend. Besser gesagt, je nach Präsenz des schwarzen Koffers im Kunstwerk bemißt sich das emotionale Interesse des Publikums an dem, was auf der Leinwand oder zwischen den Buchdeckeln passiert. Freilich kommt es vor, daß der Geldkoffer nicht direkt involviert ist; in diesen Fällen wird seine Funktion entweder von mitwirkenden sogenannten Stars übernommen, von denen man weiß, daß sie ihn zu Hause liegen haben, oder von penetranten Verweisen auf Produktionsbudget und Einspielquoten. In Zukunft wird es kein einziges Kunstwerk mehr geben, das »nur so« entsteht; sehr bald schon werden wir es mit Büchern und Filmen zu tun haben, deren hauptsächlicher Inhalt in einer mehr oder minder verdeckten Apologie von Coca-Cola bzw. Aggression gegen Pepsi-Cola – et v. v. – besteht.

Unter Einwirkung des Netzwerks oral-analer Impulsgebung reift im Menschen eine interne Kontrollinstanz, der Auditor (die typisch marktwirtschaftliche Variante des vormaligen »inneren Parteisekretärs«). Er unternimmt eine kontinuierliche Realitätsprüfung, die sich freilich auf die Prüfung der Vermögensverhältnisse beschränkt, und straft ab durch Auferlegung unsäglichen Leidens an kognitiver Dissonanz. Dem oralen Wow!-Impuls entspricht das vom internen Auditor angehängte Etikett *loser*, dem analen Wow!-Impuls das Etikett *winner*. Dem verdrängenden Wow!-Impuls entspricht die parallele Ausgabe beider Etiketten.

Einige resistente Identitätstypen lassen sich auflisten:

a/der orale Wow!-Typ (vorherrschendes Pattern, auf dem die Organisation des psychisch-emotionalen Lebens fußt, ist das beflissene Streben nach Geld);

b/der anale Wow!-Typ (vorherrschendes Pattern ist der wollüstige Ausstoß von Geld resp. die Manipulation mit diversen Surrogaten – auch analer Wow!-Exhibitionismus genannt);

c/der verdrängte Wow!-Typ (ggf. in Kombination mit a/resp. b/– hier ist die quasitotale Immunität gegenüber allen nichtoralen resp.-analen Reizauslösern erzielt).

Wie relativ eine solche Klassifikation ist, zeigt sich darin, daß dieselbe Identität für den einen, in der Wow!-Hierarchie tiefer Stehenden anal, für den anderen, Höhergestellten oral funktionieren kann (wobei eine »Identität an sich« selbstverständlich nicht existiert – es handelt sich um ein reines Epiphänomen). Eine lineare Wow!-Hierarchie, wie sie durch eine Vielzahl vergleichbar strukturierter Identitäten gebildet wird, bezeichnet man als korporative Schnur. Dies ist eine Art soziales Perpetuum mobile, dessen Geheimnis darin besteht, daß jedwede Identität sich beständig an jener messen muß, die eine Stufe über ihr steht. Die anglo-amerikanische Folklore hat für dieses eherne Prinzip den Spruch »to keep up with the Johnes« (es den Müllers von nebenan zeigen) parat.

In einer korporativen Schnur organisierte Menschen erinnern an aufgefädelte Fische, die zum Trocknen an der frischen Luft hängen. Nur daß die Fische im gegebenen Fall noch leben. Und damit nicht genug: Oraler und analer Wow!-Faktor regen sie an, sich die Schnur entlang in die Richtung zu hangeln, die sie für oben halten. Sie tun dies instinktiv oder, wenn man so will, auf der Suche nach dem Sinn des Lebens. Der Sinn des Lebens aber ist vom Standpunkt der ökonomischen Metaphysik nichts anderes als die Transformation oraler in anale Identität.

Damit, daß ein durch die Wirkung dreier rudimentärer Wow!-Faktoren demoliertes Subjekt sich selbst als Identität zu sehen gezwungen wird, ist die Situation noch nicht hinreichend beschrieben. Sobald es nämlich Kontakt zu anderen aufnimmt, sieht es diese ebenso als Identitäten. Ausnahmslos alles, was einen Menschen charakterisieren kann, ist von der Kultur des dunklen Zeitalters bereits ins oral-anale Koordinatensystem eingeordnet und in den Kontext des unendlichen Lochfraßes gestellt.

Ein verdrängter Wow!-Mensch analysiert jeden, der ihm vor die Füße läuft, als einen mit kommerzieller Aussage gespickten Werbespot. Das Äußere dieses Menschen, seine Art zu reden und sich zu geben werden augenblicklich als Wow!-Zeichensatz interpretiert. Ein dynamischer, unreflektierter Prozeß spult sich ab, bestehend aus einer Folge analer, oraler und verdrängender Wow!-Impulse, die im Bewußtsein aufblitzen und verlöschen und letztendlich bestimmen, wie man sich dem anderen gegenüber positionieren wird. Homo homini lupus est! heißt ein geflügeltes lateinisches Wort. Doch ist der Mensch dem Menschen längst kein Wolf mehr. Nicht einmal ein Image-Maker, Dealer, Killer oder Exklusivvertreiber, wie die moderne Soziologie meint. Der Mensch ist dem Menschen ein Wow! – nein, nicht dem Menschen: dem Wow! Auf das kulturelle Koordinatensystem von heute projiziert, heißt das lateinische Sprichwort demzufolge: Wow! Wow! Wow!

Und dies betrifft beileibe nicht die Menschen allein, sondern überhaupt alles, was uns in den Blick gerät. Alles, was wir sehen, werten wir, und finden wir nicht die bekannten Stimulatoren, ist die Enttäuschung groß. Eine eigentümliche Polarisierung unseres Bewußtseins geht vor sich, bei der jedes Phänomen in eine lineare Kombination aus analem und oralem Vektor zerlegt wird. Jedes Image ist in Mark und Pfennig auszudrücken. Auch dort, wo es betont nichtkommerziell daherkommt, entsteht sogleich die Frage, wie diese Art Nichtkommerzialität kommerziell zu bewerten ist. Von daher auch das jedem vertraute Gefühl, daß Geld die Welt regiert.

Und natürlich stimmt das. Genauer gesagt: Seit Ewigkeiten regiert das Geld sich selbst, und der Rest ist tabu. Oral-anales Plätschern ist die einzig legalisierte psychische Reaktion. Alle übrigen geistigen Aktivitäten sind blockiert.

Ein Subjekt zweiter Ordnung ist absolut mechanistisch veranlagt, denn es ist das Echo elektromagnetischer Vorgänge in der Fernsehbildröhre. Es ist höchstens so frei, »Wow!« sagen zu dürfen, wenn es den nächsten Kauf getätigt hat – in der Regel wird es sich dabei um einen neuen Fernseher handeln. Von daher rühren überhaupt die Bezeichnungen Wow!-Impulse für die Steuerimpulse des Oranus und Wowerismus für die unbewußt wirkende Ideologie des Identialismus. Was das dem Wowerismus gemäße politische Regime angeht, so begegnet man hierfür auch den Namen Telekratie resp. Mediakratie, denn zu wählen ist in ihm allenfalls das Fernsehprogramm (das, wie wir sahen, gar auch als Wähler fungiert). Es sei darauf hingewiesen, daß das Wort Demokratie, welches die modernen Massenmedien häufig gebrauchen, mit dem gleichlautenden, im 19. Jh. und noch zu Anfang des 20. Jh. verbreiteten Begriff nichts gemein hat. Wir haben es hier mit sogenannten Homonymen zu tun; der alte Begriff Demokratie leitet sich von griech. demos her, der neue von engl. demo-version.

Wir fassen zusammen.

Identialismus ist Dualismus auf einer Stufe seiner Entwicklung, da die großen Korporationen die Reform des menschlichen Bewußtseins zu vollenden im Begriff sind, das so lange unter dem permanenten Einfluß dreier Wow!-Impulse - des oralen, des analen und des verdrängenden - stand, bis es die entsprechenden Wow!-Faktoren selbst zu generieren wußte; die Verdrängung der Persönlichkeit durch eine an ihrer Stelle etablierte Identität ist die bleibende Folge. Identialismus ist Dualismus mit dreifacher Konnotation: Er ist a/tot, b/verrottet und c/digitalisiert.

Viele Definitionen für den Begriff der Identität sind möglich, erübrigen sich jedoch, da eine solche real nicht existiert. Und während man in vorangegangenen Stadien der Menschheitsgeschichte von einer Unterdrückung des Menschen durch den Menschen resp. des Menschen durch die Abstraktion sprechen durfte, kann von Unterdrückung zu Zeiten des Identialismus schon nicht mehr die Rede sein. Einer, für dessen Befreiung zu kämpfen wäre, ist weit und breit nicht zu sehen.

Darum ist das Ende der Welt, von dem die Christenheit so lange sprach und zu dem die Wowerisierung des Bewußtseins unweigerlich führt, in jeder Beziehung ungefährlich - der, dem Gefahr drohen könnte, ist nicht mehr da. Das Ende der Welt wird eine Fernsehsendung sein. Und dies, Brüder im Kampf, erfüllt uns alle mit unaussprechlicher Glückseligkeit.

Che Guevara, Monte Sumeru, Ewigkeit, Sommer.

»Der also auch. Wir sind alle Sumerer«, flüsterte Tatarski und sah auf.

Hinter der Gardine vibrierte das graue Licht des neuen Tages. Links neben der Planchette lag ein Stapel beschriebenen Papiers. Die müden Unterarmmuskeln schmerzten. Nichts hatte Tatarski von dem empfangenen Text im Kopf behalten – nur den Ausdruck »bürgerliches Denken«. Er stand auf und ging zum Bett. Ohne sich auszuziehen, fiel er hinein.

Bürgerliches Denken, was mag das sein? dachte er. Weiß der Teufel. Bestimmt geht es um Geld. Worum sonst.

Der sichere Hafen

In dem Fahrstuhl, der Tatarski an seinen neuen Arbeitsplatz beförderte, gab es ein einsames Graffito. Eines allerdings, das für Klarheit sorgte: Irgendwo in der Nähe mußte das Herz des Werbebusineß schlagen. Es handelte sich um eine Variation auf ein klassisches Thema – jene Jim-Beam-Whiskyreklame, in der ein schnöder Hamburger zum komplexen und vielschichtigen Sandwich mutiert, dieses zum noch vertrackteren Baguette, und das Baguette wieder zum schnöden Hamburger. Womit bewiesen sein sollte: Alles kehrt sich zu den Anfängen. Hier nun an der Fahrstuhlwand stand in gigantischen Reliefbuchstaben, die einen langen, gezeichneten Schatten warfen:

FUCK

– und darunter in kleinen Buchstaben der Jim-Beam-Kommentar: YOU ALWAYS GET BACK TO THE BASICS.
Daß die Inschrift die ganze mitzudenkende evolutionäre Reihe einfach aussparte, fand Tatarski großartig. So viel Lakonie verriet ihm die Hand eines Meisters. Dazu kam, daß der Text – bei aller Gewagtheit der thematischen Beschränkung – keinen Gedanken an Freud aufkommen ließ.

Gut möglich, daß hinter dem unbekannten Meister einer der beiden Kreativen steckte, die gleichfalls für Chanin arbeiteten. Sie hießen Serjosha und Maljuta, und der eine war das ganze Gegenteil vom anderen. Serjosha, ein kleiner, spilleriger Blonder mit Goldrandbrille, mimte nach Kräften den Copywriter westlichen Zuschnitts; da er aber nicht wußte, was einen Copywriter westlichen Zuschnitts ausmachte, und diesbezüglich also seinen eigenen skurrilen Vorstellungen folgte, kam etwas heraus, das auf rührende Weise russisch und fast schon ausgestorben war.

Maljuta, kerniger Typ im abgewetzten Jeansanzug, war Tatarskis Leidensgefährte – auch er hatte für den Hang seiner romantischen Erzeuger zu seltenen und abwegigen Namen büßen müssen und war nach dem übelsten aller Kumpane Iwan des Schrecklichen genannt. Doch das konnte sie einander nicht näherbringen. Maljuta hatte den neuen Kollegen in ein Gespräch über sein Lieblingsthema, die Geopolitik, gezogen und zu hören bekommen, Hauptinhalt der Geopolitik sei der unauflösliche Konflikt zwischen rechter und linker Hemisphäre, wie er manche Menschen bedauerlicherweise von Geburt an plage. Seither grollte ihm Maljuta.

Überhaupt war Maljuta ein Mensch, der einem Angst einjagen konnte. Er war glühender Antisemit, und das nicht, weil er irgend etwas gegen die Juden einzuwenden gehabt hätte, sondern weil er sich das Image eines Patrioten zu geben bemüht war, in der logischen Annahme, daß einer, der Maljuta hieß, keine Alternative hatte. Und die Kaffeesatzleser jener Boulevardzeitungen, aus denen Maljuta sein Weltbild bezog, stimmten darin überein, daß Antisemitismus obligatorischer Bestandteil eines patriotischen Images war. Maljutas beharrliche Imagearbeit hatte zum Ergebnis, daß er einem vorkam wie der letzte Schurke aus Osama bin Ladens Gang in einem bescheuerten B-Movie, was Tatarski ernsthaft zum Nachdenken brachte: ob nämlich diese B-Movies tatsächlich so bescheuert waren, wenn sie es doch schafften, die Wirklichkeit nach ihrem Bilde zu formen.

Um einander kennenzulernen, hatten Tatarski und Chanins Assistenten ihre Mappen ausgetauscht; es ließ an das erste gegenseitige Beschnüffeln von Hunden denken, die ihre Rangfolge zu klären haben. Beim Blättern in Maljutas Mappe schauderte es Tatarski einige Male: Die in seiner Sprite-Konzeption enthaltene Zukunftsvision (pseudoslawisch gestylter Hühnerstall, wie er sich in den Rauchwolken eines Militärputsches abzeichnet), damals eher aus Übermut entworfen, sprang ihn von diesen kopierten Seiten in voller Größe an. Besonders erschüttert war Tatarski von einem Treatment für Harley-Davidson-Motorräder:

Straßenszene einer russischen Kleinstadt. Verschwommen im Vordergrund, bedrohlich über dem Betrachter: ein Motorrad. Kirche im Hintergrund, Glockenklang. Der Gottesdienst ist eben zu Ende, das Volk kommt die Straße herunter. Unter den Passanten sind zwei junge Männer in roten, über der Hose hängenden Blusen - es könnten Zöglinge einer Militärschule auf Urlaub sein. Groß: Jeder hält eine Sonnenblume in Händen. Detail: ein Mund, der Schalen von Sonnenblumenkernen ausspuckt. Halbnah: Lenker und Tank des Motorrads im Vordergrund, dahinter unsere Helden, die verwundert zu dem Gefährt herübersehen. Detail: Finger, die Kerne aus der Sonnenblume pulen. Groß: Blickwechsel der Helden. Der eine sagt zum anderen:

»Bei uns im Zug gab es einen Sergeanten mit Namen Harlejew. Spitzname Harley. Ein Pfundskerl. Hat sich totgesoffen.«

»Wieso das?« fragt der andere.

»Wieso schon. Ist doch kein Leben für einen Russen heutzutage.«

Aus der Tür des Hauses tritt ein hünenhafter, schwarzlockiger Ostjude in schwarzer Lederjacke und schwarzem, breitkrempigem Hut. Neben ihm wirken unsere Helden klein und schmal, unwillkürlich weichen sie einen Schritt zurück. Der Jude schwingt sich auf das Motorrad, wirft es an und knattert davon, verschwindet binnen Sekunden aus dem Blickfeld. Zurück bleibt eine blaue Abgaswolke. Neuer Blickwechsel unserer Helden. Jener, der die Rede auf den Sergeanten gebracht hatte, sagt seufzend und schalenspuckend:

»Wie lange wollen diese Davidsons noch auf die Harleys steigen? Rußland, erwache!«

Slogan:

Harley. Um nicht zu sagen: Davidson.

(Soft Version: Harley-Davidson. Überall auf der Welt.)

Zunächst meinte Tatarski eine Parodie vor sich zu haben. Doch machten die anderen Texte Maljutas ihm schnell klar, daß Sonnenblume und Sonnenblumenkernschalen zu den Grundfesten seiner positiven Ästhetik zählten. Die Kaffeesatzleser der Boulevardzeitungen hatten ihn wissen lassen, daß Sonnenblumenkerne und patriotisches Image untrennbar zueinandergehörten, worauf Maljuta sich die Liebe zu den Sonnenblumen ebenso ergeben und vorbehaltlos implantierte wie zuvor den Antisemitismus.

Der andere Copywriter, Serjosha, blätterte stundenlang in westlichen Journalen und knackte mit dem Wörterbuch deren Reklamesprüche, weil er annahm, daß das, was für Staubsauger auf der einen Hemisphäre taugte, auch für Wanduhren gut war, die auf der anderen tickten. In leidlichem Englisch fragte er seinem Kokaindealer, einem Pakistani namens Ali, Löcher in den Bauch, wollte von ihm alle möglichen kulturellen Kodes und Parolen erfahren, auf die die westliche Werbung Bezug nahm. Ali hatte lange in Los Angeles gelebt, und wenn er auch den größten Teil der Unbegreiflichkeiten nicht zu erhellen wußte, so wußte er über das, was er nicht wußte, eindrucksvolle

Lügenmärchen zu erzählen. Eine von Tatarskis Arbeiten hatte es Serjosha (wohl aufgrund seiner tieferen Kenntnis der Werbetheorie und der westlichen Kultur im allgemeinen) besonders angetan – die erste, die auf der geheimen, aus der spiritistischen Sitzung mit Comendante Che gewonnenen Wow!-Technik basierte. Die Reklame galt einem Reisebüro, das Touren nach Acapulco organisierte. Der Slogan war:

WOW! ACAPULYPSIS NOW!

»Du hast den Durchblick!« war alles, was Serjosha dazu sagte, und er drückte Tatarski die Hand.

Tatarski wiederum war hellauf begeistert von einer frühen Arbeit Serjoshas, die dieser selbst als mißraten ansah:

»Und du willst ein Seemann sein?«
Sagen die Freunde. Denn der Sturm im
Wasserglas läßt dich kalt.
Deine Antwort ist ein Lächeln.
Ein Seemann warst du nie.
Zeit deines Lebens warst du
auf dem Weg in diesen sicheren Hafen.

SAFE HAVEN. Die beste Rentenversicherung.

Maljuta rührte nie eine dieser westlichen Zeitschriften an – er las überhaupt nur in seinen Boulevardblättern und der Anthologie *Götterdämmerung*, in der das Lesezeichen immer an derselben Stelle steckte. Bald aber mußte Tatarski verwundert feststellen, daß Serjosha und Maljuta – allen gravierenden Unterschieden in den geistigen Leitbildern und den Persönlichkeitswerten zum Trotz – gleich tief in den finsteren Abgründen des Lochfraßes festsaßen. Dies war an vielerlei Details und Eigenarten abzulesen. So zum Beispiel, wenn die beiden von einem gemeinsamen Bekannten sprachen und einander die Stichworte zuwarfen:

»Na, du weißt schon«, begann Serjosha, »psychologisch gesehen ein Anfänger im Börsengeschäft, einer, der sechshundert Dollar pro Monat rauskriegt und damit rechnet, gegen Jahresende auf anderthalbtausend zu kommen.«

»Und«, ergänzte Maljuta und hob bedeutungsvoll den Finger, »wenn der mit seiner Madam ins Pizza Hut geht und gibt dort vierzig Dollar für beide aus, meint er, das ist wer weiß wie toll.«

Worauf Maljuta, kaum daß der Satz ausgesprochen war, von einem Anschlag des analen Wow!-Faktors heimgesucht wurde: Er zog sein teures Handy aus der Tasche, drehte es zwischen den Fingern und tätigte einen völlig überflüssigen Anruf.

Außerdem wiesen die Produkte der beiden verblüffende Ähnlichkeiten auf. Tatarski merkte es, als er in ihren Mappen Arbeiten zum selben Gegenstand fand.

Zwei oder drei Wochen vor Tatarskis Anstellung hatte Chanins Büro einen größeren Auftrag an Land gezogen. Irgendwelche dunklen Existenzen, die dringend eine beträchtliche Partie gefälschter Markenturnschuhe abzusetzen wünschten, bestellten bei Chanin eine Reklame für Nike – die Marke, auf die ihre Gummikähne getrimmt waren. Die Ware sollte über die Schnäppchenmärkte der Außenbezirke laufen, doch war die Partie so groß, daß die dunklen Existenzen, nachdem sie sich auf ihren Taschenrechnern genügend einen abgeklappert hatten, eine Fernsehreklame zu investieren beschlossen, um den Umsatz zu beleben. Selbstverständlich mußte es eine »supergeile« Reklame sein – »eine, die voll reinhaut«, wie sich eine der Existenzen auszudrücken beliebte. Chanin lieferte in zwei Varianten, eine von Serjosha und eine von Maljuta. Serjosha, der seine Arbeitszeit genutzt und inzwischen schon an die zehn englischsprachige Werbekompendien gelesen hatte, gebar dieses hochtönende Opus:

Nachfolgender Entwurf verwendet eine amerikanische Kulturparallele (American Cultural Reference), die dem russischen Konsumenten aus den Medien bestens vertraut sein dürfte: den Massenselbstmord unter den Mitgliedern der Heaven's-Gate-Sekte in San Diego, verübt zum Zwecke des Übergangs in einen Astralkörper und nachfolgender Reise zu einem Kometen. Bekanntlich lagen die Selbstmörder auf einfachen Doppelstockbetten. Das Video war in strengem Schwarzweiß gehalten; die Gesichter der Toten bedeckte ein schlichtes schwarzes Tuch, und an den Füßen trugen sie schwarze Nike-Turnschuhe mit dem weißen Swoosh-Symbol. Die hier vorgeschlagene Spot-Variante baut auf die Ästhetik des seinerzeit zu diesem Ereignis produzierten Internet-Clips - das Fernsehbild imitiert einen Computerbildschirm, in dessen zentralem Fenster die bekannten Bilder aus besagtem CNN-Video ablaufen. Am Ende, nachdem die Kamera lange auf den reglosen Sohlen mit der Aufschrift *Nike* verharrt hat, wird auf die Rückwand des Bettes geblendet. Dort ist ein Stück Zeichenkarton angeheftet, worauf mit schwarzem Filzstift der kometenschweifartige Nike-Swoosh gemalt ist:

Die Kamera fährt tiefer, und man liest den in gleichen Filzstiftbuchstaben darunterstehenden Slogan:

JUST DO IT.

Maljutas Lektüre während der Arbeit am Skript waren die dreckschleudernden Boulevardblätter, die Erzeugnisse der sogenannten patriotischen Presse mit ihren düsteren, skatologisch-eschatologischen Ausdeutungen der Geschehnisse und sonst gar nichts. Dafür ging er anscheinend öfters ins Kino. Seine Variante sah so aus:

Straßenszene eines kleinen, im Dschungel versteckten vietnamesischen Dorfes. Im Vordergrund die landes- und drittewelttypische Nike-Manufaktur - zu entnehmen einem Schild über der Tür: *Nike Sweatshop No. 1567903*. Tropenbäume im Hintergrund, Glockenklang. (Ein am Lagerzaun hängendes Stück Eisenbahnschiene dient als Glocke.) Vor dem Eingang zur Manufaktur steht ein Vietcong mit Kalaschnikow, er trägt Khakihosen und schwarzes Hemd - man denke an *Die durch die Hölle gehn*. Detail: Hände an der MPi. Kamerafahrt zur Tür hinein, wir sehen zwei Reihen von Werkbänken, hinter denen die in Ketten geschlagenen Arbeiter sitzen. (Anblick wie in *Ben Hur*, Galeerenszene). Alle in sagenhaft verschlissener und zerrissener GI-Uniform: die letzten amerikanischen Kriegsgefangenen. Vor ihnen auf den Bänken stapeln sich Nike-Turnschuhe in verschiedenen Stadien der Verarbeitung. Die Gefangenen haben durchweg schwarze Kräuselbärte und Hakennasen. (Der letzte Satz war von Hand zwischen die Zeilen geschrieben - die Idee war Maljuta offenbar nachträglich gekommen.) Sie scheinen mit etwas unzufrieden zu sein - murren erst leise, fangen dann an, mit den halbfertigen Turnschuhen rhythmisch auf die Bänke zu klopfen. Einzelne Rufe: »Wir fordern ein Treffen mit dem US-Konsul!« - »Wir fordern eine Visite des UN-Kommissars!« Plötzlich kracht eine Salve aus der Maschinenpistole, schlägt in die Decke ein, der Lärm verebbt augenblicklich. In der Tür steht der Vietcong im schwarzen Hemd, die qualmende Kalaschnikow im Anschlag. Die Augen aller im Raum Sitzenden sind auf ihn gerichtet. Der Vietcong fährt zärtlich mit der Hand über seine Waffe, dann stößt sein Zeigefinger auf den nächststehenden Tisch, wo die halbfertigen Turnschuhe liegen, und er sagt in gebrochenem Englisch:

»Just do it!«

Sprecher aus dem Off:

Nike. Das Gute siegt!
(Variante: »Gut gegen Böse: 2:0«)

Als Tatarski seinen Chef einmal allein im Büro antraf, fragte er ihn:

»Sagen Sie, Maljutas Entwürfe - werden die manchmal genommen?«

»Na klar!« sagte Chanin und legte das Buch weg, in dem er gerade las. »Was dachtest du! Und wenn es hundertmal amerikanische Turnschuhe sind - schmackhaft machen muß man sie der russischen Mentalität. Darum paßt das wie die Faust aufs Auge. Okay, ein bißchen redigieren wir noch dran rum, bis es juristisch wasserdicht ist.«

»Und den Auftraggebern gefällt das?«

»Unsere Auftraggeber sind von der Sorte, daß man ihnen erklären muß, was ihnen gefällt und was nicht. Außerdem: Was meinst du, warum uns der Auftraggeber einen Auftrag gibt?«

Tatarski hob die Schultern.

»Komm, sag schon!«

»Um seine Ware zu verkaufen.«

»Quatsch! Wir sind hier nicht in Amerika.«

»Na dann, um sich groß vorzukommen.«

»Das war vor drei Jahren so«, sagte Chanin in wichtigem Ton. »Heute ist es anders. Heute will der Kunde den hohen Herren, die alles genau verfolgen, was auf dem Bildschirm und im Leben passiert, denen will er zeigen, daß er es sich leisten kann, mir nichts, dir nichts eine Million Dollar in den Mülleimer zu schmeißen. Und darum gilt: Je schlechter die Reklame, desto besser. Dann hat der Zuschauer zwar das Gefühl, daß Auftraggeber und Auftragnehmer einen an der Waffel haben. Aber zugleich«, Chanin hob den Zeigefinger und zog ein weises Gesicht, »saugt sich in seinem Hirn ein Impuls fest, der sagt: Mann, was hat das gekostet. Und unterm Strich weiß der Zuschauer über den Auftraggeber, daß er 1) einen an der Waffel hat und 2) seine Geschäfte so blendend gehen, daß es ihm nichts ausmacht, jeden beliebigen Scheiß x-mal über den Sender zu schicken. Eine bessere Reklame kannst du dir nicht denken. So einem geben sie überall Kredit – ohne mit der Wimper zu zucken.«

»Raffiniert«, sagte Tatarski.

»Tja. Mußt eben nicht so viel Al Ries lesen.«

»Und wo läßt sich eine so tiefe Kenntnis vom Leben erwerben?«

»Im Leben«, verkündete Chanin salbungsvoll.

Tatarski schielte nach dem Buch, das vor Chanin auf dem Tisch lag. Es sah haargenau so aus wie die Dale-Carnegie-Geheimausgabe für ZK-Mitglieder – dreistellige Exemplarnummer auf dem Umschlag und der Titel mit Schreibmaschine geschrieben: *Virtuelles Busineß und Kommunikation*. In dem Buch steckten einige Lesezeichen, auf einem konnte Tatarski den Vermerk lesen: *Sugg. Bewußt.spalt.*

»Computerliteratur?« fragte er.

Chanin griff nach dem Buch und versenkte es im Schreibtischkasten.

»Nein«, sagte er unwirsch. »Virtuelles Busineß – wie's draufsteht.«

»Was ist das?«

»Wenn man es kurz sagen will: Die Art Geschäfte, bei denen hauptsächlich Raum und Zeit über den Tisch gehen.«

»Wie das denn?«

»Na, wie bei uns. Guck dich doch um. In unserem Land wird schon lange nichts mehr produziert. Hast du jemals einen Entwurf für ein Produkt gemacht, das in Rußland hergestellt wird?«

»Kann mich nicht entsinnen«, sagte Tatarski. »Das heißt, warten Sie, da war einer – für Kalaschnikows. Aber das war mehr so Imagepflege.«

»Da siehst du's. Worin besteht die Einmaligkeit des russischen Wirtschaftswunders? Die Einmaligkeit des russischen Wirtschaftswunders besteht darin, daß die Wirtschaft zügig in den Arsch geht, während das Busineß floriert, prosperiert und die internationale Arena betritt. Und jetzt denk mal nach: Womit handeln die Leute um dich herum? Na?«

»Womit?«

»Mit Dingen, die absolut nichtmateriell sind. Sendezeit und Anzeigenraum zum Beispiel – in der Zeitung oder an den Plakatwänden. Aber Zeit ist Zeit und kann im Grunde keine Sendezeit sein, so wie der Raum an sich kein Anzeigenraum sein kann. Zeit und Raum durch eine vierte Dimension zu verknüpfen, das ist zuerst dem Physiker Einstein gelungen. Er hatte da so eine Relativitätstheorie, hast du vielleicht gehört. Die Sowjetmacht hatte ihre eigene Theorie, die funktionierte genauso, allerdings paradox, kennst du auch: Man hat die Häftlinge antreten lassen, ihnen einen Spaten in die Hand gedrückt und befohlen, einen Graben vom Zaun bis zum Mittag auszuheben. Und heutzutage macht man es sich ganz einfach: Eine Minute Prime Time kostet so viel wie zwei Spalten Farbe überregional.«

»Also ist das Geld die vierte Dimension?« fragte Tatarski.

Chanin nickte.

»Und nicht nur das«, sagte er. »Vom Standpunkt der monetaristischen Phänomenologie ist es die Substanz, aus der die Welt besteht. Es hat in Amerika einen Philosophen Robert M. Pirsig gegeben, der behauptete, die Welt bestünde aus moralischen Werten. Das konnte einem damals in den Sechzigern so vorkommen: The Beatles, LSD und so. Seitdem hat sich vieles geklärt. Schon mal was vom Streik der Kosmonauten gehört?«

»Mir ist so«, antwortete Tatarski, der sich tatsächlich entsann, etwas darüber in der Zeitung gelesen zu haben.

»Unsere Kosmonauten kriegen zwanzig-, dreißigtausend Dollar pro Flug. Die Amis kriegen zwei- bis dreihunderttausend. Da haben unsere gesagt: Nein, zu dreißig Mille fliegen wir nicht, wir wollen zu dreihundert fliegen wie die anderen. Was sagt uns das? Es sagt uns, die fliegen nicht etwa zu den Blinkepünktchen in unbekannten Fernen, sondern zu konkreten Summen in harter Währung. Das liegt in der Natur des Kosmos. Und die Nichtlinearität von Raum und Zeit besteht darin, daß wir und die Amis dieselbe Menge Brennstoff verfliegen und dieselbe Menge Kilometer und landen doch bei völlig verschiedenen Summen. Das ist eines der fundamentalen Rätsel des Universums.«

Chanin verstummte plötzlich und zündete sich eine Zigarette an; er schien das Gespräch beenden zu wollen.

»Na dann. An die Arbeit.«

»Kann man das mal lesen?« fragte Tatarski und nickte zu dem Schreibtischfach hin, wo Chanin seinen geheimen Leitfaden deponiert hatte. »Zur Hebung der Allgemeinbildung?«

»Es kommt der Tag«, sagte Chanin und lächelte honigsüß.

Doch auch ohne geheime Leitfäden gewann Tatarski allmählich Einblick in die kommunikativen Strukturen im Zeitalter des virtuellen Busineß. Indem er beobachtete, wie seine Arbeitskollegen sich verhielten, hatte er schnell heraus, was aller Kommunikation zugrunde lag: »Schwarze PR« hieß es im Jargon, Chanin benutzte vorzugsweise die Langform – »black public relations«. Als Tatarski dem Ausdruck zum erstenmal begegnete, kam er ihm seltsam anachronistisch vor: »Black public relations, uniting all nations ...«, hörte er im Geiste sogleich einen Nachwuchsbarden vom Literaturinstitut im Brustton singen. Dabei steckte in diesem Piratenwort kein Funken Romantik, und auch alle negativen Konnotationen, mit denen es Scientologen und andere Ron-Hubbard-Epigonen eine Zeitlang befrachtet hatten (jede gegen sie geführte Medienattacke war ihnen »black PR«), schienen längst passé.

Das Gegenteil war der Fall. Werbung hing wie Haken und Öse mit dem Umlauf von Black Cash zusammen – was sich letztlich über alles Menschenwerk in den kalten russischen Weiten sagen ließ. Konkret bedeutete dies zweierlei. Erstens hintergingen Journalisten gern einmal die Blätter, für die sie schrieben, und ließen sich Black Cash zuschieben von Leuten, die scheinbar ganz zufällig in ihr Blickfeld geraten waren – und nicht nur der Restaurantbetreiber mußte löhnen, wenn er wollte, daß man seinen Laden mit dem Maxim verglich, sondern ebenso Autoren, die Wert darauf legten, mit García Márquez verglichen zu werden, wovon im übrigen der Grat zwischen Literatur- und Restaurantkritik immer schmaler und schattenhafter wurde. Zweitens betrogen Werbetexter mit Vorliebe ihre Agenturen, indem sie sich von ihnen Kunden besorgen ließen, mit denen sie dann hinter dem Rücken des Chefs Abmachungen trafen. Kaum spürte Tatarski ein wenig festen Boden unter den Füßen, betrat er schüchtern auch dieses Feld – und hatte sogleich Erfolg.

Anstandslos kaufte ein Zwischenhändler für Diesel-Jeans

den bestellten Entwurf, den Tatarski nach russischen Folkloremotiven gestaltet hatte: eine grobe, fast wie ein Volksbilderbogen geschnitzte Arbeit à la Nje-Cola für Nikola. Folgende Szene: Auf blühender Wiese vor großem Heuschober stehen zwei dicke, schnurrbärtige Kerle, beide splitternackt (da grummelte wohl noch das ferne Echo eines gescheiterten Tramps westwärts); Halme im Brusthaar deuten darauf hin, daß die Herren soeben dem Schober entstiegen sind. Ihre Scham mit Händen bedeckend, schauen sie bedeppert in die Kamera. Der Text lautete:

Tschuk und Gek, die Stiesel,
Teilen sich das Liesel.
Doch jetzt ist das Liesel weg.
Und die Diesel auch. O Schreck!

Normalerweise bekam es Tatarski immer nur mit irgendwelchen Rädchen im PR-Getriebe zu tun, diesmal aber wurde er sogleich durchgewinkt zum Teilhaber der Firma, die sich anschickte, Subexklusivvertreiber für Diesel zu werden. Vor ihm saß ein verschlossener, korrekter junger Mann, der die zwei mitgebrachten Seiten ein um das andere Mal las, sich räusperte, nachdachte und dann der Sekretärin Anweisung gab, den Vertrag vorzubereiten. Eine halbe Stunde später stand Tatarski verblüfft wieder auf der Straße, in der Innentasche seines Jacketts klemmte ein Kuvert, darin zweieinhalbtausend Dollar in bar und der Vertrag, mit dem Tatarski der Firma des jungen Mannes alle Rechte auf sein Meisterwerk vorbehaltlos übertrug.

Der Deal war, an den neuen Zeiten gemessen, einfach phantastisch zu nennen. Bemüht, seine Glückssträhne nicht aus den Fingern zu lassen, verfertigte Tatarski unverzüglich ein weiteres Stück aus derselben Reihe. Der Inhalt war geschmacklos (was den Marktwert ja nicht herabsetzte), die folkloristische Umsetzung konnte nicht platt genug sein:

Ein Collier, ach, von De Beers ...
Michail, besorgst du mir's?
Und ein Armreif von Armani.
Heissa! Vögeln kann der Dani!

Es war ein hundertprozentiger Klon - bis hin zu der Tatsache, daß der Markenname einen vulgären Reim nach sich zog. Überhaupt das Reimen: Tatarski konnte es sich kaum mehr vorstellen, noch vor kurzem mit der ewigen Suche nach sinnlosen Reimen beschäftigt gewesen zu sein, von denen sich die Poesie der Marktwirtschaft längst verabschiedet hatte. Man mochte es einfach nicht glauben: War das Leben vor Jahren wirklich so nachgiebig und zu nichts verpflichtend gewesen, daß man seine mentalen Kräfte kilowattweise in absolut unverkäuflichen, toten Pirouetten des Geistes verausgaben konnte?

Der Vierzeiler No. 2 tönte jedenfalls übertrieben genug, daß er - nach allen irrationalen Begriffen, die das Moskauer Leben steuerten - glatt hätte durchgehen müssen. Doch irgendwie wollte es ihm nicht gelingen, bis zu den De-Beers-Vertretern vorzudringen, nicht einmal in ihre PR-Abteilung; bei jedem Sprungversuch hatte Tatarski immer nur das Gefühl, mit den Händen in ein höflich schweigendes Vakuum zu greifen. Armani, so stellte sich heraus, hatte überhaupt nicht vor, in Moskau für sich werben zu lassen, da die Firma hier keine einzige Boutique betrieb. So baumelte die rustikale Bijouterie an Tatarskis Gewissen wie weiland der Dichter Jessenin an der Kofferschnur, der fruchtbare folkloristische Frühlingsregen in seinem Kopf hörte auf.

Und der Zufall wollte es, daß Tatarski zwei Monate später auch noch die kränkenden Umstände zu seinem vorigen Husarenstück erfuhr: Der Diesel-Händler in spe hatte ihn vermutlich nicht deshalb so üppig entlohnt, weil er den Entwurf tatsächlich verwenden wollte, sondern aus Gründen der Mystik und des Aberglaubens. Sein Partner und Hauptfinanzier hieß nämlich wirklich Tschuk (mit vollem Namen: Tschukowski), und das Honorar für Tatarski war der Versuch, sich vom bösen und durchtriebenen Schamanen, der zu viel wußte, loszukaufen. Tatarski hingegen hatte sich mit der Nachricht zu trösten, daß Tschukowski & Partner nun echt ohne Diesel dastanden - das Rennen um den Subvertrieb hatten andere gemacht.

Schwarze PR (Pi-Ar!), so Tatarskis allmählich reifende Erkenntnis, war nicht einfach nur eine Existenzform natürlichen Lebens auf Proteinbasis in Zeiten der vierten Gewalt, sie war ein weitläufigeres und komplexeres Phänomen. Doch fügten sich diverse Ahnungen über das wahre Wesen der Erscheinung noch in kein ganzes und klares Bild. Etwas fehlte. Sein Büchlein füllten chaotische Eintragungen:

Public relations - Beziehungen von Menschen untereinander. Menschen wollen Geld verdienen, um frei zu sein oder wenigstens zeitweise von ihrem permanenten Leiden erlöst zu werden. Wir Copywriter rütteln die Realität vor den Augen der Zielgruppe so zurecht, daß ihr mal ein Bügeleisen, mal eine Damenbinde »mit Flügeln«, mal eine Fruchtlimonade als Inbegriff der Freiheit erscheint. Dafür bezahlen sie uns. Wir dampfen ihnen das via Bildschirm ein, und sie dampfen es sich gegenseitig ein, und wir kriegen es von ihnen eingedampft - das ist wie eine radioaktive Verseuchung, wo am Ende auch nicht mehr wichtig ist, wer die Bombe gezündet hat. Jeder will jedem beweisen, daß er die Freiheit erlangt hat, und am Ende tun wir schon nichts anderes mehr, als unter dem Deckmantel von Geselligkeit und Freundschaft einander Trenchcoats, Handys und Cabrios mit Ledersitzen aufzuschwatzen. Ein Teufelskreis. Und dieser Teufelskreis heißt »Schwarze PR«.

Tatarski war so in seine Betrachtungen zum Wesen der Erscheinung vertieft, daß er sich nicht wunderte, als Chanin ihn eines Tages auf dem Gang anhielt, am Jackettknopf zu sich heranzog und sagte:

»Ich sehe, du hast dazugelernt. Mit schwarzer PR scheinst du jedenfalls keine Probleme mehr zu haben.«

»Fast keine mehr!« rutschte es Tatarski wie von selbst heraus, da er eben über dieses Thema nachgedacht hatte. »Mir fehlt nur noch irgendwie die Mitte.«

»Die kannst du von mir haben. Was dir fehlt, ist die Einsicht, daß black public relations nur in der Theorie existieren. In Wirklichkeit gibt es nur graue PR.«

»Ach was?« Tatarski wurde hellhörig. »Das ist ja ein Ding. Und was heißt das ganz praktisch?«

»Ganz praktisch heißt das, daß wir zwei noch eine Rechnung offen haben.«

Tatarski zuckte zusammen. Der Wust von Gedanken, der seinen Kopf benebelte, zog augenblicklich ab. Erschreckende Klarheit trat ein.

»Was meinen Sie?« fragte er hoffnungslos.

Chanin packte ihn beim Arm und zog ihn den Gang entlang.

»Du hast von den Diesels vier Zentner Grüne bekommen, stimmt's?«

»Ja«, erwiderte Tatarski unsicher.

Ganz leicht bog Chanin die gestreckten Mittel- und Ringfinger der freien Hand – gerade so weit, daß der berühmte nonverbale Diskurs des neuen Rußland erkennbar wurde; gerade so weit, daß man dem Frieden noch trauen durfte.

»Jetzt paß mal auf«, raunte er. »Solange du hier arbeitest, startest du unter meiner Flagge. Und zwar in jeder Beziehung. Deshalb steht auf der Rechnung, daß zwei Zentner Grüne mir gehören. Oder hast du vor, auf den freien Markt zu wechseln?«

»Äh, ja ... Ich meine, das tue ich doch gern«, Tatarski stammelte wie unter Schock, »ich meine, ich würde auf keinen Fall wollen. Das heißt, ich wollte sowieso. Teilen, meine ich. Ich wußte nur nicht, wie ich es Ihnen sagen sollte.«

»Tu dir bloß keinen Zwang an. Sonst könnte man noch auf falsche Gedanken kommen. Weißt du was? Besuch mich doch heute abend zu Hause. Wir trinken ein Gläschen und schwatzen. Kannst die Kohle gleich mitbringen.«

Chanins Wohnung war groß und frisch renoviert. Die Eichentüren mit Schnitzwerk und goldenen Beschlägen beeindruckten Tatarski am meisten – weil das Holz nämlich schon gerissen war und fingerbreite Spalten aufwies, die schlecht und recht mit Kitt zugeschmiert waren. Bei seiner Ankunft war Chanin bereits betrunken. Er schien bester Laune. Als Tatarski ihm noch auf der Schwelle den Umschlag entgegenstreckte, runzelte er die Stirn und winkte ab, als würde ihn soviel Übereifer kränken, doch im Ausschwingen der Geste riß er Tatarski den Umschlag aus der Hand und steckte ihn weg.

»Komm!« sagte er. »Lisa hat uns was gekocht.«

Lisa war groß, ihr Gesicht von irgendwelchen kosmetischen Schabungen gerötet. Sie bewirtete Tatarski mit Kohlrouladen, die er seit frühester Kindheit verabscheute. Um seinen Widerwillen niederzuringen, trank er viel Wodka, und als sie beim Nachtisch angelangt waren, hatte er Chanins Alkoholpegel beinahe erreicht, wodurch die Unterhaltung deutlich flüssiger wurde.

»Was haben Sie da bloß hängen?« fragte Tatarski und deutete zur Wand.

Es war die Reproduktion eines Plakats aus Stalinzeiten: schwere rote Banner mit gelben Quasten, zwischen denen sich in fröhlichem Blau der Turm des Universitätsgebäudes abhob. Das Plakat konnte gut zwanzig Jahre älter sein als Tatarski, doch der Druck schien frisch.

»Das? Hat ein Bursche aus unserem Büro auf dem Computer gemacht, dein Vorgänger übrigens. Siehst du, da wo Hammer und Sichel waren und der Stern, hat er Coca-Cola und Coke hingesetzt.«

»Tatsache!« staunte Tatarski. »Das gleiche Gelb!«

»Man muß genau hinsehen. Das Plakat hing früher bei mir überm Schreibtisch, aber die Jungs haben schief geguckt. Maljuta nahm die Coca-Cola übel und Serjosha die Fahnen. Ich mußte es abhängen und mit nach Hause nehmen.«

»Was – Maljuta? Der hat doch selber überm Tisch die schärfsten Sprüche hängen. Haben Sie gesehen, was er gestern angeklebt hat?«

»Nein, noch nicht.«

»Da steht: *Genosse! Wie hältst du es mit dem Geld?* Okay, das ist ein Impuls, den man noch versteht. Aber dann: *Pogrom ist Programm. Marke ist Quark.*«

»Ja, und?«

Tatarski hatte das Gefühl, daß Chanin an derlei Sentenzen nichts auszusetzen fand. Und plötzlich schien es ihm, als hätte er selbst daran nichts auszusetzen.

»Marke ist Quark – was soll das heißen?«

»Quark? Weißt du nicht, was Quark ist? So heißt bei uns, was die Profis in Amerika »brand essence« nennen. Der konzentrierte Ausdruck sämtlicher Imagepolitik für eine bestimmte Marke. Der Quark von Marlboro ist Freiheit und Abenteuer. Der Quark von Parliament ist der Jazz. Und so weiter. Kennst du das wirklich nicht?«

»Doch, doch, natürlich. Für wen halten Sie mich. Nur dieser komische Ausdruck war mir neu.«

»Tja, was willst du machen«, sagte Chanin. »Hier in Asien drückt man sich manchmal komisch aus.«

Tatarski stand auf.

»Wo ist bei Ihnen die Toilette?« fragte er.

»Von der Küche aus die nächste Tür.«

Beim Eintreten prallte Tatarskis Blick auf das Großphoto eines Brillantcolliers mit der Aufschrift *De Beers. Diamonds are forever*, welches der Tür gegenüberhing. Das haute ihn schon wieder ein bißchen um; einige Sekunden brauchte er, sich zu entsinnen, wozu er die Toilette aufgesucht hatte. Als er es wieder wußte, riß er einen Streifen Toilettenpapier ab und schrieb:

1) Brand essence (Quark). In alle Konzeptionen einfügen anstelle »psychologische (Heraus-)Kristallisation«.
2) Betr. Parliament mit Panzern auf der Brücke: Slogan austauschen! Anstelle *Dulcis fumus patriae:* All That Jazz.

Er steckte das Blatt in die Brusttasche, zog aus konspirativen Gründen die Spülung und kehrte in die Küche zurück, wo er dicht vor das Plakat mit der Rotbanner-Cola trat.

»Faszinierend«, sagte er. »Als wär's dafür gemacht, he?«

»Und ob! Wundert dich das? Weißt du, wie Werbung auf spanisch heißt?« Chanin bekam den Schluckauf. »Propaganda. Du und ich, wir sind ideologische Mitarbeiter, falls du das noch nicht gemerkt hast. Propagandisten und Agitatoren. Bei dem Verein hab ich übrigens schon früher gearbeitet. Im Zentralkomitee vom Jugendverband. Die Jugendfreunde sind heute alle Bankiers, bloß ich bin ... Na, ich kann dir sagen: Eine Perestroika habe ich nicht nötig gehabt. Früher hieß es: Der einzelne ist nichts, das Kollektiv ist alles. Und heute: Image ist nichts. Durst ist alles. Agitprop bleibt Agitprop. Wörter sind austauschbar.«

Bei Tatarski ging plötzlich eine rote Lampe an. Er setzte sich wieder.

»Ach, sagen Sie, sind Sie da vielleicht auch außerhalb aufgetreten – auf Aktivtagungen und so?«

»Ja. Warum?«

»In Firsanowka?«

»Da auch.«

»Dann weiß ich Bescheid«, sagte Tatarski und kippte einen Wodka. »Die ganze Zeit kam Ihr Gesicht mir bekannt vor, ich bin nicht drauf gekommen, woher. Damals hatten Sie aber noch keinen Bart.«

»Sag bloß, dich haben sie da auch hingeschickt?« fragte Chanin mit belustigtem Staunen.

»Ein einziges Mal«, erwiderte Tatarski. »Da sind Sie mit einem Mordskater die Bühne raufgetigert, wie das graue Elend, ich dachte: Ein Wort, und er kotzt.«

»Na, na! Halt dich zurück, in Gegenwart meiner Frau. Aber es stimmt, wir sind eigentlich bloß zum Saufen hingefahren. Goldene Zeiten.«

»Ja, und dann – von wegen! Eine gepfefferte Rede haben Sie gehalten, Mann! Ich wollte damals gerade am Literaturinstitut anfangen. Das Ganze hat mich richtig runtergezogen. Ich hab Sie beneidet. Weil, mir war klar: So mit Worten jonglieren, das lerne ich nie. Kein bißchen Sinn, aber haut so rein, daß du kapierst. Nicht das, was der da vorne sagt – der sagt ja nichts und will nichts sagen, nein: Du kapierst das Leben. Dazu waren diese Aktivtagungen ja auch da, denke ich. Ich hatte an dem Abend eigentlich ein Sonett schreiben wollen, statt dessen hab ich mich betrunken.«

»Und worum ging es in der Rede, weißt du das noch?« fragte Chanin. Man merkte, die Erinnerung war ihm angenehm.

»Irgendwas vom siebenundzwanzigsten Parteitag, die Bedeutung und so.«

Chanin räusperte sich.

»Ich denke, Jugendfreunde und Komsomolaktivisten«, sprach er mit lauter und sonorer Stimme, »ich denke, ich muß euch nicht erklären, warum die Beschlüsse des siebenundzwanzigsten Parteitages nicht nur bedeutsam, sondern richtungweisend für uns sind. Nichtsdestoweniger läßt sich feststellen, daß der methodologische Unterschied zwischen diesen beiden Begriffen sogar unseren Propagandisten und Agitatoren hin und wieder Schwierigkeiten bereitet. Dabei seid ihr, Propagandisten und Agitatoren, die Architekten des morgigen Tages, und bezüglich des Planes, nach dem wir unsere Zukunft zu erbauen gedenken, können wir und könnt ihr euch Unklarheiten nicht leisten, denn ...«

Sein heftiger Schluckauf ließ ihn den Faden verlieren.

»Jawohl!« jubelte Tatarski. »Ich erinnere mich genau. Das Faszinierende war, daß Sie eine geschlagene Stunde den Unterschied zwischen bedeutsamen und richtungweisenden Beschlüssen erläuterten, und jede einzelne These leuchtete sofort ein. Nur wenn man versuchte, zwei von den Thesen auf einmal zu fassen, stand man wie vor einer Wand. Ging nicht. Und mit eigenen Worten sagen ging auch nicht. Andererseits, wenn ich bedenke ... Weiß man eigentlich, was *Just do it!* bedeutet? Und worin der methodologische Unterschied zu *Just be!* besteht?«

»Sag ich doch!« sagte Chanin und schenkte Wodka nach. »Ist nicht!«

»Trinkt doch nicht so schnell, Männer!« ließ die bis dahin stumme Lisa sich hören. »Wenigstens könnte einer mal einen schönen Trinkspruch aufsagen.«

»Genau, einen Trinkspruch, hick!« sagte Chanin. »Aber richtungweisend, nicht bloß bedeutsam. Von Jugendfreund zu Kommunist, daß das klar ist!«

Sich an der Tischkante festhaltend, stand Tatarski auf. Er sah auf das Plakat, grübelte einen Moment, hob das Glas und sprach:

»Genossen! Ertränken wir die russische Bourgeoisie – im schönsten Imagequark!«

Die babylonische Marke

Als Tatarski nach Hause kam, fühlte er sich energiegeladen wie lange nicht mehr. Chanins Entpuppung hatte die ganze jüngere Vergangenheit in eine so merkwürdige Perspektive geschoben, daß sich in dieser Nacht unbedingt noch etwas Großartiges ereignen mußte. Auf der Suche nach der Attraktion ging Tatarski eine ganze Weile in seinen Gemächern um, bis ihm die Briefmarke einfiel, die er im *Arme Leute* erworben hatte. Sie mußte noch am alten Platz im Schreibtisch liegen – die ganze Zeit war er nicht dazu gekommen, sie sich einzuverleiben, und ein bißchen bange war ihm davor sowieso.

Er trat also zum Tisch, zog die Lade auf und betrachtete die Marke eingehend. Das Gesicht mit dem Spitzbart grinste ihn an. Der geheimnisvolle Fremde trug eine sonderbare Kopfbedeckung, etwas zwischen Helm und Kappe, mit schmal umgeschlagenem Rand. Der Kappe nach, überlegte Tatarski, wahrscheinlich ein Narr. Es konnte also heiter werden. Weiter überlegte er nicht, steckte die Marke einfach in den Mund und zermahlte sie zwischen den Zähnen zu einem winzigen Klümpchen Brei, das er verschluckte. Dann legte er sich auf das Sofa und wartete.

Aber einfach so dazuliegen langweilte ihn. Er stand auf, begann zu rauchen und lief erneut durch die Wohnung. Als er vor dem Wandschrank stand, kam ihm ein Gedanke: Er hatte nach jener abenteuerlichen Landpartie noch nicht wieder in den Tiamat-2-Hefter geschaut. Ein klassischer Fall von Verdrängung – kein einziges Mal war er auf seinen Vorsatz zurückgekommen, die darin liegenden Texte zu Ende zu lesen, ohne daß er hätte behaupten können, es vergessen zu haben. Und genauso war es ihm mit der Briefmarke gegangen – so als wären beide Gegenstände für den besonderen Moment reserviert gewesen, der unter normalen, geregelten Lebensumständen nie eintritt. Tatarski nahm den Schnellhefter vom obersten Brett und ging damit ins Wohnzimmer zurück. Der Hefter enthielt viele aufgeklebte Photographien. Eine fiel beim Öffnen des Hefters heraus, er bückte sich und hob sie auf.

Abgebildet war das Fragment eines Steinreliefs: ein Stück Himmel mit eingemeißelten Sternen. Im unteren Teil, vom Bildrand abgeschnitten, gab es zwei erhobene Hände zu sehen. Die Sterne waren, wie sie sein mußten: uralt, riesengroß und lebendig. Solche, wie sie den Menschen schon lange nicht mehr leuchteten, die steinernen Helden vorsintflutlicher Bildhauereien hatten sie für sich allein. Wobei es wohl nicht die Sterne waren, die sich seither geändert hatten, sondern die Menschen. Jeder Stern bestand aus einem Kreis in der Mitte sowie acht spitzen Strahlen, zwischen denen sich symmetrische Bündel von Schlängellinien drängten.

Tatarski fiel auf, daß die Linien einen schwachen, schillernden rot-grünen Widerschein besaßen, wie das Bild eines schlecht justierten Monitors. Die glänzende Oberfläche des Photos hatte zudem einen Regenbogenglanz angenommen, der vom Bild selbst ablenkte. Es geht los! dachte Tatarski. Ging ja wirklich schnell.

Tatarski fand die Seite, von der sich das Photo gelöst hatte, fuhr mit der Zunge über den eingetrockneten Kaseinleimfleck und klebte es wieder an. Dann blätterte er die Seite vorsichtig um und strich sie mit der Handfläche glatt, damit daß Photo besser haftete. Währenddessen fiel sein Blick auf das nachfolgende Photo, und der Hefter entglitt beinahe seinen Händen.

Das Photo zeigte das Gesicht, das auf der Marke gewesen war. Zwar aus einem anderen Winkel aufgenommen, mehr von der Seite, doch es gab keinen Zweifel.

Es handelte sich um eine Gesamtansicht des Reliefs vom vorherigen Photo. Tatarski erkannte die Stelle mit den Sternen sofort wieder. Letztere waren nun klein und fielen wenig auf; die erhobenen Hände aber gehörten, wie sich herausstellte, zu einer winzigen Menschenfigur auf dem Dach eines Hauses, erstarrt in der Pose des Entsetzens.

Die zentrale Figur, deren Gesicht Tatarski bereits kannte, war um ein Mehrfaches größer als die auf dem Dach und die, die es außerdem gab. Der Mann hatte diesen Spitzhelm auf dem Kopf und ein rätselhaftes, etwas trunkenes Lächeln auf den Lippen. Der Gesichtsausdruck, wie die alte Darstellung ihn verewigt hatte, war skurril, beinahe absurd - jedenfalls so vertraut, daß Tatarski hätte glauben wollen, das Relief wäre nicht vor drei Jahrtausenden in Ninive, sondern Ende letzten Jahres in Jerewan oder Kalkutta entstanden. Statt eines spatenförmigen, symmetrisch gelockten Wallebarts, wie er sich für einen alten Sumerer gehörte, hatte der Mann ein paar mickrige Fransen am Kinn, und wenn es eine Ähnlichkeit festzustellen gab, dann mit Kardinal Richelieu, Uncle Sam und Väterchen Lenin.

Tatarski blätterte hastig um und stieß auf den zugehörigen Text:

Enkidu (sumer., »Enki schuf«) - Gott und ursprüngl. Fischer, Diener des Gottes Enki (Herrscher der Erde). Schutzgott der Großen Lotterie, Hüter der Teiche und Kanäle; überliefert sind außerdem an E. gerichtete Beschwörungen wider verschiedene Erkrankungen des Verdauungstraktes. Aus Lehm erschaffen wie Adam im A.T. - die tönernen Täfelchen mit den Lotteriefragen galten als das Fleisch des Enki und der in seinem Tempel bereitete, rituell verabreichte Trunk als dessen Blut.

Das Lesen fiel Tatarski schwer, der Sinn erreichte ihn kaum, die Buchstaben tanzten, schillerten und blinkten in allen Regenbogenfarben. Also sah er sich lieber noch einmal die Abbildung der Gottheit genauer an. Enkidu war in einen mit lauter ovalen

Plättchen besetzten Umhang gehüllt, seine Hände hielten zwei Bündel Schnüre, die fächerartig zur Erde führten; es ließ an Gulliver denken, den die liliputanische Armee auf diese Weise zu fesseln versucht hatte. Teiche und Kanäle, wie sie Enkidu von Amts wegen zu behüten hatte, kamen auf dem Bild nicht vor – er lief durch eine brennende Stadt, deren drei- oder vierstöckige Häuser ihm bis zur Hüfte reichten. Zu seinen Füßen hingestreckt lagen Körper mit immer gleich ausgebreiteten Armen – bei ihrem Anblick mußte sich Tatarski den unzweifelhaften Zusammenhang zwischen sumerischer Kunst und sozialistischem Realismus eingestehen. Das interessanteste Detail waren die von Enkidus Händen wegführenden Schnüre. Jede lief auf ein großes Rad zu, in dessen Mitte ein Dreieck mit grob hineingezeichnetem Auge prangte. Auf die Schnüre waren Menschenkörper gefädelt – wie die Fische, die Tatarski als Junge zum Trocknen auf die Sehne gezogen hatte.

Auf der nächsten Seite gab es einen anderen Ausschnitt aus dem Relief, diesmal mit den Menschlein auf der Schnur. Tatarski bekam ein flaues Gefühl im Magen. Das Relief führte in abscheulichem Naturalismus vor, wie jedes Seil durch die Körper hindurchging, nämlich zum Mund hinein und zum After heraus. Die Arme mancher Leute waren zur Seite geworfen, andere gegen den Kopf gepreßt, in den Zwischenräumen schwebten großköpfige Vögel. Tatarski versuchte weiterzulesen:

Der Überlieferung zufolge saß Endu, Gemahlin des Gottes Enki (in anderer, weniger wahrscheinlicher Version seine weibliche Hypostase, gelegentlich auch mit der Ischtar-Figur identifiziert), einmal am Ufer eines Kanals und ließ Schnüre mit schillernden Perlen durch die Hände gleiten, ein Geschenk ihres Gemahls. Die Sonne schien kräftig, und Endu ward vom Schlaf übermannt. Die Schnüre fielen ihr aus den Händen ins Wasser, die Perlen glitten von den Schnüren und versanken. Hierauf beschlossen die Perlen, daß sie Menschen waren. Sie siedelten sich auf dem

Grund des Gewässers an. Bald schon hatten sie eigene Städte, Könige und Götter. Da nahm Enki einen Klumpen Lehm und formte daraus einen Fischer. Er hauchte ihm Leben ein und nannte ihn Enkidu. Alsdann händigte er ihm eine Spindel mit goldenem Faden aus, hieß ihn tauchen und die Perlen einsammeln. Da dem Namen Enkidu der Name des obersten Herrschers eingeschrieben ist, verfügt er über außerordentliche Kraft, die Perlen mußten sich dem göttlichen Willen beugen, gehorsam fädelten sie sich auf den goldenen Faden auf. Einige Interpretatoren meinen, Enkidu sammele die Seelen der Toten und überführe sie auf diesen Schnüren ins Totenreich – so gesehen, ließe er sich der kulturübergreifenden Figur eines Fährmanns ins Jenseits zuordnen.

In späteren Zeiten kam Enkidu die Funktion des Hüters der Märkte und der Bediensteten zu; etliche Darstellungen sind überliefert, wo Händler und Staatsdiener Enkidu um Beistand ersuchen. Diese Anbetungen enthalten regelmäßig die Bitte, »die Starken auf dem goldnen Faden zu erhöhen« und ihnen »Enlils Glanz auf Erden angedeihen zu lassen« (s. *Enlil*). Im Enkidu-Mythos sind eschatologische Motive unübersehbar: An dem Tag, da Enkidus Faden alles Lebendige auf Erden vereint, wird das Leben aufhören, denn es hat sich zu Perlen im Geschmeide der großen Göttin zurückverwandelt. Dieses für die Zukunft verheißene Ereignis wird mit dem Weltende gleichgesetzt.

Ein schwierig zu deutendes, in mehreren Quellen ausgeführtes Detail der Legende beschreibt, wie die Menschenperlen Enkidus Schnüre emporkriechen. Sie gebrauchen hierfür nicht ihre Hände – mit diesen bedecken sie Augen und Ohren bzw. wehren die weißen Vögel ab, die sie von den Schnüren rupfen wollen. Die Schnur wird erklommen, indem man zunächst das Ende des Fadens verschluckt und sich sodann abwechselnd mit Mund und After anklammert. Wie und woher dieses pantagruelische Motiv in den Enkidu-Mythos fand, ist nicht geklärt; es könnte sich um Rudimente eines anderen, nicht überlieferten Mythos handeln.

Besondere Aufmerksamkeit verdienen auch die Räder, an denen Enkidus Fäden enden. In der Darstellung kreuzen sich Mythos und Realität: Die Räder der altsumerischen Streitwagen waren tatsächlich mit dreieckigen, außen angeschlagenen Bronzescheiben arretiert. Die aufgezeichnete, an ein Auge gemahnende Figur symbolisiert die Spindel, die den goldenen Faden aufspult. Das Rad steht für die Bewegung; wir haben es also mit einer »automatischen« Spindel des Gottes Enki zu tun (vgl. z.B. den Faden der Ariadne oder die »Felgen voller Augen um und um« in den Gesichten des Propheten Hesekiel). Der Name Enki ist von solcher Macht, daß die eine ursprünglich existierende Spindel den Menschen glauben macht, es wären ihrer endlos viele.

Tatarski bemerkte ein Leuchten im Halbdunkel des Zimmers. Er vermutete einen von der Straße heraufgeworfenen Lichtschein und stand auf, um aus dem Fenster zu spähen. Dort war nichts Augenfälliges zu entdecken. Statt dessen sah er das Spiegelbild seines Sofas in der Fensterscheibe und staunte: Die abgewrackte Lagerstatt, die er schon so oft hatte auf den Müllplatz hinuntertragen und abfackeln wollen, erschien im Spiegel wie das Highlight eines unbekannten und wunderschönen Interieurs. Kaum war er ins Innere des Zimmers zurückgekehrt, sah er den Lichtschein aus dem Augenwinkel erneut. Er ließ den Blick wandern, das Licht wanderte mit, als wäre es ihm auf die Hornhaut gebrannt. Ach! freute sich Tatarski, ich bin auf dem Trip. Seine Aufmerksamkeit rückte auf diesen Punkt, konnte sich dort nur einen Augenblick halten – genug jedoch, damit sein Geist ein Ereignis zu fassen bekam, das nun allmählich ins Bewußtsein trat, sich abzuzeichnen begann wie ein Photo in der Wanne mit dem Entwickler.

Es war Sommer. Er stand auf der Straße einer Stadt, die voller einförmiger Häuser war. Über allem ragte ein Turm: Fernsehturm, konischer Fabrikschornstein oder sonst etwas, es war schwer zu entscheiden, weil auf der Spitze eine Fackel brannte, deren Licht blendete und deren Hitze die Luft vibrieren ließ, so daß die Konturen sich verzerrten. Zu sehen war, daß der untere Turmteil einer Stufenpyramide ähnelte; weiter oben, im weißen Licht, ließen sich keine Details ausmachen. Tatarski fühlte sich an die Gasfackeln in den Erdölraffinerien erinnert – nur waren dort die Flammen nicht so hell.

Auf der Straße und in den weit geöffneten Fenstern der Häuser standen reglos die Menschen. Alle schauten sie hinauf zu dem weißen Feuer. Auch Tatarski legte den Kopf in den Nacken und wurde sofort emporgerissen. Er fühlte, daß das Feuer ihn anzog – wenn er nicht gleich wegsah, würde die Flamme ihn an sich reißen und verbrennen. Ihm war, als wüßte er plötzlich so manches über dieses Feuer. Er wußte, daß vor ihm schon viele dorthin gegangen waren, sie waren es, die ihn hinter sich herzogen. Er wußte, daß es noch viele gab, die nur dorthin gelangen würden, wenn sie ihm folgen konnten, sie drängten von hinten nach. Tatarski befahl sich, die Augen zu schließen. Als er sie wieder öffnete, war der Turm an eine andere Stelle gerückt.

Und er sah, daß es kein Turm war – es war eine große, die Stadt überragende menschliche Figur. Was er für eine Pyramide gehalten hatte, ließ sich nun als ein weit fallendes Gewand ansehen, einem Umhang ähnlich. Quelle des Lichts war der spitz zulaufende Helm auf dem Kopf der Figur. Deutlich sah Tatarski die Gesichtszüge und etwas wie einen blitzenden Rammsporn anstelle des Kinnbarts. Er war auf Tatarski gerichtet – und dieser begriff, daß er Gesicht und Helm nur deshalb zu sehen meinte, weil das Feuer ihn ansah, und in Wirklichkeit war gar nichts Menschliches daran. In dem auf ihn gerichteten Blick lag eine Aufforderung; doch noch bevor Tatarski hätte darüber nachsinnen können, was denn zu sagen oder zu fragen gewesen wäre und ob er überhaupt etwas sagen oder fragen wollte, hatte die Figur ihm schon selbst Antwort gegeben und den Blick abgewandt. Da, wo eben noch Gesicht und Helm gewesen waren, erneuerte sich der vorige, gleißende Schein, und Tatarski senkte den Kopf.

Nun sah er neben sich zwei Menschen stehen: einen alten Mann im Hemd mit aufgesticktem Anker und einen Jungen im schwarzen Fußballertrikot. Sie hielten sich bei den Händen und schauten hinauf; kein Zweifel, daß sie schon nahe daran waren, zu schmelzen und diesem Feuer zuzufließen, ihre Körper, wie auch die Straße und die ganze Stadt, waren nichts als Schatten.

Zuletzt, bevor das Bild ganz erlosch, schien es Tatarski noch, als brannte das Feuer, das er da sah, nicht in der Höhe, sondern irgendwo unten; es war, als hätte er sich in das Spiegelbild der Sonne in einer Pfütze verguckt und vorübergehend vergessen, daß dies nicht der Ort war, wo die Sonne sich wirklich befand. Wo die Sonne sich wirklich befand und was das überhaupt war, die Sonne, wußte er also nicht, dafür wußte er etwas anderes, das war seltsam: Nicht die Sonne spiegelte sich in der Pfütze, nein, umgekehrt, alles – Straße, Haus, andere Häuser, andere Menschen, er selbst – spiegelte sich in der Sonne, und die konnte gar nichts dafür, sie hatte nicht einmal eine Ahnung davon.

Dieser Gedanke mit Pfütze und Sonne machte Tatarski glücklich; vor Entzücken und Ergebenheit brach er in Lachen aus. Alle Probleme im Leben, all das, was ihm unlösbar und schrecklich vorgekommen war, hatte aufgehört zu existieren – die Welt war für den Augenblick so verwandelt wie sein Sofa im Spiegel des Fensterflügels.

Tatarski kam wieder zu sich. Er saß auf dem Sofa – die Seite noch zwischen den Fingern, die er gerade hatte umblättern wollen. In seinen Ohren pulsierte ein Wort, das er nicht kannte: Sirruch, vielleicht auch Sirruf. Das war sie: die Antwort, die die Figur gegeben hatte.

»Sirruch ... Sirruf ...«, repetierte er. »Nie gehört.«

Das eben noch genossene Glück war einer großen Bestürzung gewichen. Ihm schien, daß man derlei nicht wissen durfte, da man nicht wußte, wie mit solchem Wissen zu leben war. Vielleicht bin ich der einzige, der es weiß? dachte er nervös. Dann kann es unmöglich sein, daß ich mit diesem Wissen weiter hier herumlaufen darf. Wenn ich es nun jemandem weitersage? Obwohl – wenn ich der einzige bin, wer sollte es mir dann erlauben oder verbieten? Moment mal: Was ist es überhaupt, das ich weitersagen könnte?

Tatarski überlegte. Ihm fiel nichts Besonderes ein. Hätte er dem betrunkenen Chanin erzählen sollen, daß sich nicht die Sonne in der Pfütze, sondern die Pfütze in der Sonne spiegelte und es also keinen Grund zur Traurigkeit gab? Gewiß, erzählen hätte er es können, aber ... Tatarski kratzte sich im Nacken. Ihm fiel ein, daß dies schon die zweite derartige Offenbarung in seinem Leben war. Nach der üppigen Fliegenpilzmahlzeit an Girejews Seite hatte er eine Erkenntnis von gleicher Wichtigkeit gehabt, die ihm anschließend leider wieder entfallen war. Im Gedächtnis geblieben waren dürre, nichtssagende Worte, die diese Wahrheit vorgeblich in sich bargen: Es gibt keinen Tod, weil die Kugel bleibt, wenn die Fäden verschwinden.

»Mein Gott!« murmelte er. »Wie schwer es doch ist, die Dinge beieinanderzuhalten.«

»Das ist wohl wahr«, ließ eine leise Stimme sich hören. »Offenbarungen jedweder Länge und Breite stoßen früher oder später auf Worte. Und Worte können nur auf sich selber stoßen.«

Die Stimme kam Tatarski bekannt vor.

»Wer ist da?« fragte er, sich im Zimmer umsehend.

»Sirruf ist da«, erwiderte die Stimme.

»Soll das ein Name sein?«

»This game has no name«, sagte die Stimme. »Es ist eher eine Funktion.«

Tatarski war bereits eingefallen, wo er die Stimme gehört

hatte: auf der Militärbaustelle im Wald. Dieses Mal sah er den Sprechenden – besser gesagt, ihn sich vorzustellen brauchte weder Zeit noch Mühe. Zunächst sah er einen Hund vor sich: eine Art Jagdhund, jedoch mit unglaublichen Krallen an den mächtigen Pfoten und einem langen, aufrechten Hals. Gedrungener Kopf, dreieckige Ohren, ein nettes, spitzbübisches Schnäuzchen und ein kleiner, kokett sich kräuselnder Schopf obenauf. Wie es aussah, lagen seitlich auch noch zwei Flügel an. Bei näherem Hinschauen mußte Tatarski sich korrigieren: Das Tier war so groß und so obskur, daß man wohl eher von einem Drachen sprechen konnte, zumal es von buntschillernden Schuppen bedeckt war (das Schillern schien sich übrigens auf beinahe alle Gegenstände im Zimmer zu übertragen). Doch trotz seines reptilischen Äußeren ging von dem Geschöpf so viel Gutmütigkeit aus, daß Tatarski keinen Schreck bekam.

»Alles stößt auf Worte«, bekräftigte der Sirruf. »Die tiefste Offenbarung, die meines Wissens einen unter Drogen stehenden Menschen je heimgesucht hat, wurde von einer kritischen Dosis Äther hervorgerufen. Der Empfänger fand in sich die Kraft, sie niederzuschreiben, was äußerst schwierig war. Das Notat lautet: *Im ganzen Universum stinkt es nach Erdöl.* Von solcher Tiefe bist du noch weit entfernt. Aber gut, das ist alles Schöngeisterei. Sag mir lieber, wo du die hübsche Marke herhattest?«

Tatarski sah den Briefmarkensammler mit seinem Album aus dem *Arme Leute* vor sich. Gerade wollte er Auskunft geben, da kam ihm der Sirruf schon zuvor:

»Grischa. Der Philatelist. Das hab ich mir gedacht. Wieviel hatte er davon?«

Tatarski sah die Albumseite mit den drei fliederblauen kleinen Quadraten im Klarsichttütchen vor sich.

»Alles klar«, sagte der Sirruf. »Zwei hat er also noch.«

Danach verschwand er, und Tatarski kam zur Besinnung. Er hatte jetzt eine Vorstellung, wie es einem im sogenannten Delirium tremens erging, von dem er bei den russischen Klassikern des neunzehnten Jahrhunderts so viel gelesen hatte. Er hatte keinerlei Kontrolle über seine Halluzinationen. Und es war völlig ungewiß, wohin ihn der nächste zufällige Gedanke werfen würde. Ihm wurde angst. Er stand auf, ging rasch ins Bad, hielt den Kopf unter den Wasserstrahl und ließ ihn dort so lange, bis die Kälte zu schmerzen anfing. Er rieb sich die Nässe aus den Haaren und kehrte ins Zimmer zurück, wo er noch einmal das Spiegelbild im Fenster studierte. Jetzt wirkte die vertraute Einrichtung wie eine düstere Dekoration zu einem bevorstehenden Grusel, das Sofa in der Mitte wie ein Opferaltar für Großvieh.

Wozu mußte ich diesen Dreck einwerfen? dachte er voller Reue.

»Das frage ich mich auch!« sagte der Sirruf, der sich aus einer unbekannten Dimension seines Bewußtseins zurückmeldete. »Man sollte überhaupt keine Drogen nehmen. Psychedelika am allerwenigsten.«

»Weiß ich selbst«, erwiderte Tatarski leise. »Inzwischen.«

»Der Mensch hat seine Welt, in der er lebt«, sagte der Sirruf im Oberlehrerton. »Der Mensch ist ein Mensch, weil er außer dieser Welt nichts weiter sieht. Wenn du eine Überdosis LSD nimmst oder dich an Pantherpilzen überfrißt, was nun wirklich das Letzte ist, dann gehst du ein hohes Risiko ein. Du verläßt die Menschenwelt – und hättest du gewußt, wie viele unsichtbare Augen dir in diesem Moment zusehen, du hättest es niemals getan. Und sähest du nur einen winzigen Teil derer, die dir zusehen, du stürbest vor Angst. Mit dieser Handlung zeigst du an, daß es dir nicht genügt, Mensch zu sein, daß du ein anderer sein möchtest. Aber um kein Mensch mehr zu sein, muß man sterben. Willst du sterben?«

»Nein«, erwiderte Tatarski und legte inbrünstig die Hand auf die Brust.

»Und was für ein anderer möchtest du sein?«

»Ich weiß nicht«, sagte Tatarski kleinlaut.

»Sag ich doch. Wenn es wenigstens eine Briefmarke aus dem sonnigen Holland gewesen wäre. Aber das, was du da eingeworfen hast, ist etwas völlig anderes. Das ist ein Sonderpassierschein, ein Dienstausweis – wer das schluckt, kommt in eine Zone, wo es nichts zu lachen gibt. Und wo man nicht einfach herumlungern kann. Was ist dein Auftrag? Hast du überhaupt einen?«

»Nein«, bekannte Tatarski.

»Um den Philatelisten geht es nicht, den haben wir uns vorgeknöpft. Der ist krank, wie alle Sammler. Und den Ausweis hatte er versehentlich in seinem Album stecken. Aber wieso hast du ihn geschluckt?«

»Ich wollte den Herzschlag des Lebens spüren«, sagte Tatarski und schluchzte.

»Den Herzschlag des Lebens? Aha. Nur zu!« sagte der Sirruf.

Als Tatarski das nächste Mal zu sich kam, hatte er nur den einen Wunsch: das, was er eben durchgemacht und für dessen Beschreibung er keine Worte hatte, sondern nur das blanke Entsetzen, sollte sich in seinem Leben nie, nie wiederholen. Dafür war er zu allem bereit.

»Nachschlag gefällig?« fragte der Sirruf.

»Nein«, sagte Tatarski, »bitte nicht. Nie wieder werde ich diesen Dreck in den Mund nehmen. Ehrenwort.«

»Dein Ehrenwort kannst du dir für den Revierwachtmeister aufheben. Falls du den morgigen Tag erlebst.«

»Was heißt das?«

»Was es heißt. Du müßtest wenigstens wissen, daß der Ausweis für fünf Personen galt. Und du bist hier allein. Falls du nicht zu fünft bist.«

Als Tatarski das nächste Mal zu sich kam, hielt er es selbst für unwahrscheinlich, diese Nacht zu überleben. Eben war er noch zu fünft gewesen, und allen fünfen ging es so dreckig, daß Tatarski es für den Moment wie ein Glück erschien, in der Einzahl zu leben, und er fragte sich, wie blind die Menschen eigentlich waren, daß sie dieses Glück nicht zu würdigen wußten.

»Bitte«, barmte er, »tu mir das nicht mehr an.«

»Ich tue dir gar nichts an«, erwiderte der Sirruf. »Das tust du alles selbst.«

»Darf ich eine Erklärung abgeben?« bat Tatarski winselnd. »Ich weiß jetzt, daß ich einen Fehler gemacht habe. Ich weiß, daß ich den Turm zu Babel nicht hätte anschauen dürfen. Aber ich konnte ja nicht ...«

»Turm zu Babel? Was soll der denn jetzt?« unterbrach ihn der Sirruf.

»Ich habe ihn gerade gesehen.«

»Den Turm zu Babel kann man nicht sehen«, beschied der Sirruf. »Man kann ihn ersteigen – das ja. Ich muß es wissen, ich bin schließlich dort Wächter. Was du gesehen hast, war das direkte Gegenteil. Der Krater zu Karthago, könnte man sagen. Das sogenannte Tophet.«

»Was ist Tophet?«

»Eine Opferstätte. Solche Gruben gab es in Tyrus, Sidon, Karthago und anderswo, dort haben sie tatsächlich Menschen verbrannt. Deshalb ist Karthago auch zerstört worden, das nur nebenbei. Ein anderer Name ist Gehenna – nach dem Tal, wo sie die Show im Altertum zum erstenmal veranstaltet haben. Ich könnte dir noch erzählen, daß die Bibel diesbezüglich von den Greueln der Ammoniter spricht, aber du hast die Bibel ja nie richtig gelesen, surfst nur in ihr herum nach irgendwelchen Werbesprüchen.«

»Ich verstehe gar nichts.«

»Gut. Dann sagen wir einfach: Tophet ist ein anderes Wort für TV.«

»Verstehe ich trotzdem nicht. Soll das heißen, ich bin im Fernsehen gewesen?«

»Gewissermaßen. Du hast den technischen Raum gesehen,

in dem unsere Welt abgefackelt wird. Eine Müllverbrennungsanlage, könnte man sagen.«

An der Peripherie seines Horizonts gewahrte Tatarski wieder die Figur mit den glänzenden Schnüren in Händen. Den Bruchteil einer Sekunde lang.

»War es vielleicht der Gott Enkidu?« fragte er. »Über den habe ich gerade gelesen. Ich weiß sogar, was das für Schnüre sind, die er hält. Als die Perlen vom Geschmeide der Großen Göttin Menschen zu sein beschlossen und sich am Grund des Kanals ansiedelten ...«

»Also erstens ist es kein Gott. Das am allerwenigsten. Und Enkidu ist ein eher seltener Name für ihn, man kennt ihn als Baal. Beziehungsweise Balu. In Karthago wollten sie ihn mit Kinderopfern abspeisen, aber das war sinnlos, er macht keine Kompromisse und läßt sie alle nacheinander ins Feuer gehen. Zweitens haben nicht die Perlen beschlossen, daß sie Menschen sind, sondern die Menschen wollten Perlen sein. Und der, den du Enkidu nennst, sammelt diese Perlen auf und verbrennt sie, damit sie endlich merken, daß sie keine Perlen sind. Kapiert?«

»Nein. Was sollen dann diese Perlen?«

Sirruf ließ sich Zeit mit der Antwort.

»Wie soll ich es dir erklären. Die Perlen sind das, was dein Che Guevara als Identität bezeichnet.«

»Und woher sind diese Dinger plötzlich aufgetaucht?«

»Sie sind überhaupt nicht aufgetaucht. Es gibt sie in Wirklichkeit gar nicht.«

»Was brennt dann?« fragte Tatarski ungläubig.

»Nichts.«

»Versteh ich nicht. Wo ein Feuer ist, muß etwas sein, das brennt. Irgendeine Materie.«

»Du hast doch Dostojewski gelesen?«

»Was?«

»Na, der mit der zitternden Kreatur.«

»Ich weiß, wer Dostojewski ist. Ich kann ihn, ehrlich gesagt, nicht leiden.«

»Solltest du aber. In einem seiner Romane gibt es einen Staretz Sossima, der mit frommer Scheu über ein materielles Feuer spekuliert. Ich begreife nicht, was ihn daran so ängstigt. Ein materielles Feuer – nichts anderes ist unsere Welt. Das Feuer, in dem ihr schmort, muß unterhalten werden. Und du gehörst zum Unterhaltungssektor.«

»Zum Unterhaltungssektor?«

»Na, etwa nicht? Als Werbetexter bist du einer von denen, die die Leute zwingen, in die Flamme des Konsums zu sehen.«

»Die Flamme des Konsums. Was wird da konsumiert?«

»Die Frage ist nicht, was, sondern wer. Der Mensch denkt immer, er ist der Konsument. Dabei ist es die Flamme des Konsums, die ihn verzehrt und ihm dafür ein paar magere Freuden bereitet. Das ist wie dieser Safer Sex, von dem ihr ja nicht genug haben könnt, sogar wenn ihr allein seid. Eine ökologisch saubere Technologie zur Müllverbrennung. Aber das begreifst du sowieso nicht.«

»Wer soll denn nur dieser Müll sein, wer? Doch nicht der Mensch?«

»Der Mensch ist seiner Natur nach herrlich und groß«, sagte der Sirruf. »Beinahe so herrlich und groß wie ein Sirruf. Nur daß er es nicht weiß. Und der Müll ist die Ahnungslosigkeit. Der Anschein von Identität. Der Mensch, solange er lebt, wohnt der Müllverbrennung seiner Identität bei. Immer noch besser, sich an dem Feuerchen zu wärmen, als leibhaftig darin zu schmoren, nicht wahr?«

»Warum soll einer ins Feuer gucken und zusehen, wie sein Leben verbrennt?«

»Ihr wißt ja doch nicht, was ihr mit eurem Leben anfangen sollt. Und ihr könnt hingucken, wohin ihr wollt, immer guckt ihr in das Feuer, in dem euer Leben verbrennt. Daß man euch Fernseher und Supermärkte hinstellt statt Krematorien, ist ein

Akt der Barmherzigkeit. Die Funktion ist die gleiche, und darauf kommt es an. Außerdem ist das Feuer nur so eine Metapher. Gesehen hast du es, weil du den Passierschein für die Müllverbrennungsanlage geschluckt hast. Die Mehrheit begnügt sich mit dem Bildschirm.«

Danach war der Sirruf weg.

»He!« rief Tatarski.

Keine Antwort. Tatarski wartete noch eine Minute, ehe er begriff, daß er mit seinem auseinanderdriftenden Verstand allein war. Ablenkung tat not.

»Jemanden anrufen!« flüsterte er. »Bloß wen? Girejew! Der wird Rat wissen.«

Lange nahm keiner ab. Beim fünfzehnten oder zwanzigsten Rufton schließlich meldete sich Girejews mürrische Stimme:

»Hallo.«

»Andrej? Grüß dich. Tatarski am Apparat.«

»Weißt du, wie spät es ist?«

»Hör mal«, fing Tatarski hastig zu erklären an, »ich sitze in der Patsche. Zuviel Acid geschluckt. Das Fünffache, sagen die Experten. Jetzt komm ich nicht mehr runter von der Geisterbahn. Was soll ich machen?«

»Was du machen sollst? Weiß ich doch nicht, was du machen sollst. Ich rezitiere in solchen Fällen immer ein Mantra.«

»Kannst du mir das borgen?«

»Wie denn borgen. Das funktioniert nur mit Einweihung durch den Lama.«

»Gibt's nicht auch was ohne?«

Girejew dachte nach.

»Warte einen Moment.« Er legte den Hörer auf den Tisch.

Minutenlang lauschte Tatarski den fernen Geräuschen, die der elektrische Wind ihm durch den Draht ins Ohr blies. Erst waren Gesprächsfetzen zu hören, wobei eine gereizte Frauenstimme längere Zeit Paroli bot; am Ende wurde alles von schrillem, forderndem Kindergebrüll übertönt.

»Schreib auf«, meldete Girejew sich schließlich wieder. »Om melafefon be vakasha. Ich buchstabiere: Oh ... Emm ...«

»Ich hab's schon«, sagte Tatarski. »Was heißt das?«

»Unwichtig. Konzentriere dich auf den Klang, hörst du? Hast du Wodka im Haus?«

»Ich glaub, da war noch welcher. Zwei Flaschen.«

»Die kannst du locker wegtrinken. Verträgt sich sehr gut mit dem Mantra. Nach einer Stunde ist alles vorbei. Ich ruf dich morgen wieder an.«

»Danke. Sag mal, wer heult da?«

»Mein Sohn.«

»Du hast einen Sohn? Wußte ich nicht. Wie heißt er?«

»Namhai«, antwortete Girejew unzufrieden. »Bis morgen.«

Tatarski legte auf und stürzte in die Küche, während er die empfangene Zauberformel schnell vor sich hersagte. Er holte eine Flasche Absolut, leerte sie in drei Zügen zu je einem randvollen Glas, spülte mit kaltem Teesud nach. Dann ging er ins Bad – ins Wohnzimmer zurückzukehren, fürchtete er sich. Auf dem Wannenrand sitzend, mit starrem Blick zur Tür, raunte er:

»Om melafefon be vakasha, om melafefon be vakasha.«

Der Satz war ein derartiger Zungenbrecher, daß für keinen anderen Gedanken Platz blieb. Es verstrichen ein paar geruhsame Minuten, in denen sich der Alkoholrausch als warme Woge im Körper ausbreitete. Tatarski hatte sich schon fast wieder in der Gewalt, da bemerkte er das bekannte Flimmern in den Augenwinkeln; er ballte die Fäuste und flüsterte sein Mantra schneller, doch der neue Flash war nicht mehr aufzuhalten.

Wo er eben noch die Badtür gesehen hatte, schien eine kleine Leuchtrakete detoniert zu sein, und als die orangerote Feuerkugel verglüht war, stand vor ihm ein brennender Busch. Seine Zweige brannten lichterloh, so als wäre er zuvor mit Benzin übergossen worden; die breiten, sattgrünen Blätter schienen jedoch unter dem Feuer nicht zu leiden. Tatarski beging den Fehler, näher hinzusehen, und schon streckte sich ihm aus der

Mitte des Busches eine geballte Faust entgegen. Tatarski schwankte und wäre um ein Haar nach hinten in die Wanne gekippt. Die Faust öffnete sich. Tatarski erblickte auf dem Handteller vor seiner Nase eine kleine, feuchte, picklige Gurke.

Als der Busch weg war, wußte Tatarski nicht mehr, ob er nach der Gurke gegriffen hatte oder nicht, jedenfalls hatte er einen deutlich salzigen Geschmack im Mund. Vielleicht war es auch nur das Blut von der aufgebissenen Lippe.

»Girejew, dein Mantra klemmt«, flüsterte Tatarski und ging in die Küche.

Er trank noch ein bißchen Wodka (wozu er sich überwinden mußte), betrat das Wohnzimmer und schaltete den Fernseher ein. Festliche Musik erklang, der blaue Fleck auf dem Bildschirm schwamm auseinander, verwandelte sich in ein Bild. Irgendein Konzert wurde übertragen.

»Herr-r-r, mein Gott, ich sch-r-rie zu dir!« schmetterte, die aufgerissenen Augen rollend, ein Mann mit gepudertem Gesicht, Fliege und perlmuttglänzender Weste unter dem Frack. Beim Singen ruderte er seltsam mit der Hand, so als würde er von einem unsichtbaren Strom Höhenluft hinweggetragen.

Tatarski klickte auf die Fernbedienung, der Typ mit der Fliege erlosch. Ob ich mal bete? dachte er. Wer weiß, vielleicht wirkt es. Er mußte an den Mann auf dem Steinrelief denken, der die Arme gen Sternenhimmel reckte.

Er trat in die Mitte des Zimmers, kniete mühsam nieder, faltete die Hände vor der Brust und hob den Blick zur Decke.

»Herr, mein Gott, ich schrie zu Dir«, begann er leise, »ich bin vor Dir schuldig. Ich führe ein schlechtes, ein falsches Leben, ich weiß. Doch im Grunde meiner Seele will ich nichts Böses, ehrlich. Und diesen Dreck nehme ich nie wieder. Ich, ich möchte so gern glücklich sein, und es will einfach nicht klappen. Vielleicht geschieht es mir recht. Ich kann ja nichts anderes als schlechte Werbesprüche verzapfen. Aber Dir, mein Gott, schreibe ich einen guten! Ehrenwort. Die positionieren Dich doch ganz falsch. Keiner von denen blickt durch. Zum Beispiel dieser letzte Spot, mit dem Geld für diese Kirche gesammelt werden soll. Da steht so eine Omi mit der Spendenbüchse am Straßenrand, und erst wird ihr ein Rubel reingesteckt aus einem klapprigen Saporoshez, und dann kommt einer mit dem Mercedes vorgefahren und steckt hundert Dollar rein. Was sie damit ausdrücken wollen, ist klar, aber die Positionierung ist bescheuert. Einer, der im Mercedes sitzt, stellt sich doch nicht hinter einem Saporoshez an, da lachen ja die Hühner. Und Zielgruppe Nummer eins sind nun mal die Mercedes-Fahrer, eine Spende von denen bringt genauso viel wie tausend milde Saporoshez-Gaben. So geht das nicht. Warte!«

Er kämpfte sich von den Knien in den Stand, wankte zum Tisch, ergriff den Kugelschreiber und schrieb in hüpfenden Krakeln:

Plakat/TV-Spot:

Lange, weiße Limousine vor der Erlöserkirche. Die hintere Tür geöffnet, Lichtkegel von drinnen. In ihm erscheint eine Sandale, die knapp vor dem Asphalt haltmacht, dazu eine Hand auf dem Türgriff. Kein Gesicht zu sehen. Nur das Licht, das Auto, die Hand und der Fuß. Slogan:

JESUS CHRISTUS
Ein solider Herr für solide Herren.

Variante: Fünfsternehotelzimmer. Carrara-Marble-Tisch mit Laptop. Auf dem Bildschirm erscheint die Meldung: *Transaction confirmed.* Neben dem Computer: zum Röllchen gedrehter Hundertdollarschein und Hotelzimmerbibel, dreisprachig. Slogan:

SHINING WORD FOR YOUR SHINING WORLD!

Wie im Fieber klemmte Tatarski hinter das Wort Variante eine Eins und schrieb weiter.

Variante 2, anderes Setting: Privatflugzeug, Börsenhalle, Manhattan Penthouse, Côte d'Azur etc. Anstelle der Bibel sehen wir den Erlöser höchstselbst im Lichte Seiner Heiligkeit die Kamera halten. Slogan:

FIRST-CLASS LORD FOR YOUR HAPPY LOT.

Tatarski ließ den Stift fallen, richtete die verweinten Augen zur Decke.

»Herr, mein Gott, gefällt es Dir?« fragte er leise.

Bubi Wowa

Die Liebe Gottes zu den Menschen äußert sich in dem großartigen, in Worte nicht zu fassenden »Es geht ja doch«-Prinzip. »Es geht ja doch« kann eine Menge bedeuten: zum Beispiel, daß dieses Prinzip, obwohl es absolut nicht zu fassen ist, doch gefaßt und doch geäußert werden kann. Und zwar unendlich viele Male, und jedesmal vollkommen neu, davon lebt die Poesie. So ist sie, die Liebe Gottes. Und was hat der Mensch zu erwidern?

Tatarski erwachte schweißgebadet. Warum durch die Fenster so viel erbarmungsloses weißes Licht auf seinen Kopf niederschlug, wußte er nicht. Dunkel erinnerte er sich, im Schlaf geschrien zu haben, wohl auch, daß er sich vor irgendwem zu rechtfertigen gehabt hatte – die üblichen Alpträume während harter Landung. Und die Landung war diesmal so knochenhart und fundamental, daß man auf die erlösenden hundert Gramm Wodka gar nicht erst zu hoffen brauchte. An die sowieso nicht zu denken war, der bloße Gedanke an Alkohol führte zu Würgereflexen. Er konnte von Glück reden, daß die Liebe Gottes in jenem irrational-mystischen Erscheinungszustand, in dem sie ihre zitternden Flügel über Rußland gebreitet hielt (also sprach und pries sie der große Wenedikt Jerofejew), sich seiner leidenden Seele bereits angenommen hatte.

Weich zu landen ging ja doch. Dafür gab es eine spezielle Methode, die man »die Lokomotive« nannte. Generationen von Alkoholikern hatten sie immer mehr verfeinert; Tatarski war eines Morgens nach kolossalem Besäufnis von einem Petersburger Esoteriker eingeweiht worden. Die Methode gehe auf den Meister Gurdjieff zurück, erläuterte der Mann, man zähle sie zu den sogenannten Wegen des schlauen Mannes. Dabei habe man sich als Maschine zu betrachten, ausgerüstet mit Rezeptoren, Nervenenden und einem höheren Kontrollzentrum; letzteres signalisiere, wenn jegliche Zuführung von Alkohol zu sofortigem Erbrechen führt. Was tut der schlaue Mann? Er überlistet die Rezeptoren seiner Maschine. Praktisch sah das Ganze so aus: Man nimmt den Mund voll Limonade. Hierauf gießt man ein Glas voll Wodka und führt es sich an die Lippen. Sodann schluckt man die Limonade, und noch während die Rezeptoren der Zentrale melden, daß Limonade kommt, kippt man den Wodka hinterher. Der Körper schafft es nicht, rechtzeitig zu reagieren, weil sein Geist einigermaßen lahmt. Doch gebe es eine Winzigkeit zu beachten, sagte der Mann. Bahnt man dem Wodka nicht mit Limonade den Weg, sondern mit Coca-Cola, liegt die Wahrscheinlichkeit zu kotzen bei fünfzig Prozent. Und bei Verwendung von Pepsi-Cola kotzt man unweigerlich.

Wäre doch was fürs Werbekonzept! dachte Tatarski grimmig, während er die Küche aufsuchte. In einer der Wodkaflaschen fand sich noch ein Rest. Er goß ihn in ein Glas und drehte sich zum Kühlschrank um: Daß dort außer Pepsi nichts zu finden sein mochte (diesbezüglich blieb er den Idealen seiner Generation treu), war ein angsteinflößender Gedanke. Glücklicherweise lag im unteren Fach noch eine Büchse 7-Up-Limonade; jemand hatte sie irgendwann zum Wodka mitgebracht.

»Seven-Up«, flüsterte Tatarski und leckte sich die trockenen Lippen. »The Uncola.«

Die Operation glückte. Er kehrte ins Wohnzimmer zurück, trat zum Tisch und fand dort einige krakelig beschriebene Blätter vor. Der gestrige Anfall religiösen Hochgefühls hatte augenscheinlich eine ganze Serie von Texten hervorgebracht, Tatarski konnte sich nicht erinnern, sie niedergeschrieben zu haben. Obenan stand in noch halbwegs akkuraten Druckbuchstaben das folgende:

COCKTAIL »EWIGES LEBEN«
Mensch! Begehre nichts für dich selbst!
Wenn die Massen zu dir kommen,
gib dich ihnen hin ganz ohne Vorbehalt.

Du sagst, du wärest noch nicht bereit?
Wir glauben, morgen wirst du es sein!
Und bis dahin: BOMBAY SAPHIRE –
auf Tonic, Juice oder einfach einem Würfel Eis.

So ging es fröhlich weiter; am Ende stand ein Slogan, den ihm die Große Himmelsagentur übermittelt haben mußte, als das letzte Stadium des Rausches erreicht war – es dauerte mehrere Minuten, bis Tatarski seine eigenen Krakel entziffert hatte. Jedenfalls mußte der Gipfel der Anbetungsekstase überschritten gewesen sein, die Rückkehr zum pragmatischen Rationalismus war erfolgt:

Do it yourself, motherfucker.
REEBOK

Das Telefon klingelte. Chanin! durchzuckte es Tatarski, während er zum Hörer griff. Doch es war Girejew.

»Babi! Wie geht's?«

»Geht so«, erwiderte Tatarski.

»Entschuldige wegen gestern. Dein Anruf kam ziemlich spät. Meine Frau war sauer. Hast du es hinter dir?«

»Mehr oder weniger.«

»Weißt du, was ich dir noch erzählen wollte? Dich als Profi wird das interessieren. Wir hatten gerade Besuch von einem Lama – Urgan Dshambon Tulku der Siebte, von der Gelugpa-Sekte. Er hat eine Vorlesung gehalten – zum Thema Werbung. Ich hab einen Mitschnitt auf Kassette, den geb ich dir mal. Er ist vom Hundertsten ins Tausendste gekommen, aber der

Hauptgedanke war interessant: Vom Standpunkt des Buddhismus hat Werbung nämlich einen ganz einfachen Sinn und Zweck. Sie soll überzeugen, daß der Verbrauch des beworbenen Produkts geradewegs zur erhabenen und guten Wiedergeburt führt. Und zwar nicht erst nach dem Tode, sondern gleich nach dem Verzehr. Ein bißchen Orbit sugar free kauen – willkommen im Club der Asura! Wrigley's in den Mund – und schon bist du ein Gott. Mit blendend weißen Zähnen.«

»Ich weiß, ehrlich gesagt, nicht, wovon du redest«, sagte Tatarski, den der abklingende Brechreiz immer noch beschäftigte.

»Na, der Lama meint, bei der Werbung komme es darauf an, die Leute mit anderen Leuten zu konfrontieren, denen man ansieht, daß sie schon eingewickelt worden sind und im Besitz materieller Güter ihre Seligkeit gefunden haben. Solche gebe es in Wirklichkeit nur in den Werbespots.«

»Wieso?« Tatarski kam den hüpfenden Gedanken seines Freundes schwer hinterher.

»Weil eigentlich gar nicht für Waren, sondern immer nur für das simple Glück auf Erden geworben wird. Immer zeigen sie die gleichen glücklichen Menschen, nur jeweils mit verschiedenen käuflichen Erwerbungen als Glücksbringer. Also geht der Mensch in den Laden und will Glück kaufen, was aber dort nicht im Angebot ist. Bei der Gelegenheit hat der Lama die Theorie eines gewissen Che Guevara kritisiert. Er sagte, dieser Che Guevara sei kein hundertprozentiger Buddhist und darum auch keine vollgültige Autorität für einen Buddhisten. Und die Welt habe ihm nichts zu verdanken als ein bißchen Geballer aus der Maschinenpistole – und das Logo. Wobei er ja von der Welt auch nichts geschenkt bekommen hat.«

»Du, halt mal die Luft an«, unterbrach ihn Tatarski. »Ich kann dir sowieso nicht folgen, mir brummt der Schädel. Sag mir lieber, was das gestern für ein Mantra war.«

»Das war kein Mantra«, erwiderte Girejew. »Das war ein Satz aus dem Hebräisch-Lehrbuch. Meine Frau lernt Hebräisch.«

»Deine Frau?« fragte Tatarski zurück, und er wischte sich die kalten Schweißtropfen von der Stirn. »Na ja. Du hast einen Sohn, dann wirst du wohl auch eine Frau haben. Und wieso lernt die Hebräisch?«

»Weil sie weg will. Sie hatte vor kurzem eine schreckliche Vision. Nicht auf nem Trip. Rein meditativ. Kurz gesagt, war da ein Stein, auf dem ne nackte Frau lag, und das war Rußland. Und da hat sich über sie, na ja, so ein Typ gebeugt, das Gesicht war nicht zu erkennen, aber einen schwarzen Uniformmantel hatte er an, mit Schulterstücken. Und der hat sie ...«

»Laß mal«, sagte Tatarski, »ich muß sonst kotzen. Ich ruf dich später wieder an.«

»Ist gut.«

»Ach, Augenblick noch. Wieso hast du mir diesen Lehrbuchsatz als Mantra verkauft?«

»Wieso nicht. In dem Zustand ist es völlig egal, was du aufsagst. Hauptsache Ablenkung und ausreichend Wodka dazu. Ein Mantra ohne Initiation kriegst du sowieso von niemandem.«

»Und was heißt der Satz?«

»Warte, ich seh mal nach. Hier steht er: *Od melafefon be vakasha*. Heißt: Noch eine Gurke, bitte. Ist doch geil, oder? Lupenreines Mantra. Wenn man aus dem Od ein Om macht und hinten noch ein Hum anhängt ...«

»Okay«, sagte Tatarski. »Mach's gut. Ich geh mal Bier holen.«

Der Morgen war kühl und klar; es schien Tatarski, als wehte ihn mit dieser Frische ein heimlicher Vorwurf an. Er trat vor die Haustür und blieb stehen, um zu überlegen. Zum Tag-und-Nacht-Laden zu gehen (bei den Trinkern vor Ort hieß er *Zum ewigen Rausch*), wo er sich für gewöhnlich mit krisenabfedernden Getränken eindeckte, hieß zehn Minuten Überlebenskampf hin und zehn zurück. Höchstens zwei Minuten brauchte er hingegen bis zu den Buden, wo er damals gejobbt und sich seither tunlichst nicht wieder blicken lassen hatte. Aber jetzt ging es nicht um flaue Gefühle im Magen, sondern darum, ob er weiterleben wollte oder nicht. Tatarski machte sich auf den Weg zu den Buden.

Einige von ihnen hatten schon geöffnet; eine Zeitungsauslage stand davor. Tatarski kaufte drei Büchsen Tuborg und ein Boulevardkäseblatt – letzteres der Anzeigenbeilage wegen, für die er selbst in ärgster Katerstimmung ein professionelles Interesse hegte. Die erste Büchse trank er im Stehen, während er die Zeitung durchblätterte. Die neueste Aeroflot-Reklame erregte seine Aufmerksamkeit: Ein Pärchen schritt eine Gangway hinauf, die in den Wipfel einer mit allerlei Paradiesfrüchten behängten Palme führte. Mann, sind die blöd! dachte Tatarski. Wer verzapft bloß solchen Unsinn? Da will zum Beispiel einer nach Nowosibirsk fliegen und kriegt das Paradies versprochen. Dabei will er dort bestimmt noch nicht hin – könnte immerhin sein, daß er vorher in Nowosibirsk was zu erledigen hat. Fehlte nur noch, daß sie ihre Flugzeuge demnächst auf Ikarus tauften.

Daneben fand sich eine ganzseitige Farbanzeige, die für das amerikanische Restaurant am Plostschad Wosstanija warb. Ein Photo zeigte den Eingang, über dem fröhliche Neonbuchstaben prangten:

BEVERLY KILLS
A CHUCK NORRIS ENTERPRISE

Tatarski faltete die Zeitung, legte sie über eine schmutzige Kiste, die zwischen den Buden stand, setzte sich und öffnete die zweite Büchse.

Ihm wurde augenblicklich leichter. Um nicht den Anblick der Umgebung ertragen zu müssen, heftete Tatarski den Blick auf die Büchse. Unter dem gelben Wort *Tuborg* war ein Bild zu sehen: Ein dicker Mann in Hosenträgern wischt sich mit einem weißen Tuch den Schweiß von der hohen Stirn. Er steht auf einem schmalen, bis hinter den Horizont führenden Pfad. Der Himmel ist strahlend blau. Kurzum: Das Bild war symbolisch derart überfrachtet, daß man sich wundern mußte, wie das dünne Dosenblech es aushielt. Aus Gewohnheit begann Tatarski an einem Slogan zu basteln.

Nähern wir uns der Sache! dachte er. Das Leben ist eine einsame Wanderschaft unter der sengenden Sonne. Der Weg, den wir gehen, führt nirgendwohin. Und wir wissen nicht, an welchem Punkt der Tod auf uns lauert. Sobald man daran denkt, wird alles auf der Welt nichtig und klein. Und dann kommt die Erleuchtung. Tuborg. Dem Schicksal ins Auge sehen! Oder: Tuborg. Think final.

Ein Teil des Slogans konnte englisch sein oder lateinisch, auf diesen Trichter war Tatarski ja schon bei seinen allerersten Arbeiten gekommen. Zum Beispiel: Wanderer, verweile! – wie war das doch gleich, irgend etwas mit viator, er konnte im *Geflügelten Latein* nachsehen. Er wühlte in den Taschen nach einem Stift, den Einfall zu notieren. Er fand keinen. Eben wollte Tatarski einen Passanten darum bitten, da sah er Hussein vor sich stehen.

Husseins Mundwinkel lächelten, seine Hände steckten tief in den samtenen Pluderhosen, die ölig glänzenden Augen waren ohne Ausdruck – er mußte sich gerade einen Schuß gesetzt haben. Äußerlich hatte er sich kaum verändert, war höchstens ein bißchen fülliger geworden. Auf seinem Kopf thronte eine kaukasische Pelzmütze.

Tatarski war die Bierdose aus der Hand gefallen; der symbolische Pfad schlängelte sich gelb über den Asphalt und wurde schnell zu einem dunklen Fleck. Die Gefühle, die ihn überkamen, fügten sich in das eben entworfene Tuborg-Werbekonzept gut ein – nur daß die Erleuchtung auf sich warten ließ.

»Gehen wir!« sagte Hussein und winkte Tatarski mit dem Finger.

Eine Sekunde schwankte Tatarski, ob er sein Heil in der Flucht suchen sollte; vernünftiger war, es nicht zu tun. Soweit er sich entsinnen konnte, waren Husseins Reflexe so beschaffen, daß er alles, was größer als ein Hund und kleiner als ein Auto war und sich schnell bewegte, automatisch als Zielscheibe ansah. Zwar konnte die Langzeitwirkung der Morphine und der Sufi-Musik in seiner Innenwelt inzwischen gravierende Veränderungen hervorgerufen haben, doch hatte Tatarski wenig Lust, die Probe aufs Exempel zu machen.

Husseins Wohnwagen sah auch nicht viel anders aus als früher – hinzugekommen waren blickdichte Vorhänge an den Fenstern und eine grüne Satellitenschüssel auf dem Dach. Hussein schloß auf und stieß Tatarski von hinten sanft zur Tür hinein.

Drinnen war es duster. Ein riesiger Fernseher lief – auf dem Bildschirm drei erstarrte Gestalten unter einer ausladenden Baumkrone. Das Bild zuckte leicht, was darauf hindeutete, daß der Apparat an einen Videorecorder mit gedrückter Pause-Taste angeschlossen war. Dem Fernseher gegenüber stand eine Sitzbank. Auf ihr saß, an die Wand zurückgelehnt, ein Mann in Klubjacke mit goldenen Knöpfen, der sich lange nicht rasiert zu haben schien. Er stank. Die rechte Hand und das rechte Bein hingen mit Handschellen an der Bank fest, was den Körper in einer wunderlichen, halbliegenden Stellung fixierte, die Tatarski an die anale Wow!-Pose eines Fluggastes der Busineß-Class auf einer bestimmten Korean-Air-Reklame erinnerte (wobei der Körper dort so gedreht war, daß man die Handschellen nicht sah). Bei Husseins Anblick ging ein Zucken durch den Mann. Hussein zog ein Handy aus der Tasche und ließ es den Angeketteten sehen. Der schüttelte den Kopf – und jetzt bemerkte Tatarski, daß sein Mund mit einem breiten, hautfarbenen Klebeband verklebt war; jemand hatte mit rotem Markierstift ein Grinsen darauf gemalt.

»Arschgeige«, brummte Hussein.

Er nahm die Fernbedienung vom Tisch und drückte eine Taste. Die Gestalten auf dem Bildschirm begannen sich träge zu rühren – der Recorder war auf Zeitlupe gestellt. Tatarski erkannte die Filmszene, sie hatte sich ihm wegen ihrer politischen Korrektheit eingeprägt. Der Film war eine russische Produktion, spielte in Tschetschenien und hieß, wenn er nicht irrte, *Der Gefangene im Kaukasus.* Ein junger Russe, Fallschirmjäger in dreckiger Uniform, äugte unsicher nach links und nach rechts, zwei glutäugige kaukasische Paramilitärs in Nationaltracht hielten ihn bei den Armen gepackt, und ein dritter, mit gleicher Mütze, wie Hussein sie trug, legte ihm einen langen, museumsreifen Säbel an die Kehle. Es folgten ein paar Großaufnahmen: die Augen des Fallschirmjägers, die Klinge, wie sie sich der gestrafften Haut anschmiegte (Tatarski vermutete ein gezieltes Zitat aus Buñuels *Andalusischem Hund* – wohl um die Jury in Cannes damit zu ködern); schließlich riß die Hand des Meuchlers den Säbel zurück. Im nächsten Moment sprang die Szene zum Anfang zurück: Erneut wurde der Säbel dem Opfer an den Hals gelegt. Das Band lief in Endlosschleife. Sofort hatte Tatarski das Gefühl, einen Werbefilm zu sehen, wie sie gern an Ausstellungsständen gezeigt werden. Und es *war* ein Werbefilm: Hussein hatte offenbar für die neuen Medien Feuer gefangen, er war dabei, sich mit Hilfe einer optischen Lösung im Bewußtsein des Kunden zu positionieren, er demonstrierte ihm, welche Serviceleistungen seine Firma anbot. Und der Kunde schien mit der Botschaft des Films und Husseins Firma als solcher bereits vertraut zu sein; er ließ den Kopf auf die Brust sinken.

»Guck hin, guck hin, verdammter Clown«, sagte Hussein, packte ihn bei den Haaren und drehte das Gesicht gewaltsam zum Bildschirm. »Dir wird bei mir das Lachen noch vergehen.«

Der arme Kerl stieß schwache, unartikulierte Laute aus; daß ihm dabei dieses Grinsen ins Gesicht geschrieben stand, weckte in Tatarski eine irrationale Antipathie.

Hussein ließ den Mann los, rückte die Mütze auf dem Kopf zurecht und wandte sich an Tatarski:

»Nur einen klitzekleinen Anruf müßte er erledigen. Will er nicht. Quält sich und andere. Gibt schon komische Menschen. Und du, wie geht's dir so? Siehst nicht gut aus. Entzug?«

»Nein«, sagte Tatarski. »Kommt vom Alkohol.«

»Na, sag das doch gleich.«

Hussein ging zum Safe, entnahm ihm eine Flasche Hennessy und zwei nicht besonders saubere Zahnputzgläser.

»Das Beste für die Gäste«, sagte er und goß ein.

Tatarski stieß mit ihm an und trank.

»Was machst du sonst?« fragte Hussein.

»Ich arbeite.«

»Wo?«

Er mußte etwas sagen. Und es mußte etwas sein, das Hussein davon abhielt, die Ablöse für den Ausstieg aus dem Geschäft zu verlangen. Denn Tatarski war gerade nicht flüssig. Seine Augen blieben auf dem Bildschirm hängen, wo einer dem Tod zum x-ten Mal ins Auge blickte. So fix nieten die einen um! dachte er. Und keiner legt einem Blumen aufs Grab.

»Willst du nicht sagen, wo?« fragte Hussein nach.

»Im Blumenbusineß«, sagte Tatarski unerwartet für sich selbst. »Bei den Aserbaidschanern.«

»Bei den Aserbaidschanern?« fragte Hussein ungläubig zurück. »Bei was für Aserbaidschanern?«

»Rafik«, gab Tatarski schlagfertig Auskunft. »Rafik und Eldar. Wir chartern einen Flieger, liefern Blumen nach hier, und rückwärts laden wir – na, du weißt schon. Das Chartern mache natürlich nicht ich. Ich bin mehr so Handlanger.«

»Ach so? Und wieso konntest du einem das nicht ordentlich erklären? Schmeißt einfach die Schlüssel hin?«

»Ich war besoffen«, sagte Tatarski.

Hussein dachte nach.

»Was soll man dazu sagen. An sich sind Blumen ja was Schönes. Ich hätte nichts gesagt, wenn du ordentlich Bescheid gegeben hättest, von Mann zu Mann. Aber so. So muß ich wohl mit deinem Rafik ein Wörtchen reden.«

»Er ist in Baku«, sagte Tatarski. »Eldar auch.«

An seiner Hüfte piepste der Pager.

»Wer?« fragte Hussein.

Tatarski schaute auf die Anzeige und sah Chanins Nummer. »Bloß ein Bekannter. Hat nichts zu tun mit ...«

Wortlos streckte Hussein die Hand aus, Tatarski legte den Pager gehorsam hinein. Hussein holte sein Handy hervor, wählte die Nummer und sah Tatarski vielsagend an. Am anderen Ende wurde abgenommen.

»Hallo«, sagte Hussein, »mit wem spreche ich? Chanin? Servus, Chanin. Die kaukasische Landsmannschaft am Apparat. Hussein ist mein werter Name. Ich muß dich leider mal stören, hier bei mir sitzt dein Freund Wladi, der hat ein Problem - er schuldet uns Geld. Weiß nicht, wo hernehmen. Ich soll dich anrufen - ob du ihm vielleicht aushelfen kannst. Kutschst du mit ihm Blumen durch die Botanik?«

Er zwinkerte Tatarski zu, horchte eine Minute oder zwei in den Apparat und sagte nichts mehr.

»Hä?« machte er schließlich und zog die Stirn in Falten. »Ich will wissen, ob du auch Blumen transportierst. Wie, metaphorische? Rose der Perser, was soll das sein? Ariosto? Kenn ich nicht. Wer? Wen? Na los, gib mir deinen Freund. Ja. Ich höre.«

Husseins Gesichtsausdruck ließ erkennen, daß am anderen Ende der Leitung unerhörte Dinge gesagt wurden.

»Das ist mir scheißegal, wer du bist«, versetzte Hussein nach längerer Pause. »Schick her, wen du willst. Ja. Von mir aus ein Panzergeschwader OMON-Wichser. Du mußt ihnen nur stecken, daß hier kein angeschossner Jungpionier aus Ruzkois letztem Aufgebot auf sie wartet, verstanden? Ach, du willst selber kommen? Komm nur, komm her. Schreib dir die Adresse auf.«

Hussein stellte das Telefon ab und sah Tatarski fragend an.

»Sagte ich doch. War nicht nötig«, meinte Tatarski.

Hussein grinste.

»Hast wohl Angst um mich? Fein von dir. Mußt du aber nicht haben.«

Er holte zwei Handgranaten aus dem Safe, bog die Sperrflügel an den Zündern ein wenig auf und steckte sich je eine in die Hosentaschen. Tatarski tat, als schaute er woandershin.

Eine halbe Stunde später kam wenige Meter vor Husseins Wohnwagen ein 600er Operettenmercedes mit getönten Scheiben zum Stehen. Tatarski klebte sofort am Spalt zwischen den Vorhängen. Zwei Männer stiegen aus: der eine ein zerzauster Chanin, der andere ihm unbekannt.

Nach allen distinktiven Wow!-Merkmalen zu urteilen, handelte es sich um einen Repräsentanten des sogenannten Mittelstands: bullige Figur und krebsrotes Killergesicht, wie man es von den Gebrauchtwagenmärkten am Südhafen kannte. Schwarze Lederjacke, protziges Goldkettchen, dazu Trainingshosen. Zog man allerdings das Auto in Betracht, so mußte er jenen Ausnahmefall verkörpern, wo einer sich vom Soldaten zum General hinaufgedient hat. Kurzer Wortwechsel mit Chanin. Jetzt kam er auf die Tür des Wohnwagens zu. Chanin blieb, wo er war.

Die Tür ging auf. Massig trat der Fremde ein, sein Blick fiel zuerst auf Hussein, dann auf Tatarski und schließlich auf den an die Bank geketteten Typen. Man sah ihm die Verblüffung an. Eine Sekunde stand er, ohne sich zu rühren, so als traute er seinen Augen nicht, dann tat er einen Schritt zur Bank hin, packte den Angeketteten bei den Haaren und schlug ihm zweimal kräftig den Kopf auf das Knie – es ging so schnell, daß der Mann nicht mehr dazu kam, mit der freien Hand sein Gesicht zu schützen.

»Hier steckst du also, du Schwein!« brüllte der Eindringling japsend, das Gesicht noch röter als zuvor. »Wir suchen dich seit vierzehn Tagen in der ganzen Stadt. Wolltest wohl bißchen Verstecken spielen, oder wie? Dich dünne machen, du beschissener kleiner Dealer?«

Tatarski und Hussein blickten sich an.

»He, übertreib mal nicht«, sagte Hussein irritiert. »Klar ist das ein Dealer, aber doch bitte schön *mein* Dealer.«

»Was?« Der Fremde ließ den blutüberströmten Kopf des Sitzenden fahren. »Deiner? Der war schon mein Dealer, da hast du in den Bergen noch Zicken gehütet.«

»Ich habe nie in den Bergen Zicken gehütet«, erwiderte Hussein gelassen. »Höchstens Böcke. Und wenn du hier rappelig werden willst, dann kriegst du von mir einen Ring durch die Nase gezogen, das sag ich dir ganz reell.«

»Was redest du da?« Der Fremde zog die Stirn kraus und knöpfte sich die Jacke auf, die am linken unteren Saum irgendwie beulte. »Was für'n Ring?«

»Den hier«, sagte Hussein und zog eine Handgranate aus der Hosentasche.

Der Anblick des aufgebogenen Sperrflügels holte den Fremden umgehend auf den Teppich zurück.

»Das Schwein schuldet mir Geld«, stellte er fest.

»Mir auch«, sagte Hussein und steckte die Granate wieder weg.

»Mir zuerst.«

»Nein. Zuerst mir.«

Eine Minute lang sahen die zwei einander in die Augen.

»Gut«, sagte der Fremde. »Wir sehen uns morgen und bereden das. Morgen abend um zehn. Wo?«

»Komm einfach her.«

»Abgemacht«, sagte der Fremde und bohrte seinen Finger in Tatarskis Brust. »Den Jungen nehm ich mit. Der gehört in meinen Stall.«

Tatarski sah zweifelnd zu Hussein hinüber und erntete ein mildes Lächeln.

»Geh nur, wir beide sind quitt. Dein Freund, denke ich, ist so freundlich und übernimmt die Zeche. Aber ganz davon abgesehen, besuch mich ruhig wieder mal. Bring Blumen mit, Rosen. Ich liebe Rosen.«

Hussein ließ den beiden den Vortritt und folgte dann selbst ins Freie. An die Wand seines Wagens gelehnt, zündete er sich eine Zigarette an. Nach zwei Schritten machte Tatarski kehrt.

»Ich hab mein Bier vergessen«, sagte er.

»Geh rein und hol's dir«, sagte Hussein.

Tatarski kehrte ins Wageninnere zurück und nahm die letzte Büchse Tuborg vom Tisch. Der an die Bank gefesselte Mann stöhnte, hob die Hand. Tatarski sah ein Fetzchen farbiges Papier darin stecken, griff zu und versenkte es eilig in der Jackentasche. Der Gefangene ließ noch ein leises Stöhnen hören, diesmal eine Oktave höher, drehte mit dem Finger eine unsichtbare Telefonwählscheibe und legte sich die Hand auf das Herz. Tatarski nickte und verließ den Wagen. Hussein, der rauchend vor der Tür stand, schien nichts mitbekommen zu haben. Der Fremde und Chanin saßen schon im Auto; kaum war Tatarski vorn eingestiegen, fuhren sie los.

»Macht euch bekannt«, sagte Chanin. »Babi Tatarski, einer unserer Top-Experten. Und das«, Chanin deutete mit dem Kopf auf den am Steuer sitzenden Fremden, »ist Bubi. Klarname Wowa. Genannt: der Nietzscheaner.«

»Ach was, alberner Quark«, brummelte Bubi und zwinkerte. »Das ist lange her.«

»Er ist ein Mann mit sehr wichtiger ökonomischer Funktion, mußt du wissen. Gewissermaßen eine Schaltstelle des liberalen Modells in Ländern mit niedriger Jahresdurchschnittstemperatur. Verstehst du bißchen was von Marktwirtschaft?«

»So viel«, schätzte Tatarski ein und hielt Daumen und Zeigefinger im Millimeterabstand gegeneinander.

»Dann dürfte dir klar sein, daß auf dem absolut freien Markt per definitionem auch Dienstleistungen zur Begrenzung der absoluten Freiheit im Angebot sein müssen. Bubi ist so ein Limiter. Unser Schutzengel gewissermaßen.«

Als der Wagen an der Ampel hielt, traf Tatarski ein Blick aus Bubis ausdruckslosen Äuglein. Nichts an dem Mann war bubilike: weder die Maße noch das Alter. Er hatte die unausgebackene Pfannkuchenvisage eines gewöhnlichen Banditen, nicht einmal besonders abscheulich. Als er Tatarski genügend gemustert hatte, stellte er eine Frage.

»Um's kurz zu machen: Kennst du dich aus mit der russischen Idee?«

Tatarski fuhr zusammen und riß die Augen auf.

»Nein«, sagte er. »Darüber hab ich noch nie nachgedacht.«

»Das kann nicht schaden«, beeilte Chanin sich zu sagen. »Auf weißem Papier schreibt sich's besser.«

»Wieso sollte ich denn?« fragte Tatarski.

»Du hast einen Entwurf zu liefern.«

»Für wen?«

Chanin deutete auf Bubi.

»Hier sind Block und Stift, hör ihm aufmerksam zu und mach dir Notizen. Das muß als Briefing reichen.«

»Gibt nichts zuzuhören«, brummte Bubi. »Ist doch sowieso jedem klar. Babi, wenn du im Ausland bist, fühlst du dich dort gedemütigt?«

»Ich war noch nie im Ausland«, gab Tatarski zu.

»Das machst du richtig. Wenn du hinfährst, hast du den Salat. Das sag ich dir, die nehmen uns als Menschen nicht für voll, für die sind wir der letzte Dreck. So was wie Tiere! Klar, wenn du in einem von ihren Hiltons eine ganze Etage mietest, dann stehen sie Schlange, dir einen zu blasen. Aber sobald du zu irgendeinem Gabelfrühstück auftauchst oder sonst in Gesellschaft, reden sie mit dir wie mit einem Affen. ›Warum haben Sie so ein großes Kreuz um den Hals hängen, sind Sie ein Theologe?‹ Komm du mal nach Moskau! denk ich dann, da kriegst du den Theologen in den Arsch ge...«

»Die Frage ist: Wie kommt das?« unterbrach ihn Chanin. »Hast du dafür eine Erklärung?«

»Hab ich«, sagte Bubi Wowa. »Das kommt, weil wir uns von denen voll versorgen lassen. Wir lassen uns von denen die Filme andrehen, die Schlitten – sogar ihren Fraß. Wir machen eigentlich gar nichts selber, außer das große Geld. Und das besteht ja auch aus Dollars – man fragt sich, wie wir's eigentlich machen. Aber wir machen's, umsonst gibt's uns keiner. Also, ich bin ja kein Ökonom, aber daß an der Sache was faul ist, das spür ich genau. Irgendein Beschiß steckt dahinter.«

Bubi verstummte und hing seinen Gedanken nach. Nach kurzer Zeit, Chanin wollte gerade etwas sagen, platzte es erneut aus ihm heraus:

»Die denken doch, wir wären kulturell hinterm Mond. Wie die schwarzen Neger in Afrika, so ungefähr! Kroppzeug, das Geld hat. Schweine mit Bankkonto. Ochsen. Dabei sind wir wer – Rußland! Man möchte es nicht für möglich halten. Eine Großmacht!«

»Und ob«, sagte Chanin.

»Wir haben bloß vorübergehend unsere Wurzeln verloren in dem ganzen Tohuwabohu. Weißt ja selber, wie das Leben ist – man hat nicht mal Zeit zum Furzen. Aber das heißt doch nicht, daß wir nicht wüßten, wo unsere Wiege steht. Wir sind doch keine dahergelaufenen Neger.«

»Bitte nicht so viel Emotionen«, sagte Chanin. »Mach dem Jungen klar, was du von ihm willst. Ohne Schwulst und Soße.«

»Gut, dann erklär ich dir jetzt die Sache mal klipp und klar«, fing Bubi von vorne an. »Unser nationales Busineß erobert die internationale Arena. Da ist alles mögliche Geld im Umlauf: tschetschenisches, amerikanisches, kolumbianisches – du verstehst. Die Kohle an sich macht erstmal keinen Unterschied. Aber hinter jeder Sorte Kohle steckt eine nationale Idee. Hier bei uns hatten wir früher das Christentum, das Zarentum, das Volkstum. Dann kam das Kommunistentum. Und jetzt, wo es von der Bildfläche ist, haben wir überhaupt keine Idee mehr, nur noch die blanke Kohle. Aber hinter der Kohle kann nicht bloß wieder die Kohle stehen, stimmt's? Sonst wüßte ja keiner mehr, was vorn und hinten ist.«

»Ja, nun!« sagte Chanin. »Da kannst du was lernen, Babi.«

»Und wenn unsere russischen Dollars ihre Kreise ziehen, sagen wir, in der Karibik«, ließ Bubi sich nicht beirren, »dann fragst du dich doch, was an denen noch russisch ist. Uns fehlt die nationale I-den-ti-tät!«

Das letzte Wort ließ er sich Silbe für Silbe auf der Zunge zergehen.

»Verstehst du? Die Tschetschenen haben sie – wir nicht. Das ist der Grund, weshalb alle auf uns spucken. Eine einfache und klare russische Idee muß her. Damit jede Schickse aus jedem beliebigen Harvard sie eins-zwei-hopp versteht – und wehe, sie glotzt noch mal blöd. Und damit wir selber wissen, wo bei uns der Hammer hängt.«

»Du sollst ihm endlich seinen Auftrag geben«, sagte Chanin und zwinkerte Tatarski im Rückspiegel zu. »Das ist nämlich mein Kreativ-Direktor. Der kostet die Minute so viel, wie wir beide zusammen die Woche nicht verdienen.«

»Der Auftrag ist ganz einfach«, verkündete Bubi. »Schreib mir eine russische Idee, die ungefähr fünf Seiten lang ist. Und eine Kurzversion von einer Seite. Alles muß reell dargelegt sein, ohne Gelaber. Daß ich mit ihr jedem Importschwuli – Banker, Opernsänger, was gerade reinschneit – Dampf untern Arsch machen kann. Damit die nicht denken, wir würden uns hier in Rußland einfach bloß Geld untern Nagel reißen und ne Stahltür davorsetzen. Die Idee muß ihnen als heiliger Geist in die Nase fahren, verdammt noch mal, wie fünfundvierzig bei Stalingrad, hast du verstanden?«

»Und wo soll ich die ...«, wollte Tatarski fragen, doch Chanin ließ ihn nicht ausreden.

»Das mußt du nicht uns fragen, mein Bester. Du hast einen

Tag Zeit, der Auftrag ist eilig. Hinterher brauche ich dich für andere Dinge. Und bedenke: Außer dir sitzt noch einer dran an der Idee. Streng dich an.«

»Wer, wenn ich fragen darf?«

»Sasha Blo, falls dir der Name was sagt.«

Tatarski schwieg. Chanin machte Bubi ein Zeichen, der Wagen stoppte. Tatarski bekam einen Hunderter gereicht.

»Fürs Taxi«, sagte Chanin. »Fahr nach Hause, und setz dich an die Arbeit. Für heute hast du genug getrunken.«

Als Tatarski auf dem Bürgersteig stand, wartete er, bis das Auto davongefahren war, und zog die Visitenkarte des kaukasischen Gefangenen aus der Tasche. Da gab es was zu sehen: In der Mitte war ein Mammutbaum abgebildet, mit flatternden Dollarscheinen an den Ästen; der übrige Raum war von Stars, Stripes und diversen Adlern restlos gefüllt. Quer über die barocke Pracht stand in goldenen Schnörkelbuchstaben:

Offene Aktiengesellschaft
Tampoco
Erfrischungsgetränke und Säfte
Manager Aktienverkehr
Michail Nepojman

»Ach«, murmelte Tatarski, »wie interessant.«

Er steckte das Kärtchen wieder ein, wandte sich der stark befahrenen Straße zu und hob die Hand. Beinahe sofort hielt ein Taxi.

Der Chauffeur war ein pausbäckiger Schlaffi mit konzentrierter Leichenbittermiene. Tatarski drängte sich der Vergleich mit einem wassergefüllten Präservativ auf, das nur noch der geringsten Spitze bedurfte, um eine Überschwemmung zu verursachen.

»Sagen Sie«, hörte Tatarski sich fragen, »Sie wissen nicht zufällig, was die russische Idee ist?«

»Ha!« machte der Chauffeur, als hätte er auf diese Frage nur gewartet. »Das kann ich dir erzählen. Ich bin nämlich zur Hälfte Mordwine. Und wie ich bei der Armee war, im Grundwehrdienst, da gab's dort einen Sergeanten Harlejew. Spitzname Harley. ›Wenn ich wen hasse‹, hat der gesagt, ›dann sind es Mordwinen und Kaukasier!‹ Und hat mich ständig mit der Zahnbürste den Abtritt schrubben geschickt. Zwei Monate hat er mich gestriegelt, das Schwein. Dann sind auf einmal drei von meinen Landsleuten zu dem Bataillon eingezogen worden, und alles Gewichtheber, stell dir vor. ›Ist hier wer, der was gegen Mordwiner hat?‹ haben die gleich gefragt.«

Dem Chauffeur stand ein glückliches Lächeln im Gesicht, und der Wagen wedelte in kühnen Bögen die Chaussee entlang, fast bis auf die Gegenseite hinüber.

»Was hat das mit der russischen Idee zu tun?« fragte Tatarski, der erschrocken in seinen Sitz gerutscht war.

»Das werd ich dir sagen. Dieser Harley hat eine Abreibung gekriegt, daß er anschließend zwei Wochen im Med-Punkt flachlag. Voller Hammer. Und bis zur Entlassung ist er noch fünfmal vermöbelt worden. Und damit nicht genug ...«

»Würden Sie mich hier bitte rauslassen?« fragte Tatarski, dem es zuviel wurde.

»Hier kann ich nicht halten«, teilte der Chauffeur mit, »da muß ich wenden. Jedenfalls, beim Vermöbeln ist es nicht geblieben. Nein, nein!«

Tatarski fügte sich in sein Schicksal. Bis der Wagen vor seinem Haus hielt, war er über den Leidensweg des ausländerfeindlichen Sergeanten in so vielen Einzelheiten informiert, daß ihm die geringste Möglichkeit, Mitleid zu empfinden, genommen war – bedarf es doch hierfür immerhin eines kurzen Moments der Identifikation, zu dem sich im gegebenen Fall weder Geist, noch Seele durchringen konnten. Kurz: eine normale Armeegeschichte. Als Tatarski ausstieg, gab der Chauffeur ihm auf den Weg:

»Und deine Idee, sag ich dir rundheraus: Die weiß der Kuckuck. Ich muß meine Benzinkosten reinkriegen und den Schnaps. Dudajew oder Ichdajew – was geht's mich an. Hauptsache, keiner kommt und haut mir den Kopf auf die Tischplatte.«

Womöglich dieser letzten Worte wegen fiel Tatarski der angekettete Verkehrsmanager mit seinem Lufttelefon wieder ein. Und jetzt im Hausflur ging ihm auf, was die Situation in Wahrheit erforderte. Er blieb stehen, zog die Visitenkarte noch einmal hervor und schrieb auf die Rückseite:

TAMPOCO-AKTIEN!
Heute noch ein Blatt am Baum
Morgen Humus in Ihrer Tasche!

Hieß es nicht, es wäre ein Nadelbaum? dachte er auf der Treppe. Okay. Geben wir dem Mann noch eine Chance. Soll er die Scheine zu Nadeln drehen.

Das Institut für Bienenzucht

Wie es so geht: Eines sonnigen Morgens trittst du auf die Straße, siehst vor dir die große, schöne, rastlose Welt voller vager Verheißungen, über dir den Himmel voller Geigen, und plötzlich kippt in die Seele das durchdringende, in Sekundenschnelle formatierte Gefühl, daß das Leben vor dir liegt, du bräuchtest nur hinein- und hindurchgehen, auf die eigene Karte setzen und gewinnen und auf einem weißen Dampfer davontuckern, über die Meere, wenn nicht mit einem weißen Mercedes die Straßen entlangbrausen. Und da ballen sich dir die Fäuste von selbst, und die Muskeln über den Jochbeinen werden hart, und du schwörst dir, du wirst diesem feindlichen Moloch die Zähne zeigen und noch viel, viel Geld aus den Klauen reißen und notfalls jeden, der dir dabei in den Weg kommt, zur Seite fegen, und dann soll es noch einer wagen, dich auf gut amerikanisch einen Loser zu nennen.

Solcherart wirkt in unseren Seelen der orale Wow!-Faktor. Tatarski, der mit einer Mappe unter dem Arm zur Metrostation unterwegs war, begegnete seinem fordernden Gebaren mit Gleichmut. Denn er fühlte sich in der Tat als Loser. Vollidiot, Kriegsverbrecher, minderwertiges Glied in der Kette der biologischen Evolution des Menschen.

Der gestrige Versuch, eine russische Idee zu schmieden, hatte als erster totaler Fehlschlag in Tatarskis Karriere geendet. Zunächst war die Aufgabe ihm unkompliziert vorgekommen, doch kaum saß er am Schreibtisch, merkte er mit Schrecken, daß ihm nichts, absolut nichts zum Thema einfallen wollte. Nicht einmal die Planchette, auf die er in seiner Verzweiflung verfiel, als die Zeiger der Uhr Mitternacht überschritten hatten, wollte ihm helfen. Che Guevara gab zwar Antwort, doch schien die Frage nach der russischen Idee bei ihm nur krude Gedankengänge auszulösen:

Bürger Rußlands!

Gewiß wäre es angebrachter, von einem oral-analen Wow!-Wirkkomplex zu sprechen, denn beide Wirkungen verschmelzen zu einem Impuls, und ausgerechnet dieses Konglomerat von Emotionen wird am Menschen als sozialer Wert gesehen. Wir erlauben uns die Anmerkung, daß die Werbung den quasijungianischen Schlüssel in Einzelfällen dem quasifreudianischen vorzieht: Es kommt vor, daß hinter dem Erwerb materieller Güter nicht der schnöde monetaristische Kopulationsakt steht, sondern die Suche nach einer Magie, die die oral-anale Stimulation in den Hintergrund zu drängen imstande wäre. So könnte einem zum Beispiel eine blaugrüne Zahnbürste irgendwie die Möglichkeit garantieren, gefahrlos vom oberen auf den unteren Balkon zu klettern, ein Kühlschrank rettet einen vor dem sicheren Tod unter den Trümmern eines vom Dach stürzenden Konzertflügels, und eine Dose eingelegte Kiwi verhindert einen Autounfall - doch wird diese Herangehensweise von der Mehrzahl der Fachleute als überholt angesehen. Amen.

An die russische Idee gemahnte hier einzig und allein die rotwelsche Anrede »Bürger Rußlands!«, die Tatarski in ihrem Aplomb wie die Grußformel »Arrestanten!« vorkam, mit der ehrbare Kriminelle ihre in die Lager geschmuggelten Kassiber einzuleiten pflegen. Bubi Wowa, selbst wenn er diese Analogie übersah, würde mit der Botschaft schwerlich zufriedenzustellen sein. Alle Versuche, einen in dieser Frage kompetenteren Geist zu kontaktieren, scheiterten. Lediglich die Anrufung Dostojewskis, von der sich Tatarski viel versprochen hatte, erzielte einige sekundäre Effekte: Die Planchette fing zu zittern und zu hüpfen an, als wollte sie in alle Richtungen gleichzeitig

Geistesgegenwart beweisen; die dabei auf dem Papier entstandenen Krakel waren für den Kunden unbrauchbar. Wobei man sich natürlich mit dem Gedanken hätte trösten können, daß die gefragte Idee offenbar so transzendent war, daß sie sich nicht anders zu Papier bringen ließ. Ganz gleich jedoch, wie man die Sache sah – seinen Auftrag hatte Tatarski nicht erfüllt.

Die eine Seite Zahnbürsten- und Kiwi-Schrott, die in seiner Mappe lag, konnte er Chanin unter keinen Umständen vorlegen; vorgelegt werden mußte jedoch etwas, und Tatarskis Verstand war mit masochistischen Freiübungen beschäftigt: Er ging alle ihm bekannten Markenartikel durch, die das Wort *Laser* in sich trugen, und änderte einen Buchstaben so, daß sie auf ihn paßten. *Loser-Jet* und *Loser-Max* klatschten wie Ohrfeigen auf seine wunde Seele nieder und ließen die bevorstehende Schmach für Sekunden vergessen.

In der Nähe der Metrostation wurde er noch anderweitig abgelenkt. Dort ging Seltsames vor. Er sah eine Absperrkette aus mindestens zwei Dutzend Bereitschaftspolizisten mit Maschinenpistolen, die über Funk miteinander schwätzten und dabei heroische und verschwörerische Gesichter zogen. Im Zentrum des abgesperrten Raumes stand ein kleiner Kran, der dabei war, die verkohlten Reste eines Personenwagens auf einen Sattelschlepper zu laden. Um das Wagengerippe herum liefen einige Männer in Zivil, die gründlich den Asphalt untersuchten, irgendwelche Dinge auflasen und in etwas steckten, was wie Müllsäcke aussah. All dies beobachtete Tatarski vom höher gelegenen Teil der Straße; als er sich der Station näherte, verdeckte bald eine dichte Menschentraube das Geschehen, und es war kein Durchkommen mehr. Nachdem Tatarski sich eine Weile vergeblich an den schweißigen Rücken seiner Mitbürger abgearbeitet hatte, ging er seufzend weiter.

Chanin war schlecht gelaunt. Die Stirn in der Hand vergrabend, malte er mit dem glimmenden Ende der Zigarette irgendwelche kabbalistischen Zeichen in den Aschenbecher. Tatarski setzte sich ihm gegenüber auf die Stuhlkante und redete, die Mappe vor der Brust, verworrenes Zeug:

»Ich hab natürlich was geschrieben. So gut es ging. Aber berühmt ist das sicher nicht, man muß es Bubi so nicht in die Hand geben. Die Sache ist die, das Thema ist ... na ja, es ist schwierig. Einen Slogan auszudenken oder eine bestimmte Marke mit ein bißchen russischer Idee aufzupeppen wäre nicht das Problem, ich könnte auch das ausbauen, was Sasha Blo schreibt, aber für eine eigene Konzeption ist es noch zu früh. Ich sage das nicht aus falscher Bescheidenheit, sondern objektiv. Prinzipiell ist es so, daß ...«

»Vergiß es«, unterbrach Chanin den Vortrag.

»Was soll das heißen?«

»Sie haben Bubi umgelegt.«

»Wie?« Tatarski lehnte sich zurück.

»Sehr einfach. Er hatte doch gestern das Gipfeltreffen mit den Tschetschenen. Übrigens in der Nähe deiner Wohnung. Er ist mit zwei Autos vorgefahren, die ganze Mannschaft, wie es sich gehört. Er dachte ja, daß er es mit normalen Menschen zu tun hat. Aber diese Schweine haben sich über Nacht auf dem Hügel gegenüber verschanzt. Und wie er ankam, haben sie mit zwei Hummeln draufgehalten. Das sind ätzende Flammenwerfer, kann ich dir sagen, zweitausend Grad Kerntemperatur. Bubis Wagen war gepanzert, nur war die Panzerung für normale Verhältnisse ausgelegt, nicht für solche perversen ...«

Chanin winkte ab.

»Bubi war auf der Stelle tot«, fügte er leise hinzu. »Wer von den anderen die Detonation überlebt hat und aus dem brennenden Auto rausgesprungen kam, ist mit dem Maschinengewehr niedergemäht worden. Ich begreife nicht, wie man mit solchen Menschen Geschäfte tätigen kann. Falls das überhaupt Menschen sind. Tja. Viele Zecken sind des Jägers Tod.«

Nicht Trauer, wie es sich für den Moment geziemt hätte,

sondern eine an Euphorie grenzende Erleichterung nahm von Tatarski Besitz – und ein bißchen Scham, daß das so war.

»Jetzt verstehe ich«, sagte er. »Eins von den Autos habe ich vorhin gesehen. Beim letztenmal kam er ja mit einem anderen, darum hab ich an nichts Böses gedacht. Fliegt ja alle Tage irgendwer in die Luft. Jetzt ist mir alles klar. Und was heißt das für uns ganz praktisch?«

»Betriebsferien«, sagte Chanin. »Auf unbestimmte Zeit. Da steht erst mal eine Entscheidung an. Von Hamletschen Dimensionen. Ich hatte schon drei Anrufe heute morgen.«

»Von der Polizei?«

»Von der auch. Und von der kaukasischen Landsmannschaft. Die haben gleich begriffen, daß da wieder eine Firma in der Luft hängt, und Blut gerochen. Wie die Haie. So daß wir uns jetzt konkret entscheiden müssen. Und man muß sehen, die Schwarzärsche decken einen ganz reell, während die Bullen einem letztlich bloß das Geld aus der Tasche ziehen. Ehe die mal zum Gipfeltreffen anreisen, mußt du ihnen dreimal die Stiefel lecken. Und hochgehen kann man bei denen so gut wie bei den anderen. Bei den Bullen sogar noch eher. Wie die mir heute ans Bein pinkeln wollten: ›Daß du Diamanten hast, wissen wir ja.‹ Du lieber Himmel! Wo soll ich denn Diamanten herhaben! Sag, woher?«

»Weiß ich doch nicht«, sagte Tatarski, dem das Bild mit dem Brillantcollier und der Ewigkeitsgarantie einfiel, das bei Chanin über dem Klo hing.

»Na schön, ist wirklich nicht dein Bier. Geh hin und freu dich des Lebens. Da wartet übrigens einer auf dich nebenan.«

»Wer?« Tatarski erschrak.

»Ein Bekannter von dir. Er sagt, er hätte was mit dir zu bereden.«

Morkowin hatte sich seit der letzten Begegnung wenig verändert, höchstens, daß die Anzahl grauer Haare links und rechts des Scheitels zugenommen hatte und die Augen etwas trauriger und weiser blickten. Er trug einen gepflegten schwarzen Anzug mit gestreifter Krawatte und passendem Einstecktuch. Als er Tatarskis sah, sprang er auf und breitete lächelnd die Arme aus.

»Holla!« sagte er, während er Tatarskis Rücken beklopfte, »Babi, wie siehst du denn aus! Absolvierst du deine Quartals-Ölung?«

»Bin grad wieder am Auftauchen«, sagte Tatarski zerknirscht. »Ich hatte hier so einen Brocken zu bewältigen, daß es anders nicht ging.«

»Was du mir am Telefon erzählt hast?«

»Wann?«

»Weißt du wohl nicht mehr? Dachte ich mir. Du warst ziemlich von der Rolle. Hast behauptet, du schriebest an einer Konzeption für den lieben Gott und kriegtest es deshalb mit der biblischen Schlange zu tun. Und dann wolltest du noch, daß ich dir einen neuen Job besorge – weil du die Nase voll hättest vom weltlichen Ge...«

»Schon gut«, sagte Tatarski und hob die Hand. »Erspar mir den Rest. Ich stecke auch so schon tief genug in der Scheiße.«

»Brauchst du wirklich einen neuen Job?«

»Und ob. Uns hängen die Bullen am einen und die Tschetschenen am anderen Bein. Betriebsurlaub ist angesagt.«

»Na, dann komm. Ich hab Bier im Auto, falls es dich interessiert.«

Morkowin fuhr einen winzigen blauen BMW, der Tatarski vorkam wie ein Torpedo auf Rädern. Man hing darin mehr, als man saß, Knie vor der Brust, und das Fahrgestell lag so tief, daß die Bauchmuskeln sich unwillkürlich anspannten, wenn das Auto über einen Hubbel fuhr.

»Hast du nicht Angst, mit so was zu fahren?« fragte Tatarski. »Braucht bloß einer die Brechstange im Kanaldeckel steckenlassen. Oder ein Armiereisen ragt aus dem Asphalt.«

Morkowin grinste nur.

»Ich weiß, was du meinst«, sagte er. »Aber bei meinem Job bin ich das Gefühl gewöhnt.«

Sie bremsten an einer Kreuzung. Auf der Spur rechts neben ihnen hielt ein roter Jeep mit sechs mächtigen Scheinwerfern auf dem Dach. Tatarski spähte zum Fahrer hinauf. Ein Prachtexemplar seiner Art: flache Stirn, mächtige Brauenbögen, durchgehend mit dichter schwarzer Wolle behaart. Eine Hand hielt das Steuer, in der anderen steckte eine Plastikflasche Pepsi. Und da schien es Tatarski plötzlich, als machte Morkowins Auto ungleich mehr her; er spürte, was bisher in seinem Leben äußerst selten vorgekommen war, die Wirkung des analen Wow!-Faktors. Ein atemberaubendes Gefühl, wie er sich eingestehen mußte: Den Ellbogen ins geöffnete Fenster legen, einen Schluck Bier nehmen und dem Jeep-Fahrer so ins Gesicht schauen wie die Matrosen vom Deck eines Flugzeugträgers auf die Pygmäen, wenn sie mit ihrem Floß gepaddelt kommen, um faule Bananen anzubieten. Der Fahrer erwiderte den Blick, sekundenlang sahen sie einander an. Tatarski merkte, daß der Mann im Jeep den Blickwechsel als Herausforderung verstand – als Morkowin endlich aufs Gas trat, kochte auf dem untiefen Grund jener Augen schon die Wut. Tatarski meinte das Gesicht irgendwo gesehen zu haben. Vielleicht ein Filmschauspieler! dachte er.

Morkowin wechselte auf eine freie Spur und beschleunigte.

»Ich glaube, ich weiß, warum du so ein Auto fährst«, sagte Tatarski nachdenklich, während er auf die roten Lämpchen im Armaturenbrett schielte.

»Nämlich?«

»Wie soll ich es ausdrücken – für einen ausgeglichenen Gefühlshaushalt?«

Morkowin hob die Brauen:

»Oho! Könnte man so sagen!«

Tatarski warf die leere Büchse aus dem Fenster.

»Sag mal, wohin fahren wir eigentlich?«

»Zu unserer Organisation.«

»Was für eine ist das?«

»Du wirst es sehen. Laß dich überraschen.«

Ein paar Minuten später hielt der Wagen vor einem Tor, durch das man hinter einen hohen Gitterzaun gelangte. Letzterer wirkte sehr solide, die Stäbe sahen aus wie gewaltige, gußeiserne Speere mit vergoldeten Spitzen. Dem Polizisten in seinem Büdchen wies Morkowin irgendeine Karte vor, und das Tor ging langsam auf. Dahinter lag ein Stalinbau vom Ende der vierziger Jahre – in den Ausmaßen ein Mittelding zwischen mexikanischer Stufenpyramide und bescheidenem, am tiefhängenden sowjetischen Himmel ausgerichtetem Wolkenkratzer. Der obere Teil der Fassade trug reichlich Stuckwerk: gesenkte Banner, Schwerter, irgendwelche gezackten Lanzen und Sterne; es erinnerte an vorzeitliche Kriege, den vergessenen Geruch von Pulver und Heldenmut. Tatarski kniff die Augen zusammen und las die gleichfalls in Stuck ausgeführte Inschrift unter der Dachtraufe: *Den Helden unsterblicher Ruhm!*

Unsterblicher Ruhm – man muß ja nicht gleich übertreiben, dachte er finster. Eine Rente wäre auch schon ganz schön.

An diesem Gebäude war Tatarski früher oft vorbeigekommen; vor Zeiten hatte ihm irgendwer erzählt, es sei ein Geheiminstitut, wo neue Waffensysteme entwickelt würden. Daß dies ungefähr der Wahrheit entsprach, bezeugte die goldene Inschrift *Institut für Bienenzucht* auf einer Tafel mit dem Staatswappen der UdSSR, die noch am Tor hing und wie ein Gruß aus der Antike anmutete. Das Metallschild darunter war unscheinbar, Tatarski hatte es gerade so entziffern können: *Bankenaufsichtskomitee für neue Medien.*

Der Parkplatz war fast vollständig belegt; mit Mühe zwängte sich Morkowin zwischen einen riesigen weißen Lincoln und einen silbernen Formel-II-Mazda.

»Ich möchte dich meinem Chef vorstellen«, sagte Morkowin,

als er das Auto abschloß. »Gib dich ganz natürlich. Aber sag nichts Unnötiges.«

»Was heißt unnötig? Unnötig für wen?«

Morkowin warf ihm einen schrägen Blick zu.

»Zum Beispiel diese Rückfrage. Die war absolut unnötig.«

Sie überquerten den Hof und gelangten durch einen Seiteneingang in eine Halle mit grauem Marmor an den Wänden und unnormal hoher Decke. Ein paar Wächter in schwarzen Uniformen saßen herum. Sie wirkten weit seriöser als gewöhnliche Polizisten, was nicht nur an den geschulterten tschechischen Skorpion-Maschinenpistolen liegen konnte. Nein, es war überhaupt kein Vergleich. Gewöhnlichen Polizisten in ihren blauen Uniformen mit all den langweiligen Knöpfen und Litzen (einstmals die personifizierte Kandare des Staates!) konnte Tatarski seit langem nur noch mit mürrischer Verachtung begegnen, denn dahinter stand nichts – und zwar in einem Maße nichts, daß man sich schwer erklären konnte, wie sie sich noch das Recht herausnahmen, immerzu Autos anzuhalten und Geld zu verlangen. Hingegen war die schwarze Uniform dieser Wachsoldaten ein echter Knaller. Genial hatte der Designer (Paco Raban, wie Morkowin behauptete) in ihr die Ästhetik eines SS-Sonderkommandos mit Zitaten aus den klassischen Filmdarstellungen totalitärer Gesellschaftsutopien einerseits, aus dem Nostalgiefundus schwuler Haute Couture der Freddie-Mercury-Zeit andererseits zu verbinden gewußt. Die wattierten Schultern, die steilen Revers und die Rabelaissche Schamkapsel ergaben einen derart wilden Cocktail, daß man mit den so Gewandeten lieber nicht anbändelte – die Message war noch dem letzten Idioten klar.

Im Fahrstuhl zog Morkowin ein Schlüsselchen hervor, steckte es in ein eingelassenes Schloß und drückte den obersten Knopf.

»Noch eins«, sagte er, während er sich der Spiegelwand zudrehte und die Haare ordnete. »Du darfst ruhig den dummen

Max markieren. Das ist besser, als den Schlauberger raushängen zu lassen.«

»Wieso?«

»Weil sonst die Frage entstünde, warum einer, wenn er so schlau ist, angestellt werden will, anstatt andere anzustellen.«

»Da ist was dran«, sagte Tatarski.

»Und sei schön zynisch!«

»Nichts leichter als das.«

Die Fahrstuhltür ging auf und gab den Blick auf einen Korridor frei. Der graue Läufer mit gelben Sternen mußte irgendeinem Straßenpflaster in Los Angeles nachempfunden sein; Tatarski meinte ein Photo davon gesehen zu haben. Am Ende des Korridors war eine schwarze, unbeschriftete Tür, über ihr hing eine kleine Kamera. Als Morkowin den Korridor zur Hälfte durchschritten hatte, blieb er stehen, zückte sein Telefon und wählte eine Nummer. Zwei, drei Minuten war alles still; Morkowin harrte geduldig aus. Endlich schien jemand abzunehmen.

»Hallo«, sagte Morkowin. »Ich bin's. Ja, ich hab ihn mit. Da ist er.«

Morkowin drehte sich um und winkte den scheu an der Fahrstuhltür zurückgebliebenen Tatarski zu sich. Tatarski folgte der Aufforderung und schaute unverwandt und ergeben wie ein Hund in die Kamera. Am anderen Ende mußte ein Witz gerissen worden sein, denn Morkowin kicherte und klopfte Tatarski auf die Schulter.

»Keine Bange«, sagte er, »den kriegen wir hin.«

Der Summer ertönte, Morkowin schob Tatarski durch die Tür, die sich hinter ihnen sofort wieder schloß. Sie standen in einem Foyer. An der Wand hing ein antiker Handspiegel aus Bronze, darüber eine zauberhaft schöne, goldene venezianische Karnevalsmaske. Maske und Spiegel – das hatten wir doch schon mal? überlegte Tatarski. Ein Tag voller Déjà-vus. Unter dem Wandschmuck stand ein Tisch, an dem die Vorzimmerdame saß, eine kühle, vogelhafte Schönheit.

»Grüß dich, Alla«, sagte Morkowin.

Die Dame winkte ihm mit dem Kugelschreiber und betätigte einen Knopf auf ihrem Tisch. Wieder summte es leise, und die hohe, schallgedämpfte Tür am anderen Ende des Foyers öffnete sich.

Im ersten Moment hatte Tatarski den Eindruck, daß in dem großen Kabinett mit Vorhängen vor den Fenstern niemand war. Hinter dem riesigen, auf blitzenden Metallfüßen ruhenden Schreibtisch saß jedenfalls niemand. Darüber – dort, wo in sowjetischen Zeiten das Porträt des Generalsekretärs zu sein pflegte – hing in wuchtigem, rundem Rahmen ein Bild. Das kleine, bunte Quadrat, mittig auf weißem Grund, war von der Tür aus nicht gut zu sehen, doch Tatarski erkannte es an den Farben. Es war der Standard-Aufnäher *Made in USA. One size fits all* mit der amerikanischen Flagge, wie er ihn auf einem Base-Cap zu Hause hatte. An einer anderen Wand war eine strenge Installation montiert: eine Reihe von fünfzehn Weißblechdosen mit Andy-Warhol-Porträt im Erscheinungsbild russischer Pökelfleischkonserven.

Tatarskis Augen wanderten abwärts. Auf dem Boden lag ein echter Perserteppich mit wunderschönem Muster – es erinnerte ihn an die Ornamente aus einer alten Tausendundeine-Nacht-Ausgabe, die er einmal als Kind gesehen hatte. Den Linien folgend, rückte der Blick in bizarren Schwüngen zur Teppichmitte vor und stieß dort auf den Gastgeber.

Es war ein noch recht junger Mann, klein und rundlich, mit dünnem, nach hinten gestriegeltem rötlichem Haar und einem netten Gesicht, der in denkbar ungezwungener Haltung dort unten lagerte – leicht zu übersehen, da seine Kleidung im Farbton mit dem Teppich fast verschmolz. Er trug ein Jackett Marke »Ballermann, geh du voran«, das weder Berufstracht, noch ganz Pyjama war: ein betont schrilles Teil, fast eine Art Karnevalskostüm, wie es besonders clevere Geschäftsleute sich antun, die beim Partner das Gefühl provozieren wollen, bei ihnen laufe alles so prächtig, daß nichts sie mehr kümmern muß und selbst das skurrilste Gebaren keinen Schaden anrichten kann. Ein greller Schlips irgendeiner Revival-Mode mit unzüchtig auf der Palme hockendem Affen beulte ihm zwischen den Revers hervor und streckte die rosa Zunge bis auf den Teppich.

Doch nicht das Outfit des jungen Mannes war es, was Tatarski am meisten verblüffte – sondern, daß das Gesicht ihm vertraut war, bestens vertraut, obwohl er es kein einziges Mal im Leben leibhaftig vor sich gehabt hatte. Es war ein Fernsehgesicht, bekannt aus Hunderten von Werbespots und anderen Mini-Auftritten, zumeist in Nebenrollen – und er hatte nie gewußt, wer dieser Mann war. Das letzte Mal war er ihm am Abend zuvor begegnet, als er über der russischen Idee brütete und hin und wieder geistesabwesend zum Fernseher sah. Der Mann war in irgendeiner Pillenwerbung aufgetreten: ausstaffiert mit Kittel und Rotkreuzkäppi, ein neckischer blonder Kinn- und Oberlippenbart ins runde Gesicht geklebt – so mußte Trotzki als junger Mann ausgesehen haben. Im Kreise einer furchtbar aufgekratzten Familie am Küchentisch sitzend, hatte er gewichtig seinen Text vorgetragen:

»Wie leicht kann man heutzutage untergehen in diesem Meer von Werbung! Die noch dazu oft das Blaue vom Himmel verspricht. Bei der Wahl eines Kochtopfs oder Waschpulvers dürfen Sie getrost einmal danebengreifen – wenn es aber um Arzneimittel geht, setzen Sie Ihre Gesundheit aufs Spiel! Wem würden Sie vertrauen: der erstbesten Werbung oder Ihrem Hausarzt? Natürlich! Die Antwort ist klar! Einzig und allein Ihrem Hausarzt, der Ihnen Sunrise-Pillen zur Einnahme empfiehlt!«

Na schön! dachte Tatarski, der Hausarzt also.

Der Hausarzt hielt die Hand zum Gruß erhoben; Tatarski sah ein kurzes Plastikröhrchen darin stecken.

»Laßt euch nieder!« sagte der Doktor mit etwas dumpfer Stimme.

»Aufs allgemeine Niveau!« erwiderte Morkowin.

Anscheinend war das der hier übliche Ton, der Gastgeber nickte nur lässig.

Morkowin nahm zwei weitere dieser Halme vom Tisch, reichte Tatarski einen und machte es sich auf dem Teppich bequem. Tatarski folgte dem Beispiel. Als er saß, warf er dem Gastgeber einen unsicheren Blick zu. Der lächelte freundlich zurück. An seinem Handgelenk saß eine auffällige Armbanduhr, die Glieder des Armbands waren merkwürdig geformt und unterschiedlich groß. Die Aufzugskrone war mit einem kleinen Brillanten besetzt; um das Zifferblatt herum gab es eine dreifache Brillantenspirale. Tatarski erinnerte sich an einen Artikel über teure Uhren, den er in einer radikalen Jugendzeitschrift gelesen hatte. Er schluckte hochachtungsvoll. Der Gastgeber bemerkte den Blick und schaute auf seine Uhr.

»Gefällt sie dir?« fragte er.

»Aber ja. Wenn mich nicht alles täuscht, eine Piaget Possession? Soll siebzigtausend kosten.«

»Ach ja?« Er schaute auf das Zifferblatt. »Tatsächlich. Was sie kostet, weiß ich nicht.«

Morkowin rümpfte die Nase.

»Ein untrügliches Zeichen der Zugehörigkeit zu den niederen Klassen der Gesellschaft ist die genaue Kenntnis von Uhren- und Automarken«, verkündete er.

Tatarski wurde rot und schaute zu Boden.

Dort bogen und schlängelten sich vor seinem Gesicht die phantastischsten Blütenlanzetten. Und ihm fiel nun auf, daß sie Blütenstaub trugen; zahllose weiße Pünktchen saßen wie Reif auf den Teppichfasern. Er spähte zu Morkowin hinüber. Der hatte sich sein Röhrchen in ein Nasenloch gesteckt, hielt sich das zweite mit dem Finger zu und fuhr mit dem offenen Röhrchenende den Korb einer phantastischen lila Kamillenblüte entlang. Endlich verstand Tatarski, was hier gespielt wurde.

Für die nächsten Minuten war im Raum nichts als konzentriertes Schniefen zu hören. Schließlich stützte sich der Gastgeber auf den Ellbogen.

»Na?«, fragte er, Tatarski zusehend, »wie macht es sich?«

Dieser riß sich los von seiner blaßroten Rose, der er die ganze Zeit selbstvergessen gefolgt war; alle Kränkung war verflogen.

»Großartig«, sagte er, »ganz großartig!«

Das Sprechen fiel ihm leicht und bereitete Vergnügen; wenn er beim Eintreten in dieses riesige Kabinett noch eine gewisse Gehemmtheit verspürt hatte, so war diese jetzt spurlos dahin. Das Kokain war echt und beinahe ungestreckt – allenfalls ein ganz milder Beigeschmack von Aspirin ließ sich feststellen.

»Ich verstehe nur nicht«, redete Tatarski weiter, »wozu dieses Verfahren? Vornehm ist es, keine Frage, aber doch ein bißchen ungewöhnlich!«

Morkowin und der Gastgeber tauschten einen Blick.

»Hast du das Schild an unserer Niederlassung nicht gesehen? *Institut für Bienenzucht*?«

»Hab ich.«

»Na, siehst du. Wir sind hier die Bienchen!«

Die drei brachen in ein einträchtiges Lachen aus und konnten lange nicht aufhören zu lachen, selbst als sie schon nicht mehr wußten, worüber. Ach ja! dachte Tatarski gerührt, es gibt sie noch, die guten Menschen!

Schließlich verebbte die Fröhlichkeit. Der Gastgeber sah sich um, als müßte er überlegen, wozu er hier war; es schien ihm wieder einzufallen.

»Kommen wir zur Sache«, sagte er. »Morkowino, setz dich doch so lange raus zu Alla. Ich will mich mit dem Mann ein bißchen unterhalten.«

Eilig sog sich Morkowin noch ein Paar Paradiesveilchen in sein Nasenloch, erhob sich und verließ den Raum. Auch der Gastgeber stand auf, reckte sich, trat hinter seinen Schreibtisch und ließ sich in den Sessel fallen.

»Setz dich!« sagte er.

Tatarski setzte sich in den angebotenen Sessel gegenüber. Er war sehr weich und so niedrig, daß man in ihm versank wie in einer Schneewehe. Als Tatarski aufschaute, war er perplex. Der Schreibtisch hing über ihm wie der Bug eines Panzers über dem Schützengraben, und dieser Eindruck entstand gewiß nicht zufällig. Zu genau glichen die zwei rechteckigen, mit geriffelten Nickelplättchen beschlagenen Schreibtischfüße den breiten Panzerkettengliedern; dazu kam, daß das Bild im runden Rahmen jetzt direkt hinter dem Kopf des Gastgebers hing und wie der aufgeklappte Lukendeckel wirkte – und da man von hier unten nur Kopf und Schultern sah, war der Effekt vollkommen. Ein paar Sekunden freute sich der Gastgeber, wie die Inszenierung einschlug, dann stand er auf, beugte sich über seinen Panzer und reichte Tatarski die Hand:

»Leonid Asadowski.«

»Wladimir Tatarski«, entgegnete Tatarski, versuchte sich ein wenig zu erheben und drückte die weiche, schlaffe Hand.

»He, du heißt Babilen und nicht Wladimir«, sagte Asadowski. »Wissen wir längst! Aber mach dir nichts draus, ich heiße auch nicht Leonid. Mein Vater war genauso ein Armleuchter. Weißt du, wie er mich genannt hat? Legion. Wahrscheinlich wußte er nicht mal, was das Wort bedeutet. Am Anfang hat es mich gegrämt. Erst als ich erfuhr, daß von mir in der Bibel geschrieben steht, war ich ein bißchen beruhigt. Na, gut.«

Asadowski raschelte in den Papieren, die über seinen Tisch verstreut lagen.

»Was haben wir zwei zu bereden? Aha. Ich hab deine Arbeiten durchgesehen. Hat mir gefallen. Große Klasse. Leute wie dich brauchen wir. Nur an manchen Stellen, da fehlt mir der letzte Glaube. Hier, zum Beispiel, schreibst du vom kollektiven Unbewußten. Hast du denn eine Ahnung, was das ist?«

Tatarski wischte mit den Fingern durch die Luft und suchte nach Worten.

»Mehr so auf der Ebene des kollektiven Unbewußten«, erwiderte er.

»Und fürchtest du nicht, jemand könnte sich finden, der es genauer weiß?«

Tatarski schniefte.

»Nein, Herr Asadowski, das fürchte ich nicht. Schon deswegen nicht, weil alle die, die es genauer wissen, als Zigarettenhändler auf der Straße stehen. Bildlich gesprochen, meine ich. Ich war auch so ein Zigarettenhändler. Und in die Werbebranche bin ich gewechselt, weil ich die Nase voll davon hatte.«

Asadowski schwieg einige Sekunden und schien zu überdenken, was er eben gehört hatte. Dann lächelte er.

»Gibt es irgend etwas, woran du glaubst?« fragte er.

»Nein.«

»Na schön«, sagte Asadowski und vertiefte sich wieder in seine Papiere, er hielt jetzt einen vorgedruckten Fragebogen in der Hand. »Was haben wir noch? Politische Ansichten. Wie sieht es damit aus? Hier steht: *upper left*. Was soll das verdammt noch mal heißen? Soweit sind wir gekommen – demnächst werden die Unterlagen überhaupt nur noch in Englisch abgefaßt. Also, wie siehst du dich politisch?«

»Linker Rechtszentrist«, sagte Tatarski. »Und das radikal.«

»Konkret heißt das?«

»Konkret? Sagen wir so: Ich mag es, wenn das Leben große Titten hat. Aber die sogenannte Kantsche Titte an sich läßt mich völlig kalt, wie viel Milch in ihr auch plätschert. Das unterscheidet mich von selbstlosen Idealisten wie Gaidar.«

Das Telefon klingelte. Asadowski unterbrach mit einer Geste das Gespräch. Den Hörer am Ohr, lauschte er minutenlang wortlos, allmählich verzog sich sein Gesicht zu einer Grimasse des Abscheus.

»Sucht weiter!« brummte er, warf den Hörer auf die Gabel und wandte sich wieder Tatarski zu. »Also, wie war das mit Gaidar? Nur bitte kurz, sonst klingelt gleich wieder das Telefon.«

»Kurz gesagt, halte ich die Kantsche Titte an sich mitsamt ihren kategorischen Imperativen für mausetot. Das einzige, was mich auf dem Tittenmarkt noch locken kann, ist die Feuerbachsche Titte für uns. So sehe ich die Lage.«

»Genauso sehe ich das auch«, entgegnete Asadowski vollkommen ernsthaft, »lieber eine Nummer kleiner und dafür Feuerbach.«

Erneut klingelte das Telefon. Asadowski nahm ab, horchte, und ein Strahlen ging über sein Gesicht:

»Na! Das wollte ich hören! Habt ihr einen Check gemacht? Toll.«

Die Nachricht schien äußerst erfreulich zu sein. Asadowski stand auf, rieb sich die Hände und lief mit federnden Schritten zu einem Wandschrank. Ihm entnahm er einen großen Käfig, auf dessen Boden etwas umherflitzte. Er trug ihn zum Tisch herüber. Der Käfig war alt, mit Roststellen, wie das Skelett eines alten Lampenschirms.

»Was haben wir denn da?« fragte Tatarski.

»Rostropowitsch.«

Asadowski klappte das Türchen auf, und ein kleiner Goldhamster kam hervorgekrabbelt, blickte Tatarski aus roten Äuglein an, bedeckte das Schnäuzchen mit den Pfoten, rieb sich die Nase. Asadowski stieß einen schmachtenden Seufzer aus. Er entnahm dem Schreibtisch eine Art Werkzeugköfferchen und öffnete es. Ein Fläschchen japanischer Alleskleber, eine Pinzette und ein Döschen wurden aufgereiht.

»Halt ihn mal«, befahl Asadowski. »Keine Angst, er beißt nicht.«

»Wie soll ich ihn halten?« fragte Tatarski, während er sich aus dem Sessel kämpfte.

»Die Vorderpfoten auseinander. Wie einen kleinen Jesus. Genau.«

Jetzt sah Tatarski auf der Hamsterbrust eine Anzahl winziger, gezackter Metallscheiben, fast wie Uhrenzahnräder. Beim näheren Hinsehen stellte er fest, daß es höchst kunstvolle Nachbildungen von Orden waren – er glaubte sogar kleine aufgesetzte Edelsteine zu erkennen, was die Ähnlichkeit mit Einzelteilen eines Uhrwerks verstärkte. Keinen der Orden konnte er jedoch identifizieren. Dem Anschein nach gehörten sie einer anderen Epoche an, am ehesten hätten sie wohl auf eine Feldherrenuniform zu Zeiten Katharinas gepaßt.

»Von wem hat er die?« erkundigte sich Tatarski

»Von wem kann er sie haben, wenn nicht von mir!« flötete Asadowski, während er zur Pinzette griff und ein kurzes, blaues Moiréseidenband aus dem Döschen zog. »Schön festhalten.«

Er drückte einen Leimtropfen auf ein Blatt Papier, fuhr mit dem Bändchen geschickt darüber hinweg und heftete es dem Hamster an das Wänstlein.

»Oh«, sagte Tatarski, »ich glaube, er hat ...«

»Geschissen!« bekräftigte Asadowski und tauchte ein in der Pinzettenspitze klemmendes, diamantenes Schneekristall in den Leim. »Das tut er aus purer Freude. Zack!«

Er warf die Pinzette auf den Tisch, beugte sich zu dem Hamster nieder und pustete ihm ein paarmal kräftig auf die Brust. »Trocknet in Sekundenschnelle«, gab er Tatarski zu verstehen. »Kannst ihn laufen lassen.«

Geschäftig fegte der Hamster zum Rand des Tisches und schob das Schnäuzchen darüber, als gäbe es auf dem weit unten gelegenen Fußboden etwas zu sehen, dann schüttelte er den Kopf und begab sich zur gegenüberliegenden Kante, wo sich das Spiel wiederholte.

»Und wieso kriegt er den Orden?« fragte Tatarski.

»Weil ich in Stimmung bin. Bist wohl neidisch?«

Asadowski fing den Hamster und warf ihn zurück in den Käfig, den er zusperrte und zum Schrank zurücktrug.

»Warum hat das Tier diesen komischen Namen?« stellte Tatarski eine neue Frage.

»Na, na, mein lieber Babilen«, sagte Asadowski, der nun wieder hinter dem Schreibtisch saß, »das könnte Rostropowitsch dich genauso fragen.«

Tatarski fiel ein, daß ihm geraten worden war, nichts Überflüssiges zu sagen oder zu fragen. Asadowski verstaute sein Ordensverleihungsbesteck, zerknüllte das leimbeschmierte Blatt und schleuderte es in den Papierkorb.

»Ich mach es kurz: Wir nehmen dich. Drei Monate Probezeit. Wir haben seit neuestem eine eigene Werbeabteilung, wo wir aber weniger selbst produzieren, mehr die Arbeit einiger großer Agenturen koordinieren. Nach dem Motto: Wir spielen nicht mit, wir hüten die Bank. Fürs erste ist dein Platz in der Abteilung für interne Gutachten, Nachbareingang, dritter Stock. Wir halten ein Auge auf dich; wenn du dich gut machst, kriegst du ein verantwortungsvolleres Ressort. Hast du gesehen, wie viele Stockwerke wir haben?«

»Oh ja«, sagte Tatarski.

»Na also. Viel Raum, über sich hinauszuwachsen. Noch Fragen?«

Tatarski wagte die Frage zu stellen, die ihn die ganze Zeit quälte.

»Sagen Sie, Herr Asadowski, ich habe gestern so einen Pillenspot gesehen – haben Sie da zufällig den Doktor gespielt?«

»Zufällig ja«, gab Asadowski trocken zur Antwort. »Darf ich das nicht?«

Er wandte sich ab, nahm den Telefonhörer und schlug sein Notizbuch auf. Tatarski verstand, die Audienz war beendet. Den Blick auf den Teppich gerichtet, trat er unschlüssig von einem Bein auf das andere.

»Könnte man eventuell ...«

Asadowski verstand, bevor er ausgesprochen hatte. Grinsend zog er einen Halm aus der Vase und warf ihn vor sich auf die Tischplatte.

»Blöde Frage!« sagte er und begann die Nummer zu wählen.

Wolke in Hosen

Seinen Grundton bezog das Großbüro von der Köchin, deren westukrainisch gurrende Stimme aus dem kleinen Etagenbistro fast den ganzen Tag zu hören war. Sie war der Faden, auf den sich alle übrigen Einzelbestandteile der akustischen Wirklichkeit – Telefonklingeln, Stimmen, Faxfiepen und Druckersurren – auffädelten. Und nur an der Peripherie dieses Getöses war Platz für die im Raum befindlichen Gegenstände und Menschen – so zumindest kam es Tatarski in den ersten Monaten vor.

»Jedenfalls, ich fahre da gestern die Pokrowka lang«, wurde die Sekretärin vom Fisteltenor des zufällig hereingeschneiten Zigarettenkritikers informiert, »an der Kreuzung geht es nicht weiter, Stau wie üblich. Neben mir ein Tschaika. Steigt so ein Supertschetschene aus und guckt in die Runde, als wie: Auf euch tät ich doch vom größten aller Glockentürme runterscheißen. Steht da und spreizt sich, und auf einmal fährt ihm ein Mordsding von Cadillac vor die Nase, und raus krabbelt, du ahnst es nicht, so ein Girlie in zerfetzten Jeans und Stoffturnschuhen und flitzt zum Pepsi-Stand rüber. Kannst du dir das Gesicht von dem Tschetschenen vorstellen? Wenn's das in Pillenform gäbe!«

»Wow!« entgegnete die Sekretärin, ohne von den Tasten ihres Computers abzulassen.

Hinter Tatarski wurde gleichfalls gesprochen, und zwar sehr laut. Einer seiner Untergebenen zog dort seine Show ab, ein ergrauter Parteizeitungsredakteur. Mit röhrendem Baß las er irgendwem in die Gegensprechanlage hinein die Leviten. Tatarski wußte genau, daß die ohrenbetäubende Attacke fideler Erbarmungslosigkeit einzig für ihn bestimmt war, es berührte ihn unangenehm. Die zarte, traurige Stimme aus der Sprechanlage erregte sein Mitleid.

»Das eine hat er korrigiert, das andere nicht«, sagte sie leise. »Weiß auch nicht, wie das passiert ist.«

»Ja, ja«, blaffte der Redakteur. »Wo bist du während der Arbeit eigentlich mit den Gedanken? Soll ich dir sagen, wie das passiert ist? Du hast zwei Texte im Pool stehen: *Kinderaugen klagen an* heißt der eine, *Haremswächter gehen fremd* der andere, ist das richtig?«

»Richtig.«

»Und nun holst du dir die zwei Überschriften in den Zwischenspeicher, änderst den Schrifttyp und liest auf Seite fünfunddreißig plötzlich *Haremswächter klagen an* – richtig?«

»Richtig.«

»Dann müßtest du doch als einigermaßen intelligenter Mensch von selber drauf kommen, daß da jetzt auf Seite vierundsiebzig *Kinderaugen gehen fremd* stehen könnte! Wer ist hier die Trantüte, du oder ich?«

»Ich«, bekannte die traurige Stimme.

Alle beide! dachte Tatarski. Seit dem Morgen plagte ihn eine Depression – wohl weil es draußen nicht aufhörte zu regnen. Er saß am Fenster und schaute zu, wie sich der Autostrom unten auf der Allee durch die Schlammfluten wälzte. Alte, noch zu Sowjetzeiten montierte Lada und Moskwitsch rosteten längs der Bürgersteige wie Unrat, vom Fluß der Zeit an seine schmutzigen Ufer gespült. Der Fluß der Zeit bestand im wesentlichen aus grellfarbigen ausländischen Marken, unter deren Reifen hohe Wasserfontänen hervorschossen.

Vor ihm auf dem Tisch lagen eine Schachtel Prima Gold in schicker Werbeverpackung sowie ein Stapel Schreibpapier. Gedankenverloren hatte er auf das oberste das Wort `Mercedes` gemalt.

Ein Mercedes zum Beispiel, dachte er träge. Klasseauto, nichts dagegen zu sagen. Aber irgendwie ist unser Leben so eingerichtet, daß man selbst damit immer nur von einem Scheißhaufen in den anderen fährt.

Er neigte den Kopf zum Fenster, so daß er auf den Parkplatz hinuntersehen konnte. Da stand er, sein weißer Mercedes. Erst vor vier Wochen gekauft, aus zweiter Hand, und fing schon an zu mucken. *Zweite Hand* – wär ein guter Name für ein Prothesengeschäft! dachte er und seufzte, während er zwei Buchstaben auf dem Blatt vor sich ihre Plätze tauschen ließ: Merdeces stand da nun zu lesen.

Natürlich muß man sehen, setzte der vorige Gedanke sich fort, daß das von einem 500er, vielleicht auch schon von einem 380er Turbodiesel an aufwärts keine Rolle mehr spielt. Denn zu dem Zeitpunkt bist du selber längst ein Haufen Scheiße geworden und mußt nicht mehr achtgeben, ob du in einen reinfährst. Und nicht der Umstand, daß du einen 600er auf dem Kieker hast, macht dich dazu. Um einen 600er Mercedes reell auf dem Kieker zu haben, muß man schon einer sein.

Nach einem weiteren Blick aus dem Fenster schrieb Tatarski auf das Blatt: Merde-SS. Fahrende Sekte mit Neigung zur Koprophagie.

Es war Zeit, mit den Gedanken zur Arbeit zurückzukehren. Besser gesagt, endlich mit ihr zu beginnen. Zur Prima-Gold-Werbekampagne mußte Stellung bezogen und Treatments für L'Oréal- und Gucci-TV-Werbung mußten begutachtet werden. Prima Gold war am heikelsten, da Tatarski nicht hatte in Erfahrung bringen können, ob man ein positives oder negatives Gutachten von ihm erwartete, und also nicht wußte, welche Richtung er einschlagen sollte. Er beschloß, sich erst einmal die TV-Spots vorzunehmen. Das Shampoo-Skript füllte sechs eng beschriebene Blätter. Tatarski schlug angewidert die letzte Seite auf und las den Schluß:

Es wird dunkel. Die Protagonistin schlummert ein, im Traum sieht sie Wogen von glänzend blondem, durstigem Haar, auf die ein hellblauer Regen niedergeht: gesättigt mit Proteinen, B_5-Vitaminen und unendlichem Glück.

Tatarski verzog das Gesicht, nahm den Rotstift zur Hand und schrieb unter den Text:

Belletristischer Scheiß. Wie oft soll man es noch sagen: Autoren können uns gestohlen bleiben. Gefordert ist kreatives Personal. Unendliches Glück enthält keinen Visualisierungsvorschlag. Abgelehnt.

Das Skript für Gucci war viel kürzer.

Erste Einstellung: Tür eines Klohäusels im dörflichen Ambiente. Fliegensummen. Die Tür geht langsam auf, wir sehen ein dürres Männlein mit geschwungenem Schnurrbart und Schnapsnase auf dem Balken hocken. Insert: Pawel Bissinski, Literarisches Feuilleton. Das Männlein hebt den Blick und spricht, wie in Fortsetzung eines vor längerem begonnenen Monologs, in die Kamera:

»Ob Rußland zu Europa gehört oder nicht, darüber war man schon immer geteilter Meinung. Ein seriöser Experte weiß auf den Monat genau zu sagen, wann und wie sich zum Beispiel Alexander Puschkin zum Thema geäußert hat. So etwa in einem Brief an den Fürsten Wjasemski von 1833, in dem es heißt ...«

Heftiges Krachen. Der Balken birst, der Feuilletonist fällt in die Grube. Platsch! Die Kamera fährt auf die Grube zu und zugleich steil in die Höhe (Bewegungsablauf: siehe *Titanic*-Überflug), wodurch der trübe Jauchetümpel in seiner ganzen Breite ins Bild kommt. Der Kopf des Feuilletonisten taucht wieder auf; die Augen himmelwärts gerichtet, spinnt er den zuvor begonnenen Gedanken fort:

»Vielleicht sind die Gründe hierfür auch in der Kirchenspaltung zu suchen. Nicht zufällig äußerte Iwan Krylow gegenüber Pjotr Tschaadajew: ›Manchmal schaut man sich um und meint, nicht in Europa zu sein, sondern in irgendeinem ...‹«

Irgend etwas zieht den Feuilletonisten in die Tiefe, gluckernd geht er unter. In der eintretenden Stille ist wieder das Summen der Fliegen zu hören. Stimme aus dem Off:

Gucci for men
Besser riechen. Europäer sein.

Tatarski zückte den blauen Stift.

Sehr gut! Akzeptiert - mit Änderungen: Die Fliegen durch Michael Jackson plus Boygroup ersetzen, den Feuilletonisten durch einen neuen Russen, Puschkin, Krylow und Tschaadajew durch andere neue Russen. Das Häusel mit rosa Seide kaschieren. Den Monolog umschreiben: Bezug nehmend auf eine Schlägerei im Schickimicki-Schuppen an der Côte d'Azur. Höchste Zeit, aus der Literaturgeschichte auszusteigen und an den reellen Kunden zu denken.

Das Skript hatte Tatarski ausreichend inspiriert, daß er sich nunmehr an Prima Gold wagen konnte. Er nahm das Objekt noch einmal zur Hand und betrachtete es von allen Seiten. An eine Zigarettenschachtel der betreffenden Sorte war eine Papphülse von gleicher Größe geklebt. Darauf eine Luftbildansicht von New York und als Bomber im Sturzflug eine Schachtel Prima Gold. Bildunterschrift: *Der Gegenschlag.* Tatarski legte ein leeres Blatt vor sich hin und zögerte eine Weile, ob er zum blauen oder zum roten Stift greifen sollte. Er legte sie nebeneinander, schloß die Augen, ließ die Hand darüber kreisen und stieß dann einen Finger nach unten. Es traf den blauen.

Zweifellos eine hervorragende Idee, die Symbolik des Gegenschlags werbestrategisch auszubeuten. Sie trifft die Stimmung beträchtlicher Teile der Lumpenintelligenzija, die die maßgebliche Klientel für diese Zigarette darstellt. Das Bedürfnis, der Übermacht von Pop-Kultur und Steinzeitliberalismus amerikanischer Prägung mit etwas Gesundem, Nationalem die Stirn zu bieten, wird von den Massenmedien seit langem gepusht. Dieses Etwas zu finden ist das eigentliche Problem. Im internen Diskurs muß man keinen Hehl daraus machen, daß es schlicht nicht existiert. Verfasser vorliegender Werbekonzeption schlagen vor, die semantische Lücke mit einer Schachtel Prima Gold zu schließen, was beim potentiellen Verbraucher psychologisch zweifellos überaus gut ankommt. Unbewußt wird phantasiert, daß der weltweite Triumph der russischen Idee mit jeder gerauchten Zigarette ein Stück näher rückt.

Nach kurzem Zögern entschied sich Tatarski dafür, die russische Idee mit großem R zu schreiben.

Andererseits muß die komplexe, im Claim konzentrierte Wirkung einer solchen Symbolik in Betracht gezogen werden. Diesbezüglich ließe sich befürchten, daß die Koppelung des Gegenschlag-Motivs mit dem Signet der British-American Tobaccos Co. als Hersteller des Produkts bei einem Teil der Zielgruppe zu einem logischen Kurzschluß führen könnte, etwa in Gestalt der Frage: Wird New York von der Schachtel angegriffen, oder startet sie von dort? Letztere Variante (logisch erhärtet von dem Umstand, daß die Schachtel auf dem Bild mit der Klappe nach oben fliegt) könnte nicht mehr verdeutlichen, wieso von einem Gegenschlag die Rede ist.

Hektisches Glockengeläut von einem in der Nähe gelegenen Kirchlein drang durch das geschlossene Fenster. Tatarski lauschte ein paar Sekunden andächtig, dann schrieb er weiter:

Nolens volens erschließt sich einem hier der Primärbonus westlicher Propaganda. Daß eine introvertierte Gesellschaft einer extrovertierten auf dem Imagesektor Paroli bieten könnte, ist ein Ding der Unmöglichkeit.

Tatarski überlas den letzten Gedanken und fand, daß er nach nationalem Minderwertigkeitskomplex roch; er strich die beiden Sätze und brachte das Thema forsch zum Abschluß:

Im übrigen ist wohl nur der materiell am schlechtesten gestellte Teil der Zielgruppe zu derlei analytischen Schlüssen in der Lage, weshalb obiger Vorbehalt sich auf den Verkauf kaum auswirken dürfte. Der Entwurf wird daher gutgeheißen.

Das Telefon auf seinem Schreibtisch klingelte, Tatarski nahm ab.

»Hallo.«

»Tatarski! Zum Chef auf den Teppich!« – Morkowins Stimme.

Tatarski gab der Sekretärin den eben verfaßten Text zur Reinschrift und fuhr hinunter. Es regnete immer noch in Strömen. Er schlug den Kragen hoch und flitzte über den Hof zum gegenüberliegenden Flügel. Das kurze Stück reichte, daß er bis auf die Haut durchnäßt war. Da sitzt man nun im selben Haus, aber nein, man muß über den Hof! dachte er gereizt, während er die Marmorhalle betrat. Fehlte noch, daß ich den schönen Teppich versaue ... Der Anblick der Wachleute mit den Maschinenpistolen dämpfte seinen Zorn. Einer erwartete ihn mit geschulterter Skorpion am Fahrstuhl. Lässig klimperte er mit dem Schlüsselbund.

Morkowin saß in Asadowskis Vorzimmer. Beim Anblick des tropfnassen Tatarski lachte er hämisch:

»Hast dir wohl extra die Nasenlöcher gespült? Vergiß es. Leonid ist unterwegs, da fällt die Bienenzucht aus.«

Tatarski hatte das Gefühl, daß in dem Raum etwas fehlte. Richtig: Der runde Spiegel und die goldene Maske waren von der Wand verschwunden.

»Wo ist er denn hingefahren?«

»Nach Bagdad.«

»Ach. Und was will er da?«

»Die Ruinen vom alten Babylon besichtigen, die sind ganz in der Nähe. Irgendwie hat er sich in den Kopf gesetzt, auf den Turm steigen zu müssen, der da noch steht. Er hat mir ein Photo gezeigt. Tolles Teil!«

Tatarski mochte sich nicht anmerken lassen, wie das eben Gehörte auf ihn wirkte. Mit betont natürlicher Geste nahm er sich eine Zigarette aus der Schachtel, die auf dem Tisch lag.

»Was interessiert ihn daran so besonders?« fragte er.

»Er sagt, er müsse mal wieder hoch hinaus. Ist was mit dir? Du bist auf einmal so blaß.«

»Ich hab zwei Tage nicht geraucht«, sagte Tatarski. »Wollte eigentlich aufhören.«

»Kauf dir ein Nikotinpflaster.«

Tatarski hatte sich schnell wieder in der Gewalt.

»Übrigens«, sagte er, »hab ich Asadowski gestern abend schon wieder in zwei Spots gesehen. Ich kann einschalten, wann ich will, immer sehe ich ihn. Wenn er mal nicht im Corps de ballet tanzt, sagt er das Wetter für morgen an. Wie soll man sich das erklären? Warum macht er das? Ist er dermaßen scharf drauf, vor der Kamera zu stehen?«

»Dafür hat er eine Schwäche. Ich geb dir den guten Rat, dich darum einstweilen nicht zu kümmern. Was du wissen mußt, erfährst du früh genug. Wäre das möglich?«

»Von mir aus.«

»Zur Sache. Was macht das Kalaschnikow-Skript? Der Marketing-Chef hat vorhin angerufen.«

»Da gibt's nichts Neues, alles wie gehabt: Batman wird von zwei Veteranen über dem Moskworezki-Markt abgeschossen. Batman stürzt auf den Kebab-Grill und zappelt mit den Fledermausflügeln im Staub. Umtanzt von einem Reigen Bauernweiber in Kittelschürzen.«

»Und wieso zwei Veteranen?«

»Der eine hat die Standardversion, der andere die kurze. Wir sind vom Kunden gebeten worden, auf die ganze Angebotspalette Bezug zu nehmen.«

Morkowin überlegte.

»Zwei Veteranen, das bringt es nicht. Besser wären Vater und Sohn. Der Vater mit dem langen, der Sohn mit dem kurzen. Und ein Batman ist auch zu wenig. Nimm Spawn und Nightman und die ganze Scheißbagage dazu. Das Budget ist riesig, das muß ausgeschöpft werden.«

»Logisch gesehen«, sagte Tatarski, »müßte der Sohn den langen haben und der Vater den kurzen.«

Morkowin überlegte noch einmal.

»Stimmt«, sagte er. »Ich sehe, du denkst mit. Bloß nicht noch die Mutter mit dem Granatwerfer, das wäre der Overkill. Okay, das ist es aber nicht, weshalb ich dich gerufen habe. Es gibt gute Nachrichten.«

Er machte eine Kunstpause.

»Ja, was denn?« fragte Tatarski mit lauem Interesse.

»Die Abteilung eins hat dich endlich überprüft. Deiner Beförderung steht nichts mehr im Wege. Asadowski hat angewiesen, dich aufzuklären. Also. Dann wollen wir mal.«

In der Kantine ging es still zu. Ein großer Fernseher hing an einer Stange von der Decke, es lief eine Nachrichtensendung, der Ton war abgestellt. Morkowin deutete auf einen der Tische in der Ecke unter dem Fernseher und ging zum Büfett. Mit zwei Gläsern und einer Flasche Smirnoff Citrus Twist kam er wieder.

»Ein Schlückchen auf die Gesundheit. Daß du dir nicht noch was wegholst in den nassen Klamotten.«

Er zwängte sich hinter den kleinen Tisch, schüttelte die Flasche auf besondere Weise und gab sich der Betrachtung der darin aufsteigenden Bläschen hin.

»Nicht zu fassen«, meinte er verblüfft. »Am Straßenkiosk will ich es noch verstehen. Aber jetzt drehen sie einem schon hier diese Plagiate an. Schwarzgebrannter aus Polen, jede Wette. Hoho, guck dir das an! Wie der zappelt! Das nenne ich doch mal ein Upgrade!«

Tatarski begriff, daß die letzte Bemerkung sich nicht auf den Wodka, sondern auf den Bildschirm über ihnen bezog. Dort sah man einen rosigen, gutgelaunten Jelzin palavern und heftig mit seiner dreifingrigen Hand gestikulieren.

»Upgrade?« fragte Tatarski nach. »Ist das die Firma, von der er seinen neuen Herzschrittmacher hat?«

Morkowin schüttelte den Kopf.

»Wer bloß immer diese Gerüchte in die Welt setzt. Ich rede

von der neuen Frequenz. Wir haben auf sechshundert Megahertz erhöht. Und riskieren damit einiges, nebenbei gesagt.«

»Ich verstehe kein Wort.«

»Diese Sequenz zu rechnen hätte uns früher zwei Tage gekostet. Jetzt machen wir es in einer Nacht. Da kannst du ganz anders arbeiten. Mehr Gesten, mehr Grimassen.«

»Was, zum Teufel, wird denn gerechnet?«

»Der da zum Beispiel«, sagte Morkowin und nickte zum Bildschirm hinauf. »Und die übrigen auch. Alles flotte Dreier.«

»Wie bitte?«

»3-D-Modelle, falls du dich für den exakten Terminus interessierst. Die Kollegen sagen Dreiachser dazu.«

Tatarski starrte den Freund an und versuchte herauszubekommen, ob er ihn verulken wollte. Morkowin hielt dem Blick stand und blieb ernst.

»Was erzählst du mir da?«

»Nur das, was Asadowski möchte, daß ich es dir erzähle. Im Zuge der Aufklärung.«

Tatarski sah zum Bildschirm. Dort gab es nun das Rednerpult der Duma zu sehen. Dahinter stand einer mit greulich finsterem Gesicht – wie in der Lohe des Volkszorns scharf gebacken. Und plötzlich kam es Tatarski so vor, als wäre dieser Abgeordnete tatsächlich nicht am Leben. Sein ganzer Körper war vollkommen reglos, nur die Lippen bewegten sich und selten einmal die Brauen.

»Der auch«, sagte Morkowin. »Nur mit gröberem Rendering, von denen gibt es zu viele. Eine Randfigur. Ein sogenannter Halbgefrorener.«

»Hä?«

»Na ja, so nennen wir die Duma-Figurinen. Dynamische Voxel-Graphiken, mit fixer Perspektive. Technisch dieselbe Machart, nur daß der Aufwand um zwei Größenordnungen niedriger liegt. Es gibt zwei Sorten davon, Dummies und Semi-Dummies. Siehst du, wie er mit dem Mund und den Augen wackelt? Ein Semi-Dummy. Und der dort, der hinter der Zeitung schläft, das ist ein Dummy. So einer paßt auf eine Winchester. Du mußt wissen, die Abteilung Legislative hat sich neulich eine Prämie verdient. Asadowski hatte die Abendnachrichten laufen, und da sind die Duma-Abgeordneten übers Fernsehen hergezogen, von wegen, daß es unterwandert sei und berechnend und was weiß ich noch. Asadowski hört das Wort ›berechnend‹ und ist echt auf hundertachtzig, weil er denkt, da steckt wer seine Nase in unsere Angelegenheiten, er hatte schon den Hörer in der Hand und die Nummer gewählt, um der Sache auf den Grund zu gehen, da ist ihm erst eingefallen, daß die Sache ja keinen Grund hat. Nein, es muß schon gute Arbeit sein, wenn sie sogar die eignen Leute überzeugt.«

»Soll das heißen, daß die alle ... so sind?«

»Alle. Ausnahmslos.«

»Mach halblang!« protestierte Tatarski unsicher. »Ich meine, es sind doch massenhaft Leute, die diese Personen tagtäglich zu sehen kriegen, oder etwa nicht?«

»Wo denn zu sehen kriegen?«

»Na, zum Beispiel im Fern... Ach so. Na ja. Und was ist mit den Leuten, die life mit denen zu tun haben?«

»Hast du solche Leute schon gesehen?«

»Klar.«

»Und wo?«

Tatarski dachte nach.

»Eigentlich nur im Fernsehen.«

»Du verstehst, was ich sagen will?«

»So ganz allmählich.«

»Rein theoretisch wäre es übrigens denkbar, daß du einen triffst, der dir erzählt, er hätte sie gesehen und wäre mit ihnen bekannt und so weiter. Zu dem Zweck existiert ein spezielles Büro, *Volkes Wille* heißt das. Da arbeiten über hundert Mann, alles Ex-KGB-Leute, die bei Asadowski auf der Gehaltsliste stehen. Ihr Job ist es, durch die Gegend zu laufen und herumzuerzählen, sie hätten irgendeinen Politiker gesehen: natürlich vor einer dreistöckigen Villa, mit einer minderjährigen Prostituierten oder in einem gelben Lamborghini auf der Rubljowskoje. *Volkes Wille* frequentiert aber fast nur Kneipen und Bahnhöfe, da kommst du sowieso nie hin.«

»Ist das wahr?« fragte Tatarski

»Natürlich ist das wahr.«

»Aber das ist ja alles ein grandioser Schwindel.«

»Ach du lieber Gott!« Morkowin rümpfte die Nase. »Erspar mir bloß diese Tour. Was willst du denn? Jeder Politiker ist von Natur aus ein Fernsehprogramm. Klar könnte man einen lebendigen Menschen vor die Kamera setzen – und was dann? Der kriegt seine Reden trotzdem von Ghostwritern geschrieben, seine Anzüge von einem Styling-Team hingehängt, und seine Entscheidungen fällt das Bankenaufsichtskomitee. Und was, wenn den plötzlich der Schlag trifft? Fädeln wir die ganze Chose dann wieder von vorne ein?«

»Also, mal angenommen«, sagte Tatarski. »Wie ist das möglich, in dem Umfang?«

»Dich interessiert die Technologie? Die kann ich dir erläutern, in groben Zügen. Als erstes braucht man eine Vorlage. Ein Wachsmodell oder einen Menschen. Von dem wird ein Wolkenkörper gescannt. Weißt du, was ein Wolkenkörper ist?«

»So was wie ein Astralkörper?«

»Das nun gerade nicht. Den haben dir irgendwelche Idioten ins Hirn geschissen. Ein Wolkenkörper ist eine Wolke aus digitalen Punkten. Gescannt mit einer mechanischen Sonde oder mit einem Laser. Anschließend werden die einzelnen Punkte verbunden – man legt ein digitales Raster drüber, und wo es blitzt, wird korrigiert. Da gibt es verschiedene Waschgänge: Stitching, Cleaning up und so weiter.«

»Waschgänge? Wie geht das vor sich?«

»Eben digital. Eine Zahl wäscht die andere. Genau darfst du

mich nicht fragen, ich bin gelernter Geisteswissenschaftler, das weißt du doch. Wenn alles geputzt und verstochen ist, haben wir das fertige Modell. Da gibt es wiederum zwei Sorten: Polygonale, die sind aus lauter kleinen Dreiecken zusammengesetzt, und sogenannte NURBS-Patches. Non-uniform-rational-b-spline. Die bestehen aus Kurven, Super-High-Tech, für die schweren Dreiachser. Die Duma-Dummies sind durchweg polygonal – weniger Fummelei und volkstümlichere Visagen. Wenn das Modell fertig ist, wird das Drahtgitter eingesetzt. Auch digital. Nichts als Stäbchen und Scharniere – sieht auf dem Monitor aus wie ein Skelett, bloß ohne Rippen. Und das wird animiert wie im Trickfilm, Schritt für Schritt: ein Händchen nach hier, ein Füßchen nach da. Wir sind allerdings wieder davon abgekommen, das am Bildschirm zu machen. Es gibt dafür Fachpersonal, lebende Skelette.«

»Lebende Skelette, soso.«

Morkowin sah auf die Uhr.

»In Pavillon drei laufen gerade Aufnahmen. Wir können rübergehen und ein bißchen zugucken. Sonst bin ich heute abend noch am Erklären.«

Die Räumlichkeit, die Tatarski wenige Minuten später zaghaft hinter seinem Freund betrat, wirkte wie das Atelier eines Konzeptkünstlers, der an einem größeren Staatsauftrag in Furnier arbeitete. Ein riesiger Saal, zwei Stockwerke hoch, vollgestellt mit Sperrholzkonstruktionen verschiedenster Art und rätselhafter Bestimmung: Treppen, die ins Leere gingen, ungeschlachte Tribünen, verschieden schiefe Ebenen, als Krönung eine lange Sperrholzlimousine. Weder Kameras, noch Scheinwerfer waren zu entdecken – dafür türmten sich an der Wand etliche obskure Elektronikboxen, dem Equipment einer Musikkapelle ähnlich; dahinter saßen vier Männer, die aussahen, wie Ingenieure aussehen. Eine halbleere Flasche Wodka und Mengen von Bierbüchsen standen vor ihnen auf dem Fußboden. Einer der Ingenieure saß unter Kopfhörern und schaute auf einen Monitor. Die Männer winkten Morkowin zum Gruß, ließen sich jedoch nicht von der Arbeit abhalten.

»He, Arkadi«, rief der mit den Kopfhörern. »Du wirst lachen, aber wir brauchen noch eine.«

»Was?« tönte eine heisere Stimme aus der Saalmitte.

Tatarski wandte sich um. Die Stimme kam von einer der seltsamen Kulissen: einer sperrhölzernen Rutschbahn, wie man sie auf Kinderspielplätzen findet, nur um einiges höher. Sie endete in einer zwischen Holzpfosten gespannten Hängematte; hinauf führte eine Aluminiumleiter. Auf dem Fußboden unter der Matte hockte ein massiger alter Mann mit dem Gesicht eines Milizionärs a. D. Er trug Trainingshosen und ein Shirt mit der Aufschrift *Sick my duck*, die Tatarski sentimental und außerdem grammatisch unkorrekt erschien.

»Muß sein, Arkadi. Auf ein neues!«

»Wie oft denn noch«, brummte Arkadi. »Mir ist schwindlig.«

»Dann trink erst noch ein Glas. Das sieht sowieso alles viel zu hölzern aus. Wirklich, trink ruhig noch einen.«

»Dabei hat das letzte Glas noch gar nicht angeschlagen«, entgegnete Arkadi, rappelte sich auf und schlurfte zu den Ingenieuren. Jetzt bemerkte Tatarski die kleinen schwarzen Plastikscheiben, die an Handgelenken, Ellbogen, Knien und Knöcheln des Mannes hafteten, auch an anderen Körperpartien – Tatarski zählte und kam auf vierzehn Stück.

»Wer ist das?« fragte er flüsternd.

»Arkadi Korschakow. Hat nichts zu tun mit Jelzins Leibwächter, der heißt zufällig genauso. Er arbeitet als Jelzins Skelett. Gleiche Maße, gleiches Gewicht. Außerdem ist er Schauspieler. Hat früher mal Shakespeare gespielt. Kinder- und Jugendtheater.«

»Und was hat er zu tun?«

»Das wirst du gleich sehen. Möchtest du ein Bier?«

Tatarski nickte. Morkowin holte zwei Büchsen Tuborg. Das Wiedersehen mit dem Herrn im weißen Hemd mutete Tatarski seltsam an. Immer noch war der Tuborg Man dabei, sich den Schweiß von der Stirn zu wischen, immer noch schien er es vermeiden zu wollen, seinen letzten Weg zu Ende zu gehen.

Arkadi hatte sein Glas gekippt, war zur Rutsche zurückgekehrt und über die Leiter nach oben geklettert, nun stand er starr vor der steilen Schräge.

»Soll ich?« fragte er.

»Moment noch«, sagte der Mann mit den Kopfhörern, »wir müssen neu aussteuern.«

Arkadi ging in die Hocke und klammerte sich an den Rand der kleinen Plattform; er sah jetzt aus wie eine feiste Riesentaube.

»Was hat er da überall für Scheiben?« fragte Tatarski.

»Das sind die Sensoren. *Motion Capture* nennt sich das Verfahren. Sie sitzen genau da, wo das Drahtgitter die Scharniere haben soll. Wenn Arkadi Action macht, wird die Bewegung jedes dieser Punkte im Raum aufgezeichnet. Dann wird noch ein bißchen gefiltert, mit dem Modell abgeglichen, und der Rechner macht den Rest. Das ist ein ganz neues System – *Star Trak*. Das beste am Markt. Drahtlos, zweiunddreißig Sensoren, an jedem Ort einsatzfähig. Allerdings nicht billig, wie du dir denken kannst.«

Der Mann mit den Kopfhörern löste den Blick vom Monitor.

»Fertig«, verkündete er. »Also, ich rekapituliere. Zuerst die Umarmung, dann die Aufforderung, dann das Stolpern. Die Geste nach unten bitte noch langsamer und gravitätischer. Und noch mehr Einsatz beim Fallen bitte, volles Rohr. Klar?«

»Klar«, grunzte Arkadi und richtete sich vorsichtig auf, wobei er ein wenig ins Schwanken geriet.

»Und ab!«

Arkadi drehte sich nach links, breitete die Arme aus und schloß sie langsam um einen unsichtbaren Rumpf. Frappierend, wieviel staatsmännische Würde und Gelassenheit seine Bewegungen auf einmal ausstrahlten. Zu Anfang hatte Tatarski an das Stanislawski-System gedacht – doch schnell wurde klar, daß Arkadi einfach Mühe hatte, auf dem wenige Handbreit schmalen Fleckchen dort oben die Balance zu halten und nicht abzustürzen. Jetzt löste Arkadi sich aus der Umarmung und ließ seinem unsichtbaren Begleiter mit generöser Geste den Vortritt auf die Rutschbahn, tat dann einen Schritt hinterdrein, kippte über den hölzernen Grat und stürzte auf unbeschreibliche Weise in die Tiefe. Im Fallen überschlug er sich zweimal, und wäre nicht die Hängematte gewesen, die seinen schweren Körper auffing, hätte es ohne Knochenbrüche nicht abgehen können. So, wie er in die Matte geplumpst war, blieb er liegen, die Hände um den Kopf gelegt. Währenddessen umstanden die Ingenieure den Monitor, wisperten und schienen sich nicht einig.

»Was wird das, wenn es fertig ist?«

Morkowin reichte ihm wortlos ein Photo, das er vom Bierholen mitgebracht hatte. Zu sehen war einer der Kremlsäle mit den typischen Malachitsäulen; der Blick ging über eine breite Marmortreppe mit rotem Teppichläufer.

»Ich verstehe eines nicht: Wenn er virtuell ist, wieso muß er dann besoffen sein?«

»Wegen der Beliebtheitsskala.«

»Du willst doch nicht sagen, daß das seine Beliebtheit steigert?«

»Seine doch nicht. Wen interessiert die. Nein, die vom Sender. Es geht um Einschaltquoten. Was glaubst du, weshalb die Minute Prime Time zwischen den Nachrichten vierzigtausend kostet?«

»Das ist mir klar. Aber sag mal ... Ist er denn schon lange weg vom Fenster – der richtige, meine ich?«

»Seit dem Wahlkampfauftritt in Rostow. Als er beim Tanzen von der Bühne fiel. Wir mußten ihn auf der Intensivstation digitalisieren. Du kannst dich doch bestimmt an die Bypass-Operation erinnern. Probleme ohne Ende. Im letzten Durchgang haben alle unter Gasmaske arbeiten müssen. Seitdem bevorzugen wir die Furniervariante.«

»Und wie entsteht das Gesicht?« wollte Tatarski wissen. »Mimik, Gestik?«

»Auf dieselbe Weise. Nur ein anderes System, nicht magnetisch, sondern optisch. *Adaptive Optics*. Für die Hände gibt es die *CyberGlove*-Handschuhe. Die zwei Finger haben wir einfach abgeschnitten, ging prima.«

»He, Männer«, rief einer der Ingenieure, »könntet ihr ein bißchen leiser sein? Arkadi muß gleich noch mal ran, er braucht seine Ruhe.«

»Was?« fragte Arkadi aus der Hängematte und richtete sich halb auf. »Ihr habt sie wohl nicht alle?«

»Gehen wir«, sagte Morkowin.

Der nächste Raum, in den Tatarski geführt wurde, hieß *Virtuelles Studio*. Dem Namen zum Trotz gab es hier die echten Kameras und Scheinwerfer, die er zuvor vermißt hatte – sie sorgten für angenehme Wärme. Das Studio war nur ein größeres Zimmer, Wände und Fußboden grün. Man war dabei, einige Komparsen in modischem Farmer-Outfit zu filmen. Sie wandelten durch den kahlen Raum, ließen gelegentlich ein versonnenes Nicken sehen, einer drehte eine reife Weizenähre zwischen den Fingern. Wie Morkowin erklärte, sollten das prosperierende Mittelbauern sein, die auf Kodak zu filmen billiger kam, als sie zu animieren.

»Wir sagen ihnen, wo sie ungefähr hingucken und wann sie was fragen sollen. Hinterher lassen sich beliebige VIPs einstanzen. Hast du *Starship troopers* gesehen? Wo die kosmische Eingreiftruppe gegen die Käfer kämpft?«

»Ja.«

»Dasselbe Prinzip. Anstelle der Eingreiftruppe Farmer oder Kleingewerbetreibende, anstelle der Pump-Guns Brot und Salz und anstelle der Käfer Sjuganow, Lebed und Genossen. Wir ziehen die Erlöser-Kathedrale oder das Baikonur-Kosmodrom dahinter, schneiden es um auf Betacam – und ab durch den Äther. Laß uns noch im Geräteraum vorbeischauen.«

Der Geräteraum, der sich hinter einer Tür mit der lustigen Aufschrift *Maschinensaal* verbarg, machte wenig her. Eindruck schindeten allenfalls die zwei bewaffneten Wächter, die vor der Tür standen. Drinnen herrschte Langeweile: knarrendes Parkett und verstaubte grüne Gladiolenmustertapeten, die sich unzweifelhaft noch sowjetischer Zeiten erinnerten. Es gab keinerlei Mobiliar; an der einen Wand hing das berühmte Farbphoto mit Juri Gagarin und der Friedenstaube in seinen Händen, längs der anderen reihten sich Metallgestelle – darin eine Vielzahl einförmiger blauer Kästen mit dem schneeflockenähnlichen Signet von Silicon Graphics als einziger Zierde. Äußerlich unterschieden sich die Kästen kaum von jenem, den er einst bei Draft Podium zu Gesicht bekommen hatte. Keine aufregend flackernden Lämpchen und ausschlagenden Zeiger – eine stinknormale kleine Trafostation hätte nicht viel anders ausgesehen. Nichtsdestoweniger benahm sich Morkowin sehr feierlich.

»Asadowski hat erzählt, du magst es, wenn das Leben große Titten hat. Das hier ist die größte. Wenn du die erst mal kennst, springst du an, da bin ich mir sicher.«

»Was ist das?«

»Ein Render-Server 100/400. Den baut Silicon Graphics speziell für diesen Zweck – high-end sozusagen. Nach amerikanischen Begriffen zwar schon veraltet, aber für uns das Gelbe vom Ei. Und ganz Europa modelliert damit. Die Kapazität reicht für hundert führende und vierhundert Hilfspolitiker.«

»Feiner Computer«, sagte Tatarski nicht besonders enthusiastisch.

»Im Grunde ist es kein Einzelcomputer, sondern ein Komplex aus vierundzwanzig Einheiten zu je vier Anderthalb-Gigahertz-Prozessoren, die von einer gemeinsamen Tastatur angesteuert werden. Jede Einheit rendert ihre Bilder off-line, das Gesamtsystem arbeitet ungefähr wie eine Bordkanone, wo mehrere Läufe auf einer Trommel sitzen. Die Amerikaner haben den Preis kraß in die Höhe getrieben, aber wir hatten keine Wahl – damals, wie alles anfing, gab es so was bei uns nicht. Und heute ist erst recht nicht dran zu denken, wie du weißt. Überhaupt sind die Amis das Hauptproblem. Sie setzen uns Daumenschrauben an, das gibt es nicht.«

»Wie denn das?«

»Über die Prozessor-Frequenz. Erst haben sie uns um zweihundert Megahertz runtergesetzt wegen Tschetschenien. In Wirklichkeit natürlich wegen der Ölpipeline, ist ja klar. Dann noch mal wegen der Veruntreuung der Kredite. Die finden immer einen Vorwand. Natürlich versuchen wir, die Anlage nachts wieder hochzufahren, aber die gucken in ihrer Botschaft ja auch Fernsehen. Kaum haben wir die Frequenz eine Winzigkeit erhöht, werden sie wuschig und schicken einen Inspektor. Eine Schande ist das. So ein mächtiges Land, und schleicht mit vierhundert Megahertz. Und selbst die noch auf Pump.«

Morkowin war an das Gestell getreten, hatte eine der schlanken blauen Boxen herausgezogen und die Abdeckung aufgeklappt. Darin kam ein LC-Display mit Tastatur und Track-Ball zum Vorschein.

»Ist das die Steuertastatur?«

»Um Himmels willen!« Morkowin machte eine theatralische Handbewegung. »Um ins System zu kommen, braucht man eine Zugangserlaubnis. Alle Terminals stehen oben. Das hier ist ein einfacher Kontrollmonitor. Ich will mal sehen, woran sie gerade sitzen.«

Er drückte ein paar Tasten. Auf der unteren Hälfte des Bildschirms öffnete sich ein Fenster mit Download-Anzeige und einigen rätselhaften Angaben: *memory used 5184 M, time elapsed 23:11:12*, darunter noch etwas Winziges. Schließlich erschien in großer Schrift die Pfadangabe: *C:/oligarchs/berezka/excesses/outdoor/slalom.prg.*

»Alles klar«, sagte Morkowin. »Beresowski in den Schweizer Alpen.«

Der Bildschirm begann sich mit bunten Quadraten zu füllen – so als legte jemand in Windeseile ein Puzzle. Sekunden später sah Tatarski das allbekannte Gesicht mit einigen noch ungepixelten schwarzen Löchern. Der Ausdruck tollwütiger Freude im rechten, schon fertigen Auge beeindruckte Tatarski außerordentlich.

»Er fährt Ski, der Hund«, sagte Morkowin. »Während wir hier Staubflocken inhalieren.«

»Wieso steht das im Ordner *excesses*? Skifahren ist doch nichts Unanständiges.«

»Das Skript schreibt nackte Ballettmädchen anstelle der Slalomstangen vor. Links mit blauen, rechts mit roten Strapsen. Die Mädels haben wir schon auf Kodak, life auf der Piste gedreht. Die haben sich vielleicht gefreut – einfach mal so in die Schweiz düsen. Zwei von denen sind gleich dageblieben.«

Er schaltete den Monitor aus, schloß die Abdeckung und schob die Einheit wieder an ihren Platz. Tatarski kämpfte mit einem beunruhigenden Gedanken.

»Sag mal«, begann er, »machen die Amis etwa dasselbe?«

»Natürlich. Die haben viel früher damit angefangen. Reagan in der zweiten Amtsperiode war schon animiert. Und Bush – kannst du dich an die Bilder erinnern, wie er am Hubschrauber stand, und es hat ihm seine paar Härchen so schön von der Platte gezerrt und gewedelt? Das war ein Meisterwerk, das in der Geschichte der Computergraphik bis heute seinesgleichen sucht. Amerika!«

»Stimmt es eigentlich, daß die Amis für unsere Politik die Texte liefern?«

»Nein. Das ist eine komplette Ente. Denen fällt doch für sich selber nichts Gescheites ein. Bildauflösung, Pixelmenge, special effects – da sind sie unschlagbar. Aber den Geist hat dieses Land nicht gepachtet. Die Kreativen in der Politik der USA sind das

Letzte. Immer bloß zwei Präsidentschaftskandidaten, und beide haben dieselbe Kreativ-Abteilung. Wo sowieso nur die arbeiten, die in der Madison Avenue nicht den Fuß in die Tür gekriegt haben, denn für die Politik ist bei denen kaum Geld da. Ich hab mir letztens noch mal das Wahlkampfmaterial kommen lassen – ein einziges Grauen. Wenn der eine von der Brücke in die Zukunft redet, kannst du drauf warten, daß der andere zwei Tage später von der Brücke in die Vergangenheit faselt. Für Bob Dole haben sie nur den Nike-Slogan umgedreht – statt *Just do it* heißt es *Just don't do it.* Sich etwas Positives auszudenken, sind sie einfach nicht in der Lage, ein Blow Job im Oral Office ist schon das höchste der Gefühle. Nein, da sind unsere Jungs zehnmal besser. Guck dir an, was für plastische Charaktere sie bauen. Nimm Jelzin. Sjuganow. Lebed. Das ist Tschechow pur: *Drei Schwestern*! So was müßte jedem das Maul stopfen, der behauptet, Rußland hätte keine eigenen Marken. Wir haben hier Talente, mit denen brauchen wir uns nirgends zu schämen. Guck dir zum Beispiel den an. Ist das nichts?«

Er deutete auf das Gagarin-Poster. Tatarski schaute richtig hin und erkannte, daß nicht Gagarin abgebildet war, sondern General Lebed in Paradeuniform – und in seinen Händen saß keine Taube, sondern ein weißes Kaninchen mit hängenden Ohren. Das Photo kam seinem Prototyp derart nahe, daß man einer optischen Täuschung erlag und das Kaninchen in Lebeds Händen im ersten Moment für eine gemästete Taube hielt.

»Hat ein Amateur fabriziert, war früher Bergmann«, sagte Morkowin. »Fürs *Playboy*-Cover. Die Headline war: *Rußland wird fett und schön.* Genau das Richtige für die unterversorgte Provinz. Früher hat der Typ auch nur jeden zweiten Tag was zu futtern gehabt, jetzt ist er einer unserer Top-Kreativen. Obwohl sich in seinen Kladden immer noch bißchen zu viel ums Essen dreht. Weißt du noch, von der Achmatowa die schöne Zeile: *Und wenn ihr wüßtet, ach, aus welchem Unrat / die Verse sprießen ohne Scham ...*«

»Stopp mal«, sagte Tatarski. »Mir ist da eine Idee gekommen. Muß ich aufschreiben.«

Er holte das Büchlein aus der Tasche.

Silicon Graphics - neues Signet für den russischen Markt (Schneeflocken-Ersatz). Umriß einer silikongespritzten Riesentitte (mit Graphik-Effekt: Federzeichnung o. ä.) Im bewegten Bild: Aus der Drüse kriecht ein Silikonwurm (à la *Species II*) und krümmt sich zum Dollarzeichen. Überdenken.

»Einfälle sind besser als Ausfälle«, kommentierte Morkowin. »Man könnte glatt neidisch werden. Na gut, der Betriebsrundgang ist beendet. Gehen wir zurück in die Kantine.«

Die Kantine war nach wie vor leer. Der Fernseher lief ohne Ton, auf dem Tisch stand die halbvolle Flasche Smirnoff Citrus Twist. Morkowin füllte die Gläser, stieß wortlos mit Tatarski an und trank. Der Rundgang hatte in Tatarski eine gewisse Unruhe geweckt.

»Hör mal«, sagte er. »Da ist noch etwas, das ich nicht verstehe. Gesetzt den Fall, sie kriegen alle ihre Texte geschrieben. Aber wer ist für den Inhalt verantwortlich? Wer bestimmt die Themen, und wer sagt, welche Richtung die Politik von morgen einschlagen soll?«

»Big Busineß«, erwiderte Morkowin trocken. »Schon mal was von den Oligarchen gehört?«

»Na klar. Aber wie hat man sich das vorzustellen? Versammeln die sich und treffen Absprachen? Oder gehen die Konzeptionen als Rundbrief raus?«

Morkowin klemmte den Mittelfinger in den Hals der Flasche, schüttelte sie und beobachtete die Bläschen – etwas an diesem Schauspiel schien ihn zu fesseln. Tatarski wartete schweigend.

»Das wäre nicht leicht für die, sich zu versammeln«, kam endlich die Antwort. »Wenn sie doch allesamt Bildschirmprodukte sind. Den Beresowski hast du eben selbst gesehen.«

»Hm«, sagte Tatarski nachdenklich. »Stimmt natürlich. Und wer textet für die Oligarchen?«

»Texter wie du und ich. Alles die gleiche Geschichte, bloß auf einer anderen Etage.«

»Aha. Und woher nehmen wir, was die Oligarchen beschließen sollen?«

»Das entscheidet die politische Lage. Kreative Freiheit – das ist ja doch nur ein Spruch. Im Grunde gibt es wenig Spielraum. Überall eiserne Zwänge. Für die einen wie für die anderen. Von uns beiden ganz zu schweigen.«

»Oligarchen gibt es also auch keine. Wozu haben wir dann unten das Schild hängen: *Bankenaufsichtskomitee*?«

»Das hängt da nur, damit die Polizei nicht auf die Idee kommt, ihre Wachen abzuziehen. Außerdem *sind* wir ja das Bankenaufsichtskomitee, genauso wie wir die Komiteeaufsichtsbank sind. Und der Oberaufsichtsrat. Kannst du mal sehen!«

»Ach so«, sagte Tatarski. »Langsam blicke ich durch, glaube ich. Das heißt, na ja ...Warte mal. X wird definiert von Y, und Y wird definiert von ... von X. Aber wie soll ... Ja, sag mal. Worauf stützt sich dann das große Ganze?«

Das letzte Wort war noch nicht zu Ende gesprochen, da schrie Tatarski auf vor Schmerz. Morkowin hatte ihn ins Handgelenk gezwickt – so kräftig, daß er ein Fetzchen Haut zwischen den Fingern behielt.

»Darüber«, sagte er, während er sich über den Tisch beugte und Tatarski mit verhangenem Blick in die Augen sah, »darfst du nie, nie nachdenken. Wirklich niemals, hörst du?«

»Wie kann man das verhindern?« fragte Tatarski, dem so war, als hätte der eben gespürte Schmerz ihn vom Rand eines tiefen und gefährlichen Abgrunds zurückgerissen.

»Man kann sich diese Technik aneignen«, sagte Morkowin. »Wenn du merkst, gleich will sich der verbotene Gedanke breitmachen, zwickst oder stichst du dich in den Arm oder das Bein – da, wo es weh tut. So wie der Schwimmer sich die Nadel in die Wade sticht, wenn er einen Krampf hat. Damit er nicht ertrinkt. Mit der Zeit wächst dir rings um den Gedanken Hornhaut, und es macht keine Mühe mehr, ihn links liegenzulassen. Du spürst, es gibt ihn, aber du denkst ihn einfach nicht. Und gewöhnst dich daran. Die achte Etage stützt sich auf die siebte, die siebte stützt sich auf die achte, und überall, an jedem konkreten Punkt in Raum und Zeit herrscht ein Mindestmaß an Stabilität. Du hast genug am Hals. Du hast Koks in der Nase. Du hast den lieben langen Tag handfeste Fragen zu entscheiden, und das im Laufschritt. Da bleibt für abstrakte gar keine Zeit.«

Tatarski kippte sich in den Schlund, was er noch im Glas hatte, dann kniff er sich mehrere Male hintereinander in den Oberschenkel. Morkowin setzte ein leidvolles Grinsen auf.

»Nimm Asadowski«, sagte er. »Warum bringt der die Leute hier so auf Trab? Weil es ihm im Traum nicht einfällt, daß an der ganzen Sache was faul sein könnte. Einer wie der wird nur aller hundert Jahre geboren. Der Mann hat ein Lebensgefühl von internationalem Rang, das muß man ihm lassen.«

»Gut und schön«, sagte Tatarski und mußte sich schon wieder ins Bein kneifen, »aber die Leute auf Trab zu bringen kann ja nicht alles sein – es muß doch auch Regeln geben. Die Gesellschaft ist ein kompliziertes Gebilde. Man braucht zu ihrer Regulierung gewisse Prinzipien, oder nicht?«

»Es gibt ein Prinzip, und das ist simpel«, sagte Morkowin. »Es ist der Monetarismus. Damit alles wie am Schnürchen läuft, muß das vorhandene Bruttokapital reguliert werden. Dann geht alles übrige automatisch seinen Gang. Man darf sich da überhaupt nicht einmischen.«

»Und wie wird dieses Bruttokapital reguliert?«

»Durch Maximierung.«

»Das soll alles sein?«

»Was dachtest du? Wenn man viel Geld hat, heißt das: Alles geht seinen Gang.«

»Ja«, sagte Tatarski, »logisch. Und trotzdem. Irgendwer muß doch bei alledem die oberste Instanz sein?«

»Ich glaube, du willst zuviel auf einmal verstehen«, sagte Morkowin mürrisch. »Wart's ab, sag ich dir. Das, mein Lieber, ist nämlich ein Problem – herauszukriegen, wer die oberste Instanz ist. Einstweilen nur so viel: Es ist bestimmt kein Er und keine Sie, sondern ein Es. Gewisse Faktoren und Impulse regieren die Welt, von denen du noch früh genug erfährst, Babi. Und von denen du schon früh genug erfahren hast. Paradox, aber wahr.«

Morkowin verstummte und hing seinen Gedanken nach. Tatarski rauchte, auch er hatte keine Lust mehr zu reden. Inzwischen war in der Kantine ein weiterer Gast aufgetaucht, den Tatarski sofort erkannte: Es war der populäre TV-Kommentator Varsuk Z. Valasnam. Er sah weit älter aus als im Fernsehen, aus dem er wahrscheinlich gerade kam: Der Schweiß perlte ihm in großen Tropfen von der Stirn, der berühmte Kneifer saß irgendwie recht schief auf der Nase. Tatarski hatte damit gerechnet, daß Valasnam sich geradewegs zum Tresen begeben und Wodka in sich hineinschütten würde, doch er kam zu ihnen an den Tisch.

»Dürfte ich mal eben den Ton anstellen?« fragte er und wies zum Fernseher. »Den Spot hat mein Herr Sohn gemacht. Ich hab ihn noch nicht gesehen.«

Tatarski schaute nach oben. Was sich auf dem Bildschirm ereignete, kam ihm merkwürdig bekannt vor. Auf der Lichtung eines Birkenwäldchens stand ein Matrosenchor – dem Anschein nach zwielichtige Typen (Asadowski war leicht auszumachen, da er schön in der Mitte stand und der einzige war, an dessen Brust eine Medaille glänzte). Sie hatten einander um die Schultern gefaßt und sangen schunkelnd ihr stummes Lied.

Vor ihnen posierte der strohblonde Solist. Jessenin hoch drei. Das Postament, auf dem er stand, hielt Tatarski zunächst für den Stumpf einer gigantischen Birke – aus der idealzylindrischen Form und den aufgemalten gelben Zitrönchen ließ sich jedoch schlußfolgern, daß eine Soft-Drink-Dose gemeint war, die eine Birke, wenn nicht ein Zebra assoziieren sollte. Im übrigen wies das geleckte Ambiente auf ein hohes Produktionsbudget hin.

»Bomm-bomm-bomm«, groovten die schunkelnden Matrosen. Der Solist nahm die Hand vom Herz, streckte sie der Kamera entgegen und ließ seinen Tenor erschallen:

Der Heimat verbunden,
vorm Bösen gefeit –
mit Birken-Sprite,
mit Birken-Sprite!

Mit einer schroffen Bewegung drückte Tatarski die Kippe im Aschenbecher aus.

»Schweinebande!« stieß er hervor.

»Wer?« fragte Morkowin.

»Wenn ich das wüßte. Sag mal, in welche Abteilung wollt ihr mich eigentlich stecken?«

»Du wirst leitender Kreativer in der Kompromat-Abteilung. Und in Druckzeiten arbeitest du als Springer. Das heißt, wir werden einander zuarbeiten, nach dem Motto: Einer stützt sich auf den anderen, so wie die Schiffsjungen da, Seit' an Seit'. Entschuldige, mein Lieber, sollte ich dich gegen deinen Willen in etwas hineingezogen haben. Der Plebs, der von alledem nichts weiß, hat fürwahr ein leichteres Leben. Der glaubt, es gäbe verschiedene Fernsehsender, verschiedene Betreiber. Dafür ist er der Plebs.«

Der islamische Faktor

Wie es so geht: Du kommst mit deinem weißen Mercedes an einer Bushaltestelle vorbei, siehst die Leute, die voller Ingrimm, Gott weiß wie lange schon, auf ihren Bus warten, und dir fällt auf, daß einer von ihnen mit stumpfem, wohl gar neidischem Blick herübersieht. Und für eine Sekunde denkst du, dieses Gefährt - einem braven Bürger in Deutschland entwendet, das Zollverfahren im befreundeten Weißrußland noch anhängig, mit schon verdächtig klopfendem Motor, gefälschter Motorblocknummer sowieso - könnte der Beweis sein für den vollständigen und endgültigen Sieg über das Leben. Ein heißes Prickeln durchflutet den Körper; stolz wendest du den Blick von den Wartenden an der Haltestelle und möchtest im Grunde deines Herzens glauben, du hättest nicht umsonst all das hinter dich gebracht und wärest am Ziel.

Solcherart wirkt in unseren Seelen der anale Wow!-Faktor. Sich seinem süßen Kitzel hinzugeben wollte Tatarski nicht gelingen. Vielleicht lag es an einer speziellen Form von Apathie, wie sie Vertreter des Mittelstandes (die ja auch ihre Haltestellen haben, zu denen sie bestellt und von denen sie nicht abgeholt werden) nach dem Regen gern einmal beschleicht. Vielleicht war er auch nur zu nervös: Ein Preview seiner Arbeiten stand bevor, bei dem Asadowski persönlich zugegen sein würde. Oder die Fehlermeldungen waren schuld, die er in letzter Zeit von seinem sozialen Radarsystem bekam.

Betrachtet man das Geschehen vom Standpunkt der reinen Animation, so dachte er, während er seine Nachbarn im Stau einer flüchtigen Begutachtung unterzog, dann stehen bei uns die Verhältnisse kopf. Für den Silicon-Computer im Himmel, der diese ganze Welt zu rendern hat, ist ein verbeulter Saporoshez eine weit schwierigere Angelegenheit als ein neuer BMW, den sie drei Jahre lang im Windkanal zurechtgefönt haben. Alles bleibt wie immer an den Kreativen hängen. Aber eines wüßte man doch gern: Von welchem Fiesling stammt das Skript? Und wer ist der Big User, der da pizzakauend vor dem Bildschirm sitzt? Und die hauptsächliche Frage: Geschieht das alles wirklich bloß, damit irgend so eine Himmelsagentur mit irgend etwas wie Werbung ihren Schnitt machen kann? Sieht ganz danach aus. Die Welt fußt auf Plagiaten, wie man weiß.

Der Stau begann sich endlich aufzulösen. Tatarski schaltete das Radio ein. Eine knödelnde, bisweilen jaulende Stimme schlug ihm auf die Ohren, es klang wie ein Sturm im Ofenrohr:

Es rettet uns kein höheres Wesen,
kein Gott, kein Mulder, kein Tycoon.
Uns von dem Moloch zu erlösen,
können wir nur selber tun!
Ihre Werbesendung im Russischen Radio!!

Die infernalische Fröhlichkeit, die von der Stimme ausging, ließ keinen Zweifel daran, daß der Sprecher selbst bei besagtem Moloch unter Vertrag stand. Genervt stellte Tatarski das Radio ab und legte die Hand an den Schalthebel.

Seine Stimmung war nun ganz im Keller; er hätte dringend etwas menschliche Wärme nötig gehabt. Kurz entschlossen lenkte er den Wagen aus der Kolonne hinüber zur Bushaltestelle und trat auf die Bremse. Die zerschlagene Seitenscheibe des Wartehäuschens war durch eine Werbetafel des Fernsehkanals STS ersetzt, darauf die allegorische Darstellung der sieben Todsünden, jede mit einer Fernbedienung in der Hand. Auf der Bank kauerten ein regloses Mütterlein mit Korb auf den Knien und ein Mann um die Vierzig mit krausem Haar, durchnäßter Armeewattejacke, Bierflasche in der Hand. Tatarski meinte noch so viel Lebensgeister in ihm zu erkennen, daß ein Versuch lohnte. Er ließ die Seitenscheibe herunter und legte den Ellbogen darauf.

»Sie werden entschuldigen, Genosse Soldat«, sagte er, »könnten Sie mir bitte sagen, wo es hier Hemden zu kaufen gibt?«

Der Mann sah ihn an. Anscheinend durchschaute er ihn sofort, denn in seine Augen trat die blanke Weißglut. Der kurze Blickwechsel war sehr informativ – der Mann wußte Bescheid, Tatarski wußte Bescheid, und jeder wußte vom anderen, daß er Bescheid wußte.

»Afghanistan war ganz was andres«, sagte der Mann.

»Wie meinen Sie, bitte?«

»So, wie ich es gesagt habe«, erwiderte der Mann und faßte seine Bierflasche am Hals. »Afghanistan war ganz was andres. Und dein Bitte kannst du dir in den Arsch stecken.«

Etwas sagte Tatarski, daß der Mann nicht auf sein Auto zukam, um ihm den Weg zum Oberhemdengeschäft zu erklären, und er trat das Gaspedal durch. Sein Gespür hatte ihn nicht getrogen: Nur eine Sekunde später krachte etwas auf die Heckscheibe, sie überzog sich mit einem Netz von Rissen, weißer Schaum lief herunter. Ein Adrenalinschock ließ Tatarski das Tempo beschleunigen. So ein Arschloch! dachte er und drehte sich um. Mit solchen Typen wollen die die Marktwirtschaft aufziehen.

Als er auf dem Hof des Bankenaufsichtskomitees einparkte, fuhr neben ihm ein roter Range Rover vor, neuestes Modell, mit unglaublichen Scheinwerfern auf dem Dach und humorigem Graffito an der Tür: Indianerkopf im Federschmuck, Sonnenaufgang über der Prärie. Wer zum Teufel fährt denn hier so was? überlegte Tatarski und hielt sich noch ein wenig mit dem Türschloß auf.

Dem Range Rover entstieg ein kleiner, dicker Mann im betont piekfeinen Nadelstreif. Als er sich umdrehte, erkannte Tatarski mit Verblüffung Sasha Blo – in die Breite gegangen, kahlköpfiger denn je, aber immer noch mit derselben Grimasse griesgrämiger Verständnislosigkeit im Gesicht.

»Nanu«, sagte Tatarski. »Sasha?«

»Ach, Babi«, sagte Sasha Blo. »Du auch hier? Wohl bei den Kompromaten?«

»Woher weißt du das?«

»Kombiniere, Watson: Weil alle mal dort anfangen. Zum Warmschreiben. Feste Kreative gibt's ja nicht besonders viele. Jeder kennt jeden. Und weil ich dich zum erstenmal hier sehe und du vor diesem Eingang parkst, heißt das, du bist bei den Kompromaten. Und das seit höchstens zwei Wochen, hab ich recht?«

»Vier«, erwiderte Tatarski. »Und als was arbeitest du hier?«

»Ich? Abteilungsleiter bei der Russischen Idee. Drüben im Seitentrakt. Wenn du Ideen hast, komm rüber.«

»Da kenne ich mich wenig aus. Einen Versuch hab ich mal gestartet – ging in die Hose. Vielleicht solltest du die Randbezirke abfahren und die harten Männer interviewen.«

Sasha Blo legte das Gesicht in mürrische Falten.

»Das hab ich anfangs probiert«, erzählte er. »Aber kaum hatte ich einem was eingegossen und in die Augen geguckt, da hieß es schon: Leck mich am Arsch, Mercedes-Bonze. Was Schärferes als Mercedes können die sich nicht ausmalen. Absolut destruktiv.«

»Kann man wohl sagen«, meinte Tatarski und schaute auf seine Heckscheibe. Sasha Blo folgte dem Blick.

»Ist das deiner?«

»Das ist meiner«, bejahte Tatarski würdevoll.

»Na ja«, sagte Sasha Blo, während er seinen Range Rover abschloß. »Vierzig Minuten Spießrutenfahren vor Arbeitsbeginn. Mach dir nichts draus. Kann alles nur besser werden.«

Er nickte aufmunternd und hüpfte, seine prallgefüllte, speckige Mappe schwenkend, Richtung Eingang davon. Tatarski schaute ihm lange nach, bevor seine Augen zur Heckscheibe zurückfanden. Er zückte das Büchlein und schlug die letzte Seite auf.

Das Hauptübel besteht darin, daß die Leute ihre Kommunikation auf sinnlos-unverbindlichen Smalltalk reduzieren und dabei in gieriger, listiger und rücksichtsloser Weise ihren analen Impuls exhibitionieren – in der Hoffnung, jemand könnte oral darauf abfahren. Geschieht das, hat man gewonnen, gerät in orgiastische Verzückung und spürt für Sekunden den sogenannten Herzschlag des Lebens.

Asadowski und Morkowin saßen schon seit dem Morgen im Vorführsaal. Vor der Tür liefen Leute auf und ab, schwätzten über Politik, schimpften eifrig auf die Regierung. Tatarski vermutete, daß es Texter aus der Politabteilung waren, die korporativen Müßiggang pflegten. Einzeln wurden sie nach drinnen gerufen und standen ihren Vorgesetzten durchschnittlich zehn Minuten Rede und Antwort. Es schien immerhin um Staatsaktionen zu gehen – Jelzins Stimme, aufgedreht bis zum Anschlag, drang mehrmals aus dem Saal. Das eine Mal hörte Tatarski ihn unwirsch brabbeln:

»Wozu brauchen wir so viele Piloten? Wir brauchen einen einzigen Piloten, der zu allem bereit ist! Mein Enkel spielt das oft genug auf seiner Play Station – daher weiß ich das.«

In einem anderen Fall lief offenbar ein Ausschnitt aus einer Rede an die Nation, Jelzins Stimme klang feierlich und gemessen:

»Zum erstenmal seit vielen Jahrzehnten hat Rußlands Bevölkerung Gelegenheit, zwischen Herz und Verstand zu wählen. Wähle mit Herz!«

Ein Entwurf war offenbar abgelehnt worden; es war dem

Mann, der da aus dem Saal kam – groß, schnauzbärtig, früh ergraut, einen roten Hefter mit der goldenen Aufschrift *ZAR* vor sich hertragend – an der Nasenspitze abzulesen. Kurz darauf erscholl Musik: Eine Balalaika klimperte, jemand sekundierte mit urigen Brusttönen, bis Asadowski der Kragen zu platzen schien.

»Das fliegt aus dem Programm!« brüllte er. »Das will ich nicht mehr sehen! Da ist mir der Lebed noch lieber, der hat wenigstens Haare auf dem Kopf. Der nächste.«

Tatarski kam als letzter an die Reihe. Der abgedunkelte Saal, wo Asadowski seiner harrte, war von einem düsteren Chic, eine Spur archaisch, so als wäre er in den dreißiger oder vierziger Jahren eingerichtet und ausgestattet worden. Beim Eintreten machte Tatarski sich unwillkürlich klein, ging nur zaghaft zur ersten Reihe vor und hockte sich auf die Stuhlkante neben Asadowski, der Rauch in das Licht des Videoprojektors blies. Asadowski gab ihm die Hand, ohne ihn anzusehen – sichtlich mißgelaunt. Tatarski wußte, was los war, Morkowin hatte es ihm am Tag zuvor erklärt:

»Sie haben uns auf dreihundert runtergefahren. Wegen Kosovo. Weißt du noch, bei den Kommunisten hat ewig die Butter nicht gelangt. Jetzt langt die Rechenzeit nicht. Die Geschichte dieses Landes hat etwas Fatales an sich. Asadowski nimmt neuerdings alle Blindgänger persönlich ab. Auf den Zentral-Render kommt man nur noch mit schriftlicher Genehmigung. Gib dir Mühe.«

Wie ein Blindgänger – so hieß im Jargon der rohgerenderte Entwurf – aussah, konnte Tatarski nun zum erstenmal erleben. Wäre das Treatment nicht von ihm gewesen, er hätte nie erraten, daß es sich bei dem grünen, von dünnen gelben Strichellinien durchzogenen Schattenriß auf der Leinwand um einen Tisch handeln sollte, an dem Monopoly gespielt wurde. Rote Pfeile stellten die Chips, zwei blaue Flecken die Würfel dar. Am unteren Leinwandrand erschienen ständig neue Ziffernpaare von eins bis sechs, die ein Zufallsgenerator ausgab. Die Züge folgten der Augenzahl – man sah, hier wurde ehrlich simuliert. Die Spieler selbst waren noch nicht fertig: An ihrer Statt saßen zwei aus skalierten Linien und Punktgelenken bestehende Skelette am Tisch, einzig die Gesichter waren schon in groben Polygonen gerendert: Salman Radujews Bart ähnelte einem roten, an die Kinnlade montierten Ziegelstein; Boris Beresowski war anhand der blaßlila Dreiecke seiner glattrasierten Wangen zu identifizieren. Wie nicht anders zu erwarten, war Beresowski auf der Siegerstraße.

»Ja«, sagte er, während er die Würfel zwischen den grünen Pfeilen seiner Finger schüttelte, »mit Monopoly hat man im guten alten Rußland seine Probleme. Man kauft zum Beispiel ein paar Straßen, und hinterher stellt sich raus, daß da Leute wohnen.«

Radujew lachte.

»Das ist nicht nur in Rußland so. Das gibt es überall. Und ich sag dir noch was, Boris: Die Leute wohnen da nicht nur, die bilden sich ein, die Straßen gehörten ihnen.«

Beresowski würfelte. Er hatte schon wieder zwei Sechsen.

»Stimmt nicht ganz«, sagte er. »Heutzutage haben die Leute das, was sie sich einbilden, aus dem Fernsehen. Und wenn du vorhast, zwei Straßen zu kaufen, und nicht hinterher angeschmiert sein willst, dann empfiehlt es sich, als erstes einen schönen Fernsehturm danebenzustellen.«

Es piepste; an der Ecke des Tisches erschien in einem fertig animierten Klötzchen ein Militärfunkgerät mit langer Antenne. Radujew hob es an sein Kopfscharnier, sagte kurz etwas auf tschetschenisch und stellte es wieder zurück.

»Ich dagegen werde meinen Fernsehkommentator verkaufen«, sagte er und schnipste einen Chip in die Mitte des Tisches. »Ich kann Fernsehen nicht leiden.«

»Gekauft«, reagierte Beresowski schnell. »Aber wieso denn das?«

»Ich mag es nicht, wenn beim Fernsehen zu oft Urin mit der

Haut in Berührung kommt«, sagte Radujew, zwischen dessen grünen Pfeilen nun die Würfel tanzten. »Man braucht bloß einzuschalten, schon kommt Urin mit der Haut in Berührung und ruft Reizungen hervor.«

»Doch nicht mit deiner, Salman.«

»Das ist es ja«, versetzte Radujew gereizt. »Weshalb muß die Berührung dann in meinem Kopf stattfinden? Können die das nicht woanders?«

Beresowskis obere Gesichtshälfte überzog sich mit einem Rechteck, worin ein peinlich genau gerendertes Augenpaar erschien. Es schielte flackernd zu Radujew hinüber, blinzelte, dann verschwand das Rechteck wieder.

»Sag mal, wessen Urin ist das eigentlich?« fragte Radujew – in einem Ton, als wäre die Frage ihm eben erst aufgestoßen.

»Vergiß es, Salman«, sagte Beresowski besänftigend. »Du bist dran.«

»Nein, Boris, warte mal. Ich möchte wissen, wessen Urin in meinem Kopf mit wessen Haut in Berührung kommt, wenn ich dein Fernsehen gucke.«

»Wieso mein Fernsehen?«

»Wenn die Pipeline über mein Feld läuft, bin ich dafür zuständig, hast du gesagt. Demnach bist du für das Fernsehen zuständig, weil alle Fernsehkommentatoren auf deinen Feldern sitzen. Nun sag endlich: Wessen Urin plätschert in meinem Kopf, wenn ich einschalte?«

Beresowski kratzte sich am Kinn.

»Dein eigener, Salman«, rückte er heraus.

»Wie kommst du darauf?«

»Ja, wessen denn sonst? Überleg doch mal. Bei deinem Schneid! Man nennt dich in Tschetschenien nicht umsonst den Mann mit der Kugel im Kopf. Einer, der es wagte, dir seinen Urin in den Kopf zu pumpen, hätte nicht mehr lange zu leben, vermute ich mal.«

»Da vermutest du richtig.«

»Also kann es nur dein eigener sein, Salman.«

»Und wie gelangt er beim Fernsehen in meinen Kopf? Steigt er aus der Blase hoch, oder was?«

Beresowski langte nach den Würfeln, aber Radujew bedeckte sie mit der Hand.

»Erklär mir das«, forderte er. »Dann spielen wir weiter.«

Ein kleines Quadrat erschien auf Beresowskis Stirn und darin eine tiefe Stirnfalte.

»Gut«, sagte er. »Ich versuche es.«

»Ich höre.«

»Als Allah diese Welt erschuf«, begann Beresowski mit einem flüchtigen Blick gen Himmel, »da hat er ihr zuerst einen Sinn gegeben. Erst danach kamen die Gegenstände an die Reihe. Alle heiligen Bücher besagen, daß am Anfang das Wort gewesen ist. Was heißt das, juristisch gesehen? Juristisch gesehen, heißt das: Allah ging es in erster Linie um Begriffe. Mit der groben Materie sollten die Menschen sich selber befassen, Allah hingegen«, Beresowski blickte wieder nach oben, »Allah befaßte sich mit Ideen. Und das bedeutet, Salman, wenn du im Fernsehen eine Pampers-Reklame siehst, dann schwappt dir nicht der flüssige menschliche Urin ins Hirn, sondern die Idee vom Urin. Die Idee vom Urin kommt mit der Vorstellung von der Haut in Berührung. Kapiert?«

»Was es nicht alles gibt«, sagte Radujew nachdenklich. »Aber ganz verstanden habe ich die Sache noch nicht. Bei mir im Kopf kommt die Idee vom Urin in Berührung mit der Vorstellung von der Haut, sagst du?«

»Exakt.«

»Und die Ideen sind von Allah, nicht die Dinge, sagst du?«

»Jawohl«, bestätigte Beresowski, dessen Gesicht sich anspannte, das heißt, auf seinen bläulichen Wangen erschienen Animationsflicken, in denen sich die Kaumuskeln strafften.

»Demnach erfolgt in meinem Kopf die Berührung von Allahs Haut mit Allahs, gebenedeit sei sein Name, Urin? Ja?«

»Könnte man wohl auch so sagen«, bestätigte Beresowski, auf dessen Stirn wieder der Pop-up mit der Stirnfalte erschienen war. (Im Treatment hatte Tatarski die Stelle mit den Worten umschrieben: *Beresowski spürt, daß das Gespräch in ungute Richtung läuft.*)

Radujew strich sich über den Bartziegel.

»Al-Halladj hat weise gesprochen: Das größte Wunder ist der Mensch, der das Wunderbare vor seinen Augen nicht sieht. Aber warum so oft, frag ich mich? Einmal gab es, wenn ich mich recht entsinne, siebzehn Urinberührungen in einer einzigen Stunde.«

»Ja nun, das war wohl für die Quotenstatistik bei der Media-Analyse«, sagte Beresowski verächtlich. »Schmutziges Geld, das dringend zu waschen war, nimmt man an. Aber was interessiert uns das. Wieviel bezahlt wird, so viel wird versendet.«

Radujews Skelett kippte nach vorn.

»Stopp mal, stopp. Du willst doch nicht sagen, daß es bei jeder Berührung von Haut und Urin auf deinem Konto klingelt?«

»Na ja. Schon.«

»Und du hast die Sache persönlich in der Hand?«

»Was dachtest du! Ich kümmere mich natürlich nicht um den Kleinkram, aber die Fäden laufen bei mir zusammen. Was soll die Frage?«

»Und du beabsichtigst das auch weiterhin so zu halten?«

»Klar. Bei dem einen berühren sich Haut und Urin, beim anderen Geld und Konto.«

Auf Radujews Drahtgitter poppte ein Insert mit ziemlich grob gerendertem Rumpf in jordanischer Kampfuniform. Ein Arm ging hinter die Stuhllehne und zog von dort eine Kalaschnikow hervor, die er auf das Gesicht des Spielgefährten richtete.

»Was ist denn daran falsch, mein Lieber?« fragte Beresowski leise und hob instinktiv die Hände.

»Was daran falsch ist? Das will ich dir sagen. Es gibt einen Mann, der es sich bezahlen läßt, Pisse auf Allahs Haut zu verspritzen, und dieser Mann ist noch am Leben. Das ist falsch.«

Das Insert mit dem jordanischen Kampftorso verschwand, die feinen Drahtgitterlinien kehrten zurück, auch die Kalaschnikow bestand nur noch aus einer schaukelnden gestrichelten Linie. In Beresowskis oberer Gesichtshälfte, auf die die Strichellinie zulief, öffnete sich ein Fenster, darin eine sokratisch gefurchte Stirn, die sich im Handumdrehn mit großen Schweißperlen bedeckte.

»Beruhige dich, mein lieber Salman, ganz ruhig«, sagte Beresowski. »Zwei Männer mit Kugel im Kopf an einem Tisch, das wäre wirklich zuviel. Bitte reg dich nicht auf.«

»Ich soll mich nicht aufregen? Jeden Tropfen Urin, mit dem du Allahs Haut für Geld besudelt hast, wirst du mit einem Eimer deines Blutes abwaschen, das sage ich dir.«

In Beresowskis schmal gewordenen Augen sah man einen fieberhaft arbeitenden Gedanken. Genauso hatte es im Treatment gestanden: *fieberhaft arbeitender Gedanke.* Tatarski konnte sich nicht vorstellen, welche Technik die Graphiker eingesetzt hatten, um ein so bestechend präzises Ergebnis zu erzielen.

»Hör mal«, sagte Beresowski, »man könnte es glatt mit der Angst kriegen. Mein Kopf hat keine Panzerung, klar. Aber deiner genauso wenig. Meine Jungs haben alles umstellt, das weißt du. Hast du doch eben über deine Funke erfahren, oder nicht?«

Radujew lachte.

»In der *Forbes* haben sie geschrieben, du würdest jede Situation blitzartig erfassen. Was dich aber nicht davor bewahren könnte, selber eines Tages blitzartig erfaßt zu werden. Stand so in der *Forbes*. Deine Jungs haben gerade Pause.«

»Sag bloß, du hast die *Forbes* abonniert?«

»Na klar. Tschetschenien gehört jetzt zu Europa. Wir müssen unsere Kundschaft kennen.«

»Wenn ihr so verdammt viel Kultur habt, wieso hältst du mir dann die Knarre an den Kopf?« wurde Beresowski fuchtig. »Wieso können wir nicht wie zwei Europäer miteinander reden, ohne diese barbarischen Sitten?«

»Rede.«

»Du hast gesagt, ich hätte jeden Tropfen Pisse mit einem Eimer Blut abzuwaschen.«

»Das habe ich gesagt«, bestätigte Radujew würdevoll, »und ich kann es noch einmal sagen.«

»Aber Pisse läßt sich nicht mit Blut abwaschen. Blut ist nicht Meister Propper.«

(Der Satz *Pisse läßt sich nicht mit Blut abwaschen* hätte der ideale Slogan für eine auf Rußland zugeschnittene Meister-Propper-Werbung sein können, fiel Tatarski ein – aber er genierte sich, vor Asadowski sein Büchlein zu zücken, außerdem war es zu dunkel zum Schreiben.)

»Das ist wahr«, sagte Radujew.

»Und außerdem wirst du mir zustimmen, daß nichts auf der Welt gegen Allahs Willen geschieht?«

»Richtig.«

»Dann weiter. Meinst du, ich hätte ... na, ich hätte ... das tun können, was du mir vorwirfst, wenn es nicht Allahs Wille gewesen wäre?«

»Nein.«

»Weiter«, fuhr Beresowski schon gelassener fort. »Versuch doch mal die Dinge so zu sehen: Ich bin ein Werkzeug in Allahs Hand, und was Allah tut und wie er es tut, ist unerforschlich. Und wenn Allah es nicht gewollt hätte, stünden nie und nimmer sämtliche Fernsehtürme und Fernsehkommentatoren auf meinen drei Feldern. Ist es so?«

»Es ist so.«

»Dann dürften keine Fragen mehr offen sein.«

Radujew hielt Beresowski den Lauf der Waffe an die Stirn.

»O doch!« sagte er. »Es geht noch weiter. Ich werd dir sagen, wie bei uns im Dorf die alten Leute reden. Nach Allahs Wunsch und Willen, sagen sie, muß diese Welt sein wie eine Himbeere, die einem auf der Zunge zergeht. Und habgierige Leute wie du sind daran schuld, daß die Welt sich in Pisse verwandelt hat, Pisse, die mit der Haut in Berührung kommt. Vielleicht war es Allahs Wille auch, daß Leute wie du auf die Welt gekommen sind. Doch Allah ist gnädig, und darum ist sein Wille ebenso, daß man Leute, derentwegen das Leben keine Himbeere ist, wieder aus der Welt schafft. Und wer mit dir nur fünf Minuten geredet hat, für den hört das Leben auf, eine Himbeere zu sein, dem frißt sich die Pisse tief ins Hirn, verstehst du das? Für so was, mein Lieber, werden in Europa satte Wiedergutmachungen verlangt.«

Beresowski seufzte tief.

»Ich sehe, du bist auf unser Gespräch gut vorbereitet. Na schön. Um was für Wiedergutmachungen geht es?«

»Ich weiß nicht, welche Wiedergutmachungen es geben könnte. Irgend etwas Gottgefälliges.«

»Zum Beispiel?«

»Ich weiß nicht«, zierte sich Radujew. »Eine Moschee bauen vielleicht. Es müßte allerdings eine sehr große Moschee sein, groß genug, um in ihr Abbitte leisten zu können für meine Verfehlung, mich mit einem Mann an einen Tisch gesetzt zu haben, der Urin auf die Haut seiner Herrlichkeit spritzt.«

»Verstehe«, sagte Beresowski und ließ die Arme ein wenig sinken. »An welche Größe hattest du gedacht?«

»Ich denke, fürs erste würden zehn Millionen reichen.«

»Ist das nicht ein bißchen viel?«

»Das weiß ich nicht, ob das viel oder wenig ist«, erwiderte Radujew in gesetztem Ton. »Die Kategorien ›viel‹ oder ›wenig‹ erschließen sich uns nur im Vergleich. Aber vielleicht hast du auf dem Weg in mein Hauptquartier die Herde Ziegen gesehen?«

»Ja. Was hat die damit zu schaffen?«

»Solange die zwanzig Millionen nicht auf meinem Konto bei der Islam-Bank sind, wirst du siebzehnmal pro Stunde in ein Faß mit Ziegenpisse getaucht, sie wird mit deiner Haut in Berührung kommen und Reizungen hervorrufen, und dabei kannst du überlegen, ob das viel oder wenig ist, siebzehnmal in einer Stunde.«

»He-he-he«, sagte Beresowski und ließ die Arme sinken, »was soll das? Eben waren es noch zehn Millionen!«

»Du hast die Schuppen auf dem Kopf vergessen.«

»Hör mal, mein lieber Salman, so kommen wir nicht ins Geschäft.«

»Willst du noch zehn drauflegen für den Schweißgeruch?« fragte Radujew und fuchtelte mit der Maschinenpistole. »Willst du?«

»Nein, Salman«, sagte Beresowski, und es klang müde. »Für den Schweißgeruch will ich nicht noch drauflegen. Aber sag mal, wer filmt uns da eigentlich die ganze Zeit?«

»Was, wieso?«

»Na dort, die Aktentasche auf dem Fensterbrett«, Beresowski zeigte mit dem Finger in die Kamera, »was kann da sonst drin sein?«

»Ach, du Ausgeburt des Satans!« murmelte Radujew und hob die Maschinenpistole.

Weiße Zickzackstreifen liefen über das Bild, dann war alles nur noch ein graues Geflimmer, und im Saal ging das Licht an.

Asadowski grunzte und wechselte mit Morkowin einen Blick.

»Und?« fragte Tatarski schüchtern.

Asadowski zog die Mundwinkel nach unten.

»Kannst du mir mal sagen, was das soll? Ich dachte, du arbeitest in der Kompromat-Abteilung. Hat dir schon mal einer erklärt, was Kompromat bedeutet?«

»Kompromittierendes Material«, antwortete Tatarski brav wie ein Schuljunge.

»Ach ja? Man möchte meinen, du machst für Beresowski die PR. Dein Auftrag war, eine Unterredung zwischen Radujew und Beresowski zu stricken, bei der Beresowski den tschetschenischen Terroristen zwanzig Millionen Dollar übergibt. Und was machst du? Soll das eine Übergabe sein? Eine Moschee wird gebaut, na prima! Da können wir von Glück reden, daß es nicht die Erlöser-Kirche ist. Wüßte ich nicht genau, daß Beresowski unser Produkt ist, müßte ich annehmen, du würdest von ihm bezahlt. Und Radujew? Der ist überhaupt der reinste Theologieprofessor! Liest Zeitschriften, von denen noch nicht mal ich was gehört habe.«

»Aber das Sujet muß doch eine innere Logik haben!«

»Ich brauche keine Logik, ich brauche Kompromat. Und das da war kein Kompromat, sondern Scheiße. Verstanden?«

»Verstanden«, erwiderte Tatarski beschämt.

An dieser Stelle begann Asadowski einzulenken.

»Ich will mal so sagen. Das Ganze hat einen brauchbaren Kern. Daß Aversionen gegen das Fernsehen geweckt werden, ist schon mal ein Plus. Man möchte immer nur hinsehen und hassen, noch mal hinsehen und noch mal hassen. Und Monopoly – das hat was. War das deine Idee?«

»Ja«, sagte Tatarski, der wieder Mut schöpfte.

»Die ist Klasse. Der Terrorist und der Oligarch verscherbeln das Volkseigentum am Spieltisch. Das bringt den Plebs zur Raserei.«

»Ist es nicht doch ein bißchen zu«, hakte Morkowin ein, aber Asadowski schnitt ihm das Wort ab.

»Nein, nein. Hauptsache, die Leute haben Ablenkung und können ihre Emotionen verpuffen lassen. Die Monopoly-Kiste ist gut, die bringt uns für die Nachrichten ein Einschaltquotenplus von mindestens fünf Prozent. Macht pro Minute Prime-Time ...«

Asadowski zog den Taschenrechner hervor und fing an zu kalkulieren.

»... einen Gewinn von neuntausend zusätzlich. Hochgerechnet auf eine Stunde – mal siebzehn. Nicht schlecht. Das machen wir. Laß sie also ruhig ihr Monopoly spielen, und dem Regisseur sagst du, er soll bißchen was zwischenschneiden: Schlangen vor der Sparkasse, Bergarbeiterstreik, alte Omis, hungrige Kinder, verwundete Soldaten, alles so was. Aber nimm das mit den Fernsehkommentatoren raus, sonst müssen wir wieder -zig Dementis simulieren. Ach, und wie wär's mit einem Fernsehbohrturm als Chip für ihr Monopoly? Beresowski soll sagen, daß er solche Türme jetzt überall errichten will. Unten pumpen sie Öl und oben Werbung. Fernsehturm mit Bohrsonde, läßt sich doch prima montieren. Wie findest du das?«

»Genial«, gab Tatarski artig kund.

»Und du?« wurde Morkowin gefragt.

»Hundert Pro.«

»Na, seht ihr. Ich könnte den Laden hier locker alleine schmeißen. Also, folgendes verschreibt der liebe Doktor: Du, Morkowin, gibst Kollegen Tatarski noch jemanden zur Verstärkung, am besten den Neuen, den mit dem Freßtick. Den Radujew können wir ungefähr so lassen, aber setzt ihm ein Fes auf, dieses ewige Barett hängt einem zum Hals raus. Dann hätten wir gleich die Türkei-Frage mit angeschnitten. Und was ich schon lange fragen wollte, wieso hat der immerzu eine Sonnenbrille auf? Das ist doch billig! Seid ihr zu faul, die Augen zu rendern, oder was?«

»Dauert zu lange«, sagte Morkowin. »Radujew haben wir ständig in den Nachrichten, und mit Sonnenbrille sind wir zwanzig Prozent schneller. Da fällt ein Großteil der Mimik weg.«

Asadowskis Gesicht verdüsterte sich.

»Die Frequenzfrage kriegen wir hoffentlich bald geklärt. Und gebt Beresowski ruhig ein bißchen mehr Pfeffer, hörst du?«

»In Ordnung.«

»Fangt gleich damit an. Das Material ist eilig.«

»Gebongt«, sagte Morkowin. »Wenn wir hier fertig sind, gehen wir gleich zu mir rüber.«

»Was kommt als nächstes?«

»Fernseher-Werbung. Die neue Tour.«

Tatarski hatte sich schon aus dem Sessel erhoben, um hinauszugehen, doch ein Wink Morkowins hielt ihn zurück.

»Na los«, sagte Asadowski und machte eine lässige Geste. »Zwanzig Minuten hab ich noch.«

Das Licht ging wieder aus. Eine süße kleine Japanerin im Kimono lächelte von der Leinwand. Sie tat eine artige Verbeugung und sprach mit deutlichem Akzent:

»Ich freue mich, Ihnen nun Herrn Yohohori-san vorstellen zu dürfen. Herr Yohohori-san ist der älteste Mitarbeiter der Firma Panasonic und hat deshalb heute die Ehre, die Präsentation unseres neuen Produkts vorzunehmen.«

Das Mädchen trat zur Seite. Ein kreisrunder Saal mit weißen Wänden rückte ins Bild. In seiner Mitte stand eine lange, schmiedeeiserne Truhe, auf der zwölf Gestalten in weißen Leichengewändern hockten und sich nicht rührten. Ein grauhaariger Japaner von markiger Gestalt nahm, eine geöffnete Rumflasche in der Hand, breitbeinig vor ihnen Aufstellung. Er trug einen Sakko, darüber jedoch seltsamerweise einen Gürtel mit großem Schwert. Nach einem Schluck aus der Flasche schnipste er mit dem Finger, worauf die weißen Gestalten von der Truhe sprangen und nach allen Seiten davonliefen. Die Truhe ging auf. Aus ihren Tiefen hob sich ein schwarzer Fernseher von amöbischem Design – da der Truhendeckel mit purpurrotem Samt ausgeschlagen war, mußte Tatarski an das ausgerissene Auge eines Riesenmonsters denken.

»Panasonic präsentiert Ihnen eine revolutionäre Erfindung auf dem Gebiet der Fernsehtechnik«, verkündete die kleine Japanerin. »Den ersten Fernseher mit Spracherkennungssystem! Er versteht alle Sprachen der Welt – sogar Russisch! Passen Sie auf, ich werde jetzt etwas zu ihm sagen: Pa-na-so-niiiiih!«

Der alte Mann neben ihr hatte urplötzlich sein Schwert aus der Scheide gezogen, schwang es wild durch die Luft, brüllte etwas (Untertitel: *Nieder mit der perversen neuen Welt! Es lebe der Kaiser!*) und rückte auf das Fräulein zu. Im nächsten Moment kamen Dutzende Weißkittel aus den Kulissen auf die Bühne gesprungen. Herr Yohohori-san änderte die Richtung, kam nun brüllend auf die Kamera zugesprungen und ließ sein Schwert auf die Linse niedergehen. Die Leinwand wurde schwarz. Dann eine tiefe Stimme:

Panasonic. Der letzte Schrei.

Eine Sekunde lang Stille. Und dann, wie aus tiefster Tiefe:

»Wooow!!!«

Ein Telefon trillerte.

»Hallo!« sagte Asadowskis Stimme im Dunklen. »Was? Sofort! Ich fliege!«

Asadowski sprang auf und verdeckte dabei einen Teil der Leinwand.

»Juhu!« jauchzte er. »Ich schätze, für Rostropowitsch fällt heute ein neuer Orden ab. Gleich kommt ein Anruf aus Amerika. Ich habe ihnen gestern gefaxt, daß die Demokratie in Gefahr ist, und sie gebeten, die Frequenz um zweihundert zu erhöhen. Die Typen scheinen endlich gemerkt zu haben, daß wir und sie in einem Boot sitzen.«

Tatarski hatte plötzlich den Eindruck, als wäre Asadowskis Schatten auf der Leinwand ein Bestandteil des Videos – so wie man sich an die schwarzen Silhouetten in Raubkopien gewöhnt hatte, die direkt von der Kinoleinwand abgekupfert wurden. Sie rührten von den Zuschauern her, die vorzeitig den Saal verließen, und hießen bei den Betreibern der Untergrund-Videotheken Flitzer; für Tatarski waren sie etwas wie ein Gütesiegel, denn der verdrängende Wow!-Faktor trieb die Leute vor allem aus den guten Filmen, weshalb er sich am liebsten Filme ausborgte, in denen es viele Flitzer gab. Um so mehr erschreckte ihn jetzt der Gedanke, wie schnell man doch aus dem leibhaftigen Leben in eine Flitzerexistenz wechseln konnte – und es vielleicht nicht einmal merkte. Der Gedanke war neu für ihn, und er hatte einstweilen wenig Zeit, sich in ihm zurechtzufinden. Die Andeutung eines Tangos trällernd, tänzelte Asadowski zum Rand der Leinwand und verschwand.

Der Anfang des nächsten Clips war traditioneller gehalten. Um einen großen Kamin, der in eine extravagante Spiegelwand eingelassen war, saß eine Familie beisammen: Vater, Mutter, Kind, Katze und Oma mit Strickstrumpf. Sie blickten in das Feuer, das hinter dem Kamingitter loderte, und vollführten seltsam zackige, grotesk anmutende Bewegungen: Die Oma strickte, die Mutter nagte an einem Stück Pizza, das Mädchen streichelte die Katze, der Vater trank aus einem Glas Bier. Die Kamera fuhr um sie herum und plötzlich mitten in die Spiegelwand hinein. Von der anderen Seite war die Wand durchsichtig wie Glas; als die Kamerafahrt beendet war, sah man die Familie hinter Gittern und mitten im Kaminfeuer sitzen. Eine Orgel begann düster und inbrünstig zu spielen, die Kamera fuhr zurück, und aus der gläsernen Wand wurde der Flachbildschirm eines Fernsehers mit Hi-Fi-Boxen zu beiden Seiten und den verschlungenen Buchstaben *Tophetissimo* am schwarzen Gehäuse. Auf dem Bildschirm prasselte das Feuer, worin vier schwarze Körper zappelten, ein Gitter befand sich davor. Die Orgel verrauschte, und es ertönte eine servile Sprecherstimme:

»Sie hatten geglaubt, daß in der Flachbildröhre Black Trinitron ein Vakuum herrscht? Irrtum! Da brennt ein Feuer, das Ihnen das Herz wärmt.«

Sony Tophetissimo. It's a sin.

Tatarski verstand wenig von dem, was er da sah; rein mechanisch kam ihm nur der Gedanke, daß man die Konversionsquote spürbar hätte steigern können, indem man den englischen Slogan durch einen Sprachmix ersetzte: It's a Sünd.

»Was war das denn?« fragte er, als das Licht anging. »Nach Werbung sah es nicht gerade aus.«

Morkowin lächelte zufrieden.

»Genau das ist der Kick – daß es nicht so aussieht«, sagte er. »Medientheoretisch gesprochen, handelt es sich um eine neue Werbetechnik, die auf die zunehmende Marktverdrossenheit des Menschen mit den Mitteln des Marktes reagiert. Einfacher gesagt, der Zuschauer soll die Ahnung vermittelt bekommen, daß es irgendwo auf der Welt – sagen wir, im sonnigen Kalifornien – eine letzte Oase der Freiheit gibt, vom Gedanken an Geld unangefochten, und dort läuft Anti-Werbung dieser Art. Zutiefst marktfeindlich in der Form und darum höchst marktfreundlich im Inhalt.«

Er sah sich gründlich um und flüsterte, da außer ihnen niemand mehr im Saal war:

»Zum Geschäftlichen. Hier wird, glaube ich, nicht abgehört, aber es kann nicht schaden, leise zu reden. Ich fand es großartig – meine Hochachtung! Exakt nach der Partitur. Hier ist dein Anteil.«

In Morkowins Hand steckten plötzlich drei Briefumschläge: ein dicker gelber und zwei etwas dünnere.

»Pack schnell weg. Das da sind die zwanzig von Beresowski, das die zehn von Radujew und hier die zwei von den Wahhabiten. Alles kleine Scheine, sie haben in den Bergdörfern gesammelt.«

Tatarski schluckte, während er die Umschläge entgegennahm und hastig in die Innentaschen seiner Jacke stopfte.

»Was meinst du, hat Asadowski wirklich keinen Verdacht geschöpft?« flüsterte er.

Morkowin schüttelte den Kopf.

»Ich wüßte schon gern, wie das zugeht!« flüsterte Tatarski, nachdem auch er sich noch einmal umgeblickt hatte. »Das von den Wahhabiten verstehe ich zur Not noch. Aber einen Beresowski gibt es nicht, einen Radujew gibt es auch nicht. Das heißt, es gibt sie schon, aber nur in Form von Nullen und Einsen. Von denen kann man doch schlecht bestochen werden?«

Morkowin hob ratlos die Hände.

»Ganz blicke ich da auch nicht durch«, wisperte er zurück. »Vermutlich stehen noch gewisse Interessen dahinter. Vielleicht sind auch irgendwelche anderen Connections involviert, die ihr Image aufpolieren wollen. Denn letzten Endes hängt ja wirklich alles von uns ab. Aber wozu muß man das durchschauen? Wo verdienst du sonst dreißig Mille auf einmal? Nirgends. Also zerbrich dir nicht den Kopf. Über diese Welt weiß im Grunde keiner richtig Bescheid.«

Der Filmvorführer schaute zur Tür herein.

»Kollegen, wollt ihr noch lange machen?«

»Über die Spots reden!« wisperte Morkowin.

Tatarski räusperte sich.

»Wenn ich richtig verstehe«, sagte er mit unnatürlich lauter Stimme, »dann ist der Unterschied zwischen normaler Werbung und dem, was wir gesehen haben, etwa wie der zwischen Pop-Musik und Underground, oder?«

»Genau«, erwiderte Morkowin in gleicher Lautstärke, während er sich erhob und auf die Uhr sah. »Die Frage ist nur: Was ist Underground? Wann zählt ein Musiker zum Underground und wann zum Pop? Wie würdest du das definieren?«

»Ich weiß nicht«, meinte Tatarski, »das ist für mich Gefühlssache.«

Sie gingen an dem Filmvorführer vorbei, der in der Tür stehengeblieben war, in Richtung Fahrstuhl.

»Es gibt eine klare Definition«, belehrte Morkowin seinen Gesprächspartner. »Underground ist eine Musik, deren kommerzielle Essenz in ihrer zutiefst antikommerziellen Ausrichtung besteht. Im Anti-Pop-Kalkül sozusagen. Und um das handhaben zu können, muß ein Underground-Musiker vor allem was vom Pop verstehen und vom Geschäft. Leider sind solche Leute im Musikbusineß eine Seltenheit. Unter den Künstlern, meine ich, nicht unter den Managern. Okay, entspann dich. Hast du deinen Text dabei?«

Tatarski nickte.

»Dann laß uns raufgehen. Da kriegst du deinen Koautor, wie Asadowski angewiesen hat. Dem werd ich wohl drei Mille abzweigen, damit er das Skript nicht versaut.«

In der siebten Etage, wo Morkowin arbeitete, war Tatarski nie zuvor gewesen. Der öde Flur erinnerte an eine sowjetische Bürozeile: verschlissenes Parkett, die Türen mit Schalldämmung aus schwarzem Kunstleder. Letztere trugen allerdings edle Metallschildchen mit Chiffren aus Nummern und den Buchstaben A, O oder V, jeweils in verschiedenen Kombinationen. Vor einer Tür mit dem Schild *1-A-V* blieb Morkowin stehen und gab in das Zahlenschloß einen Code ein.

Morkowins Arbeitszimmer beeindruckte durch Größe und Gediegenheit. Allein der Designerschreibtisch mußte mehr als doppelt so teuer gewesen sein wie Tatarskis Mercedes. Er war fast leer – außer einer Dokumentenmappe gab es nur zwei Telefonapparate ohne Zahlenfeld, eines rot, das andere weiß, und einen merkwürdigen kleinen Metallkasten mit gläserner Deckfläche. Über dem Tisch hing Kunst: ein großformatiges Gemälde, das Tatarski zunächst wie ein Hybrid aus sozialistisch-realistischer Landschaftsdarstellung und zen-buddhistischer Kalligraphie erschien. Zu sehen war der schattige Winkel eines Gartens mit hyperrealistisch gemalten Rosenhecken; doch hatte der Künstler mit lässigem Schwung eine komplizierte Hieroglyphe darüber hingeworfen und mit einer Anzahl kleiner grüner Kreise bedeckt.

»Was soll denn das sein?«

»*Der Präsident geht spazieren*«, teilte Morkowin mit. »Geschenk von Asadowski, zu Repräsentationszwecken. Siehst du dort vorn den Schlips auf dem Drahtgitter? Da ist auch noch irgendwo ein Abzeichen – direkt in einer Blüte, man muß schon genau hinsehen. Künstlerische Freiheit.«

Tatarski riß die Augen von dem Bild los und bemerkte nun, daß sie nicht allein waren. Am anderen Ende des weiträumigen

Kabinetts standen drei flache Monitore mit ergonomisch ausgefeilten Tastaturen auf einer Konsole; von ihr liefen Kabel in eine mit Kork verkleidete Wand hinein. Vor einem der Monitore saß ein junger Mann mit Pferdeschwanz, der mit routinierten Bewegungen die Maus über ein schlichtes graues Pad führte. Die Ohren des Jungen waren von mindestens zehn kleinen Ringen durchstochen; weitere zwei zierten den linken Nasenflügel. Tatarski mußte an Morkowins Ratschlag denken, sich mit etwas Spitzem zu geißeln, wenn der Gedanke aufkam, die allgemeine Ordnung der Dinge könnte eines Fundaments entbehren. Man durfte vermuten, daß dies hier kein Fall von Piercing-Kult war, sondern eine Vorsichtsmaßnahme: Der junge Mann befand sich in so unmittelbarer Nähe zum technischen Epizentrum des Geschehens, daß er es vorzog, die Nadeln gleich steckenzulassen.

Morkowin hatte hinter dem Schreibtisch Platz genommen und erteilte eine kurze Anweisung in den Hörer des weißen Telefons.

»Dein Koautor kommt gleich«, ließ er Tatarski wissen. »Du bist hier zum erstenmal, nicht wahr? Das dort hinten sind die Terminals, die auf den zentralen Render gehen. Und der da sitzt, das ist Semjon Welin, unser Chefdesigner. Kannst du dir vorstellen, was auf seinen Schultern lastet?«

Respektvoll näherte sich Tatarski dem Jungen am Computer und schaute auf dessen Bildschirm, wo ein feines Netz aus blauen Linien flimmerte. Die Linien fügten sich zum Drahtgitter zweier Hände, die einander mit den Mittelfingern berührten und ein Dach bildeten. Langsam drehten sie sich um eine unsichtbare vertikale Achse. Ohne recht zu wissen, warum, fühlte Tatarski sich an ein Low-Budget-Fantasy-Movie der achtziger Jahre erinnert. Der Junge mit dem Pferdeschwanz schob die Maus über das Pad, stieß mit dem Cursor in diverse, am oberen Bildschirmrand eingeblendete Menüleisten, und die Hände veränderten ihren Neigungswinkel.

»Ich hab es doch gleich gesagt – man hätte den Goldenen Schnitt vorgeben sollen!« sagte er zu Morkowin.

»Wovon sprichst du?«

»Vom Winkel zwischen den Handflächen. Er hätte sein müssen wie bei den ägyptischen Pyramiden. Das erzeugt beim Betrachter ein instinktives Gefühl von Harmonie, Glück und Frieden.«

»Wieso befaßt du dich noch mit dem alten Kram? Das Wahlbündnis *Unser Haus Rußland* hat keine Chance mehr.«

»Das Wahlbündnis *Unser Haus Rußland* geht mir am Arsch vorbei. Mir tut es leid um die schöne Idee mit dem Dach. Früher oder später kommen wir sowieso darauf zurück.«

»Von mir aus. Programmiere deinen Goldenen Schnitt. Soll der Plebs ein bißchen Frieden haben. Nur kein Wort davon in der Begleitdokumentation.«

»Warum nicht?«

»Darum nicht. Du und ich, wir wissen, was das ist, der Goldene Schnitt. Aber in der Buchhaltung«, Morkowin deutete mit dem Kopf zur Decke, »können sie garantiert nichts damit anfangen und lassen es womöglich zurückgehen. Goldener Schnitt, denken die, viel zu teuer, geht auch ohne Gold. *Unser Haus Rußland* muß jetzt sparen.«

»Alles klar«, sagte der Junge. »Dann gebe ich nur schnell die Winkel ein. Ruf Alla an. Sie soll mich auf den Super-User heben.«

Morkowin griff nach dem roten Telefon.

»Alla? Morkowin aus der Analverdrängung. Sei so lieb und heb mal Terminal fünf auf die Root. Wir haben eine kleine kosmetische Reparatur. Ist gut.«

Er legte die flache Hand auf die Glasplatte des merkwürdigen Kästchens; ein greller Lichtstreifen lief darüber hinweg.

»Geritzt«, sagte Morkowin. »Nein, warte mal, Semjon will noch was von dir.«

Der junge Mann übernahm den Hörer.

»Hi, Alla. Kannst du mir mal Tschernomyrdins Haarfülle raussuchen? Wie? Nein, darum geht's ja gerade, ich brauche es für die Druckerei. Damit die mir gleich ein Farbproof machen. Ja, ich schreibe mit: zwounddreißig hpi, Farbe: Ray-Ban-black, Kräuselung: null drei. Bin ich drauf? Danke. Das war's.«

»Entschuldige«, wandte Tatarski sich flüsternd an Morkowin, als Semjon wieder vor seinem Terminal saß, »was heißt hpi?«

»Hairs per inch. Analog zu dots per inch für die Druckerauflösung.«

»Ah ja. Und Analverdrängung – soll das ein Witz sein?«

»Nein, so heißt unsere Abteilung.«

»Komischer Name.«

»Ja, das hat mit so einer Theorie politischer Wahlen zu tun«, erläuterte Morkowin mit gerunzelter Stirn. »Sie besagt, daß immer drei sogenannte Wow!-Kandidaten antreten müssen: ein analer, ein oraler und ein verdrängender. Frag mich jetzt bitte nicht, was das heißt, du bist hier noch nicht zugelassen. Ich kann mich außerdem selber kaum entsinnen. In normalen Ländern, so viel läßt sich sagen, reichen zwei: ein oraler und ein analer, weil dort die Verdrängung abgeschlossen ist. Wir dagegen sind noch ganz am Anfang, da muß ein verdrängender sein. Den setzen wir auf fünfzehn Prozent im ersten Wahlgang. Wenn es dich interessiert, kann ich dir eine Unbedenklichkeitsbescheinigung ausschreiben, mit der gehst du zu Marlene, Abteilung *Volkes Seele*, und erkundigst dich.«

»Schon gut«, sagte Tatarski. »Vergiß es.«

»Richtig. Mußt dir das Hirn nicht unnötig zukleistern, bei deinem Gehalt. Weniger wissen heißt freier atmen.«

»Genau«, sagte Tatarski und suchte sich den letzten Satz einzuprägen – für den Fall, daß Davidoff demnächst mit einer Ultra-Light-Variante auf den Markt kam.

Morkowin öffnete seinen Ordner und nahm einen Stift zur Hand. Aus Diskretion zog Tatarski sich zur Wand zurück, wo eine Menge Zettel und Bilder angepinnt waren. Als erstes fiel ein Poster ins Auge: Antonio Banderas als ukrainischer Nationalistenführer Stepan Bandera im gleichnamigen Hollywood-Streifen. Darauf Banderas mit romantischem Stoppelbart und Stehbalalaika am Rande eines fiktiven ukrainischen Kuhdorfes, düsteren Blicks einen zerschossenen T-34-Panzer betrachtend, der in der von Brennesseln und wilden Sonnenblumen bewucherten Steppe lagert. Ein Blick auf das Grüppchen schnauzbärtiger Bauern in bestickten Ponchos mit Hähnchenmuster, die in die orangerote Photosonne blinzeln, genügte, um zu sehen, daß der Film in Mexiko gedreht worden war. Der Rest des Posters war gefälscht – eine Collage. Ein unbekannter Witzbold hatte an Banderas' Oberkörper im Lederkaftan blitzsauber ein Paar stämmige Mädchenbeine montiert, die wiederum in den zu bewerbenden schwarzen Strumpfhosen steckten. Der Slogan unter dem Bild lautete:

SAN-PELEGRINO
Die Masche läuft nicht.

Direkt auf dem Poster klebte ein Fax der Firma YOUNG & RUBICAM mit kurzem Text:

Sergej! Hier die definitiven Markenquark-Korrekturen für das anstehende Quartal:

Tschubais – predigt grüne Tomaten im Glas / hortet grüne Scheine auf der Bank.

Lebed – der Schwan aus Marzipan / naughty but nice (mit Einwilligung Salman Rushdies).

Jawlinski (Apfel-Koalition) – think different / think doomsday (mit Apple abgestimmt)

Jelzin – Stabilität im Koma / Demokratie im Arsch.

Gruß Eddi

»Tschubais ist ne schwache Nummer«, sagte Tatarski zu Morkowin. »Und wo sind die Kommunisten?«

»Die werden in der Oralverdrängung getextet. Gott sei Dank. Ich tät's nicht fürs doppelte Gehalt machen wollen.«

»Und, kriegen die dort tatsächlich mehr?«

»Das schon. Aber manche von denen würden es dir glatt für umsonst machen. Einen lernst du gleich kennen.«

Neben Banderas hing eine aus dem Farbdrucker stammende Glückwunschkarte: ein doppelköpfiger goldener Adler, der in der einen Kralle eine Kalaschnikow hält und in der anderen eine Schachtel Marlboro. Unterhalb der Krallen in goldener Schrift:

SANTA BARBARA FOREVER!
Auch Rußland feiert den Tag der heiligen Barbara!
Die Abteilung Russische Idee gratuliert allen Kollegen.

Rechts von der Karte hing ein weiteres Werbeplakat. Jelzin, übers Schachbrett gebeugt, die Figuren noch in Grundaufstellung. Jelzin schaut von der Seite auf das Brett (was offenbar die Rolle des Hauptschiedsrichters verdeutlichen soll). Anstelle von weißem König und weißem Turm stehen zwei kleine Flaschen: *Gewöhnlicher Whisky* und *Black Label*. Bildunterschrift:

BLACK LABEL
Zeit für die Große Rochade!

Es klopfte an die Tür. Tatarski wandte sich um und erstarrte: So viele Wiedersehen an einem Tag sprachen nicht dafür, daß es mit rechten Dingen zuging. Maljuta betrat den Raum, der schreibende Antisemit aus Chanins einstiger Mannschaft. Er trug eine russische Trachtenweste made in Turkey und darüber einen Soldatengürtel, in dem eine ganze Batterie Kommunikationstechnik geparkt war: Handy, Pager, Zippo-Feuerzeug im Lederetui und eine Schusterahle im schlanken schwarzen Futteral.

»Maljuta! Was machst du denn hier?«

Maljuta zeigte sich gar nicht überrascht.

»Ich schreibe der ganzen Kamarilla hier die Menüvorschläge«, gab er zur Antwort. »Rustikale russische Hausmannskost. Eingebrockte Kernkraftbrühe, Falscher Kaukasier mit Schwarzwurzelfüllung – noch nie was davon gehört? Meine Bestseller. Außerdem sitzte ich auf halber Stelle in der Oralverdrängung. Und du bäckst Kompromat?«

Tatarski sagte nichts dazu.

»Ihr kennt euch?« fragte Morkowin amüsiert. »Ah, die gute alte Chanin-Connection. Dann wird's ja mit der Zusammenarbeit keine Probleme geben.«

»Ich arbeite lieber mit mir selber zusammen«, beschied Maljuta cool. »Was gibt's zu tun?«

»Asadowski hat gebeten, daß du letzte Hand an ein Produkt anlegst. Beresowski und Radujew. Radujew soll so bleiben und Beresowski mehr Pfeffer kriegen. Ich ruf dich gegen Abend noch mal an wegen einiger Details. Würdest du das für uns machen?«

»Beresowski? Mehr Pfeffer? Kein Problem. Wann braucht ihr's?«

»Gestern, wie üblich.«

»Und wo ist die Vorlage?«

Morkowin blickte Tatarski an. Der zuckte mit den Schultern und reichte Maljuta den Hefter mit der Reinschrift des Treatments.

»Willst du nicht noch mit dem Autor reden?« fragte Morkowin. »Damit er dich ein bißchen einführt?«

»Ich kann selber lesen. Morgen um zehn ist es fertig.«

»Okay. Mußt du wissen.«

Als Maljuta gegangen war, sagte Morkowin:

»Der hat dich ja nicht gerade ins Herz geschlossen.«

»Beruht auf Gegenseitigkeit«, sagte Tatarski. »Wir hatten mal eine geopolitische Auseinandersetzung. Aber wer tauscht denn jetzt diese Chips aus? Die Fernsehbohrtürme, meine ich?«

»Ach, Mist, das hab ich vergessen. Gut, daß du mich erinnerst, muß ich ihm heute abend verklickern. Es wäre übrigens besser, wenn du dich mit ihm verträgst. Du kennst ja unsere Malaise von wegen der Taktfrequenz. Einen 3-D-General hat Leonid ihm fest zugesagt, Makaschow ist gesetzt. Zur Programmbelebung, angeblich. Maljuta ist ein Kader mit Perspektive, wie es so schön heißt, und was der Markt uns morgen diktiert, weiß keiner. Vielleicht löst er mich eines Tages als Abteilungsleiter ab, und dann ...«

Morkowin kam mit seiner düsteren Vision nicht zu Ende. Die Tür sprang auf, Asadowski stürmte herein, hinter ihm zwei Wachleute mit Skorpion über der Schulter. Asadowskis Gesicht war bleich vor Zorn, die Finger ballten und streckten sich in einem fort und mit solcher Vehemenz, daß Tatarski nach den Adlerkrallen auf der Glückwunschkarte an der Wand schielte. So hatte er ihn noch nie gesehen.

»Wer hat den letzten Lebed gebaut?« brüllte er noch von der Tür.

»Semjon Welin, wie immer«, antwortete Morkowin erschrocken. »Was ist passiert?«

Asadowski schoß auf den Jungen mit dem Pferdeschwanz zu. »Du? Du warst das?«

»Was ist denn los?« fragte Welin.

»Du hast dem Lebed die Zigaretten ausgetauscht? Gitanes statt Camel?«

»Ja«, gab Welin zu. »War das falsch? Ich dachte, so kommt es stilistisch besser. Weil doch anschließend die Montage mit Alain Delon dran war.«

»Abführen«, befahl Asadowski.

»Nein, bitte, warten Sie!« versuchte Welin sich mit ausgestreckten Händen zu wehren, »ich kann alles erklären ...«

Doch die Wachleute waren schon dabei, ihn auf den Flur zu zerren. Asadowski hatte sich zu Morkowin umgedreht und durchbohrte ihn sekundenlang mit blitzenden Augen.

»Ich schwöre, ich hab von nichts gewußt«, sagte Morkowin.

»Aha. Wer hätte es denn wissen müssen? Ich vielleicht? Soll ich dir sagen, wer mich gerade angerufen hat? Die R. J. Reynolds Tobacco Company. Die uns die Camel für den Lebed zwei Jahre im voraus bezahlt hat. Und weißt du, was sie gesagt haben? Daß sie über ihren Congressman dafür sorgen werden, daß wir um fünfzig Megahertz runtergesetzt werden. Und um weitere fünfzig, wenn Lebed das nächste Mal in den Hauptnachrichten wieder Gitanes raucht. Ich weiß nicht, wie viel dieses kleine Arschloch an schwarzer PR kassiert hat – wir verlieren dadurch jedenfalls eine Menge. Sollen wir mit hundert Megahertz ins einundzwanzigste Jahrhundert schleichen, verdammt noch mal? Wann ist der Lebed das nächste Mal auf Sendung?«

»Morgen. Großes Interview zur russischen Idee. Alles fertig gerendert.«

»Hast du dir das Material nicht angesehen?«

Morkowin faßte sich an den Kopf.

»Doch«, erwiderte er. »Großer Gott! Natürlich. Gitanes. Ich habe noch gestutzt und mir dann gedacht, es wäre von oben legitimiert. Du weißt doch, ich habe da keine Befugnisse. Nie wäre ich auf die Idee gekommen, daß ...«

»Wo hat er die Zigaretten liegen? Auf dem Tisch?«

»Schön wär's. Er fuchtelt ständig mit der Schachtel rum.«

»Schaffen wir's noch, das umzurendern?«

»Von vorn bis hinten niemals.«

»Und wenn wir die Schrift auf der Schachtel ändern?«

»Ausgeschlossen. Gitanes hat ein ganz anderes Format. Und die Schachtel ist immerzu im Foreground.«

»Was machen wir dann?«

Asadowskis Blick blieb an Tatarski hängen, es war, als sähe er ihn erst jetzt. Tatarski hüstelte.

»Vielleicht«, begann er schüchtern, »könnte man noch ein Patch mit der Camel-Schachtel nachrendern? Auf den Tisch? Wäre doch supereinfach.«

»Mit der einen fuchtelt er herum, und die andere liegt auf dem Tisch? Schwachsinn.«

»Und die Hand«, folgte Tatarski unbeirrt seiner kreativen Ader, »die packen wir in Gips. Dann ist die Schachtel weg.«

»In Gips?« fragte Asadowski und schien aufzuhorchen. »Wie begründen wir das?«

»Attentat«, platzte Morkowin heraus.

»Was denn, Fehlschuß auf die Hand?«

»Nein«, sagte Tatarski. »Sie haben versucht, das Auto in die Luft zu sprengen.«

»Und wieso ist in dem Interview keine Rede davon?« fragte Morkowin.

Asadowski überlegte einen Moment.

»Das könnte zu Lebed passen. Ein Mann, durch nichts zu erschüttern!« Asadowski schüttelte die Faust. »Zuckt nicht mit der Wimper. Ein echter Soldat. Das Attentat bringen wir heute in den Nachrichten. Und in das Patch kommt nicht nur eine Schachtel Camel, sondern eine ganze Stange. Damit stopfen wir den Ratten das Maul.«

»Wie formulieren wir in den Nachrichten?«

»Nur das Minimum an Information. Spur führt nach Tschetschenien. Islamischer Faktor. Ermittlungen aufgenommen. Et cetera pp. Was für ein Auto fährt Lebed der Legende nach – war das nicht ein alter Mercedes? Dann schick sofort ein Kamerateam in die Stadt, eine Abteilung Bullen dazu, und wenn sie einen alten Mercedes gefunden haben, sollen sie ihn sprengen und eine MAZ davon machen. Um zehn muß es in den Nachrichten sein. Dort soll es heißen, der General hätte sein Tagesprogramm wiederaufgenommen. Und am Tatort muß eine Fes rumliegen, so eine, wie ihr sie dem Radujew aufsetzt. Linie klar?«

»Genial«, sagte Morkowin. »Nein, wirklich total genial.«

Asadowski lächelte gequält – es war mehr ein nervöses Zucken des Mundwinkels.

»Aber wo nehmen wir den alten Mercedes her?« fragte Morkowin. »Wir haben bloß neue im Bestand.«

»Irgendwer hier fährt so einen«, sagte Asadowski. »Ich hab ihn unten auf dem Parkplatz stehen sehen.«

Morkowin blickte Tatarski an.

»Äh ... na ...«, machte Tatarski, doch Morkowin schüttelte unerbittlich den Kopf.

»Nichts zu machen«, sagte er. »Gib die Schlüssel her.«

Tatarski zog die Autoschlüssel aus der Tasche und legte sie gehorsam auf Morkowins Handteller.

»Da sind neue Bezüge drauf«, sagte er in jammerndem Ton, »könnte ich die nicht noch abnehmen?«

»Bist du von der Natter gebissen, oder was?« fuhr Asadowski ihn an. »Was machen wir, wenn die uns noch mal um fünfzig runtersetzen? Sollen wir vielleicht schon wieder die Regierung auflösen und die Duma auseinanderjagen? Da redet der von Bezügen!«

In seiner Tasche piepste das Telefon.

»Hallo? Wie? Das kann ich euch sagen, was ihr mit ihm macht. Gleich fährt ein Kamerateam vor die Stadt und filmt ein explodierendes Auto. Ihr schnappt euch das Arschloch und setzt es da rein, als Chauffeur. Da habt ihr gleich ein bißchen Blut und so für die Großaufnahmen. Soll den anderen eine Lehre sein, von wegen schwarze PR. Wie? Etwas Wichtiges, soso. Sag ihm, es gibt momentan nichts Wichtigeres als das Filmchen, in dem er mitspielt. Er soll sich gefälligst drauf konzentrieren. Und er soll nicht glauben, er könnte mir was erzählen, was ich nicht selber weiß.«

Er trennte die Verbindung, steckte das Telefon ein, dann stieß er ein paar tiefe Seufzer aus und griff sich an die Brust.

»Das Herz!« klagte er. »Ihr Hunde wollt, daß ich mit dreißig meinen ersten Infarkt habe, stimmt's? Manchmal denke ich, ich bin der einzige im ganzen Komitee, der nicht in die eigene Tasche wirtschaftet. Flott, flott, an die Arbeit! Und ich werd versuchen, in den Staaten anzurufen. Vielleicht winden wir uns noch mal raus.«

Als Asadowski aus dem Zimmer war, warf Morkowin Tatarski einen vielsagenden Blick zu, nahm eine kleine Blechdose aus der Tasche und streute aus ihr ein Häufchen weißes Pulver auf den Tisch.

»Komm«, sagte er, »laß dich nicht nötigen.«

Nach vollendeter Prozedur befeuchtete Morkowin einen Finger an der Zunge und sammelte mit ihm die restlichen weißen Krümel von der Tischplatte; anschließend leckte er den Finger ab.

»Und da fragst du mich, worauf sich das große Ganze stützt, wer die oberste Instanz ist. Ich sage dir, hier mußt du dafür sorgen, daß dir der Arsch nicht anbrennt, damit hast du vollauf zu tun. Da bleibt dir keine Zeit für andere Gedanken. Übrigens: Pack dir das Geld lieber in die Taschen und schmeiß die Kuverts ins Klo. Man weiß nie. Auf dem Flur die erste Tür links.«

Tatarski schloß sich in eine der Kabinen ein und fing an, die Geldbündel auf seine Taschen zu verteilen – noch nie hatte er so viel Geld auf einmal gesehen. Dann zerriß er die Umschläge in kleine Schnipsel und warf sie in das Becken. Aus einem der Umschläge fiel ein Zettel, Tatarski fing ihn auf und las:

Allerbesten Dank, Ihr Lieben, für die Möglichkeit, ab und zu ein paralleles Leben zu leben. Das echte wäre sonst manchmal nicht auszuhalten.

Viel Erfolg im Geschäft! B. Beresowski

Der Text stammte aus einem Laserdrucker, die Unterschrift war ein blau faximilierter Stempel. Morkowin macht komische Witze! dachte Tatarski. Wenn nicht ein anderer.

Er schlug ein hastiges Kreuz, zwickte sich kräftig in den Oberschenkel und betätigte die Spülung.

Die kritischen Tage

Geschossen wurde, wie es in Moskau Sitte ist, von der Brücke. Die ehrwürdigen T-80-Panzer legten dabei größere Pausen ein – wahrscheinlich hatten die Sponsoren zu wenig Geld für Munition und fürchteten, das Ganze könnte vorbei sein, bevor man in den Weltnachrichten war. Für Meldungen aus Rußland schien nämlich ein ungeschriebenes Limit zu existieren: Filmberichte gab es erst ab drei bis vier Panzern, einhundert Toten und ... Irgendein drittes Kriterium war da noch, das Tatarski entfallen war. Hier nun machte man, wohl des außergewöhnlichen Schauwerts wegen, eine Ausnahme: Obwohl nur ganze zwei Panzer im Einsatz waren, standen die Fernsehteams an der Uferpromenade dicht an dicht und verballerten aus ihren optischen Mörsern Megatonnen schläfriger menschlicher Anteilnahme auf den Fluß, die Panzer, das bronzene Monument Peters I. – und auf das Fenster, hinter dem Tatarski sich vergraben hatte.

Gerade feuerte der auf der Brücke postierte Panzer eine neue Ladung ab, als Tatarski ein interessanter Gedanke kam: Man hätte den Leuten vom Marketingbüro der Fernsehproduktionsgesellschaft *Brücke* die Silhouette eines Panzers auf selbiger als symbolträchtiges Signet vorschlagen können – was der Adler sollte, verstand sowieso kein Mensch. Blitzschnell, noch während das Geschoß sein Ziel suchte, steckte Tatarski die Bedeutungsfelder ab (*der Panzer steht für die aggressive Potenz der Gruppe und verhilft zugleich dem kommerziellen Kontext in seinem Kosmopolitismus zu einer traditionellen russischen Note*) und verwarf die Idee wieder. Die sehen das und machen sich in die Hosen! dachte Tatarski. Viel zu schade für die.

Das Geschoß traf Peters Kopf – explodierte jedoch nicht, sondern schlug glatt hindurch und setzte seine Flugbahn in Richtung Gorki-Park fort. Aus dem Kopf quoll eine malerische Blumenkohlwolke. Tatarski wußte, daß sich dort ein kleines Restaurant befand, zu dem alle möglichen Versorgungsleitungen hinaufführten; er vermutete, daß der Blindgänger das Heizungssystem leckgeschlagen hatte. Von der Promenade her waren die begeisterten Rufe der Fernsehleute zu vernehmen. Die Dampfwolke bewirkte, daß Peter der Große jetzt Ähnlichkeit mit dem monströsen Ritter in Stephen Kings *Der Talisman* bekam. Tatarski sah noch vor sich, wie dem Monster im Film das jauchige Hirn auf die Schultern tropfte; durch einen Treffer in die Kanalisation ließ sich die Ähnlichkeit also steigern.

Die Verteidigung des Kopfes wurde von einem Komitee betrieben, das sich *Schutzwall Sewastopol* nannte. In den Fernsehnachrichten hatte es geheißen, daß nicht die legendäre Krimstadt, sondern das gleichnamige Moskauer Hotel gemeint war, um dessen Inbesitznahme zwei verschiedene Mafias – die tschetschenische und die moskowitische – einander bekriegten. Letztere hatte angeblich Kaskadeure von Mosfilm unter Vertrag und das skurrile Scharmützel zu dem Zweck entfacht, das Fernsehen scharfzumachen und antikaukasische Emotionen zu schüren (der Aufwand an pyrotechnischen und anderen Spezialeffekten ließ diese Behauptung glaubhaft erscheinen). Die naiven, in PR-Arbeit wenig versierten Tschetschenen waren der Provokation auf den Leim gegangen und hatten in der Moskauer Provinz zwei Panzer angemietet.

Die Kaskadeure hielten sich einstweilen wacker, leisteten sogar Gegenwehr: In dem Krater neben Peters Glupschauge puffte es ein wenig, und im nächsten Moment schlug auf der Brücke eine Granate ein. Die Antwort des Gegners ließ nicht auf sich warten. Der Kopf wurde von einem weiteren Vollkalibergeschoß getroffen, es regnete Bronzesplitter. Mit jedem neuen Treffer nahm seltsamerweise die Glupschäugigkeit des Imperators zu.

Von allen am Schauspiel Beteiligten tat Tatarski der Bronzeriese, der unter den Glasaugen der Fernsehkameras eines langsamen Todes starb, am meisten leid. Doch die Anteilnahme hielt sich in Grenzen; Tatarski hatte zu arbeiten und mußte mit seinen emotionalen Energien haushalten. Also ließ er kurz entschlossen die Rollos herab, ohne das Ende der Aufführung abzuwarten, setzte sich vor den Computer und überflog noch einmal das Zitat, das er mit Filzstift direkt auf die Tapete über dem Bildschirm geschrieben hatte.

Um bei russischen Werbekunden (als solche kommen vorrangig Ex-Angehörige des KGB, der GPU und der Partei-Nomenklatura in Frage) Phantasien anzustoßen und Vertrauen zu wecken, sollte eine Konzeption sich auf hypothetische, mit verschiedenen Geheimhaltungsstufen versehene Projekte westlicher Nachrichtendienste zur Bewußtseinsmanipulation beziehen und hier vor allem auf solche, die sich durch grenzenlosen Zynismus und Menschenverachtung auszeichnen. Glücklicherweise bereitet eine Improvisation zu diesem Thema weiter keine Mühe – eingedenk der Worte von Oscar Wilde, daß das Leben die Kunst imitiert.

(The Final Positioning)

»Keine Mühe, na ich weiß nicht«, brummte Tatarski.

Er konzentrierte sich wie vor einem Sprung ins kalte Wasser, kniff die Augen zusammen, atmete tief ein, hielt die Luft an, zählte bis drei – und ließ die Finger über die Tastatur hereinbrechen.

In Verallgemeinerung des bisher Gesagten darf man feststellen, daß das Fernsehen der wichtigste Kanal ist und auf absehbare Zeit bleiben wird, über den das bewußtseinsspaltende Material der Werbekunden dem russischen Bürger zu infiltrieren ist. Allerdings ist hier in letzter Zeit - und insbesondere beim Mittelstand als der für die schizomanipulative Fernseharbeit sozial empfänglichsten Zuschauerschicht - eine verheerende Tendenz zu beobachten. Die Rede ist von der Totalverweigerung bzw. bewußten Einschränkung des Fernsehkonsums zum Zwecke der Einsparung von Nervenkraft für die Arbeit. Selbst professionelle TV-Szenaristen unterliegen dieser Entwicklung, hat sich doch in postfreudianischen Zeiten die Meinung durchgesetzt, daß im Informationszeitalter nicht mehr vorrangig die Sexualität sublimiert werde, sondern die bei der täglichen dispersiven Fernsehberieselung verbrauchte Energie.

Um die beschriebene Tendenz umzukehren, wird im Rahmen vorliegender Konzeption angeregt, sich einer Methodik zu bedienen, die seinerzeit von MI-5 und CIA gemeinsam entwickelt wurde, um Restbestände national denkender intellektueller Schichten in Ländern der dritten Welt zu neutralisieren. (Es darf davon ausgegangen werden, daß sich der Mittelstand in Rußland aus Intellektuellen zusammensetzt, die aufgehört haben, national zu denken, und statt dessen überlegen, wie sie zu Geld kommen.)

Die Methodik ist überaus einfach. Da jedes beliebige Fernsehprogramm destruktives Material, sog. Synapsenkiller, in beträchtlichem Umfang pro Zeiteinheit enthält, ...

Draußen vor dem Fenster krachte es, Splitter prasselten auf das Dach. Tatarski zog den Kopf zwischen die Schultern. Er überlas das Geschriebene, strich den Wortteil *Synapsen* und ersetzte ihn durch *Neuronen.*

... läßt sich die erwünschte Schizosuggestion vor allem dadurch bewerkstelligen, daß man die betreffende Person in neutralisiertem Zustand möglichst lange vor dem Bildschirm hält. Dies zu erreichen, schlagen wir vor, einen ausgesprochen typischen Zug national denkender Intellektueller auszunutzen: seine sexuelle Unbefriedigtheit.

Interne Statistiken und Ergebnisse geheimer Befragungen sagen aus, daß sich die Erotikschiene des Nachtprogramms bei den Repräsentanten der national denkenden Intelligenzija größter Beliebtheit erfreut. Der Effekt wäre demnach zu maximieren, wenn nicht eine bestimmte Programmauswahl, sondern der Fernseher als solcher im Bewußtsein des Probanden den Status eines sexuellen Stimulators erlangte. Eingedenk des grundlegend patriarchalen Charakters der russischen Gesellschaft und der dominierenden Rolle, die der männliche Teil der Bevölkerung für die Meinungsbildung in der Öffentlichkeit spielt, erscheint es am zweckmäßigsten, eine unbewußte, assoziative Verknüpfung zwischen dem Fernseher und den primären weiblichen Geschlechtsmerkmalen aufzubauen. Diese Assoziation soll wohlgemerkt das Fernsehgerät selbst erzeugen – und zwar unabhängig davon, welches Design der Hersteller gewählt hat und welche Art Sendung der Zuschauer konsumiert; ein solcher Ansatz könnte den schizomanipulativen Prozeß optimal beeinflussen.

Als kostengünstiger und technisch unaufwendiger Weg, zu diesem Ziel zu gelangen, erscheint uns der flächendeckende, hochredundante Einsatz von Tamponwerbung, verbunden mit einem permanenten Zufluß der bekannten blauen Testflüssigkeit (zusätzliches assoziatives Feld: Bildschirm als blaues Fenster, Ätherblau etc.). Die Spots müßten so konstruiert sein, daß der Tampon wie von selbst den Bildschirm okkupiert, die angestrebte Assoziation also denkbar direkt und ungezwungen daherkäme ...

Tatarski hatte hinter seinem Rücken ein sanftes Klingen gehört und wandte sich um. Unter betörenden, irgendwie skandinavischen Tönen erschien auf dem Fernsehbildschirm ein goldglänzender weiblicher Torso von ungewöhnlicher, ja unbeschreiblicher Schönheit, der sich langsam um sich selbst drehte. Ischtar! dachte Tatarski sofort. Das muß sie sein. Das zugehörige Gesicht befand sich jenseits des Bildschirmrands, jetzt aber fuhr die Kamera langsam aufwärts, gleich mußte es ins Bild kommen. Nein: Einen Augenblick, bevor es soweit war, zoomte die Kamera die Statue so nahe heran, daß nur noch ein goldenes Leuchten den Bildschirm erfüllte. Tatarski drückte auf der Fernbedienung herum, die er plötzlich in der Hand hielt, doch nicht das Bild änderte sich, sondern der Fernseher – seine Ecken begannen sich zu runden und zu blähen, schnell verwandelte er sich in eine überdimensionale Vagina, deren schwarze Mitte Luft zog, so daß ein pfeifender Ton entstand.

»Ich schlafe«, murmelte Tatarski in sein Kopfkissen, »ich schlafe.«

Vorsichtig drehte er sich auf die andere Seite, doch das Klingen hörte nicht auf. Er stützte sich auf den Ellbogen und betrachtete mit gerunzelter Stirn die neben ihm liegende, leise vor sich hin schniefende Tausenddollarhure, die im Halbdunkel von Claudia Schiffer nicht zu unterscheiden war. Dann langte er nach dem auf dem Nachttisch liegenden Mobiltelefon.

»Hallo?« röchelte er.

»Was denn, schon wieder versackt?« dröhnte Morkowins aufgekratzte Stimme aus dem Hörer. »Hast du vergessen, daß wir zum Barbecue verabredet sind? Beeil dich, ich stehe schon unten vor deiner Haustür. Asadowski hat es nicht gern, wenn man ihn warten läßt.«

»Sofort«, sagte Tatarski. »Ich springe nur schnell unter die Dusche.«

Die herbstliche Chaussee war leer und trostlos. Daß die Bäume zu beiden Seiten noch in vollem Grün standen, konnte nicht darüber hinwegtäuschen, daß der Sommer zu Ende gegangen war, ohne auch nur einer seiner Verheißungen nachgekommen zu sein; davon wurde einem das Herz schwer. Ein vages Vorgefühl von Winter hing in der Luft, von Schneetreiben und Katastrophe. Tatarski konnte sich lange nicht erklären, woher es kam, bis er schließlich auf die Gerüste jenseits der Leitplanke achtgab. Aller fünfhundert Meter passierten sie eine Tampax-Reklame – riesige Plakatwände, darauf ein paar weiße Inline-Skates im jungfräulichen Schnee liegend. Damit hatte das Wintergefühl seine Erklärung – nicht aber die merkwürdig um sich greifende Alarmstimmung. Tatarski kam der Verdacht, daß sie in eines der depressiv wirkenden Psychofelder geraten waren, die sich über Moskau und Umgebung hielten, seit die Krise Einzug gehalten hatte. Auch wenn sich über die Beschaffenheit dieser Felder wenig sagen ließ, zweifelte er nicht an ihrer Existenz; darum kränkte es ihn ein wenig, daß Morkowin seine Mutmaßung nicht ernst nahm.

»Den Schnee hast du durchschaut«, sagte er lachend, »aber deine Felder kannst du vergessen. Sieh dir die Werbetafeln richtig an. Fällt dir nichts auf?«

Vor der nächsten Tafel bremste Morkowin ab, und plötzlich konnte Tatarski das große, mit blutroter Farbe quer über die Skates und den Schnee gesprühte Graffito erkennen: *Jelzins Bande vor Gericht!*

»Tatsächlich!« sagte er und war begeistert. »Das gab es auf den vorigen auch! Auf dem letzten Hammer und Sichel, auf dem vorletzten ein Hakenkreuz, und noch davor stand irgendwas über Kaukasier. Wahnsinn. Der Verstand filtert das einfach aus, du übersiehst es komplett. Und diese Farbe! Wer hat sich das ausgedacht?«

»Du wirst lachen«, sagte Morkowin und drückte wieder auf die Tube, »Maljuta. Natürlich mußten wir die Texte fast alle neu schreiben, die waren gar zu martialisch. Aber die Idee stimmt. Ein assoziatives Feld baut sich auf, wie du immer so schön sagst: die kritischen Tage – Blutvergießen im Bereich des Möglichen – Tampax: Ihr persönliches Schutzschild gegen Exzesse. Stell dir vor, nur zwei Marken haben momentan in Moskau keine Absatzeinbußen: Tampax und Parliament Lights.«

»Völlig klar«, sagte Tatarski und schnalzte versonnen mit der Zunge. »Der Slogan liegt einem doch auf der Zunge: Tampax ultra safe: Da kommen die Roten nicht durch! Oder gleich Sjuganow, in persona. Castaneda hat gesagt, die Menstruation sei der Riß zwischen den Welten – und wenn ihr nicht wollt, daß ihr auf der falschen Seite und so weiter. Wie wär's damit: Tampax. Auf der sicheren Seite des Risses. Oder die ästhetizistische Variante: Rot gegen Blau. Da tun sich neue Horizonte auf.«

»Ja, so ein Ideechen könnte man der Oralabteilung ruhig mal unterschieben«, meinte Morkowin nachdenklich.

»Sogar die Weiße Garde könnte man einbeziehen!« Tatarski war nicht mehr zu bremsen. »Stell dir vor, ein Offizier im sandfarbenen Rock am Steilufer der Krim, so ein Nabokovsches Bild – die könnten das Fünffache an Tampons verkaufen.«

»Na und? Wer spricht denn vom Verkauf! Der ist Nebensache. Wir infiltrieren nicht Tampons, wir infiltrieren die Unruhe.«

»Wieso denn?«

»Weil wir in der Krise stecken, Mann.«

»Ach so. Natürlich ... Weil wir gerade dabei sind: Mir ist immer noch nicht klar, wie dieser Welin es angestellt hat, die komplette Regierung zu löschen. Bei dreifacher Sicherung.«

»Semjon war eben nicht bloß Graphikdesigner. Er war Programmierer. Wie er sich von unserer Workstation aus in die Oral Directory eingeloggt hat, weiß bis jetzt keiner. Hast du gehört, in welchen Größenordnungen er gearbeitet hat? Siebenunddreißig Millionen sind auf seinem Konto gefunden worden. Dollar! Er ist nicht mal davor zurückgeschreckt, dem Sjuganow das Jackett zu wechseln, von Cardin zu Saint Laurent. Vom Krawatten- und Hemdenmarkt ganz zu schweigen, da hat er das absolute Chaos hinterlassen. Wie Asadowski die Bilanzen gesehen hat, war er zwei Tage krank.«

»Phänomenal.«

»Kann man wohl sagen. Und wahrscheinlich ist ihm mit der Zeit der Arsch heiß geworden. Er hat die Dimension begriffen und versucht, sich abzusichern. Er hat ein fieses Programm geschrieben, das, wenn es nicht von Hand gestoppt wird, an jedem Monatsende die gesamte Directory killt. Mit dem hat er die Kirijenko-Datei geimpft. Und so ist im Nu die ganze Regierung infiziert gewesen. Für den Virenschutz haben wir natürlich Programme, aber seines war gemein ausgetüftelt, es hat sich an die Sektorenenden gehängt und am Monatsende selbst assembliert, ohne daß die Kontrolsummen sich verändert hätten, so daß es nicht aufzuspüren war. Genau darfst du mich nicht fragen, ich kann nur erzählen, was ich gehört habe. Während der Fahrt raus aus der Stadt in deinem Mercedes hat er jedenfalls noch versucht, es Leonid zu stecken, aber der hat ihn ja nicht zu Wort kommen lassen. Und dann kam der große GAU. Der Boß hat sich die Haare gerauft.«

»Und wie weit sind sie inzwischen mit der neuen Regierung?« fragte Tatarski. »Man kommt ja um vor Langeweile.«

»Dauert nicht mehr lange. Jelzin ist schon fertig, übermorgen entlassen wir ihn aus dem Kremlkrankenhaus. Er ist völlig neu digitalisiert worden, in London. Bei Madame Tussaud stand noch eine Wachsfigur von ihm im Schrank. Das ist nun schon die dritte Totalrestauration, du kannst dir nicht vorstellen, wie die Leute ihn satt haben. Und für die anderen wird fleißig an den NURBS gewerkelt. Komischerweise scheint eine ziemlich linke Regierung rauszukommen, mit kommunistischer Beteiligung. Da hat die Oralabteilung ihre Finger im Spiel. Aber eigentlich mache ich mir wenig Gedanken – es kann für uns nur leichter werden. Fürs Volk genauso: eine Identität für alle und Butter auf Marken. Nur Sasha Blo hält mal wieder alle auf mit seiner russischen Idee.«

»Nun mal langsam!« Tatarski sträubten sich die Nackenhaare. »Willst du mir einen Schreck einjagen? Wer wird denn der nächste, nach Jelzin?«

»Der, der die meisten Stimmen kriegt, natürlich. Was dachtest du? Bei unseren Wahlen geht es genauso pingelig zu wie in den USA.«

»Haben wir das wirklich nötig?«

»Nötig haben wir das bestimmt nicht. Aber sonst würden sie uns den neuen Render nicht verkaufen. Die haben ein novelliertes Handelsgesetz – alles hat so zu sein wie bei ihnen. Total hirnverbrannt.«

»Was geht die das überhaupt an? Ich meine, was bringt ihnen das?«

»Wahlen kosten viel Geld«, sagte Morkowin finster. »Sie wollen unsere Wirtschaft ruinieren, das ist es. Zumindest gibt es Leute, die das behaupten. Überhaupt finde ich ja, daß wir in einer Sackgasse sind. Wozu diese Hohlköpfe redigitalisieren. Eine völlig neu konstruierte Politikerriege müßte her, junge Gesichter. Bei Null anfangen, eine Focus-Group ranlassen: Visage und Ideologie in einem Aufwasch.«

»Warum gibst du Asadowski nicht den Tip?«

»Versuch dem mal einen Tip zu geben. So, wir sind da.«

Sie befanden sich vor einer kleinen, von zwei Stoppschildern flankierten Abzweigung, in die Morkowin einbog; sie führte in den Wald. Nach kurzer Fahrt in gedrosseltem Tempo war die Straße vor einer Ziegelmauer mit hohem Eisentor zu Ende. Morkowin hupte zweimal, das Tor ging auf, und sie fuhren auf einen fußballfeldgroßen Hof.

Asadowskis Landhaus bot einen bizarren Anblick. Am ehesten fühlte man sich an die Moskauer Basiliuskathedrale erinnert – nur doppelt so groß und von einer Vielzahl von Wirtschaftsgebäuden umstellt. Geschraubte Türmchen und putzige Giebelchen waren mit allerlei Balkönchen, diese wiederum mit Balustraden aus winzigen, bauchigen Säulchen verziert; sämtliche Fensterläden im ersten Stock waren geschlossen. Ein paar Rottweiler liefen frei auf dem Hof umher. Aus dem Schornstein eines der Anbauten stieg eine kleine blaue Rauchsäule, vermutlich wurde die Sauna geheizt. Asadowski selbst wartete inmitten einer kleinen Suite (darunter Sasha Blo und Maljuta) auf der Freitreppe. Er trug einen Tirolerhut mit Feder, der ihm ausgesprochen gut stand und seinem runden Gesicht etwas edelmütig Verwegenes gab.

»Da seid ihr ja endlich«, sagte er. »Wir haben beschlossen, uns unters Volk zu mischen. In die Bahnhofskneipe, auf ein Bier.«

Tatarski hatte plötzlich Lust, seinem Chef eine Nettigkeit zu sagen.

»Wie Harun al Raschid mit seinen Wesiren, nicht wahr?«

Asadowski sah ihn verständnislos an.

»Der ist doch immer verkleidet durch Bagdad gezogen«, erklärte Tatarski, während er seinen Vorstoß schon wieder bereute. »Zu sehen, wie das Volk so lebt. Und seinen Sympathiewert zu steigern.«

»Durch Bagdad?« fragte Asadowski mißtrauisch. »Was für ein Harun?«

»Ein Kalif. Von ganz früher, neuntes Jahrhundert.«

»Ach so. Ich wollte schon sagen. Heute lohnt es nicht mehr, in Bagdad rumzulaufen. Alles wie bei uns – bloß daß sich die

Leibwache im Schnitt auf drei Jeeps verteilt. Sind alle da? Dann aufgesessen!«

Tatarski fand Platz im hintersten Auto – dem Range Rover von Sasha Blo. Der hatte schon einiges getrunken und schien in gehobener Stimmung zu sein.

»Ich wollte dir noch gratulieren«, sagte er. »Dein Material zu Beresowski und Radujew war das beste Kompromat im Quartal. Das sag ich dir ganz reell. Besonders die Stelle, wo sie Rußlands mystischen Leib an den sakralen Hauptpunkten mit ihren Fernsehbohrtürmen piercen wollen. Und die Aufschrift auf dem Monopoly-Spielgeld: *In God we Monopolize* – köstlich! Na, und dem Radujew eine Kippa aufzusetzen, da muß man erst mal drauf kommen.«

»Halb so wild«, sagte Tatarski; ihm schwante Böses. Hatten wir diesem Arschloch Maljuta nicht eingeschärft, die Finger von Radujew zu lassen? dachte er. Jetzt heißt es garantiert: Geld zurück. Kann man froh sein, wenn's keine Zinsen kostet.

»Sag lieber, wann deine Abteilung mit einer ordentlichen Idee zu Potte kommt?« fragt er. »Wie weit ist das Projekt gediehen?«

»Tut mir leid, alles noch unter Verschluß. Aber laß dir sagen, da ist was im Werden. Etwas, wonach ihr euch alle zehn Finger leckt. Nur Attilas Rolle ist noch nicht restlos geklärt, und am Styling muß noch gefeilt werden – damit sich so eine Art fester Kontrapunkt aus Kirchenorgel und Ziehharmonika ergibt.«

»Attila? Warte mal. Ist das der, der Rom angezündet hat? Was hat denn der dabei verloren?«

»Attila heißt wörtlich: Mann aus Itel. Und Itel ist ein alter Name für die Wolga. Attila als alter Wolgarusse. Verstehst du, wohin der Hase läuft?«

»Nicht so richtig.«

»Wir sind doch das dritte Rom. Und jetzt stellt sich raus, das liegt schon immer an der Wolga. So daß wir unsere Schlachten zu Hause schlagen können. Wir leben in vollkommener historischer Selbstreferentialität und nationaler Würde.«

Tatarski ließ den Gedanken auf sich wirken.

»Doch«, sagte er. »Nicht übel.«

Er blickte aus dem Seitenfenster und sah auf einmal in einiger Ferne die Spitze eines gigantischen Bauwerks aus dem Wald ragen: einen Betonquader mit spiralig um alle vier Seiten herumführender Schräge und einem kleinen grauen Türmchen obenauf. Er kniff die Augen zusammen und öffnete sie wieder: Das Ungetüm war nicht verschwunden, nur ein bißchen nach hinten gerückt. Tatarski stieß Sasha Blo an den Ellbogen, so daß der Wagen kurz ins Schlingern kam.

»He, bist du bescheuert?« rief Sasha.

»Schau schnell da rüber!« sagte Tatarski. »Siehst du den Betonturm?«

»Was ist damit?«

»Hast du eine Ahnung, was das ist?«

Sasha sah hin.

»Ach ja. Asadowski hat vorhin davon erzählt. Da haben sie mal eine Raketenabwehrbasis bauen wollen. Mit Frühwarnsystem und so. Über das Fundament und die Mauern sind sie wohl nicht hinausgekommen. Gab ja plötzlich keinen mehr, vor dem sie hätten warnen sollen. Asadowski hat den Plan, das Ding privatisieren und fertigbauen zu lassen – nicht als Radarstation natürlich. Soll sein neuer Landsitz werden. Der Stil gefällt ihm, sagt er. Ich für mein Teil kann Betonmauern nicht ausstehen. Was macht dich denn so juckig an dem Ding?«

»Nichts. Sieht einfach merkwürdig aus. Wie heißt denn der Bahnhof, zu dem wir fahren?«

»Rastorgujewo.«

»Rastorgujewo. Dann ist mir alles klar.«

»Da vorne ist es übrigens schon. Da in dem Haus. Der übelste Schuppen in ganz Moskau und Umgebung. Leonid trinkt hier sonntags gern sein Bierchen. Um zu spüren, wie weit er es im Leben gebracht hat, behauptet er.«

Das Lokal im Souterrain eines verwitterten Backsteinbaus

neben dem Bahnsteig war in der Tat bemerkenswert dreckig und stinkend, und das Publikum an den Tischen, vor sich den Wodka in Viertelliterflaschen, paßte hierher. Allenfalls zwei Ganoven in Jogging-Anzügen, die an einem Stehtisch neben dem Eingang lungerten, fielen etwas aus dem Rahmen. Tatarski war überrascht, daß Asadowski ein paar der Männer mit Handschlag begrüßte – er schien hier tatsächlich Stammgast zu sein. Mit der einen Hand griff sich Sasha Blo zwei Gläser mit blassem Bier, mit der anderen packte er Tatarski beim Arm und zerrte ihn zu einem weiter hinten gelegenen Tisch.

»Hör mal«, fing er an, »ich hätte da einen kleinen Auftrag für dich. Zwei Brüder von mir sind aus Jerewan nach Moskau gezogen und haben ein Geschäft aufgemacht. Ein exklusives Bestattungsbüro, Service der Sonderklasse. Sie spekulieren darauf, daß momentan unwahrscheinlich viel Geld zwischen den Banken in der Schwebe ist. Bald wird es losgehen, daß die Herrschaften sich dieses Geld gegenseitig aus dem Jackett schütteln. Da dürfte sich eine reelle Marktlücke auftun.«

»Keine Frage«, sagte Tatarski und sah zu den zwei Ganoven an der Tür hinüber; die beiden tranken tschechisches Bier aus mitgebrachten Flaschen. Was sie an einem solchen Ort verloren hatten, war unklar – womöglich ungefähr dasselbe wie Asadowski.

»Ich würde dich um einen Freundschaftsdienst bitten«, plapperte Sasha Blo weiter. »Schreib mir zwei proppere Slogans, die bei der Zielgruppe reell anschlagen. Wenn die Sache ins Laufen gekommen ist, kriegst du es bezahlt.«

»Erinnert mich an alte Zeiten. Welcher Quark macht die Marke stark?«

»Sagte ich doch: Sterben de Luxe.«

»Und die Firma soll wie heißen?«

»Nur der Name: *Bestattungsinstitut Gebrüder Debirsjan*. Denkst du drüber nach?«

»Klar«, sagte Tatarski. »Kein Problem.«

»Übrigens«, sagte Sasha, »du wirst es nicht glauben, die zwei hatten schon einen guten Bekannten von uns als Kunden. Bevor die Witwe verduftet ist, hat sie ein Eins-a-Begräbnis bestellt. Vorkasse.«

»Für wen denn?«

»Entsinnst du dich an Chanin von der Agentur *Konspiration und Kooperation*? Den haben sie umgenietet.«

»Großer Gott. Das wußte ich noch nicht. Wer denn?«

»Weiß keiner. Die Tschetschenen oder die Bullen. Die einen behaupten so, die anderen so. Ging angeblich um irgendwelche Brillanten. Dunkle Geschichte. Wo willst du hin?«

»Ich muß mal.«

Das Klo war noch dreckiger als der übrige Teil der Kneipe. Die geologischen Aufschlüsse oberhalb der Rinne ins Auge fassend, bemerkte Tatarski ein abgebröckeltes Putzdreieck und mußte sofort wieder an den armen Chanin denken. Er wußte auch, warum: Es hatte genau die einprägsame Form des Brillantcolliers, das bei Chanin als Photo über dem Klo gehangen hatte. Im nächsten Augenblick hatte sich das Mitgefühl mit dem einstigen Chef auf alchimistische Weise in den von Sasha Blo bestellten Werbespruch verwandelt.

Aus der Toilette kommend, blieb Tatarski stehen. Ihm bot sich ein überraschendes Bild. Offensichtlich hatte der Flur einmal eine Zwischentür gehabt, die mitsamt dem Rahmen herausgebrochen worden war, und nun ragte ringsum aus Wand und Decke ein Streifen Mauerwerk, den jemand grob mit schwarzer Farbe angepinselt hatte. Es ergab sich, vor allem der gerundeten Ecken wegen, der phänomenale Effekt eines überdimensionalen Fernsehbildschirms. Asadowski und sein Gefolge waren in dem Fernseher nicht zu sehen, dafür das Ganovenduo am vorderen Tisch sowie ein neuer Gast, der sich zu ihnen gesellt hatte: ein dürrer, hochgewachsener Alter in braunem Regenmantel, Baskenmütze und einer klobigen Brille mit zu kurzen Bügeln; die Augen hinter den dicken Gläsern wirkten unproportional groß und staunend wie die eines Kindes. Tatarski hätte schwören können, dem Mann schon irgendwo begegnet zu sein. Er hatte bereits eine kleine, abgehalfterte Zuhörerschaft um sich versammelt.

»Männer«, sagte er mit feiner Stimme, in der viel echtes Staunen mitschwang, »ihr werdet es mir nicht glauben! Vorhin war ich im Gemüseladen am Kursker Bahnhof und hab mir eine Halblitergranate geholt, stell mich an der Kasse an, und wen sehe ich in den Laden kommen? Tschubais! Ich denk, mich tritt ein Pferd! Er hatte so einen feinen, grauen Mantel an, Wollschal und Mütze. Und keine Leibwache. Nur so eine Beule in der rechten Manteltasche, könnte ein Pistolenlauf gewesen sein. Und stellt euch vor: Geht der doch in die Konservenabteilung und holt sich ein Dreiliterglas eingelegte Tomaten – die grünen, bulgarischen, kennt ihr ja, nicht wahr. Und hat ein Netz dabei, wo er sie reinpackt. Wie ich ihn gesehen hab, ist mir der Mund offenstehen geblieben. Er hat's gemerkt und mir im Rausgehen zugezwinkert. Ich zum Schaufenster. Da stand so ein schwarzes Auto mit Rundumleuchte, wo man auch glatt denkt, die zwinkert einem zu. Da ist er rein, zack und weg. Sachen gibt's, die gibt's gar nicht.«

Tatarski stach der Hafer. Er hüstelte, der Mann blickte zu ihm herüber.

»Volkes Wille!« sagte Tatarski und zwinkerte frech.

Er hatte die Worte ganz leise gesagt, doch der Alte hatte sie vernommen, zupfte einen der Ganoven am Ärmel und nickte kurz in seine Richtung. Synchron stellten die beiden Typen ihr Flaschenbier auf dem Tisch ab und kamen mit schwachem Leuchten in den Augen auf Tatarski zu. Einer schob die Hand in die Tasche – und Tatarski wußte, daß er im nächsten Moment ein toter Mann sein konnte.

Der Adrenalinstoß, der durch seinen Körper ging, verlieh ihm eine erstaunliche Behendigkeit. Im Nu hatte er sich umgedreht, war aus der Kneipe gesprungen und rannte quer über den Platz. Als er ungefähr die Mitte erreicht hatte, knallte es in seinem Rücken mehrmals, etwas pfiff knapp an ihm vorbei. Tatarski verdoppelte sein Tempo. Erst unmittelbar vor einem großen Holzhaus, hinter dessen Ecke er Schutz suchen konnte, riskierte er einen Blick zurück. Die Ganoven schossen nicht mehr, weil mittlerweile Asadowskis Bodyguards mit ihren Maschinenpistolen bei ihnen waren. Flach gegen die Wand gepreßt, zog Tatarski mit steifen Fingern eine Zigarette aus der Schachtel und zündete sie an. So kann es zugehen! dachte er. Ganz unfeierlich und ohne daß man drauf gefaßt ist. Als er den nächsten Blick um die Ecke wagte, war die Zigarette schon fast bis zum Filter aufgeraucht. Asadowski und sein Gefolge saßen in den Autos, die Ganoven mit blutig geschundenen Gesichtern zwischen den Guards auf einem der Rücksitze, während der alte Mann im braunen Mantel sich vor einem der stoischen Wächter echauffierte. Tatarski wußte inzwischen, woher er den Mann kannte: Es war sein alter Philosophiedozent vom Literaturinstitut. Weniger an den Gesichtszügen hatte er ihn erkannt – er war stark gealtert – als an diesem staunenden Tonfall, der ihm von den Vorlesungen her in Erinnerung geblieben war: »Das Objekt hat doch wirklich seine Mucken!« hörte er ihn, den Blick zur Hörsaaldecke gerichtet, dozieren. »Es will vom Subjekt erst einmal entkleidet werden. Sonst läuft nichts! Und erst dann, wenn das Subjekt Glück hat, kommt es zur Verschmelzung.«

Die Verschmelzung mußte inzwischen stattgefunden haben. Auch so kann es zugehen! dachte Tatarski, zückte sein Büchlein und notierte den in der Kneipe erfundenen Slogan:

Diamonds are not forever!
Bestattungsinstitut Gebrüder Debirsjan

Der Autokorso verschwand hinter der Kurve. Es stand zu erwarten, daß Tatarski nach dieser Geschichte flog. Wohin jetzt?

überlegte er. Egal. Zum Beispiel zu Girejew. Der wohnte ja wohl ganz in der Nähe.

Tatsächlich war Girejews Haus leicht zu finden – immer noch stand im Vorgarten dieser unglaublich hochstämmige Bärenklau, kein wucherndes Unkraut mehr, sondern ein rauschendes Wäldchen. Tatarski mußte mehrmals an die Pforte klopfen, ehe Girejew auf der Veranda erschien: die Hosen, Farbe unbestimmbar, mit ausgebeulten Knien, auf dem Shirt ein großes A im regenbogenfarbenen Kreis.

»Komm rein«, sagte er. »Die Pforte ist offen.«

Girejew trank, und dies wohl seit Tagen; er schien eine größere Summe Geld auf den Kopf gehauen zu haben, die nun zur Neige ging. Ein solcher Befund ließ sich deduktiv aus der Ansammlung leerer Flaschen herleiten. Hinten, mehr zur Wand hin, standen Whisky- und Cognacflaschen der teuren Marken; in Richtung Zimmermitte schlossen sich irgendwelche abenteuerlichen Wodka-Sorten an: Schwarzdestillate aus der näheren Umgebung mit Namen voll südlicher Romantik und Leidenschaft. Ansonsten hatte sich die Küche seit Tatarskis letztem Besuch nur mäßig verändert; sie war schmutziger als damals und hatte neue Bilder furchterregender tibetischer Gottheiten an den Wänden. Und noch eine Neuheit gab es: In der Ecke flimmerte ein Fernseher.

Erst als Tatarski am Tisch saß, merkte er, daß der Fernseher kopfstand. Es lief ein Trickfilm-Vorspann: Ein Auge mit langen, fettschwarz getuschten Wimpern wurde von einer Fliege umkreist. In dem Moment, da der Titel der Sendung – *DAS GLÄSERNE AUGE* – ins Bild sprang, ließ sich die Fliege auf der Pupille nieder und klebte fest, die Wimpern bewegten sich auf sie zu wie die Borsten einer Venusfalle. Dann erschien der Moderator, er trug die Uniform eines Wachtruppenmajors. Tatarski konnte sich denken, daß dies die Trotzreaktion eines Kreativen aus der siebten Etage auf die kürzliche Hausmitteilung eines Kreativen aus der achten war, in der es geheißen hatte, das Fernsehen in Rußland sei ein Werkzeug staatlicher Gewalt. Der Moderator, wie er da auf dem Kopf stand, ähnelte einer an unsichtbarer Stange hängenden Fledermaus. Daß es Asadowski war, nahm Tatarski inzwischen gelassen hin. Das Haar hatten sie ihm pechschwarz gefärbt und ein schmales Tangobärtchen auf die Oberlippe geschminkt. Mit dümmlichem Lächeln begann er:

»In aller Bälde wird im schönen Murmansk der Atomraketenkreuzer *Idiot* vom Stapel laufen, der anläßlich des einhundertfünfzigsten Geburtstages von Fjodor Michailowitsch Dostojewski privatisiert worden ist. Bislang ist noch nicht bekannt, ob es der Regierung gelingt, das beim Verkauf des Schiffes erhaltene Geld wiederzufinden, darum werden Forderungen laut, ein weiteres Schiff dieses Typs zu privatisieren, der betreffende Kreuzer heißt *Schuld und Sühne* und ist so groß, daß die Matrosen ihn stolz als schwimmenden Archipel GULag bezeichnen. Momentan ist *Schuld und Sühne* auf dem Weg durch das Nördliche Eismeer zu seinem Heimathafen. Neues vom Buchmarkt!«

Asadowski zauberte ein Buch aus der Versenkung, von dessen Cover einen die Dreifaltigkeit aus Granatwerfer, Kettensäge und nackter Frau ansprang.

»Ein gutes Herz braucht starke Fäuste! heißt ein altes Sprichwort. Wir wissen es, und doch hat uns zum Glück immer noch etwas gefehlt. Ein Buch, auf das wir lange gewartet haben: Gutes Herz mit starken Fäusten und großem Schwanz. *Die Abenteuer Swjatoslaw des Harten.* Neues aus der Wirtschaft. Heute wird im russischen Parlament der Mindestwarenkorb für das laufende Jahr verabschiedet. Darin liegen zwanzig Kilo Eierteigwaren, ein Zentner Kartoffeln, sechs Kilo Schweinefleisch, eine Wattejacke, ein Paar Schuhe, eine Pelzmütze mit Ohrenklappen sowie ein Fernseher der Marke Sony Black Trinitron. Unser Korrespondent aus Tschetschenien berichtet ...«

Girejew stellte den Ton ab.

»Du bist doch nicht gekommen, um Fernsehen zu gucken?« fragte er.

»Das fehlte noch. Ich wundere mich bloß, daß er bei dir auf dem Kopf steht.«

»Ein Thema ohne Ende.«

»So wie mit den Gurken? Nur nach Initiation?«

»Nein, wieso?« Girejew hob die Schultern. »Das sind zugängliche Informationen. Aber sie beziehen sich auf eine Praktik des echten Dharmas, und indem du um diese Informationen bittest, übernimmst du die karmische Verpflichtung, die Praktik auch auszuüben. Und das machst du sowieso nicht, wie ich dich kenne.«

»Wieso nicht? Erzähl doch mal.«

Girejew seufzte und sah nach draußen auf die im Wind schwankenden Riesendolden.

»Der Buddhismus kennt drei Arten fernzusehen. Das heißt, im Grunde ist es jedesmal dieselbe Art, nur auf unterschiedlichem Trainingsniveau. Zuerst guckst du Fernsehen ohne Ton. Ungefähr eine halbe Stunde täglich, Sendungen, die du gern siehst. Immer wenn der Gedanke aufkommt, daß da im Fernsehen gerade etwas Wichtiges und Interessantes gesagt werden könnte, vergegenwärtigst du dir diesen Gedanken und neutralisierst ihn damit. Am Anfang kann es vorkommen, daß du schwach wirst und den Ton anstellst, aber mit der Zeit gewöhnst du dich daran. Wichtig ist, im Moment der Schwäche kein Schuldgefühl zu haben. Es geht am Anfang allen so, auch den Lamas. Als nächstes machst du es umgekehrt: Du läßt den Ton laufen und drehst das Bild dunkel. Und zum Schluß läßt du beides weg. Das ist die hohe Schule, die ersten zwei sind nur Aufbaustufen. Du schaust alle möglichen Nachrichtensendungen, ohne den Fernseher einzuschalten. Sehr wichtig dabei ist ein gerader Rücken, und die Hände legst du am besten auf den Bauch: die Rechte unten, die Linke oben. Frauen machen es umgekehrt. Und du darfst dich keine Sekunde ablenken lassen. Wenn man auf diese Art zehn Jahre lang täglich eine Stunde fernsieht, hat man am Ende die Natur des Fernsehens durchschaut. Und alles übrige ebenso.«

»Und warum steht der Apparat bei dir auf dem Kopf?«

»Das ist die vierte Art. Der Buddhismus erlaubt ihre Verwendung, wenn die Umstände es erfordern, Bild und Ton einzuschalten. Wenn man zum Beispiel den Dollarkurs erfahren will, aber nicht weiß, wann und wie sie ihn bekanntgeben: ob sie ihn ansagen oder nur die Tafeln vor den Wechselstuben einblenden.«

»Aber wieso verkehrt herum?«

»Wieder eine andere Geschichte.«

»Ich bitte darum.«

Girejew wischte sich mit der flachen Hand die Stirn und seufzte noch einmal. Er schien nach Worten zu suchen.

»Hast du schon mal darüber nachgedacht, woher der flammende Haß in den Augen der Fernsehansager kommt?« fragte er schließlich.

»Ach, hör mir auf«, sagte Tatarski. »Die gucken doch überhaupt nicht in die Kamera, das scheint nur so. Direkt unterm Objektiv steht ein Spezialmonitor, über den scrollt die Moderation, mit Hilfszeichen zur richtigen Gestik und Betonung. Davon gibt es, glaube ich, sechs – mal sehen, ob ich sie zusammenkriege: Ironie, Trauer, Skepsis, Improvisation, Zorn und Scherz. Es kann also gar kein Haß ausgestrahlt werden, weder dienstlich noch privat. Dafür existiert kein Zeichen. Das weiß ich sicher.«

»Ich sage ja nicht, daß die etwas ausstrahlen. Aber während sie ihren Text ablassen, schauen ihnen ein paar Millionen Leute direkt in die Augen, Leute, die in aller Regel stinksauer und vom Leben frustriert sind. Und nun stell dir vor, was für ein kumulativer Effekt entsteht, wenn sich in einer Sekunde dermaßen viele verarschte Bewußtseine in ein und demselben Punkt treffen. Kannst du mit dem Begriff Resonanz etwas anfangen?«

»Ich denke schon.«

»Gut. Wenn ein Bataillon Soldaten im Gleichschritt über eine Brücke marschiert, kann die Brücke einstürzen. Solche Fälle hat es gegeben, und seitdem wird das Kommando zum Gleichschritt aufgehoben, wenn eine Brücke kommt. Wenn nun dermaßen viele Leute in den Kasten starren und sehen alle dasselbe, was muß da für eine Resonanz in der Noosphäre entstehen!«

»In der was?« fragte Tatarski, doch da klingelte in seiner Tasche das Handy, er unterbrach das Gespräch und hob entschuldigend die Hand. Laute Musik und Stimmengewirr krachten ihm ins Ohr.

»Babi!« übertönte Morkowins Stimme den Lärm. »Wo steckst du? Bist du heil?«

»Bin ich«, sagte Tatarski. »In Rastorgujewo.«

»Na, weißt du«, johlte Morkowin, »diese Arschlöcher, die haben ihre Abreibung, und bestimmt kriegt jeder von denen noch zehn Jahre Knast aufgebrummt. Asadowski hat sich totgelacht nach dem Verhör, er hat sich nicht wieder eingekriegt vor Lachen! Du hättest ihm allen Streß von der Seele genommen, sagt er. Den nächsten Orden kriegst du mit Rostropowitsch ex aequo. Soll ich dir ne Kutsche schicken?«

Doch kein Rausschmiß! dachte Tatarski und spürte, wie sich vom Herzen her eine angenehme Wärme in seinem Körper ausbreitete. Kein Rausschmiß und keine Hinrichtung.

»Nein, danke«, sagte er. »Ich fahre erst mal nach Hause. Bin etwas mit den Nerven runter.«

»Ach ja? Na, kann ich verstehen«, sagte Morkowin. »Fahr nach Hause, und leg dich aufs Ohr. Ich muß jetzt los – hier geht gleich total die Post ab! Aber komm morgen nicht zu spät, wir haben einen wichtigen Termin. Fernsehzentrum Ostankino. Da kannst du übrigens Asadowskis Sammlung sehen. Die spanische Kollektion. Mach's gut!«

Tatarski steckte das Telefon ein und ließ einen abwesenden Blick durch das Zimmer gehen.

»Sieht so aus, als würde ich als Hamster gehalten«, sagte er nachdenklich.

»Wie?«

»Egal. Wo warst du stehengeblieben?«

»Ja, kurz gesagt, ist es so, daß die ganze sogenannte Magie des Fernsehens aus psychischer Resonanz besteht«, setzte Girejew seinen Vortrag fort. »Viele Leute sehen gleichzeitig dasselbe. Und wenn ein Profi fernsieht, dann weiß er ...«

»Profis sehen überhaupt nie fern, das laß dir gesagt sein«, fiel Tatarski ihm ins Wort und konnte den Blick nicht von einem eben auf dem Hosenbein seines Gesprächspartners entdeckten Flicken wenden.

»Dann weiß er, daß er möglichst auf die Randzonen des Bildschirms sehen muß und auf gar keinen Fall in die Augen des Moderators, sonst ist das nächste Magengeschwür eine Frage der Zeit, oder man wird schizophren. Am sichersten ist es, den Fernseher gleich umzudrehen, wie ich es tue. Das ist wie – ohne Gleichschritt marsch. Und wenn es dich interessiert, kann ich dir noch die fünfte Art fernzusehen erklären, die die höchste und geheimste ist.«

Wie es so geht: Du redest mit einem Menschen, meinst seinen Worten mit Gewinn zu folgen, denn es scheint etwas Wahres an ihnen zu sein – und plötzlich siehst du, daß der andere ein altes T-Shirt anhat, Schuhe mit schiefgetretenen Absätzen, am Knie gestopfte Hosen, und die Möbel in seinem Zimmer sind verschlissene Billigware. Du schaust noch genauer hin und entdeckst überall die zuvor übersehenen Zeichen beschämender Armut, und es wird dir klar: Alles, was der andere im Leben erfahren und unternommen hat, wurde nicht von dem einzigartigen Erfolg gekrönt, den zu erringen du dir eines Frühlingsmorgens in den Kopf gesetzt hattest, mit zusammengebissenen Zähnen, mit dem festen Vorsatz, nur ja kein Loser zu sein, auch wenn du damals noch nicht wußtest, in welchem Spiel und gegen welchen Gegner. Und obwohl du diesbezüglich immer noch nicht viel schlauer bist, verlierst du augenblicklich das Interesse an dem, was der Mann dir erzählt, und du überlegst, was du ihm zum Abschied Nettes sagen könntest und wie den Ort so schnell wie möglich verlassen, um endlich wieder deinen Geschäften nachzugehen.

Solcherart wirkt in unseren Seelen der verdrängende Wow!-Faktor. Tatarski, der ihm unversehens erlegen war, ließ sich jedoch nicht anmerken, daß das Gespräch ihn nicht länger interessierte; ihm war ein Gedanke gekommen. Er wartete, bis Girejew fertig war, streckte sich und gähnte, um dann die beiläufige Frage zu stellen:

»Sag mal, Fliegenpilze hast du nicht zufällig im Haus?«

»Doch«, sagte Girejew. »Aber mit dir zusammen nie wieder. Du mußt schon entschuldigen, aber nach deinem Auftritt damals ...«

»Vielleicht gibst du mir welche mit?«

»Warum nicht. Du mußt mir nur versprechen, sie nicht hier zu essen.«

Girejew war aufgestanden und zu einem schief hängenden Wandschrank gegangen, dem er ein kleines, in Zeitungspapier gewickeltes Paket entnahm.

»Für einen reicht es gerade. Wo willst du damit hin? In die Stadt?«

»Nein«, erwiderte Tatarski, »Moskau zieht mich runter. Ich geh in den Wald. Wenn ich schon mal im Grünen bin ...«

»Da hast du recht. Warte, ich füll dir noch ein bißchen Wodka ab. Das lindert den Einstieg. Pur kann das Zeug mächtig aufs Hirn schlagen. Nein, keine Angst, ich hab noch guten da.«

Er nahm eine leere Hennessy-Flasche vom Fußboden, schraubte den Deckel ab und goß vorsichtig Wodka aus einer Literflasche Absolut hinein, die tatsächlich noch im Schrank bei den Pilzen gestanden hatte.

»Du bist doch auch so ein Fernsehfritze«, sagte er, »da hab

ich einen schönen Witz für dich. Fellatio mit Gesang im Dunkeln, kennst du den?«

»Nein.«

»Also da kommt ein Mann in den Puff. Guckt auf die Preisliste und sieht, die teuerste Nummer ist Fellatio mit Gesang im Dunkeln. Kostet fünfzehnhundert. Komisch! denkt er. Was könnte das sein? Und er kauft sich die Nummer. Geht rein, Darkroom, alles wie versprochen: Jemand bläst ihm einen und singt dabei ein Lied. Wie er wieder rauskommt, denkt er: Das kann doch nicht wahr sein! Er geht in den Gemischtwarenladen und kauft sich eine Taschenlampe. Dann pumpt er sich noch mal fünfzehnhundert zusammen und geht zurück in den Puff. Die Nummer läuft wie beim erstenmal. Und wie er knapp davor ist zu kommen, holt er die Taschenlampe raus und knipst sie an. Und er sieht sich in einem riesigen, runden Zimmer stehen, und an der Wand steht ein Podest, und auf dem Podest liegt ein großes Glasauge.«

Girejew sagte nichts mehr.

»Ja, und?« fragte Tatarski. »Wie weiter?«

»Nix weiter. Das ist der Witz.«

»Äh, wie ... ah ja. Ich glaub, ich hab ihn ... Was meinst du: Ob damit das Auge auf dem Dollarschein gemeint ist?«

»Darüber hab ich noch nicht nachgedacht.«

»Na ja«, sagte Tatarski. »Ehrlich gesagt, ist mir diese Art Humor zu finster. An irgendwas muß der Mensch doch glauben.«

»Die Hoffnung stirbt zuletzt«, sagte Girejew mit Schulterzucken. »Was schreibst du da eigentlich auf? Den Witz oder die fünf Arten fernzusehen?«

»Nein«, sagte Tatarski. »Etwas Geschäftliches.«

Plakatidee! Schmutziges Zimmer mit Spinnweben. Auf dem Tisch eine Apparatur zum Schnapsbrennen, am Tisch ein Alkoholiker in abgerissener Kleidung. Er ist dabei, sein Endprodukt aus einer großen Absolut-Flasche in kleine Hennessy-Flaschen umzufüllen. Slogan:

ABSOLUT HENNESSY

(Zuerst den Subvertreibern von Absolut und Hennessy anbieten, bei ausbleibender Resonanz auch an Finlandia, Smirnoff, Johnny Walker etc. geben)

»Da!« sagte Girejew und reichte Tatarski das Paket und die Flasche. »Aber laß uns eine Abmachung treffen. Du kommst nach dem Essen nicht mehr hierher, okay? Mir langt es immer noch vom letzten Jahr.«

»Versprochen«, sagte Tatarski. »Ist es eigentlich weit bis zu dieser halbfertigen Raketenabwehrbasis? Ich hab sie heute von der Straße her gesehen.«

»Das ist ganz in der Nähe. Du gehst quer über das Feld, da fängt ein Waldweg an. Dann siehst du einen Drahtzaun, an dem gehst du lang. Drei Kilometer vielleicht. Sag bloß, du willst dort deinen Spaziergang machen?«

Tatarski nickte.

»Ich weiß nicht, ob das das richtige ist. Nüchtern ginge es noch, aber im Pilzrausch? Die alten Leute sagen, es wäre ein unguter Ort. Wobei ich freilich nicht wüßte, wo man in Moskau und Umgebung einen guten findet.«

In der Tür drehte Tatarski sich um und faßte Girejew bei den Schultern.

»Weißt du, Andrej«, sagte er, »ich möchte nicht, daß es pathetisch klingt, aber ich muß mich bei dir wirklich bedanken!«

»Wofür?«

»Für die Möglichkeit, ab und zu ein paralleles Leben zu leben. Das echte wäre sonst manchmal nicht auszuhalten!«

»Na ja«, sagte Girejew und wandte den Blick zur Seite. »Tut man doch gern.«

Er war sichtlich gerührt.

»Viel Erfolg im Geschäft!« sagte Tatarski und war draußen.

Er lief schon eine gute halbe Stunde den Drahtzaun entlang, als die Pilze zu greifen anfingen. Zuerst die bekannten Symptome: das wohlige Kribbeln in den Fingern und so weiter. Dann tauchte hinter den Büschen am Wegrand der Mast mit dem Schild *Kein Feuer anzünden!* auf, den er damals mit Hussein verwechselt hatte. Wie zu erwarten, waren bei Tageslicht keinerlei Ähnlichkeiten festzustellen. Dennoch gedachte Tatarski der schönen Geschichte vom König der Vögel Simurgh beinahe mit Wehmut.

»Simurgh oder Sirruf, wo ist da der Unterschied?« sprach eine bekannte Stimme in seinem Kopf. »Dialektale Varianten, weiter nichts. Hast du schon wieder zugelangt?«

Geht los! dachte Tatarski. Das Tier ist da.

Doch ließ der Sirruf den Rest des Weges bis zum Turm nicht wieder von sich hören. Das Tor, über das Tatarski seinerzeit geklettert war, stand diesmal offen. Auf dem Gelände keine Menschenseele; die Wohnwagen verrammelt, am Unterstellpilz für den Wachsoldaten fehlte das Telefon.

Tatarski erstieg das Bauwerk ohne Zwischenfälle. In dem Türmchen für die Fahrstuhltechnik war alles so, wie er es damals verlassen hatte: der Tisch in der Mitte und die leeren Flaschen auf dem Fußboden.

»Na?« fragte er vernehmlich. »Wo ist denn nun die liebe Göttin?«

Niemand gab Antwort, er hörte nur den Wind unten im Herbstwald rauschen. Tatarski lehnte sich an die Wand, schloß die Augen und lauschte. Irgendwie schien ihm, es müßten Weiden sein, die da rauschten, eine irgendwann im Radio gehörte Liedzeile ging ihm durch den Kopf: *Es sind die Schwestern der Trauer, die in den Weiden wohnen.* Und prompt mischten sich weibliche Stimmen in das Blätterrauschen, brüchiger Widerhall von Worten, die vor Ewigkeiten einmal zu ihm gesagt worden und nachher in den toten Winkeln des Gedächtnisses gelandet waren.

»Und wissen sie denn«, wisperten die Stimmen, »daß da nichts ist in ihrer wohlbekannten Welt, nur eingedickte Schwärze? Kein Ein- und kein Ausatmen, kein Rechts, kein Links, kein Fünfter und kein Zehnter? Und wissen sie denn, daß ihre Wohlbekanntheit wohl keinem bekannt ist?«

»Alles ist anders, als die Leute sich denken: Es gibt weder Wahrheit noch Lüge, es gibt nur den einen, unendlich klaren, puren und schlichten Geist, worin die Seele wölkt wie ein Tropfen Tinte im Wasserglas. Und hört der Mensch endlich auf, diese Reinheit wie Tinte zu trüben, dann geschieht weiter nichts – und zu sehen wird sein, daß das Leben ein Rascheln ist, ein raschelnder Vorhang im Fenster eines vor Zeiten zerstörten Turms, und jedes Fädchen in diesem Vorhang denkt, die große Göttin sei mit ihm. Und so ist es auch.«

»Es gab eine Zeit, da wir, und auch du, mein Geliebter, in Freiheit gewesen – warum nur hast du diese böse, verkommene Welt erschaffen?«

»Sag bloß, das war ich?« flüsterte Tatarski.

Niemand gab Antwort. Tatarski schlug die Augen auf und blickte durch den Spalt der offenen Tür. Über dem Wald hing, einem Gebirge gleich, eine Wolke – so unermeßlich groß, daß die endlose Weite des Himmels, die er seit der Kindheit aus den Augen verloren hatte, plötzlich wieder erkennbar war. An einem der Wolkenhänge gab es einen schmalen, spitz zulaufenden Höcker, er sah aus wie ein nebelverhangener Turm. Etwas in Tatarski begann zu rutschen. Er meinte plötzlich zu wissen, daß die ephemere Himmelssubstanz, woraus die weißen Berge samt diesem Turm bestanden, auch in ihm gewesen war. Damals – es lag weit, weit zurück, wohl noch vor seiner Geburt – war es ein leichtes gewesen, zur Wolke zu werden und hinauf bis zur Spitze des Turms zu schweben. Das Leben hatte es vermocht, diese sonderbare Substanz aus seiner Seele zu drängen, bis auf einen winzigen Rest, gerade genug für eine Sekunde der Erinnerung.

Tatarski sah nun, daß der Fußboden unter dem Tisch aus nichts als einer Lage zusammengenagelter Bretter bestand. Wenn er durch die Ritzen zwischen ihnen spähte, konnte er in den schwarzen Abgrund sehen. Ach ja, fiel ihm ein, der Fahrstuhlschacht. Das hier war der Geräteraum. Fehlten nur die Wächter vor der Tür. Er trat vorsichtig auf die Planken und setzte sich an den Tisch. Der Gedanke, daß sie bersten und mit ihm in die Tiefe segeln konnten, auf den in vielen Jahren dort abgelagerten Müll hinunter, war etwas ungemütlich. Aber die Planken waren dick und stabil.

Es mußte doch jemand hier gewesen sein – Obdachlose aus der Umgebung vielleicht. Auf dem Boden lagen frisch zertretene Kippen und auf dem Tisch ein Zeitungsausschnitt mit dem Fernsehprogramm der Woche. Tatarski las den Titel der letzten Sendung am ausgefransten unteren Rand:

0.00 Uhr – Das goldene Zimmer.

Was ist denn das für eine Sendung? fragte er sich. Muß irgendwas Neues sein. Er stützte die Arme auf den Tisch und das Kinn auf die gefalteten Hände, den Blick auf das Photo mit der springenden Schönheit im Sand gerichtet, das noch an der alten Stelle hing. Bei Tageslicht waren die Wellen und Schlieren nicht zu übersehen, die die Feuchtigkeit dem Papier zugefügt hatte. Ein Fleck befand sich ausgerechnet auf dem Gesicht der Göttin, das dadurch faltig, schlaff und alt erschien. Tatarski trank den Rest vom Wodka und schloß wieder die Augen.

Der kurze Traum, der ihn nun heimsuchte, war sehr sonderbar. Er lief den Sandstrand entlang auf ein in der Sonne blitzendes goldenes Standbild zu – es lag noch in einiger Ferne, doch daß es ein weiblicher Torso ohne Kopf und Arme war, ließ sich schon erkennen. Neben Tatarski trottete der Sirruf, Girejew saß auf seinem Rücken. Der Sirruf schien unlustig wie ein geschundenes Eselchen, die am Rücken gefalteten Flügel erinnerten an einen alten Filzsattel.

»Da bist du nun Sprüchemacher«, sagte Girejew, »und kennst den Spruch der Sprüche nicht. Der sozusagen allem zugrunde liegt.«

»Nein, den kenne ich nicht«, sagte Tatarski, blinzelnd von dem goldenen Licht. »Aber vielleicht sagst du ihn mir.«

»Ich sag ihn dir. Bestimmt hast du schon vom Jüngsten Gericht gehört?«

»Ja.«

»In Wahrheit kann von einem Gericht noch keine Rede sein. Die Ermittlungen laufen zwar schon lange, und alles, was uns geschieht, ist Bestandteil der Ermittlungen, Lokaltermin. Was kostet es den lieben Gott, die Welt mitsamt ihrer Ewigkeit und Unendlichkeit aus dem Nichts entstehen zu lassen. Und sei es nur für Sekunden. Und nur zu dem Zweck, eine einzige vor ihm stehende Seele zu prüfen.«

»Bitte, Andrej, es langt«, sagte Tatarski und schielte nach den schiefgetretenen Absätzen in den Steigbügeln. »Ich hab auf Arbeit genug Scheiße um die Ohren. Du mußt mir nicht noch was draufpacken.«

Das goldene Zimmer

Als man Tatarski die Binde von den Augen nahm, war er vor Kälte schon ganz starr. Was vor allem daher kam, daß er mit nackten Füßen über den Steinboden gelaufen war. Er stand im Eingang zu einem Saal, der wie das Foyer eines Kinos aussah und wo offenbar ein Empfang vonstatten ging. Der Raum war fensterlos; drei der Wände waren mit gelbem Marmor verkleidet, die vierte war in ihrer ganzen Breite verspiegelt, wodurch der mit grellem Halogenlicht beleuchtete Saal wesentlich größer wirkte, als er war. Die Gäste unterhielten sich leise und betrachteten die an den Wänden ausgehängten Blätter mit Schreibmaschinentext. Daß Tatarski splitternackt in der Tür stand, schien die Anwesenden nicht zu befremden – allenfalls zwei oder drei hatten bisher gleichmütig herübergesehen. Fast alle Gesichter im Saal hatte Tatarski viele Male im Fernsehen gesehen, doch keinen kannte er persönlich – mit Ausnahme von Varsuk Z. Valasnam, der mit einem Weinglas in der Hand an der Wand stand, und Asadowskis Sekretärin Alla, die sich angeregt mit zwei ältlichen Playboys unterhielt – mit ihrem wallenden, blondierten Haar sah sie aus wie eine leicht schamlose Medusa. Irgendwo in der Menge meinte Tatarski auch das karierte Jackett Morkowins gesehen zu haben; er hatte es jedoch gleich wieder aus den Augen verloren.

»Ich komme, ich komme!« jodelte auf einmal die Stimme Asadowskis, der eben aus dem Durchgang zu irgendeinem Hinterzimmer trat. »Da bist du ja. Was stehst du in der Tür? Komm rein, wir fressen dich nicht.«

Tatarski ging ihm entgegen. Asadowski roch nach Schnaps; im Halogenlicht wirkte sein Gesicht müde.

»Wo sind wir hier?«

»Zirka einhundert Meter unter der Erde – Fernsehzentrum Ostankino. Entschuldige die Augenbinde und all die Mätzchen – vor dem Ritual gehört es sich so, Tradition ist Tradition, was will man machen. Ist dir mulmig?«

Tatarski nickte, worauf Asadowski in ein zufriedenes Lachen ausbrach.

»Pfeif drauf! Alles Mache. Schau dich einstweilen ein bißchen um, wirf einen Blick auf unsere neue Sammlung. Hängt erst seit zwei Tagen. Ich hab noch ein paar wichtige Chats abzuhaken.«

Er hob die Hand und schnipste nach seiner Sekretärin.

»Da ist Alla, sie kann dir alles erklären. Das ist Babi Tatarski. Ihr kennt euch? Fein. Du zeigst ihm was, ja?«

Und er ließ Tatarski mit der Sekretärin stehen.

»Wo fangen wir an?« fragte sie lächelnd.

»Am besten beim Anfang«, sagte Tatarski. »Wo ist denn die Ausstellung?«

»Das ist sie doch«, sagte die Sekretärin und wies zur Wand. »Die spanische Sammlung. Wen von den großen Spaniern mögen Sie denn am liebsten?«

»Na, den ...« Tatarski versuchte sich angestrengt an einen Namen zu erinnern. »Velázquez.«

»Ah, der macht mich auch immer besonders an«, sagte die Sekretärin, ihre grünen Augen blickten dabei kalt. »Der Cervantes des Pinsels, würde ich sagen.«

Sie nahm Tatarski dezent beim Arm und führte ihn zu dem Blatt an der Wand, in dessen Nähe sie gestanden hatten; dabei streifte ihr langes Bein seinen nackten Schenkel. Auf das Blatt war ein Text gedruckt, zwei, drei Absätze lang, mit einem blauen Stempel darunter. Die Sekretärin schien kurzsichtig zu sein, sie beugte sich nach vorn, um die kleine Schrift zu entziffern.

»Da haben wir es ja. Das Porträt des Infanten in einer wenig bekannten rosa Version. Sie sehen hier die notarielle Beglaubigung des Büros Oppenheim & Radler, daß das Bild für siebzehn Millionen Dollar aus einer Privatsammlung angekauft wurde.«

Tatarski beschloß, seiner Verwunderung einstweilen keinen Ausdruck zu geben. Er war sich noch nicht einmal sicher, ob ihn etwas wunderte oder nicht.

»Und das da?« fragte er, auf das benachbarte Blatt mit Text und Stempel deutend.

»Oh, das ist unsere Perle! Ein Goya. *Maya mit Fächer im Garten*. Von einem kleinen kastilischen Museum erworben. Oppenheim & Radler beurkunden schwarz auf weiß einen Kaufpreis von achteinhalb Millionen. Einfach phantastisch.«

»Ja«, sagte Tatarski, »wirklich allerhand. Wobei ich gestehen muß, daß meine Interessen mehr im Bereich Plastik liegen als in der Malerei.«

»Natürlich«, sagte die Sekretärin. »Wo Sie doch in drei Dimensionen zu arbeiten gewohnt sind, nicht wahr?«

Tatarski sah sie fragend an.

»Na, die 3-D-Graphik. Mit diesen Dummies und dem allen.«

»Ach so, das meinen Sie. Ja, ja. Gewohnt zu arbeiten und zu leben.«

»Hier haben wir eine Plastik«, sagte die Sekretärin und zog Tatarski vor ein neues Blatt Schreibmaschinenpapier, der Text war etwas länger als die anderen. »Picasso, *Die Laufende*. Keramik. Sieht gar nicht aus wie Picasso, werden Sie sagen. Da haben Sie recht. Das liegt an der postkubistischen Periode. Fast dreizehn Millionen Dollar, können Sie sich das vorstellen?«

»Und wo ist die eigentliche Figur?«

Die Sekretärin zuckte die Schultern.

»Das weiß ich gar nicht. In irgendeinem Depot, nehme ich an. Wenn es Sie interessiert, wie sie aussieht – dort vorn auf dem Tisch liegt ein Katalog.«

»Was tut es denn zur Sache, wo die eigentliche Figur ist?«

Tatarski fuhr erschrocken herum. Asadowski hatte sich unbemerkt angeschlichen.

»Nicht viel vielleicht«, sagte Tatarski. »Ich gebe allerdings zu, daß ich einer Sammlung dieser Art zum erstenmal gegenüberstehe.«

»Es ist die allerneueste Tendenz im Ausstellungsdesign«, bestätigte Alla. »Monetaristischer Minimalismus. Hat seine Wiege, nebenbei gesagt, in Rußland.«

»Geh dich amüsieren«, sagte Asadowski zu seiner Sekretärin und wandte sich Tatarski zu. »Gefällt es dir?«

»Interessant. Nur nicht ganz zu begreifen.«

»Dann laß es dir erklären. Diese blöde spanische Sammlung ist um die zweihundert Millionen wert. Dazu kommen noch mal schlappe hunderttausend für die Sachverständigen: welches Bild reinpaßt und welches nicht, welche Hängung und so weiter. Alles, was in den Briefen steht, ist wirklich angeschafft. Aber wenn man diese Schinken und Büsten alle rankarren würde und womöglich noch die Rüstungen und Gobelins dazu, dann wäre hier kein Durchkommen mehr. Und man hätte den Staub in der Nase. Außerdem ... Wenn ich ehrlich sein soll: Man guckt sich so ein Bild einmal an, vielleicht noch ein zweites Mal, und dann? Hängt es einem zum Hals raus. Hab ich recht?«

»Kann passieren.«

»Und ob. Warum soll man die Dinger dann um sich haben? Und davon abgesehen, ist der Picasso sowieso ein Spinner.«

Tatarski schluckte.

»In dem Punkt bin ich etwas anderer Meinung. Oder sagen wir, ich bin derselben Meinung, aber nur, was die postkubistische Periode angeht.«

»Ich sehe, du bist Experte«, sagte Asadowski. »Da kann ich nicht mithalten. Wozu auch? In einer Woche hängt hier schon die französische Sammlung. Stell dir vor, gerade hast du dich in die eine eingefuchst, schon ist Dekowechsel, und du fängst von vorne an. Wo soll da der Sinn sein?«

Tatarski wußte nicht, was er darauf sagen sollte.

»Gibt keinen, sag ich doch«, konstatierte Asadowski. »Okay,

laß uns rübergehen und anfangen. Nachher sind wir ja wieder hier. Und trinken Champagner.«

Er hatte kehrtgemacht und lief auf die Spiegelwand zu, Tatarski folgte ihm. Als sie knapp davor standen, stieß Asadowski die Hand nach vorn, und ein Spiegelstreifen drehte sich lautlos um seine senkrechte Achse, wobei ein greller Lichtreflex über Tatarski hinwegglitt. Ein Spalt tat sich auf, in dem ein Gang aus grob gefugten Steinwänden sichtbar wurde.

»Bitte«, lud Asadowski ein. »Aber den Kopf einziehen, die Decke ist niedrig.«

Tatarski betrat den Gang, der so klamm war, daß ihn gleich wieder fröstelte. Krieg ich vielleicht bald mal was anzuziehen? dachte er. Der Gang, dem Anschein nach lang, verlor sich im Dunklen. Ab und zu trat Tatarski auf einen spitzen Stein und verzog das Gesicht vor Schmerz. Endlich tauchte ein Licht vor ihnen auf.

Sie betraten nun eine kleine, holzgetäfelte Kammer, die Tatarski wie der Umkleideraum einer Turnhalle vorkam. Der Eindruck schien auch gar nicht zu täuschen, an der Wand standen Garderobenschränke, zwei Jacketts hingen auf Bügeln. Eines konnte Sasha Blo gehören, Tatarski war sich nicht sicher, Sasha besaß zu viele Jacketts. Es gab noch eine zweite Tür: Von dem dunklen Holz hob sich ein goldenes Schildchen ab, in das eine sägeblattartig gezackte Linie eingraviert war. Tatarski konnte sich an eine ägyptische Hieroglyphe erinnern, die just so aussah und »schnell« bedeutete; sie war ihm aus der Schulzeit in Erinnerung geblieben, weil eine witzige Geschichte mit ihr verbunden war. Die alten Ägypter, so hatte der Lehrer erklärt, ließen sich bei allem, was sie taten, sehr viel Zeit, vor allem beim Zikkuratbau, weshalb die kurze Zickzacklinie für »schnell« in den Inschriften der größten und mächtigsten Pharaonen stets sehr lang geriet, mitunter über mehrere Zeilen hinweg: »Schnell-schnell-schnell!« sollte das heißen.

Über dem Waschbecken hingen drei weitere abgestempelte

A4-Bögen, die eine Hausordnung hätten sein können – daß es mitnichten eine Hausordnung war, sondern ein Teil der spanischen Sammlung, ahnte Tatarski natürlich. Längs der einen Wand stand ein Regal mit kleinen numerierten Fächern, in jedem lagen ein bronzener Spiegel und eine goldene Maske von der Art, wie sie in Asadowskis Vorzimmer gehangen hatten.

»Was ist?« fragte Asadowski, während er sich das Jackett aufknöpfte. »Gibt es noch Unklarheiten?«

»Die Blätter an der Wand«, sagte Tatarski, »gehören die auch zur spanischen Sammlung?«

Asadowski gab keine Antwort, zog statt dessen sein Handy und drückte eine einzige Taste.

»Alla«, sagte er, »hier hat noch wer Fragen an dich.«

Dann reichte er das Telefon weiter.

»Ja, bitte?« klang Allas Stimme aus dem Hörer.

»Frag sie, was bei uns in der Umkleide hängt!« soufflierte Asadowski, während er sich das Hemd über den Kopf zog. »Ich vergesse es immer.«

»Guten Tag«, sagte Tatarski verlegen. »Hier noch mal Tatarski. Sagen Sie, die kleine Ausstellung in der Umkleide – worum handelt es sich da genau?«

»Das sind ganz unikale Exponate«, antwortete die Sekretärin. »Dazu darf ich über Mobilfunk nichts sagen.«

Tatarski bedeckte den Hörer mit der Hand.

»Sie sagt, das sei nichts fürs Telefon.«

»Sag, ich erlaube es.«

»Er erlaubt es«, sagte Tatarski.

»Na gut«, seufzte die Sekretärin. »Nummer eins. Fragmente des Ischtartors aus Babylon. Löwen und Sirrufs. Offizieller Standort: Pergamon-Museum, Berlin. Von einer Gruppe unabhängiger Experten beglaubigt. Nummer zwei. Löwen. Emaillierte Reliefziegel, Prozessionsstraße Babylon. Offizieller Standort: Britisches Museum, London. Nummer drei. Ebich-il, Tempelpriester von Mari. Offizieller Standort: Louvre, Paris.«

»Ebich-il?« fragte Tatarski erstaunt nach. Er konnte sich an ein Photo dieser Statuette aus dem Louvre erinnern. Sie war mehrere tausend Jahre alt, aus glänzendem Alabaster geschnitzt und stellte ein kleines, gewitzt dreinschauendes, bärtiges Männlein dar, das ein sonderbares Beingewand trug: halb Federrock, halb Bermudashorts.

»Den liebe ich besonders«, sagte Asadowski, während er die Hosen herunterließ. »Nebbich! sprach Ebich und blieb auf dem Teppich ... Ein weiser Mann und deshalb einsam. Genau wie ich.«

Er öffnete einen der Garderobenspinde und holte zwei buschige Röcke hervor: man sah nicht gleich, ob aus Daunen oder gewalkter Schafwolle. Einen warf er Tatarski zu, den anderen zog er sich über den roten Calvin-Klein-Slip; er sah nun aus wie ein genudelter Strauß.

»Worauf wartest du?« fragte er. »Gib mir das Telefon, und zieh dich um. Dann nimmst du dir einen Satz von dem Klimbim da und kommst rein. Egal welchen – sieh zu, daß dir der Beißkorb einigermaßen paßt.«

Asadowski nahm sich Maske und Spiegel aus einem der Fächer, schlug sie klirrend gegeneinander, hielt die Maske vor das Gesicht und blickte Tatarski durch die Augenschlitze an. Tatarski sah sich einem goldenen Lärvchen von überirdischer Schönheit gegenüber – wie dem Karneval in Venedig entsprungen, urplötzlich aus der Menge der Maskierten hervorgetaucht. Es widersprach dem rotbehaarten, fäßchenförmigen Oberkörper, auf dem es saß, so sehr, daß Tatarski geradezu Angst bekam. Zufrieden mit der Wirkung, öffnete Asadowski lachend die Tür und verschwand in einem Streifen goldenen Lichts.

Tatarski begann sich anzukleiden. Der ihm von Asadowski zugedachte Rock bestand aus zotteligen Wollvliesstreifen, die aneinandergeheftet und auf Adidas-Nylonshorts geklebt waren. Irgendwie fand er hinein. Ohne das Bild Ebich-ils vor Augen hätte er stark bezweifelt, daß die einstigen Bewohner des

Zweistromlandes dergleichen auf dem Leib trugen. Dann setzte er eine der Masken auf (sie drückte schmerzhaft) und ergriff den Spiegel. Gold und Bronze waren zweifellos echt, man merkte es schon am Gewicht. Er atmete tief durch und stieß die Tür mit dem Sägezahnsymbol auf.

Der Raum, den er betrat, war rund und von goldenem Leuchten so erfüllt, daß es blendete. Die Wände waren mit Blattgold beschlagen und reflektierten das kräftige Licht von Studioscheinwerfern; nach oben hin gingen sie in eine geschwungene Kegelform über, man fühlte sich wie in einem von innen vergoldeten Zwiebelturm. Genau der Tür gegenüber stand ein Altar: ein würfelförmiges goldenes Postament, darauf ein großes, massives Kristallauge mit Emaillehornhaut und verspiegelter Pupille. Vor dem Altar auf dem Boden stand ein goldener Kelch, links und rechts davon posierten zwei steinerne Sirrufs mit Resten von Gold und Bemalung an den Flanken. Über dem Auge hing eine Relieftafel aus schwarzem Basalt, die gleichfalls sehr alt aussah. Darauf fand sich, schön in der Mitte, die ägyptische Hieroglyphe für »schnell« wieder; um sie herum waren weitere vertrackt ausschauende Figuren versammelt. Tatarski konnte einen komischen, fünfbeinigen Hund erkennen und eine Frau mit hoher Tiara, die, einen Becher in der Hand, auf eine Art Couch hingebreitet lag. Näher zu den vier Rändern der Tafel waren vier furchterregende Tiere abgebildet, und zwischen Hund und Frau sproß ein Gewächs aus dem Boden, das eine Venusfalle hätte sein können, nur daß die Wurzel sich in drei lange Triebe teilte, von denen jeder mit einem rätselhaften Zeichen markiert war. Außerdem waren Auge und Ohr in den Stein gemeißelt, beide in ansehnlicher Größe; die Zwischenräume waren mit Keilschriftblöcken dicht ausgefüllt.

Asadowski – goldene Maske, Rock und rote Badesandaletten – saß auf einem Klappstühlchen unweit des Altars. Der Spiegel ruhte auf seinem Knie. Weiter schien niemand anwesend zu sein.

»Boah!« sagte Asadowski und hob den Daumen. »Scharf siehst du aus. Was denn, geht dir immer noch die Muffe? Komm bloß nicht auf die Idee, einen Rückzieher zu machen, wir lassen uns hier nicht übern Tisch ziehen. Mir persönlich ist der ganze Zauber Wurscht, aber wenn du in unserem Geschäft mitmischen willst, kommst du nicht drum herum. Also, ich werd dir jetzt alles Pi mal Daumen auseinanderklamüsern, wenn du's genauer wissen willst, mußt du den großen Boß fragen, der wird gleich dasein. Hauptsache, du siehst die Sache nicht so eng. Cool bleiben ist die Devise. Bist du früher mal im Ferienlager gewesen?«

»Ja«, sagte Tatarski, der sich fragte, welcher große Boß gemeint war.

»Und da gab's doch bestimmt ein Neptunfest? Wo alle getaucht worden sind?«

»Klar.«

»Bild dir am besten ein, wir hätten heute wieder mal Neptunfest. Aus alter Tradition. Die Sache ist die: Es hat da früher mal eine Göttin gegeben. Nicht wirklich – die Story geht so. Angeblich waren damals die Götter sterblich und schleppten ihren Tod mit sich rum wie normale Menschen. Als ihre Zeit gelaufen war, sollte die Göttin also abtreten. Das fand sie logischerweise nicht so toll. Und darum hat sie sich gezweiteilt: in den Tod und in das, was keinen Bock aufs Sterben hatte. Da, auf dem Bild, siehst du?«

Asadowskis Finger wies auf die Tafel über sich.

»Das nette Hündchen dort, das ist ihr Tod. Und die Alte mit dem Husarenhelm, das ist sie selber. Weiter im Text, du darfst mich nicht unterbrechen, sonst verlier ich den Faden. Wie sie sich entzweit hatten, ging der Krieg zwischen ihnen los. Der stand lange auf der Kippe. Die letzte Schlacht hat beim Teich von Ostankino stattgefunden, also da, wo wir jetzt sind, aber nicht unter der Erde, sondern im Himmel. Darum ist das hier ein heiliger Ort, mußt du wissen. Wie gesagt, der Kampf stand lange unentschieden, aber am Ende sah es so aus, als würde der Hund die Göttin kleinkriegen. Und da haben die anderen Götter das Fracksausen gekriegt, sie sind dazwischengegangen und haben die beiden gezwungen, Frieden zu schließen. Es gab eine Art Vertrag, der Text steht ungefähr da oben, siehst du, beglaubigt nach allen vier Himmelsrichtungen von diesen Stieren und ...«

»Greifen?« schlug Tatarski vor.

»Greifen, genau. Das Auge und das Ohr sollen bedeuten, daß alle es gesehen und gehört haben. Kurz und gut, durch den Vertrag haben beide ihr Fett abgekriegt. Die Göttin hat es den Leib gekostet, man hat sie einfach abstrahiert. Sie ward zu Gold, heißt es. Was aber nicht das Metall bedeutet, sondern übertragen gemeint ist, verstehst du?«

»Nicht wirklich.«

»Wo ist das Problem?« stöhnte Asadowski. »Sie ist zu dem geworden, was jeder haben will. Aber nicht in Form von einem Haufen Gold, der irgendwo rumliegt, sondern zum Gold an sich. Zur Idee sozusagen.«

»Ah, verstehe.«

»Und aus ihrem Tod ist ein hinkender Hund mit fünf Pfoten geworden, der in einem fernen Land des Nordens den ewigen Schlaf schläft. Wo genau, kannst du dir wohl denken. Da, rechts, hast du ihn. Fünftes Bein, wo andere ihr Dingens haben. Dem möchte man nicht auf dem dunklen Hof begegnen.«

»Wie heißt der Hund?« fragte Tatarski.

»Gute Frage. Weiß ich nicht, ehrlich gesagt. Warum willst du das wissen?«

»Ich hab mal was Ähnliches gelesen. In so einem akademischen Sammelband.«

»Worum ging es?«

»Lange Geschichte. Ich kann mich nur dunkel entsinnen.«

»Kam unsere Firma drin vor?«

Der Chef beliebte zu scherzen, wie Tatarski vermutete.

»Das nun nicht. Es ging um den nichtnormativen Fäkal- und Genitalwortschatz und seine Verwendung im Russischen. Behauptet wurde, daß diese Wörter erst im Christentum ihre obszöne Bedeutung erlangt und vorher einen völlig anderen Sinn gehabt haben, und zwar seien es die Namen von ganz, ganz alten heidnischen Gottheiten gewesen. Unter diesen Gottheiten soll auch ein hinkender Hund mit fünf Beinen gewesen sein. Er hieß Pisdez. Und bei dem Wort hat noch kein Russe damals an Pussies und Pißnelken und irgendwelche Katastrophen gedacht. In alten Urkunden steht manchmal ein großes P, damit ist er gemeint. Der Überlieferung nach liegt er irgendwo unterm Schnee vergraben und schläft. Und solange er schläft, geht das Leben halbwegs seinen Gang. Aber wenn er aufwacht, greift er an. Und darum gibt es bei uns immerzu schlechte Ernten, und Jelzin ist Präsident und so weiter. Von Jelzin haben die natürlich keine Ahnung, aber ansonsten paßt alles sehr gut. Und übrigens stand da noch, es gebe in der modernen russischen Alltagskultur einen sehr ähnlichen Begriff, den die Kinder unter sich verwenden: Gamover. Das kommt vom englischen Game over, was auf russisch soviel wie ...«

»Mußt du mir nicht erklären, was das auf russisch bedeutet, ich bin ja nicht blöd. Erklär mir lieber, wen dieser Pisdez angreift.«

»Niemanden Bestimmtes. Alles und jeden. Das wird der Grund sein, weshalb die anderen Götter sich eingemischt haben. Mich hat der Name von dem Hund interessiert, weil es ja sein könnte, daß es ein transkultureller Archetypus ist. Und die Göttin, wie heißt die?«

»Sie heißt überhaupt nicht«, platzte eine Stimme von hinten dazwischen. Tatarski wandte sich um.

Varsuk Z. Valasnam stand in der Tür. Er trug einen langen grauen Umhang mit Kapuze, unter der die gleiche Maske hervorblitzte; Tatarski hatte ihn nur an der Stimme erkannt.

»Sie hat keinen Namen«, sagte Valasnam noch einmal und

trat näher. »Vor Zeiten hieß sie einmal Ischtar, aber seitdem hat sich ihr Name immerzu geändert. Hast du schon mal von einem Markenartikel namens No Name gehört? Und was den krummen Hund angeht, da steht die Sache ähnlich. Aber mit allem übrigen hast du recht.«

»Prima, Varsuk, red du mit ihm. Sonst weiß der am Ende noch alles besser.«

»Nanu? Was weißt du denn Schönes?« fragte Valasnam.

»Dies und jenes«, erwiderte Tatarski. »Zum Beispiel das gezackte Symbol in der Mittel der Tafel. Ich weiß, was es bedeutet.«

»Nämlich?«

»Es bedeutet ›schnell‹. Auf altägyptisch.«

Valasnam lachte.

»Aha«, sagte er, »das ist originell. Die meisten Neuzugänge denken an M&M-Schokolade. In Wahrheit verweist das Symbol auf einen uralten Spruch mit dunkler Bedeutung. Sämtliche alten Sprachen, in denen er vorkam, sind längst tot, und ihn ins Russische zu übersetzen ist schwierig, es fehlen die entsprechenden Wortfelder. Im Englischen dagegen gibt es einen Satz von einem gewissen Marshall McLuhan, der genau darauf paßt: The medium is the message. Von daher deuten wir das Zeichen als ein Doppel-M. Nicht nur wir natürlich – diese Altare kriegt man ja heute zu den Render-Servern gleich mitgeliefert.«

»Ach? Die Tafel ist gar nicht echt?«

»Wieso nicht? Sie könnte echter nicht sein«, entgegnete Valasnam. »Basalt, dreitausend Jahre alt. Faß ihn ruhig an. Ich bin mir allerdings nicht sicher, ob das Relief immer das bedeutet hat, was es heute bedeutet.«

»Was ist das eigentlich für eine fleischfressende Pflanze da zwischen der Göttin und dem Hund?«

»Das ist keine fleischfressende Pflanze, das ist ein Lebensbaum. Außerdem ein Symbol für die Große Göttin. Eine ihrer

Hypostasen ist ein Baum mit drei Wurzeln, der in unseren Seelen wächst und gedeiht. Der Baum hat auch einen Namen – den erfährt man aber erst im letzten Stadium der Initiation in unseren Bund. Dich dürfen wir einstweilen nur die Namen der drei Wurzeln wissen lassen.«

»Und die wären?«

Valasnam sprach salbungsvoll drei lange Worte, die für Tatarski absolut nichtssagend waren; die Anzahl der Zischlaute war auffällig hoch.

»Läßt sich das übersetzen?«

»Auch hier mangelt es an adäquaten Wortfeldern. Es ist nur eine sehr annähernde Übertragung möglich: ›oral‹, ›anal‹ und ›verdrängend‹.«

»Ach so! Verstehe. Und dieser Bund – worum handelt es sich dabei genau? Womit befaßt er sich?«

»Na, hör mal! Als ob du das nicht selber wüßtest. Wie lange arbeitest du schon bei uns? Du siehst doch jeden Tag, womit sich unser Bund befaßt.«

»Ich meine, wie heißt er?«

»In früherer Zeit hat er einmal Gilde der Chaldäer geheißen. Allerdings nur bei denen, die nicht dazugehörten, höchstens gerüchteweise von ihm wußten. Wir selbst nennen ihn den Bund der Gärtner, weil wir es als unsere Aufgabe ansehen, den heiligen Baum zu hegen, der der Großen Göttin das Leben schenkt.«

»Existiert der Bund schon lange?«

»Sehr lange. Er soll bereits in Atlantis aktiv gewesen sein. Der Einfachheit halber sehen wir es so, daß er von Babylon nach Ägypten und von da zu uns gelangt ist.«

Tatarski rückte die Maske zurecht, die ihm beinahe vom Gesicht gerutscht wäre.

»Aha«, sagte er. »Da war der Bund wohl am Turmbau zu Babel beteiligt?«

»Nein. Das ganz bestimmt nicht. Wir sind doch kein

Baubüro. Wir sind Diener der Großen Göttin. Um mit deiner Terminologie zu reden – wir passen auf, daß der Pisdez nicht aufwacht und angreift, das siehst du richtig. Ich denke, du verstehst auch, daß wir hier in Rußland besondere Verantwortung tragen. Denn der Hund schläft hier bei uns.«

»Wo denn genau?«

»Überall und nirgends. Die Aussage, daß er unter dem Schnee liegt, ist eine Metapher. Aber daß er in diesem Jahrhundert schon ein paarmal nahe daran war zu erwachen – das kannst du pur nehmen.«

»Wenn das so ist – warum kürzen sie uns dann in einem fort die Frequenz?«

Valasnam hob die ausgebreiteten Arme.

»Menschlicher Leichtsinn«, sagte er.

Er ging zum Altar und ergriff den goldenen Kelch.

»Tagespolitik. Kurzsichtige konjunkturelle Erwägungen. Aber sie würden es nie wagen, uns ganz in den Keller zu fahren, keine Angst. Da passen die schon genau auf. Wenn du nichts dagegen hast, würden wir jetzt mit dem Ritual beginnen.«

Valasnam näherte sich Tatarski und legte ihm eine Hand auf die Schulter.

»Knie nieder und nimm die Maske ab.«

Tatarski gehorchte. Valasnam tauchte einen Finger in den Kelch und malte ein feuchtes doppeltes M auf seine Stirn.

»Was ist da drin?« wagte Tatarski zu fragen.

»Hundeblut. Die Symbolik muß ich dir wohl nicht erklären.«

»Nein«, sagte Tatarski und erhob sich. »Ich hab Bücher zu Hause. Und nun?«

»Du mußt ins geheiligte Auge sehen.«

Dieser Satz ließ Tatarski aus irgendeinem Grund zusammenzucken. Asadowski bekam es mit.

»Keine Bange!« sagte er. »Durch das Auge erkennt die Große Göttin ihren Mann. Und da sie schon einen hat, ist es reine Formsache. Du schaust hinein, es zeigt sich, daß du nicht der liebe Gott Marduk bist, und wir können in aller Ruhe weitermachen.«

»Marduk?«

»Ja. Egal«, sagte Asadowski und zog erst eine Schachtel Zigaretten Marlboro, dann ein Feuerzeug unter dem Rock hervor. »Nur so. Varsuk, erklär du's ihm, du kannst es besser. Ich genehmige mir derweil fünf Minuten Freiheit und Abenteuer.«

»Das ist noch so ein Stück Mythologie«, sagte Valasnam. »Die Große Göttin hatte einmal einen Mann, der auch ein Gott war, sogar der Chefgott der Götter, und dem flößte sie einen Liebestrunk ein, worauf er in seinem Tempel auf der Höhe des Zikkurats einschlief und einen Traum träumte. Weil er aber ein Gott war, geriet der Traum ein bißchen ... na ja. Jedenfalls nimmt man an, daß die ganze Welt, also wir alle und sogar auch die Große Göttin, in dem Traum vorkommen. Und die Große Göttin ist pausenlos auf der Suche nach dem Träumer, denn er ist es, der ihr das Leben schenkt. Und weil er nicht aufzutreiben ist, behilft sie sich symbolisch mit einem Erdenbürger, den sie zum Mann erwählt.«

Tatarski schielte zu Asadowski. Der nickte und entließ durch das Mundloch der Maske ein akkurates Ringlein Rauch.

»Erraten«, sagte Valasnam. »Er ist derjenige, welcher. Natürlich ist es für ihn immer ein spannender Moment, wenn ein anderer in das geheiligte Auge blickt, aber bisher ist immer alles gutgegangen. Komm!«

Tatarski trat zu dem auf dem Podest liegenden Auge und kniete davor nieder. Die blau emaillierte Hornhaut war durch einen hauchdünnen Goldrand von der schwarzspiegelnden Pupille abgesetzt, in der Tatarski sein verzerrtes Gesicht sowie Valasnams gebogene Gestalt in der finsteren Kapuze und Asadowskis aufgeblasenes Knie sah.

»Bitte den Scheinwerfer drehen«, gab Valasnam irgendwem Anweisung, »so sieht er nichts. Und den Anblick soll er doch sein Lebtag nicht vergessen.«

Daraufhin traf ein greller Lichtstrahl die Pupille, und anstelle seines Spiegelbildes sah Tatarski einen verschwommenen goldenen Schein – so als hätte er zuvor ein paar Minuten in die untergehende Sonne geblickt und dann die Augen geschlossen, weshalb ihr Umriß jetzt noch ein Weilchen als Irrlicht über die Netzhaut geisterte. Er fragte sich, was er hätte sehen sollen.

Hinter ihm ging etwas vor. Schweres Metall polterte zu Boden, ein Röcheln war zu hören. Tatarski sprang auf, prallte vom Altar zurück und fuhr herum. Die Szene, die sich ihm bot, war so irreal, daß er nicht einmal erschrak, denn er mußte annehmen, daß sie zum Ritual gehörte. Sasha Blo und Maljuta, auch sie in flauschigen weißen Röcken und mit vor der Brust baumelnden Goldmasken, hatten ein gelbes Sprungseil um Asadowskis Hals geschlungen und zogen jeder nach einer anderen Seite, wobei sie achtgaben, ihrem Opfer nicht zu nahe zu kommen, während Asadowski krampfhaft versuchte, das dünne Seil mit beiden Händen zu sich heranzuzerren, die Augen quollen ihm aus den Höhlen. Es war ein ungleicher Kampf. Das Seil schnitt sich ihm in die Handflächen, Blut kam gesickert, färbte den gelben Strick rot, und Asadowski kippte vom Stuhl – erst auf die Knie, dann auf den Bauch, wobei er die Maske unter sich begrub. Asadowskis Augen richteten sich auf Tatarski, und dieser gewahrte den Moment, da der Ausdruck von Verblüffung und Bestürzung in ihnen erlosch und von keinem anderen abgelöst wurde. Tatarski begriff, daß Asadowski von dem Ereignis, ob es nun zum Ritual gehörte oder nicht, vollkommen überrascht worden war.

»Was ist das? Was geht hier vor?«

»Ganz ruhig«, sagte Valasnam. »Nichts geht mehr vor. Alles ist vor sich gegangen.«

»Was soll das heißen?«

Valasnam zuckte die Schultern.

»Die Große Göttin wird ihre Mesalliance satt gehabt haben.«

»Wer sagt das?«

»Das letzte Atlanta-Orakel. Es hat prophezeit, daß Ischtar einen neuen Gemahl aus unserem Land bekommt. Mit Asadowski hatten wir schon geraume Zeit Probleme, aber bezüglich des Neuen tappten wir lange im dunkeln. Gesagt war nur, er trüge den Namen einer Stadt. Wir haben ewig gerätselt und gesucht, bis wir plötzlich aus Abteilung eins deine Akte auf den Tisch bekamen. Tja. Sieht ganz so aus, als wärest du der Mann.«

»Ich???«

Anstelle einer Antwort gab Valasnam ein Zeichen. Sasha Blo und Maljuta gingen zum toten Asadowski, packten ihn bei den Armen und zerrten ihn aus dem Altarraum in Richtung Umkleidekabine.

»Wieso ich? Wie kommen die auf mich?« fragte Tatarski.

»Das weiß ich doch nicht. Da mußt du dich schon selber fragen. Mich zum Beispiel wollte die Große Göttin nicht haben. Dabei hätte es so schön geklungen: Valasnam – der Mann mit dem verlassenen Namen ...«

»Verlassenen Namen?«

»Ich bin gebürtiger Wolgadeutscher. Als ich gerade mein Diplom machte, kam vom Fernsehen die Anforderung für einen Washington-Korrespondenten, aber es sollte unbedingt ein Moslem sein. Als Komsomol-Sekretär stand ich auf der Amerika-Liste ganz oben, und da hat mir die Staatssicherheit den neuen Namen verpaßt. Aber wozu erzähl ich dir das. Du bist der Neue.«

»Wären Sie's denn gern gewesen?«

»Warum nicht? Gemahl der Großen Göttin, das ist doch was! Ein rein rituelles Amt – keinerlei Verpflichtungen, viel Einfluß. Im Grunde unbeschränkt. Hängt natürlich vom eigenen Horizont ab, was man daraus macht. Deinem seligen Vorgänger hat die Aufwartung jeden Morgen das Kokain aus dem Eimer auf den Teppich geschippt. Landhäuser bauen, Kunst kaufen – mehr ist ihm nicht eingefallen. Ich sag ja, eine Mesalliance.«

»Kann ich auch ablehnen?«

»Ich glaube kaum«, sagte Valasnam.

Tatarski spähte durch die offenstehende Tür in die Umkleidekabine, wo schon wieder Seltsames vor sich ging: Maljuta und Sasha Blo mühten sich, Asadowskis Leichnam in einem kugelförmigen grünen Container zu verstauen. Der Körper, absonderlich verrenkt, war schon drin, nur ein behaartes Bein samt roter Badesandalette wollte nicht mehr hineinpassen.

»Was soll diese Kugel?«

»Hier unten sind die Flure lang und schmal«, erwiderte Valasnam. »Da schleppt man sich einen ab. Rollen ist viel bequemer. Und oben auf der Straße stellt auch keiner dumme Fragen. Das war Semjon Welins letzter Einfall vor seinem Tod. Was für ein Designer! Den hat dieser Idiot auch auf dem Gewissen. Ich wünschte, Semjon könnte das noch erleben!«

»Und warum ist die Kugel grün?«

»Keine Ahnung. Ist das wichtig? Babi, such bitte nicht in allem eine symbolische Bedeutung. Sonst findest du sie am Ende noch und bezahlst dafür.«

Im Umkleideraum knackte etwas. Tatarskis Gesicht verdüsterte sich.

»Kriege ich auch irgendwann die Schlinge um den Hals?« fragte er.

Valasnam zuckte mit den Schultern.

»Die Große Göttin wechselt ihre Männer mitunter, das hast du mitbekommen. Berufsrisiko. Wer Maß hält, kann aber durchaus alt werden. Der schafft es gar bis zur Rente. Wichtig ist, daß du nicht an Herzdrücken stirbst, sondern mit deinen Problemen zu mir kommst. Und es wird gut für dich sein, auf meinen Rat zu hören. Einen hätte ich schon: Wenn du in Asadowskis Kabinett umziehst, räum diesen Kiffteppich raus. Sonst kursieren in der Stadt noch Gerüchte, und du hast ständig irgendwelche ultralinken Müßiggänger auf der Matte stehen. Das muß nicht sein.«

»Den Teppich kann ich wegräumen. Aber wie erklären wir den Leuten, daß ich dort einziehe?«

»Da gibt es nichts zu erklären. Die es was angeht, verstehen es von selber. Und andere sind bei uns nicht beschäftigt.«

Maljuta steckte den Kopf zur Tür herein; er war bereits umgezogen. Für eine Sekunde starrte er Tatarski an, senkte dann den Blick und reichte Valasnam das Mobiltelefon des Toten.

»Rausrollen?« fragte er in beflissenem Ton.

»Nein, reinrollen«, spottete Valasnam. »Du kannst blöde Fragen stellen.«

Als das ohrenbetäubende Rumpeln in den Tiefen des Gangs verebbt war, fragte Tatarski leise:

»Herr Valasnam, sagen Sie doch mal ehrlich ...«

»Ja?«

»Wer ist bei alledem die oberste Instanz?«

»Ich gebe dir den guten Rat, dich darum nicht zu kümmern«, sagte Valasnam. »Um so länger wirst du dich deines göttlichen Lebens freuen. Ich könnte dir, auch wenn ich wollte, keine Antwort geben. Trotz der vielen Jahre im Geschäft.«

Er ging am Altar vorbei, öffnete mit einem Schlüssel eine halbhohe Geheimtür in der Wand und betrat gebückt den dahinterliegenden Raum. Gleich darauf wurde es dort hell, und Tatarski erblickte eine große Apparatur, die aussah wie ein aufgeklapptes schwarzes Buch mit zwei senkrechten Milchglaszylindern an den Seiten. An der ihm zugewandten schwarzen Frontseite prangte das Compuware-Logo, daneben ein weiteres, das er nicht kannte. Vor der Maschine stand eine Art Zahnarztstuhl mit Riemen und Schnallen.

»Was ist das?« fragte Tatarski.

»Ein 3-D-Scanner.«

»Und wozu steht der hier?«

»Um ein Wölkchen von dir zu scannen, zum Beispiel.«

»Muß das sein?«

»Aber ja. Das Ritual besagt, daß du erst dann als Gemahl der Großen Göttin zu gelten hast, wenn dein Digitalsatz existiert. Wenn man sich sozusagen ein Bild von dir gemacht hat.«

»Ach, und dann werde ich wie Asadowski in alle möglichen Spots und Sendungen gestanzt?«

»Darin besteht deine sakrale Hauptaufgabe. Die Göttin hat ja keinen eigenen Körper, sie hat nur einen Ersatz dafür. Ihre Körperlichkeit besteht in der Summe aller in der Werbung verwandten Bilder. Und da sie in dieser Form auftritt, mußt du, um deine Quasi-Göttlichkeit zu verkörpern, auf die gleiche Weise präsent sein. Nur so habt ihr die Möglichkeit zur mystischen Verschmelzung. Genaugenommen ist es dein 3-D-Modell, das sie sich zum Manne nimmt, und du selbst bist ... na, so was wie ein Statthalter, würde ich sagen. Komm rein!«

Tatarski konnte ein nervöses Zucken nicht unterdrücken. Valasnam lachte.

»Du brauchst keine Angst zu haben. Scannen tut nicht weh. Das Ding ist harmlos wie ein Xerox-Kopierer, nur daß der Deckel offenbleibt, wenigstens vorläufig. Spaß beiseite. Laß uns keine Zeit verlieren, oben warten sie schon auf uns. Kleine Feier, aus Anlaß deiner Präsentation sozusagen. Da kannst du ausspannen, im engsten Kreis.«

Tatarski warf einen letzten Blick auf die Basaltplatte mit dem Hund und der Göttin, dann zwängte er sich mutig durch das Türchen, hinter dem Valasnam auf ihn wartete. Decke und Wände in dem Kämmerchen waren weiß gestrichen, und außer dem Scanner gab es nur noch einen Tisch mit Steuerpult sowie einige leere Elektronikkartons, die sich an der Wand stapelten.

»Haben Sie schon mal vom Vogel Simurgh gehört, Herr Valasnam?« fragte Tatarski, während er im Sessel Platz nahm und die Arme vorschriftsmäßig auf den Lehnen plazierte.

»Nein. Was ist das für ein Vogel?«

»Er muß aus einem alten fernöstlichen Gedicht sein, ich kenne es selbst nur dem Hören nach. Dreißig Vögel schwärmen aus, ihren König Simurgh zu suchen, sie haben diverse Prüfungen zu bestehen und müssen am Ende erfahren, daß das Wort Simurgh nichts weiter als ›dreißig Vögel‹ bedeutet.«

»Ja, und?« fragte Valasnam, der dabei war, einen schwarzen Stecker einzustöpseln.

»Nur so«, sagte Tatarski. »Weil ich dachte, unsere Generation ... Wie hieß es damals: die Generation, die Pepsi wählte. Sie doch auch, oder?«

»Gab ja keine andere Wahl«, brummte Valasnam und knipste auf dem Pult ein paar Schalter an.

»Stimmt. Mir ist da ein greulicher Gedanke gekommen. Könnte es sein, daß wir alle zusammen, so als Generation, das böse P sind? Dieser fünfbeinige Hund, meine ich? Haben ausgeschlafen und greifen jetzt an?«

Valasnam, mit diversen Handgriffen beschäftigt, schien das letzte überhört zu haben.

»So«, sagte er. »Jetzt nicht mehr bewegen. Fertig?«

Tatarski atmete tief durch.

»Fertig«, sagte er.

Ein Summen setzte ein, die dicken Leuchtröhren zu beiden Seiten des Apparates flammten auf, es wurde schmerzhaft hell. Die einem aufgeschlagenen Buch ähnelnde Konstruktion begann sich langsam um Tatarski herumzubewegen, ein greller Lichtstrahl schlug ihm ins Auge, für einige Sekunden war er blind.

»Ich verneige mich vor dem lebendigen Gott!« hörte er Varsuk Z. Valasnams feierliche Stimme.

Als Tatarski die Augen wieder aufschlug, kniete Valasnam mit gesenktem Kopf vor seinem Stuhl und hielt ihm einen kleinen schwarzen Gegenstand vor die Nase: Asadowskis Handy. Zaghaft nahm Tatarski es entgegen. Äußerlich sah es aus wie ein normales kleines Philips, besaß jedoch nur eine einzige Taste in Form eines goldenen Auges. Tatarski wollte fragen, ob Alla schon eingeweiht war, er kam nicht dazu. Valasnam war diskret aufgestanden, zum Ausgang geschlichen und hatte die Tür leise hinter sich geschlossen.

Tatarski war allein. Er erhob sich aus dem Sessel, ging zur

Tür, horchte. Alles war still, Valasnam offenbar schon in der Umkleide. Tatarski schlich sich in die hinterste Ecke des Kämmerchens und drückte vorsichtig die Taste des Telefons.

»Hallo«, sagte er leise in den Hörer, und noch einmal: »Hallo!«

»Ich verneige mich vor dem lebendigen Gott«, hörte er Alla sagen. »Gibt es für heute irgendwelche Anweisungen, Chef?«

»Vorerst nicht«, erwiderte Tatarski und wunderte sich, mit welch instinktiver Sicherheit er sich in die neue Rolle hineinbegab. »Nein, warte, Herzchen, ein paar Dinge hätte ich gleich. Erstens bitte ich darum, den Teppich im Kabinett einzurollen. Ich finde, er stört. Zweitens bitte ich zu veranlassen, daß die Kantine ab heute nur noch Coca-Cola führt, keine Pepsi. Drittens ist Maljuta mit sofortiger Wirkung entlassen. Warum, warum! Weil er so überflüssig ist wie ... wie ein fünftes Bein am Hund. Verdirbt anderen Leuten die Texte, und am Ende müssen wir dafür bluten. Und du, Herzchen, merkst dir für die Zukunft, daß es bei meinen Anweisungen kein Warum gibt, sondern nur einen gespitzten Bleistift, ist das klar? Fein.«

Nach Beendigung des Gesprächs wollte Tatarski sich das Telefon an den Gürtel schnallen, was das dicke Vlies der Ebich-il-Tracht nicht zuließ. Während er noch überlegte, wo er das Telefon lassen konnte, fiel ihm ein, daß er etwas zu sagen vergessen hatte; er drückte also wieder auf das goldene Auge.

»Noch eins«, sagte er. »Kümmert euch um Rostropowitsch.«

Tuborg Man

Babilen Tatarskis 3-D-Double hatte unzählige Fernsehauftritte, doch es gab nur wenige Spots, die zu sehen ihm Spaß machte. Da war erstens jene Pressekonferenz einiger Geheimdienstoffiziere, die den Befehl erhalten haben wollten, den bekannten Geschäftsmann und Politiker Boris Beresowski zu liquidieren: Tatarski sitzt vermummt am linken Bildrand hinter den aufgestellten Mikrophonen. Zweitens die Beisetzung des bekannten Fernsehkommentators Varsuk Zejn-Valasnam, der unter rätselhaften Umständen im Eingangsbereich seines eigenen Hauses mit einem Sprungseil erdrosselt worden war: Tatarski mit schwarzer Sonnenbrille und Trauerflor am Ärmel küßt die untröstliche Witwe und wirft eine grüne Billardkugel auf den halb zugeschaufelten Sarg. Rätselhaft war die Herkunft eines anderen, offensichtlich mit versteckter Kamera gefilmten Materials: die Entladung eines amerikanischen Militärtransportflugzeugs vom Typ C-130 Hercules, das des Nachts auf dem Roten Platz gelandet war. Herausgetragen werden etliche Kartons mit dem Aufkleber *Electronic Equipment* und unbekanntem Firmenlogo (bestehend aus einer flüchtig skizzierten Milchdrüse von beträchtlichen Ausmaßen, wie sie nur durch Silikonimplantate erreicht werden); Tatarski, als OMON-Polizist verkleidet, friert in der Absperrkette. Dann war da noch der Auftritt als Kosakenführer Stepan Rasin auf dem Schafott, den inzwischen jedes Kind kannte – ein Monumentalwerbespot für Head-and-Shoulders-Shampoo. Slogan:

Solange der Kopf auf den Schultern sitzt.

Weit weniger populär war ein anderer, gleichfalls auf dem Roten Platz gedrehter Spot. Es handelte sich um eine Coca-Cola-Reklame, die nur wenige Male auf dem Petersburger Kanal des Staatlichen Fernsehens gelaufen war und eine Zusammenkunft radikal-fundamentalistischer Gruppierungen aller wichtigen Weltkonfessionen zeigte. Tatarski verkörperte einen ganz in Schwarz gekleideten Evangelisten aus Albuquerque/New-Mexico, der wütend eine leere Pepsi-Büchse zertritt und, die Hand gegen die Kremlmauer erhoben, einen Vers aus dem Psalm 14 deklamiert: »Da fürchten sie sich; denn Gott ist bei dem Geschlecht der Gerechten!«

Vielen waren auch seine Auftritte in Spots für Wodka (Pseudo-Boris II.) und Tütensuppen (Carmino Burano) gegenwärtig; Tatarski hatte sie aus irgendwelchen Gründen nicht in seiner Sammlung. Ebensowenig die legendäre Reklame für die Moskauer Filialen der Handelskette Gap, wo Tatarski gemeinsam mit seinem Stellvertreter Morkowin zu sehen war: Morkowin als Model in goldbetreßter Jeansjacke stolziert im Schaufenster auf und ab, während Tatarski in abgerissener Armeewattejacke und mit dem Schlachtruf »Afghanistan war ganz was andres!« einen Ziegelstein gegen die Panzerglasscheibe schmeißt. Slogan:

Enjoy the Gap!

Sein Lieblingsvideo aber, bei dem ihm, wie Sekretärin Alla unter dem Siegel der Verschwiegenheit zu erzählen beliebte, jedesmal die Tränen in die Augen traten, war niemals im Fernsehen zu sehen. Es handelte sich um eine unvollendete Tuborg-Werbung mit dem Slogan

Sta, viator! Think final!

(bzw. der Variante *Dem Schicksal ins Auge sehen!* für die Regionalprogramme) und einer Animation des Büchsenbildes mit dem einsamen Wandersmann. Es hieß, daß eine B-Variante desselben Spots existierte, worin nacheinander dreißig Tatarskis über den Bildschirm wandern; ob dem so war, dürfte kaum mehr nachzuprüfen sein.

Die andere, sicher existierende Variante war kurz und schlicht. Tatarski geht, das weiße Hemd bis zum Nabel aufgeknöpft, einen staubigen Pfad entlang; die Sonne steht im Zenit. Plötzlich scheint ihm ein böser Gedanke zu kommen. Er bleibt stehen, lehnt sich an das hölzerne Geländer, wischt sich mit einem Tuch den Schweiß von der Stirn. Ein paar lange Sekunden verstreichen, in denen der Mann seine Fassung wiedergewinnt. Er dreht der Kamera den Rücken zu, steckt das Tuch zurück in die Tasche und geht langsam weiter – dem lichtblauen Horizont entgegen, über dem ein paar hohe Sommerwölkchen schweben.

Inhalt

Viktor Pelewin
Buddhas kleiner Finger

Roman, 1999. Aus dem Russischen von Andreas Tretner.
424 Seiten. Gebunden

Die Abenteuer eines jungen Dichters, der 1919 an der Seite Tschapajews durch Rußlands Steppen zieht, gleichzeitig aber zu den Patienten einer psychiatrischen Klinik im Moskau unserer Tage gehört, ist eine einzigartige Provokation, eine beißende Abrechnung mit den Utopien der Vergangenheit wie mit den absurden Phantasmagorien der Gegenwart. Fernöstliche Mystik, Cyberspuk und Breughelsche Szenen, Lachen und Erschrecken verdrillt Pelewin zu einem mitreißenden wahnsinnigen Rausch, der bizarre Bilder auf die Netzhaut brennt.

»Als Romanautor gehört Pelewin zu den ganz großen europäischen Hoffnungen.« ARD-Bücherjournal

»Eine grandiose Mischung aus Pulp Fiction *und Revolutionsoperette, Haiku-Poesie und höherem Nonsens.«* Tages-Anzeiger

»Ich war von Anfang an von diesem Buch gefesselt. Es gibt Kapitel, die zum Grandiosesten gehören, was ich seit langer Zeit gelesen habe.«
Hellmuth Karasek im ›Literarischen Quartett‹

3 4 5 02 01 00

Schutzumschlag: Philippa Walz und Andreas Opiolka, Stuttgart
Satz: deutsch-türkischer fotosatz, Berlin
Druck und Bindearbeiten: GGP Media, Pößneck
Printed in Germany
ISBN 3-353-01172-2